MAX BENTOW

DER MONDSCHEINMANN

GOLDMANN
Lesen erleben

MAX BENTOW

DER MONDSCHEIN-MANN

PSYCHOTHRILLER

GOLDMANN

Dieses Buch ist auch als E-Book erhältlich.

MIX
Papier aus verantwortungsvollen Quellen
FSC® C014496

Penguin Random House Verlagsgruppe FSC® N001967

1. Auflage
Taschenbuchausgabe September 2021

Dieses Werk wurde vermittelt
durch die Literarische Agentur Michael Gaeb
Umschlaggestaltung: UNO Werbeagentur, München
Umschlagmotiv: © plainpicture/Philippe Lesprit und FinePic®,
München
CN · Herstellung: ik
Satz: Uhl + Massopust, Aalen
Druck und Bindung: GGP Media GmbH, Pößneck
Printed in Germany
ISBN: 978-3-442-49226-8
www.goldmann-verlag.de

Besuchen Sie den Goldmann Verlag im Netz

Für Christina

ERSTER TEIL

Der Junge saß auf der Rückbank des Wagens. Das Fenster war einen Spalt geöffnet, und die Nachtluft kühlte seine Stirn. Im Nacken seiner Mutter glänzte Schweiß. Ihr Haar war zu einem Pferdeschwanz zurückgebunden.

Sie fuhr schnell, hoch konzentriert, behielt die Landstraße im Blick. Lichtreflexe zuckten über ihre Wange. Sie hatte gesagt, sie müssten sich beeilen. In dem kleinen Rucksack neben ihm war bloß ein Schlafanzug, einmal Wäsche zum Wechseln und seine Zahnbürste.

»Wohin fahren wir?«, fragte er zum wiederholten Mal, doch sie gab keine Antwort.

Stattdessen drückte sie auf den Zigarettenanzünder. Mit einem Ploppen sprang er heraus, und sie steckte sich die nächste Kippe an. Der Junge mochte es, wenn die Spitze kurz aufflammte und Tabakfunken durchs offene Fenster hinaussegelten. Er verfolgte die Lichtspur, wie sie im Wind verglühte.

»Machen wir Urlaub?«

»Lass dich überraschen.« Auch ihre Stimme mochte er. Sie war rau und ziemlich dunkel.

Er hatte Vertrauen. Sie war eine gute Autofahrerin. Sie würden sicher an ihr Ziel kommen, wo immer das war.

Irgendwann döste er ein. Das Brummen des Motors

mischte sich in seinen Traum. Einmal tauchte ein riesiger Schatten vor ihm auf. Da waren Hände, die ihn packten, Fäuste, die ihn schlugen. Der Junge wimmerte im Schlaf.

Der Wagen hielt, und prompt war er wach.

»Komm«, sagte seine Mutter.

Sie öffnete ihm die Tür, und er stieg aus. Dichter Wald umgab sie, Finsternis. Am Himmel stand ein blasser Mond.

»Wo sind wir?«

»Spielt keine Rolle.«

Sie nahm ihn an der Hand und ging mit ihm einen schmalen Pfad entlang. Er stolperte über Wurzeln. Dornige Zweige zerkratzten seine nackten Waden in den Shorts. Sie ließ seine Hand nicht los, und das beruhigte ihn. Ihre Schritte waren energisch. Sie schien den Weg zu kennen.

Schließlich erkannte er die Umrisse einer Hütte. Sie traten näher, und seine Mutter machte sich am Türschloss zu schaffen. Im Mondschein beobachtete er ihre gebückte Gestalt. Sie fluchte leise, während sie mit einem Werkzeug aus dem Wagen auf das Schloss einhämmerte.

»Dürfen wir das überhaupt?«

»Sei still.«

Endlich sprang die Tür auf. Sie zog ihn ins Innere und schaltete das Licht ein. Eine funzlige Glühbirne, die von der Decke hing. Die Hütte war winzig. Auf den wenigen Möbeln lag Staub. Es roch muffig.

Sie beugte sich zu ihm herab. »Du versprichst mir jetzt etwas. Von nun an stellst du keine Fragen mehr, okay?«

Warum nicht?, wollte er erwidern, aber da das eine Frage war, nickte er stumm.

Sie öffnete eine weitere Tür. Dahinter stand ein Bett.

»Wasch dich, und dann wird geschlafen.«

Wo ist das Bad?, wollte er fragen, doch das durfte er nicht.

Im größeren der beiden Räume befand sich ein Spültisch. Das Wasser aus dem Hahn war kalt und roch metallisch. Der Junge wusch sich notdürftig das Gesicht. Es gab kein Handtuch, also rieb er sich mit dem Ärmel trocken.

Als er neben seiner Mutter im Bett lag, war ihm wohler. Das Bettzeug war klamm, also behielten sie all ihre Sachen an.

Sie rauchte noch eine Zigarette, dann schaltete sie die Nachttischlampe aus. Durchs Fenster schien der Mond herein und erhellte matt das Zimmer.

»Könntest du …?«

»Keine Fragen«, unterbrach sie ihn.

»Ist auch mehr ein Wunsch. Würdest du …?«

Sie seufzte. Er erkannte die Furche auf ihrer Stirn, die sich immer dann bildete, wenn sie ungehalten war. Schließlich aber wandte sie den Kopf zu ihm, und auf ihren Lippen war ein Lächeln, was ihn erleichterte.

»Also gut.«

»Kannst du mir eine Geschichte erzählen?«

»Bist du nicht zu alt dafür?«

»Bitte.«

Ihr Lächeln wurde breiter. »Welche denn?«

»Die du mir immer vorm Einschlafen erzählst.«

»Aber die ist unheimlich.«

»Ich weiß.«

Schon beim Gedanken an die Geschichte fröstelte ihn. Sie war zum Fürchten, abgründig, voller Horror. Sie brachte ihn zum Zittern und trieb ihm den Angstschweiß auf die Stirn.

Doch sie nahm ein gutes Ende. Der Junge liebte Geschichten mit glücklichem Ausgang, egal wie gruselig sie waren.

»Macht nichts, wenn sie unheimlich ist«, flüsterte er.

»Na schön. Du hast es so gewollt.«

Sie zupfte an der Bettdecke. Der Junge wusste, was nun kam. Ein angenehmer Schauer lief über seinen Rücken. Sie hob die Decke an und zog sie über ihre Köpfe. Nun waren sie darunter verborgen wie in einem Zelt.

Er spürte ihre Wärme, ihren Atem. Er war ihr so nah.

Es war dunkel, und die Luft wurde knapp.

Sie senkte ihre Stimme zu einem Wispern.

Und sie begann.

Sie erzählte ihm von den Tieren, die auf dem Boden krochen. Diesen Tieren, die Schleim absonderten und lange Fühler hatten. Sie waren träge und zäh.

Sie schilderte ihm den Wald, in dem sie hausten. Normalerweise waren diese Tiere recht klein. Aber in dem speziellen Wald schwollen ihre weichen Körper zu erstaunlicher Größe an. Es waren riesige Viecher, die auf dem Boden herumwuselten und sich an den Baumstämmen entlangwanden.

Seine Mutter erzählte, und er lauschte ihr gebannt.

Es war eine böse Geschichte, aber sie endete gut.

Und so schlief der Junge selig ein.

Ein Poltern riss ihn aus dem Schlaf. Die schützende Decke war fort. Er fror, wusste zeitweilig nicht, wo oben und unten war. Schließlich bemerkte er, dass er auf dem Boden lag. Er war wohl aus dem Bett gefallen.

Seine Schulter schmerzte, in seinem Kopf war ein Dröhnen.

Er hörte Schreie.

Es waren die Schreie seiner Mutter.

Ein Stiefel tauchte neben seinem Kopf auf, dann noch einer. Zwei grobe Männerstiefel.

Ängstlich richtete sich der Junge auf.

Was er sah, ließ ihn erstarren.

Blut auf dem Bett. Die geweiteten Augen seiner Mutter. Ein Mann war über sie gebeugt.

Hilflos streckte der Junge die Hände nach ihr aus. Sie rief ihm etwas zu. Er verstand sie zunächst nicht.

Er war wie gelähmt.

Schließlich aber begriff er, dass es um sein Leben ging.

»Lauf!«, schrie die Mutter. »Lauf weg!«

Schon war er an der Tür. Er riss sie auf. Er stürmte ins Freie hinaus.

Im Wald war es finster.

Der Junge rannte.

EINS

Dienstag, 11. Juni, weit nach Mitternacht

Ihre Lippen näherten sich dem Mikrofon. Sie sprach leise, leicht verhaucht. Sie wusste, ihre Stimme hatte so ein angenehmes Raspeln, das an den Genuss von filterlosen Zigaretten und reichlich gutem Single Malt Whisky erinnerte. Dabei trank sie wenig Alkohol und war überzeugte Nichtraucherin. Ihre Hörer liebten diese Stimme, und Nora Sand gab ihnen, was sie von ihr erwarteten, wochentags von null bis zwei Uhr früh. Das war ihr Job, und den machte sie gut.

Ihre Gesprächssendung empfing man im Internet, sie hatte den unverblümten Titel *Schlaflos mit Nora*. Auch zu dieser nächtlichen Stunde war sie mit ihrem Aufnahmeleiter im Studio, spielte Smooth Jazz ein und gab ihren Anrufern gut gemeinte Ratschläge für alle Lebenslagen. Ihre Hauptaufgabe aber bestand darin, einfach zuzuhören, denn das schienen die meisten Menschen verlernt zu haben.

Es war erstaunlich, wie viele einsame Seelen es in dieser Stadt gab. Sie lagen nachts wach, lauschten ihrer Sendung, griffen irgendwann zum Telefon, wählten die Hotline und erzählten ihr von ihren intimsten Problemen. Nora Sand wusste, dass sie der Ersatz für wahre menschliche Beziehungen war. Die Mehrzahl der Hörer sah in ihr eine Art beste Freundin, die es in Wahrheit nicht gab. Für Wildfremde schlüpfte sie in diese Rolle und war selbst überrascht von den guten Einschaltquoten.

Nora bildete sich wenig darauf ein, sie war bloß eine junge Frau mit einem abgebrochenen Psychologiestudium, die mehr oder minder durch Zufall über eine frühere Mitbewohnerin zum Internetradio gefunden hatte.

»Hi, ihr da draußen«, raunte sie ins Mikro, »es ist ein Uhr zweiunddreißig, und ein Blick aus dem Studiofenster verrät mir, dass es noch immer in Strömen regnet. Werdet ihr auch so melancholisch wie ich in einer Juninacht wie dieser? Für die Jahreszeit zu kühl, der Regen trommelt aufs Fensterbrett und verwischt das Licht der Straßenlaternen. Habt ihr es wenigstens schön warm, wo immer ihr gerade seid? Eingekuschelt unter eurer Lieblingsdecke auf dem Sofa? Seid ihr schon im Bett, habt die Nachttischlampe ausgeknipst, aber lauscht noch diesem Programm? Oder seid ihr draußen unterwegs und empfangt mich auf dem Smartphone, die Ohrhörer eingestöpselt? Vielleicht wartet ihr auf die letzte U-Bahn, seid im Nachtbus oder im Auto. Wo auch immer, ruft mich an, wenn euch irgendetwas auf dem Herzen liegt. Was raubt euch zurzeit den Schlaf? Habt ihr Stress in der Arbeit? Plagt euch Liebeskummer? Gibt es Ärger in eurer Beziehung, oder sind es Probleme mit Drogen? Sorgt ihr euch um eure Gesundheit? Denkt ihr an jemanden, der erst kürzlich verstorben ist? Braucht ihr Trost? Ganz egal, worum es geht, das ist die Sendung für alle, die in dieser Nacht bedrückt sind. Aber auch für diejenigen unter euch, denen es gut geht, die mir einfach mal sagen wollen, was sie heute gefreut hat. Ihr erreicht mich unter 015339966, vom Festnetz oder übers Handy. Ich bin Nora Sand, und hier kommt Till Brönner mit ›Nightfall‹. Ich liebe diesen Track.«

Freddy, ihr Aufnahmeleiter, nickte ihr hinter der Trennscheibe im Studio zu, bediente die Regler und spielte das

Stück ein. Nora vernahm über Kopfhörer die sanften Klänge der Jazztrompete, ein Hauch von Schwermut, dunkel, verträumt, begleitet vom Kontrabass.

Sie wiegte sich leicht im Takt der Musik und schloss die Augen. Sie ahnte, dass Freddy sie dabei beobachtete. Er hatte sie in letzter Zeit insgesamt dreimal gefragt, ob sie nach der Sendung mit ihm was trinken gehen wollte, und da sie jedes Mal Müdigkeit vorgeschützt hatte, war er nun offenbar beleidigt.

Er verhielt sich ihr gegenüber zwar professionell freundlich, doch gelegentlich fing sie hinter der Glasscheibe einen verstohlenen Blick von ihm auf, der sie frösteln ließ. Sein Lächeln war in diesen Momenten schmal und irgendwie auch unheimlich, als habe sie ihn in tiefster Seele verletzt.

Sie öffnete die Augen. Vor ihr am Pult leuchtete ein grünes Lämpchen auf. Das hieß, sie hatte einen Anrufer in der Leitung. Nora wartete ab, bis die Jazznummer beendet war, und schon war das Mikro wieder offen.

»Hi, ihr hört *Schlaflos mit Nora*, und mich ruft gerade jemand an. Wie ist dein Name?«

»Tom.«

»Hi, Tom.«

»Hallo, Nora.«

»Was hast du auf dem Herzen?«

»Zuerst mal möchte ich sagen, dass ich deine Sendung echt klasse finde.«

Sie lächelte. »Das freut mich aufrichtig. Ich danke dir.«

»Ja, und dann rufe ich an, weil … Na ja, ich bin seit Wochen ziemlich durcheinander.«

»Was bedrückt dich denn?«

»Es geht um meine Freundin. Genauer um meine Ex. Sie hat plötzlich Schluss gemacht.«

»Was war der Grund dafür?«

Der Hörer, junge Stimme, vielleicht Mitte, Ende zwanzig, kam unumwunden zur Sache. »Es ging um Sex. Das Problem war Sex. Anfangs hat sie gemacht, was mir gefällt, dann sagte sie mir, dass sie es abstoßend findet.«

Nora war um einen sachlichen Tonfall bemüht. Sie war nicht prüde, aber unter den männlichen Anrufern, die mit ihr sexuelle Themen besprechen wollten, gab es so einige, denen sie insgeheim einen gewissen verbalen Exhibitionismus unterstellte. Dieser Tom gehörte eindeutig dazu. Er hatte schon öfter bei ihr angerufen. Offenbar lauerte er nur darauf, dass sie nachhakte: »Kannst du das ein bisschen näher erläutern?«

Sie bemerkte Freddys Grinsen hinter der Scheibe.

»Ich hab sie gern gefesselt. Auch aufs Knebeln stehe ich irgendwie. Dominanz und Demut, das volle Programm.«

»Deutlich voneinander abgesetzte Rollen also. Hast du das mit deiner Freundin vorher auch besprochen?«

»Ja. Sie hat gesagt, wir probieren es mal aus.«

»Aber dann hat es ihr nicht gefallen, oder?«

»Schätze schon. Ich gebe dir mal ein Beispiel …«

Tom setzte zu einer ausführlichen Schilderung seiner Fesselspiele an.

Nora unterbrach ihn: »Entschuldige, wenn ich hier nachfragen muss. Ganz ehrlich, Tom, bist du eigentlich bereit, auch auf die Wünsche deiner Partnerin einzugehen?«

Seine Erwiderung war mürrisch. »Dafür ist es ja jetzt zu spät.«

»Na ja, aber wenn du mal an die Zukunft denkst. Bei einer anderen Partnerin, meine ich.«

Er atmete in den Hörer. Dieser Einwand schien ihm nicht zu gefallen.

Freddy lächelte breit, als der Typ zu weiteren intimen Beichten ansetzte.

Nora konnte ihn nur mühsam bremsen. Schließlich empfahl sie ihm spezielle Internetforen für S/M-Anhänger. Ob sich Tom nicht dort einmal umtun wolle? Er blieb hartnäckig. Ungeniert ließ er die nächsten deftigen Details seiner Vorlieben einfließen. Sie fiel ihm freundlich ins Wort und versuchte es mit einem möglichst eleganten Schlusssatz.

Endlich nahm Freddy den Anrufer aus der Leitung, und sie konnte den folgenden Titel ansagen. »Where Can I Go Without You« von Keith Jarrett und Charlie Haden. Kaum lief das Stück, atmete sie durch.

Sie vermied Blickkontakt mit Freddy, spürte Zorn in sich aufwallen. Wie oft hatte sie ihm gesagt, er solle die Anrufer vorher besser checken. Der hier zählte zur untersten Kategorie. Sein einziges Ziel war, sich Geltung zu verschaffen und die Moderatorin bloßzustellen.

Zum Glück näherte sich die Sendung ihrem Ende. Doch dann gab es noch eine Anruferin namens Britta, die sich mit ihr über ihre Waschzwänge unterhalten wollte. Auch zwanghaftes Putzen gehörte dazu.

»Selbst nachts stehe ich manchmal auf, um staubzusaugen.«

»Geht es vielleicht um den Wunsch, in deinem Leben mehr Kontrolle zu haben?«

»Ich weiß nicht. Es kommt mir alles immer so schmutzig vor.«

Die Frau war den Tränen nahe. Sie hatte eine brüchige Stimme, Nora schätzte sie auf Ende dreißig.

Freddy tippte ungeduldig auf eine imaginäre Uhr an seinem Handgelenk. Also blieb ihr nichts anderes übrig, als die

Anruferin möglichst behutsam mit einem freundlichen Ratschlag zu vertrösten.

»Denk doch mal darüber nach, ob du dich von etwas ablenken willst, wenn du putzt. Den Staub kannst du beherrschen, das erscheint dir eventuell leichter, als sich dem eigentlichen Problem zu stellen. Etwas, das an dir nagt. Was du womöglich verdrängt hast.«

Die Hörerin wirkte verblüfft. »Klingt ziemlich einleuchtend, Nora. Von dieser Seite habe ich das noch nie betrachtet.«

»Bleib einfach in der Leitung. Mein Kollege hat eine Liste mit Telefonnummern parat. Nur für den Fall, dass du dir weitere Hilfe suchen willst.«

»Okay, vielen Dank.«

»Nicht dafür, Britta.«

Es war kurz vor zwei. Sie leitete zum nächsten Titel über, dem letzten für heute. »Naima«, ein Klassiker von John Coltrane, ein Saxofonsolo voller Melancholie und Sehnsucht, passend zu einer verregneten Sommernacht, eingebettet in ein Pianospiel, schwebend und zart.

Als der letzte Akkord verklungen war, verabschiedete sich Nora von ihren sorgenvollen Zuhörern.

Mehr konnte sie derzeit nicht tun. Sie war bloß ein Trostpflaster für die Nacht.

Freddy trat im Vorraum dicht auf sie zu, nach ihrem Ermessen einen halben Meter zu nah. »Gute Sendung, Nora.«

»Findest du?«

»Ja, war doch in Ordnung.«

»Ich weiß nicht, ich war mit der letzten halben Stunde nicht so zufrieden.«

»Wieso, was war denn los?«

»Ganz im Gegensatz zu dem Typen mit den Fesselspielen hätte ich mich mit der Frau, die unter ihren Zwängen leidet, gerne länger unterhalten.«

»Dann hätte sie früher anrufen müssen.«

»Mir wäre es lieber«, sie holte tief Luft, »wenn du Kerle wie diesen gar nicht erst zu mir durchstellst. Hast du ihn gecheckt?«

»Hab ich.«

»Ihn gefragt, worum es geht?«

»Klar.«

»Der wollte sich an dem Thema doch nur hochziehen.«

Freddy setzte ein Grinsen auf, das ihr überhaupt nicht gefiel. »Komm schon, Nora. Sexgeschichten hören sich die Leute nun mal lieber an als das Gejammer einer einsamen Frau, die zu viel putzt.«

Für einen Augenblick war sie sprachlos. »Das ist ziemlich respektlos von dir, Freddy. Hast du ihr wenigstens die Telefonnummern gegeben?«

»Na klar.«

Verärgert ruckte sie mit dem Kopf. »Schön, dann bis morgen.«

»Gute Nacht.«

Sie wandte sich von ihm ab, zog ihre Jacke an, nahm ihre Handtasche und ging. Ganz ruhig bleiben, dachte sie, während sie draußen im Flur auf den Aufzug wartete.

Schnarrend öffneten sich die Schiebetüren. Sie trat ein, drückte auf die Taste fürs Erdgeschoss, und die Türen schlossen sich. Im Nu hatte sie dieses flaue Gefühl im Magen, das sie stets in Fahrstühlen überkam. Die Kabine rauschte mit ihr in die Tiefe, fünfzehn Stockwerke, etliche Herzschläge lang.

Sie betrachtete es als Übung, gerade nicht die Treppen zu benutzen, um ihre Lift-Phobie zu überwinden. Versuchte, weder an das dünne Stahlseil zu denken, an dem die zerbrechliche Kabine hing, noch an ihren Wortwechsel mit Freddy. Doch beides gelang ihr nicht, und ihr Puls schoss weiter in die Höhe.

Was bildete sich der Kerl nur ein? Sexgeschichten gegen Putzneurosen? Das war doch bloß seine heimliche Rache dafür, dass sie seine Einladungen ausgeschlagen hatte.

Erst als sie das Bürogebäude verlassen hatte und ihr der Juniregen ins Gesicht sprühte, fühlte sie sich besser. Sie ging eilig zu ihrem Wagen, schloss auf und stieg ein. Da stockte ihr der Atem.

Was war das vor ihr auf der Windschutzscheibe?

Was bewegte sich da, langsam und kriechend?

Mit einem leisen Aufschrei öffnete sie die Tür und stieg wieder aus.

Ihre Augen weiteten sich.

Schnecken krochen glibberig über die regennasse Scheibe. Große Weinbergschnecken, wulstig ihre Leiber, die Fühler tastend ausgestreckt. Die gesamte Front war verklebt von ihrem Schleim.

Wie viele waren das? Nora zählte an die zwanzig, dreißig Stück. Wo kamen die alle her? Es gab ja nicht mal Bäume in dieser Straße.

Zögernd streckte sie die Hand nach den feucht wabernden Weichtieren aus, die sich aneinander vorbei und übereinander hinweg die Scheibe entlangwanden, doch sie wagte es nicht, auch nur eines von ihnen zu berühren. Nicht einmal mit den Schneckengehäusen wollte sie in Kontakt geraten.

Welke Blütenblätter klebten an der Windschutzscheibe. Genüsslich und träge machten sich die Schnecken darüber her. Nora konnte die winzigen Fressspuren an den Blättern erkennen.

Es schüttelte sie.

Rasch stieg sie ein, warf die Tür zu und schaltete erst den Motor, dann die Scheinwerfer und schließlich die Scheibenwischer ein. Tierquälerei, dachte sie, aber das war ihr im Moment egal. Mit einem hässlich schurrenden Geräusch wurden die Schnecken über die Scheibe geschleudert. Es knackte, als die Wischer manche der Gehäuse zerbrachen. Schmatzend fuhren die Gummilippen durch den zähen Schneckenschleim.

Nora scherte aus der Parklücke aus und gab Gas.

Sie zwang sich, nur auf die Straße zu achten. Nicht auf das, was sich am unteren Ende der Scheibe angesammelt hatte und von den Wischern weiterhin zerquetscht wurde. Sie war bemüht, ruhiger zu atmen und weniger hektisch durch die Gänge zu schalten, um das Getriebe zu schonen.

Doch als sie in die Alexanderstraße einbog, nahm sie die Kurve so scharf, dass die Reifen quietschten. Erst als sie die Holzmarktstraße erreicht hatte, beruhigte sie sich ein wenig. Die Windschutzscheibe war jetzt halbwegs frei. Sie betätigte den Regler für das Sprühwasser, und die letzten Spuren wurden mit Seifenlauge beseitigt.

Auf der Schillingbrücke wanderte ihr Blick über die nächtliche Spree. Lichter spiegelten sich auf dem Fluss, der Regen ließ nach.

Sie versuchte, die Sache mit den Schnecken als dummen Streich eines Passanten abzutun, der die Tiere auf ihrem Auto ausgesetzt hatte. Oder es gab irgendeine andere Erklärung dafür. Zum Beispiel könnte der Wind die Blüten herangeweht haben, und das wiederum hatte die Schnecken angelockt. Vielleicht gab es ja eine Plage, möglicherweise hatte es mit dem verregneten Sommer zu tun, in dem sich die Viecher ungewöhnlich schnell vermehrten.

Aber waren Weinbergschnecken nicht eigentlich vom Aussterben bedroht?

In diesem Sommer wohl eher nicht.

Gedankenverloren schüttelte sie leicht den Kopf. Es wäre dumm von ihr, sich noch länger darüber aufzuregen.

Sie fuhr den Engeldamm entlang und bog in die Melchiorstraße ein. Sie fand einen Parkplatz in der Nähe ihrer Haustür, hielt an und schaltete den Motor und die Scheinwerfer aus. Sie verließ den Wagen und verriegelte ihn. Mit energischen Schritten steuerte sie auf das Wohnhaus zu, nahm den Schlüssel aus ihrer Handtasche und schloss den Eingang auf.

Wieder nahm sie den Aufzug, um ihre Ängste zu besiegen. Im fünften Stockwerk angekommen, wandte sich Nora dem Eingang ihrer Dachgeschosswohnung zu.

Und da sah sie etwas.

Es bewegte sich auf dem Türknauf.

Es war schleimig und dick.

Direkt vor ihr. An ihrer Wohnungstür.

Noch eine Schnecke.

Eine fettleibige Weinbergschnecke.

Das konnte doch kein Zufall sein.

Nora schnappte nach Luft. Da vernahm sie ein Geräusch auf der Treppe. Schritte näherten sich. Das Geräusch wurde stärker. Ein Summen, Surren.

Gerade als sie sich umwenden wollte, packte sie jemand

im Nacken und presste ihr etwas Gummiartiges auf Mund und Nase.

Dämpfe stiegen daraus hervor.

Eine Stimme raunte ihr von hinten ins Ohr: »Tief einatmen. Das wird dich entspannen.«

Nora wollte sich gegen den Angreifer wehren, doch die Dämpfe betäubten sie. Ihr wurde schwummrig.

Die Schnecke auf dem Türknauf bewegte sich. Träge, wie in Zeitlupe. Dann verschwamm sie vor ihren Augen. Das Gerät vor ihrem Gesicht surrte.

»Tiefer atmen«, flüsterte die Gestalt hinter ihr. »Tiefer und tiefer. Lass dich einfach fallen.«

Sie wollte schreien, doch alles um sie herum war mit einem Mal so wabernd weich wie Schneckenfleisch.

Die Wohnungsschlüssel wurden ihr aus der Hand genommen, ohne dass sie etwas dagegen tun konnte. Die Tür wurde aufgesperrt. Die Gestalt in ihrem Rücken schob sie ins Innere der Wohnung hinein. Leise schloss sich die Tür hinter ihr.

Nora schwankte. Die Gestalt hielt sie fest. »Ruhig, Nora. Atmen, einfach nur atmen.«

Aus dem gummiartigen Gebilde in ihrem Gesicht drangen die Dämpfe. Es surrte, summte dicht an ihrem Kinn.

Ihre Glieder wurden schwer.

Dann schwanden ihr die Sinne.

ZWEI

Dienstag, 11. Juni, frühmorgens

Mit eiligen Schritten näherte sich Nils Trojan dem Büro seines Chefs im Kommissariat. Vor der Tür blieb er stehen, straffte die Schultern, atmete ein paarmal tief durch, dann klopfte er an und trat ein.

Landsberg blickte von seinen Papieren auf. »Morgen, Nils.«

»Morgen.«

»Setz dich doch.«

Trojan nahm gegenüber vom Schreibtisch Platz. Er sah Landsberg fest in die Augen. Nun war er schon seit Stunden wach, hatte das Gespräch wieder und wieder im Kopf durchgespielt. Diesmal würde er sich nicht abwimmeln lassen.

Landsbergs Lächeln wirkte gequält. »Worum geht es?«

»Das weißt du genau.«

»Dieses Sabbatical?«

»Richtig. Ich hab dich wegen der Angelegenheit mehrfach angerufen und dich immer wieder darauf angesprochen, wenn wir uns im Flur begegnet sind. Und du hast stets nur gelächelt und gesagt, es sei im Moment gerade ungünstig.«

»Ja, und deswegen nehme ich mir jetzt Zeit für dich.«

»Vielen Dank«, entgegnete Trojan kühl.

Landsberg verschränkte die Arme vor der Brust. »Dann schieß mal los.«

»Okay, Hilmar. Auch wenn du mein Anliegen vielleicht für

leere Worte hältst, es ist mir wirklich ernst. Ich hab mich seit Jahren in diesem Kommissariat abgerackert. Und nun ist der Zeitpunkt gekommen, da ich dringend eine Auszeit brauche. Ich werde mich für ein Jahr verabschieden. Für ein ganzes Jahr, Hilmar. Du musst auf mich verzichten, auch wenn ich weiß, dass die Personalsituation angespannt ist. Um es kurz zu sagen: Ich bin dann mal weg.«

»So einfach, wie du dir das vorstellst, ist es aber nicht.«

»Dann lass uns gemeinsam einen Weg finden.«

Landsberg beugte sich vor: »Wir beide, Nils, können dabei wenig ausrichten. Uns sind die Hände gebunden.«

»Wie meinst du das?«

»Es gibt eine Anweisung von ganz oben, dass bei der Berliner Polizei derzeit jeder Antrag auf ein Sabbatical abgelehnt werden muss.«

»Das glaub ich nicht.«

»Es ist aber so. Personalnot. Zu wenig Leute. Wir sind unterbesetzt. Beklag dich beim Senat, aber nicht bei mir. Es werden in Berlin schlichtweg zu wenig Kriminalbeamte eingestellt. Darunter leidet jeder hier in der Mordkommission. Du bist bei Weitem nicht der Einzige, der völlig überlastet ist. Du kannst den Antrag gerne bei mir abgeben. Aber ich sage dir gleich, der Polizeipräsident wird ihn nicht bewilligen.«

»Du könntest ein gutes Wort für mich einlegen.«

»Könnte ich, ja. Doch das wird nichts nutzen.«

»Wie wäre es, wenn du auf meine besonderen Verdienste hinweist? Wir haben eine sehr hohe Aufklärungsrate. Und ich denke, ich habe einiges dazu beigetragen.«

»Hast du auch, Nils. Und dafür bin ich dir sehr dankbar. Ganz ehrlich, ich wüsste nicht, wer dich ein Jahr lang ersetzen sollte. Doch mal von diesem Bewilligungsstopp abgesehen, lässt sich ein Sabbatical nicht von heute auf morgen durchziehen. Du müsstest zunächst einmal sechs Monate lang für halbe Bezüge arbeiten, um dann während deiner Auszeit mit der anderen Hälfte bezahlt werden zu können.«

»Das Geld ist mir egal.«

»Wovon willst du denn leben?«

»Einerlei. Ich will nur raus. Ich bin völlig ausgebrannt, Hilmar.«

Stille. Landsberg lehnte sich in seinem Stuhl zurück und musterte ihn. »Ist es so schlimm?«

»Ziemlich.«

»Hast du gesundheitliche Probleme?«

Nils blickte ihn schweigend an. Sollte er ihm die Wahrheit sagen? Ihm anvertrauen, dass er seit Jahren unter heftigen Panikattacken litt? Von seinen Ängsten erzählen, von dem Gefühl, in diesem Job allmählich vor die Hunde zu gehen? Darüber hatte er sich nicht nur in der vergangenen Nacht den Kopf zerbrochen. Wie viel durfte er verraten? Würde es ihm helfen, reinen Tisch zu machen?

Oder war es unklug? Würde er seinen Ruf verlieren? Landsberg schien ja große Stücke auf ihn zu halten. Warum also alles preisgeben?

»Es ist der Stress«, murmelte er knapp.

»Klar. Unter dem leiden wir alle.«

»Massiver Stress.«

»Meine Frau besucht gerade einen Meditationskurs.«

»Schön für sie.«

»Bei ihr hilft's. Versuch es doch auch mal.«

»Ein Jahr Pause, Hilmar. Meinetwegen ohne Bezahlung. Danach hast du mich wieder. Mit aufgeladenen Batterien und neuer Kraft. Selbst Fußballtrainer nehmen sich heutzutage mal eine Auszeit.«

»Das kriegen wir unmöglich durch.«

»Dann lasse ich mich eben krankschreiben. Ich gehe zum Arzt, sage, ich kann nicht mehr. Der Doc verordnet mir eine längere Pause, ich werde weiter bezahlt, und du musst sehen, wie du ohne mich auskommst.« Er hob die Stimme. »Wäre dir das lieber, Chef? So machen es doch die meisten Leute im öffentlichen Dienst.«

»Nur bist du dafür viel zu gewissenhaft, Nils.«

»Ja, das bin ich.«

»Du drückst dich nicht. Du stehst deinen Mann. Und dafür schätze ich dich.«

»Deshalb lass uns eine bessere Lösung finden.«

»Ein Jahr ist zu viel. Ich brauche dich hier. Du bist mein bester Ermittler. Hast du nicht noch Resturlaub?«

»Nein.«

»Scheiße, was soll ich denn machen?«

»Gib mir Sonderurlaub. Drei Monate.«

Landsberg stieß die Luft aus.

»Zwei Monate wenigstens. Acht Wochen. Ich muss hier mal raus.«

»Ich denke darüber nach.«

»Tu das bitte.«

»Okay.«

»Schieb es nicht auf die lange Bank. Gib mir in ein paar Tagen Bescheid.«

»In Ordnung.«

Sie schwiegen eine Weile. Trojan hielt dem prüfenden Blick seines Chefs stand, danach erhob er sich und wandte sich zur Tür.

»Nils?«

Er drehte sich zu ihm um. »Ja?«

»Da ist leider noch etwas.«

»Was?«

»Mir ist ein Gerücht zu Ohren gekommen.«

Sein Puls beschleunigte sich. »Ach ja?«

»Es geht um Stefanie Dachs.«

Trojan verzog keine Miene.

»Ist es wahr, dass du mit ihr eine Affäre hast?«

Verdammt, dachte er, sie hatten sich so sehr bemüht, es geheim zu halten.

»Das geht dich nichts an.«

»Du irrst.«

»Reine Privatangelegenheit.«

»Du kennst die Vorschriften.«

Er verkniff den Mund.

»Sollte an dem Gerücht was dran sein, gibt es nur zwei Möglichkeiten. Ihr beendet die Geschichte, oder aber einer von euch beiden muss die Dienststelle wechseln. Und in dem Fall würde es Stefanie treffen. Denn dich will ich unbedingt behalten.« Nach einer Pause fuhr er leise fort: »Weißt du, Nils, wie ich Steffie einschätze, wird ihr das nicht recht sein. Niemand kann ihr garantieren, dass sie zu einer anderen Mordkommission versetzt wird. Wäre durchaus möglich, dass sie in Zukunft Einbrüche bearbeiten muss. Ich denke, bei ihrem Ehrgeiz wäre das eine Katastrophe für sie.«

»Soll das etwa eine Drohung sein?«

»Es sind Tatsachen, mehr nicht.«

»Wir haben keine Affäre.«

Er verließ Landsbergs Büro und schlug die Tür hinter sich zu.

Die Attacke erwischte ihn im Flur. Kalt stand ihm der Schweiß auf der Stirn. Sein Herz raste. Das Atmen fiel ihm schwer.

Trojan eilte in den Waschraum. So durfte er von den Kollegen nicht gesehen werden.

Er stützte sich aufs Becken, drehte den Hahn auf und warf sich kaltes Wasser ins Gesicht.

Seine Beine waren zittrig. Das Gespräch war gänzlich schiefgelaufen.

Acht Wochen statt eines Jahres. Und selbst das würde ihm Landsberg vermutlich ausreden. Zu allem Überfluss war nun auch die Sache mit Steffie ans Licht gekommen.

Wie lange würde er noch durchhalten?

Er rang nach Luft. Er konnte einfach nicht mehr.

Ich kündige, durchfuhr es ihn. Ich schmeiße alles hin.

Er drehte das Wasser ab, nahm ein Papiertuch aus dem Spender und trocknete sich die Stirn.

Kurze Zeit später stürmte er aus dem Kommissariat, sprang in seinen Wagen und rauschte davon.

DREI

Mario Gutland war ungehalten. Dass sich Nora verspätete, hielt er für ein schlechtes Zeichen. Wie viel bedeutete er ihr eigentlich noch? Seit ihrem Streit am Wochenende war er in heilloser Aufregung. Heute war der Tag, an dem er sich mit ihr versöhnen wollte.

Und nun kam sie einfach nicht.

Ungeduldig saß er an dem Tisch im hinteren Teil des Restaurants, den er zum Lunch für sie beide reserviert hatte. Er beobachtete das hektische Treiben der Geschäftsleute, die sich hier zu einem kurzen Mittagessen trafen, und ließ die Eingangstür nicht aus den Augen.

Sie war schon zwanzig Minuten zu spät. Wo steckte sie nur?

Wenn er nicht rechtzeitig zurück im Büro war, bekam er Ärger. Am Nachmittag stand ein wichtiges Meeting an, und dafür war noch einiges vorzubereiten. Viel lieber hätte er sich abends mit Nora verabredet, doch das war schwierig. Nach acht war sie für gewöhnlich im Studio, um ihre nächtliche Sendung vorzubereiten.

Er musste wachsam sein. Nora traf sich mit einem anderen. Anfangs war es ein vager Verdacht gewesen, später kränkende Gewissheit. Schließlich hatte Nora alles zugegeben. Sie sprach von Trennung, doch das wollte er nicht wahrhaben.

Mario war ein Kämpfer. So leicht gab er nicht auf.

Am Wochenende war ihm der Kragen geplatzt. Er hatte sie angeschrien. Und das tat ihm leid. Am Telefon hatte er sich bei ihr entschuldigt und diese Verabredung vorgeschlagen. Sie hatte eingewilligt, und das war nun seine Chance, alles wiedergutzumachen.

Heute galt es, die Nerven zu behalten. Sein Jähzorn verschreckte sie, das hatte sie ihm selbst gesagt. Darum bloß nicht abermals einen Streit anzetteln. Wenn sie zur Tür hereinkommt, lächeln. Immerzu lächeln. Sie freundlich begrüßen und ihr Komplimente machen.

Er blickte zur Uhr. Und wenn sie ihn nun versetzte?

Oder ließ sie ihn absichtlich zappeln?

War das ein Machtspiel?

Zu viel Adrenalin im Blut. Er war ein Heißsporn, das wusste er. Darum ruhig bleiben, tief durchatmen.

Er schwitzte, das Jackett über seinem blütenweißen Hemd verbarg die unangenehmen Flecken unter den Achseln. Warum tat sie ihm das an?

Schon dreimal hatte er es auf ihrem Handy versucht, doch immer nur die Mailbox erreicht.

Erneut blickte er auf seine Armbanduhr. Nun war es schon fast halb zwei. Der Kellner hatte ihn mehrmals gefragt, ob er nicht endlich das Essen bestellen wolle, der Tisch werde benötigt. Doch Mario blieb hartnäckig.

Er beschloss, noch drei Minuten zu warten. Und wenn sie bis dahin nicht erschien? Würde das ein endgültiges Aus ihrer Beziehung bedeuten?

Nein, das durfte nicht sein. Möglicherweise hatte sie ja verschlafen. Als Nachtarbeiterin hatte Nora einen ganz anderen Rhythmus als er. Meistens blieb sie bis mittags im Bett.

Alles wegen dieser verdammten Radiosendung. Jeder Trottel durfte bei ihr anrufen und ihr von seinen Problemen erzählen. Wie er das hasste. Sie hatte so eine kumpelhafte Art drauf, die die Leute dazu brachte, ihr geheime Dinge anzuvertrauen. Was sollte das?

Mario war nicht bereit, sie mit anderen zu teilen, nicht mit den Fans ihrer Sendung und schon gar nicht mit einem anderen Liebhaber.

Was bildete sie sich nur ein, wie konnte sie ihn so lange warten lassen? Der Zorn ließ noch mehr Hitze in ihm aufwallen. Sein Hemd klebte am Rücken.

Wieder griff er zum Handy und tippte auf den ersten Eintrag in seiner Favoritenliste. Sie war seine Nummer eins. Wusste sie denn nicht, wie viel sie ihm bedeutete? Wie konnte er ihr bloß begreiflich machen, dass ihre Liebe etwas ganz Besonderes war?

Auch diesmal schaltete sich die Mailbox ein.

Ihre vertraute Stimme, rau und verlockend an seinem Ohr: »Hallo, hier ist Nora Sand, bitte hinterlasst mir eine Nachricht.«

Er unterbrach die Verbindung, trank seinen Kaffee aus, winkte dem Kellner und zahlte.

Es war dreizehn Uhr vierundzwanzig. Mario Gutland verließ das Restaurant.

Er schlug den Weg zurück zu seinem Büro ein, als er plötzlich innehielt. Nein, dachte er. Er würde jetzt nicht klein beigeben. Immerhin besaß er einen Schlüssel zu ihrer Wohnung. Zwar hatte sie ihn erst neulich von ihm zurückgefordert und ihn damit zutiefst gedemütigt. Doch er war so clever gewesen, ihn schließlich herauszurücken. Allerdings ahnte Nora nicht, dass er sich zuvor ein zweites Exemplar davon hatte anfertigen lassen.

So konnte er in ihrer Wohnung ein und aus gehen, wann immer sie nicht da war. Das verlieh ihm Macht und Kontrolle. Und es war ja nur zu ihrem Besten. Nora war dabei, einen schrecklichen Fehler zu begehen, und davor musste er sie bewahren. Er war der Mann, der sie beschützen würde. Auf immer und ewig.

Sie war so hübsch und begehrenswert. Sie faszinierte ihn. Und es war aufregend, wenn sie mit ihrer raspelnden Stimme zu ihm sprach. Sie beide hatten eine gute Zeit zusammen gehabt, und sie würden ihre Krise gemeinsam überwinden. Nora sollte endlich einsehen, dass ihre Liebe einzigartig war. Dafür musste er Sorge tragen.

Ihre Wohnung lag nicht weit entfernt, zu Fuß nur etwa eine Viertelstunde. Er würde sich bei seinem Chef für die verlängerte Mittagspause entschuldigen müssen, aber das war ihm egal. Nora Sand war das Wichtigste in seinem Leben. Und dafür lohnte es sich zu kämpfen.

Für einen Moment schnürte es ihm bei dem Gedanken, sie mit dem anderen Mann im Bett zu erwischen, die Kehle zu. Der Kerl war Anwalt, ein arroganter Schnösel. Mario hatte seine Facebook-Seite gecheckt. Auch auf Twitter und Instagram war der Typ aktiv. So manches Mal hatte er sich vorgestellt, ihm irgendwo an einer dunklen Straßenecke aufzulauern und zur Rede zu stellen.

Ruhig Blut, dachte er. Nora hat ganz sicher verschlafen. Sie wird froh sein, dass ich an ihre Tür klopfe, um sie zu wecken. Sie lässt mich herein, wir versöhnen uns. Sie sieht ein, dass sie einen Fehler gemacht hat, gibt dem anderen Kerl den Laufpass, und alles wird gut.

Wenn er doch nicht so übermäßig schwitzen würde. Sein Herz schlug viel zu schnell, und in seinem Magen rumorte es. Irgendeine dunkle Vorahnung brodelte in ihm, als wäre heute der Tag, an dem ihm sämtliche Sicherungen durchbrennen würden.

Er musste sich zügeln. Durfte Nora auf keinen Fall wieder anschreien.

Schwer atmend überquerte er den Engeldamm an der Fußgängerampel und bog kurz darauf in die Melchiorstraße ein. Vor ihrer Haustür angekommen, drückte er sogleich auf die Klingel an ihrem Namensschild. Er wartete ein paar Sekunden, läutete erneut, und als niemand öffnete, holte er den Schlüssel hervor und schloss auf.

Er verzichtete auf den Fahrstuhl und eilte die Treppen hinauf. Im fünften Stockwerk betätigte er ihre Türklingel, klopfte ein paarmal an, erst verhalten, dann lauter.

Nichts rührte sich.

Also schloss Mario auf und trat ein.

Leise rief er ihren Namen. Er erhielt keine Antwort.

Er durchquerte den Flur, sah im Wohnzimmer nach. Niemand.

Die Tür zum Schlafzimmer war geschlossen. Leise drückte er die Klinke.

Sein Blick fiel aufs Bett. Es war leer. Ordentlich, wie unbenutzt, die Überdecke glatt gestrichen.

Er trat näher.

Etwas an den Bettpfosten irritierte ihn. Da waren zwei weiße Tücher verknotet, eines links, eines rechts. Und in der Mitte des Bettes lag ein weiteres Tuch, zusammengewirkt, wie zu einem Knebel.

Was hatte das zu bedeuten? Seit wann stand Nora auf Fesselspiele?

Hatte etwa dieser Anwalt abartige Dinge von ihr verlangt?

Entsetzt verließ er das Zimmer.

»Nora?«

In der Küche war sie nicht.

Er ging zurück ins Wohnzimmer und näherte sich der Glastür zur Dachterrasse. Auch draußen war niemand.

Blieb nur noch das Badezimmer.

Hier war die Tür ebenfalls geschlossen. Mario klopfte zaghaft an.

Keine Antwort.

Er trat ein und registrierte das flackernde Kerzenlicht. Überall im Bad waren brennende Kerzen aufgestellt.

»Nora?«, fragte er erneut.

Über die Vorhangstange an der Badewanne war ein großes weißes Tuch gehängt.

Mario tastete nach dem Schalter und knipste das Deckenlicht an.

Augenblicklich wich er zurück.

Auf den Fliesen bewegte sich etwas. Langsam, behäbig.

»Um Himmels willen, Nora, was ist hier los?«

Stille.

Fassungslos betrachtete er die gespenstische Szenerie in dem Raum. Erst als er sich wieder halbwegs im Griff hatte, näherte er sich zögernd der Badewanne.

Er holte einmal tief Luft. Dann zog er das Tuch weg.

Er vergaß zu atmen.

Schwankte.

Mario Gutland stieß einen winselnden Laut aus.

VIER

Trojan fuhr vom Kommissariat in Tiergarten direkt nach Lankwitz in die Malteserstraße. Er stieg aus, ging in eine Bäckerei und kaufte zwei Becher Kaffee zum Mitnehmen.

Von dort aus waren es nur noch ein paar Schritte bis zum Friedhofsgelände. Als er das Tor passiert hatte, umgab ihn tröstende Stille. Der Verkehrslärm war wie verschluckt. Langsam ging er die Grabreihen entlang. Irgendwo rief ein Vogel. Ein lauer Wind in den Bäumen, der Geruch von feuchter Erde. In den letzten Tagen hatte es viel geregnet.

Als er den Grabstein mit dem Namen »TROJAN« erreicht hatte, stellte er einen der Pappbecher darauf.

»Hier, Pa«, sagte er, »für dich. Schwarz, ohne Zucker, so wie du ihn magst.«

Es tat gut, endlich »Pa« zu ihm zu sagen. Eigentlich hatte er sich das schon immer gewünscht, jedoch nie fertiggebracht. Früher hatte er Richard Trojan stets mit »Vater« angeredet. Förmlich, kühl, distanziert, so wie ihr Umgang eben war.

Seit seinem Tod hatte sich das geändert. War es verrückt von ihm, dass er öfter hierherkam, nur um mit ihm zu sprechen? Und zudem vertraulicher als vor seinem Ableben? Mit einem großen Bedauern, aber zugleich liebevoller als jemals zuvor? Hier hatte er einen Vater, der ihm nicht mehr widersprach. Der ihm keine Geringschätzung entgegenbrachte und auch keine Angst einflößte.

Er richtete das Wort an ein Grabmal. An ein Viereck voller Erde, ordentlich geharkt, mit Primeln und Koniferen bepflanzt. Und doch hatte er das Gefühl, dass sein Vater ihm zuhörte, ja mehr noch, als würde er Verständnis für ihn und seine Sorgen aufbringen.

An seiner letzten Ruhestätte war Richard Trojan der Pa, den er sich immer gewünscht hatte: ein geduldiger Zuhörer, mitfühlend, sanftmütig, aufrichtig.

Er vermutete, dass Gertrud Korn, die Lebensgefährtin seines Vaters, noch weitaus öfter als er herkam, um das Unkraut zu zupfen und die Pflanzen zu gießen. Ob sie dabei auch mit ihm sprach? Er wusste es nicht. Er hatte wenig Kontakt zu dieser Frau.

Bislang hatte ihn die Atmosphäre auf Friedhöfen bedrückt. Nun nicht mehr. Er genoss die Stille. Und dieses eigenartige Gespräch, das letztlich bloß ein Monolog war, den er vor sich hin murmelte.

»Bin froh, dass du noch die Kreuzfahrt unternehmen konntest. Hat dir gefallen draußen auf See, hmm? Ich sehe es direkt vor mir, wie du an der Reling stehst, aufs Meer hinausschaust und dir die frische Brise um die Nase wehen lässt.«

Er nahm einen Schluck von seinem Kaffee.

»Du hast es von Anfang an geplant, nicht wahr? Du wusstest, dass es deine letzte Reise sein wird. Unser Gespräch damals, das war unser Abschied. Ich weiß noch jedes Wort, das du zu mir gesagt hast. Du hast alles zugegeben. Du hast mir einen Mord gestanden, Pa. Alle Achtung, hätte nie gedacht, dass du mal so ehrlich zu mir sein würdest. Gut, dass wir uns noch mal umarmen konnten. Ein Mal wenigstens.«

Trojan blinzelte eine Träne weg.

»Ja«, sagte er leise, »jedes Detail war geplant. Dein Brief, unser Gespräch, die Reise, die Heimkehr und dann dein Tod. Du bist friedlich entschlafen, hat mir Gertrud gesagt. Aber es waren die Tabletten, oder? Schlaftabletten. Ich hab die leeren Packungen unter deinem Bett gefunden. Auch ein Mittel gegen Erbrechen war dabei. Du hast einfach an alles gedacht. Du wünschst deiner Lebensgefährtin eine gute Nacht, und das war's dann.« Er holte tief Luft. »Ich hab dafür gesorgt, dass niemand Verdacht schöpft. Vor allem Gertrud nicht. Natürliche Todesursache. Herzversagen. Der Arzt hat den Totenschein kommentarlos unterschrieben. War dir doch recht so, oder? Und doch muss dir klar gewesen sein, dass ich deine Absichten durchschauen und deinen Tod als Suizid einschätzen würde.« Er schluckte. »Ziemlich gut gespielt, Pa. So hast du mir wenigstens erspart, dich wegen des Mordes an Susanna Halm festnehmen zu müssen. Der eigene Sohn überführt seinen Vater. Dazu sollte es nicht mehr kommen. Vielleicht hätte das Gericht die Sache als Totschlag eingeschätzt. Totschlag verjährt, Mord nicht. Wer weiß, vielleicht wärst du noch mal davongekommen. Aber darum ging es dir nicht. Du wolltest vielmehr, dass die Angelegenheit niemals an die Öffentlichkeit gerät. Ich denke, es war dir wichtig, deine Lebensgefährtin damit zu verschonen. Nur vor deinem Sohn hast du deine Schuld eingestanden. Ein einziges Mal. Zumindest das rechne ich dir hoch an, Pa.«

Schweigend stand Trojan da und hing seinen Erinnerungen nach. Seit seiner Kindheit hatte ihn die Frage beschäftigt, wie es zu dem gewaltsamen Tod von Susanna Halm, der Nachbarin in ihrer Siedlung, gekommen war und welche Rolle sein Vater dabei gespielt hatte. Wahrscheinlich war das sogar der Grund, warum er Kriminalbeamter geworden war. Jana Michels, seine Ex-Freundin und Ex-Therapeutin hatte mal zu ihm gesagt, jede seiner Mordermittlungen sei letztlich unbewusst eine Ermittlung gegen seinen Vater.

Vermutlich lag sie richtig mit dieser Einschätzung.

Und nun hatte er endlich Gewissheit.

Es war wie die Lösung eines äußerst schwierigen Falls. Aber gleichzeitig war es auch ein Fluch, der auf ihm lastete. Zwar konnte er jetzt entspannter mit seinem Vater reden, aber der war ja auch tot und konnte ihm nicht mehr widersprechen.

Und außerdem gab es diese Schuldgefühle, die pausenlos an ihm nagten.

Nacht für Nacht träumte er von seinem Vater. Und in diesen Albträumen war er noch ganz der Alte. Ein zornerfüllter, verbitterter Richard Trojan. Er wütete, überschüttete seinen Sohn mit Vorwürfen. Er gab ihm die Schuld an seinem Selbstmord.

Nun lag die Schuld also bei ihm. Er hatte ihn ins Grab gebracht. Er, Nils, war dafür verantwortlich, dass sein Vater sich das Leben genommen hatte. Seine bohrenden Fragen, wer Susanna Halm damals vor vielen Jahren mit einem gusseisernen Kerzenständer den Schädel eingeschlagen hatte, seine Hartnäckigkeit, Gewissenhaftigkeit, seine Pflichten als Polizist hatten Richard Trojan in den Selbstmord getrieben.

»Kannst du mir verzeihen, Pa?«, fragte er den Stein mit dem Pappbecher darauf.

Keine Antwort.

Natürlich nicht.

Wo auch immer Richard Trojan nun war, mit dieser Frage ließ er seinen Sohn allein zurück.

»Du hast die Schuld an mich weitergegeben. Dein letzter Schachzug, Vater. Ist dir gelungen.«

Er trank seinen Kaffee aus und stellte den Becher zu dem anderen.

»Ich komme wieder. Vielleicht hab ich ja von nun an mehr Zeit. Muss mir die Sache gründlich durch den Kopf gehen lassen. Landsberg mauert, was mein Sabbatical betrifft. Ich denke ernsthaft darüber nach, ob ich ihm die Kündigung auf den Tisch knalle.«

Wovon willst du denn leben?

Er zuckte zusammen. Die Stimme war so deutlich zu vernehmen, als käme sie direkt aus dem Grab.

Nur ganz allmählich beruhigte sich sein Herzschlag.

»Scheiße, hast du mich erschreckt. Ich bin wohl ziemlich durcheinander.«

Du bist der Nächste, den es erwischt.

Er fuhr herum. Diesmal kam die Stimme von hinten. Eine Gestalt im Parka, runzliges Gesicht, stechende Augen, tauchte zwischen den Gräbern auf und grinste ihn an.

»Was haben Sie gesagt?«

»Gut, dass es keinen Regen mehr gibt.«

Trojan atmete durch. »Wer sind Sie?«

Der alte Mann lächelte. »Ich arbeite hier. Kümmere mich um die Gräber.«

»Entschuldigung. Ich war ganz in Gedanken.«

Trojan wandte sich zum Gehen.

»Einen schönen Tag noch«, rief der Alte ihm nach.

Du bist der Nächste, den es erwischt. Da schien er sich wohl verhört zu haben. Hoffentlich.

»Nur ein Gärtner«, murmelte er vor sich hin. »Nicht der Tod persönlich.«

Er eilte auf den Ausgang zu.

Zurück in seinem Wagen, schaltete er das Handy ein.

Auf dem Display wurden ihm dreizehn Sprachnachrichten in Abwesenheit angezeigt.

Die letzte hörte er ab.

Es war Landsberg. Er klang genervt: »Nils, verdammt, wo steckst du? Wir haben hier einen Mordfall. Melchiorstraße 17 in Berlin-Mitte. Beeil dich.«

Trojan startete den Motor und scherte aus der Parklücke aus.

Es ging wieder los.

FÜNF

Landsberg nahm Trojan im Flur der Tatortwohnung zur Seite. »Wo warst du nur so lange?«

»Eine private Angelegenheit, tut mir leid.«

»Privat? Du bist im Dienst.«

»Es geht um meinen Vater.«

»Aber das ist jetzt nicht …«

»Hilmar. Du weißt doch, dass er erst kürzlich verstorben ist.«

Der Chef wirkte für einen Moment irritiert. »Richtig. Entschuldige. Das war taktlos von mir.«

»Schon gut.«

Er räusperte sich. »Komm bitte mit.«

Trojan folgte ihm und verschaffte sich dabei einen ersten Überblick. Zwei großzügig geschnittene Zimmer, eine Küche und eine Dachterrasse, die von zwei ausladenden Oleanderbüschen umrahmt war. Eine geschmackvoll verspielte Einrichtung mit Vintage-Möbeln und ausgesuchten Designerstücken, Holzböden, farbige Wände und die kreative Unordnung einer offenbar weiblichen Bewohnerin.

Vor dem Badezimmer machte Landsberg Halt. »Hier ist es.«

Der Chef ging voran. Trojan schloss kurz die Augen, um sich zu sammeln, dann trat auch er ein.

Plötzlich war ihm, als wäre er in die Sequenz eines besonders bildmächtigen Traums katapultiert worden. Erneut schloss er die Augen, gab sich einen Ruck und sah wieder hin.

Erstaunt schweiften seine Blicke umher.

Langsam, befahl er sich. Eins nach dem anderen.

Zunächst einmal begrüßte er mit einer stummen Geste die Kollegen aus dem Team.

Bis auf Dennis Holbrecht, der noch im Urlaub weilte, waren sie alle längst eingetroffen. Stefanie Dachs erwiderte seinen Gruß mit dem Anflug eines Lächelns, das sofort wieder hinter ihrer ernsten Miene verschwand. Auch Max Kolpert und Albert Krach wirkten angespannt, sie nickten ihm knapp zu. Ronnie Gerber verzog lediglich die Mundwinkel.

Die bizarre Szenerie in dem großen Bad tat ihre Wirkung.

Dr. Semmler, ihr Rechtsmediziner, und die Kollegen von der Kriminaltechnik schienen ebenfalls unter dem Eindruck dieses äußerst absonderlich ausgeschmückten Tatorts zu stehen.

Nicht nur die von den Forensikern aufgestellten Halogenscheinwerfer verbreiteten eine beinahe betäubende Hitze in dem Raum, sondern auch die Vielzahl brennender Kerzen, die augenscheinlich zu der grotesken Inszenierung des Täters dazugehörten.

Der Mörder hatte die hellen Fliesen des Badezimmers mit welken Blütenblättern übersät. Es waren weiße Lilien, wie Trojan erkannte. Sie dienten nicht nur als Schmuck. Sie waren das Futter für unzählige Schnecken.

Große Weinbergschnecken durchzogen unbeirrt das Bad. Sie krochen über die Fliesen, glitten an den Wänden entlang, hinterließen auf dem Waschbecken und dem Spiegel ihre schleimigen Spuren und schlichen, von einem schweren Blumenduft angelockt, tastend, genügsam und feucht über den

Rand der Badewanne, über die ein weißes Tuch aus einem edlen Stoff drapiert war. Jemand hatte es zur Seite geschoben, sodass es den Blick freigab auf die Tote, die darin lag.

Kein Wasser befand sich in der Wanne. Dafür ein Meer aus Blütenblättern. Weiße Lilien bedeckten den nackten Leib der jungen Frau, die leblos auf der Seite lag, den Kopf auf den angewinkelten Arm gebettet, als würde sie schlafen.

Eine Inszenierung, dachte Trojan. Ein lebendes Bild von Schönheit und Vergänglichkeit. Die welken Lilien im Kerzenschein, der langsame Zug der Schnecken, ihre spiralförmigen Häuser, dieses Tuch, das offenbar aus Seide war, und die nackte Frau in ihrem Todesschlaf – die Sprache des Mörders war von Wehmut und Trauer, Hingabe und Sehnsucht geprägt.

Ein Totenkult, dachte er. Der Täter schien sein Opfer auf pervertierte Art zu verehren. Aber dieses Bild sprach auch von einem schmerzlichen Verlust.

Von Niedergang und Begehren.

Lust und Schmerz.

Eros und Tod.

Trojan ließ sich Zeit, um all diese Assoziationen auf sich wirken zu lassen, denn sie konnten ihm bei seinen Ermittlungen noch hilfreich sein.

Bedächtig näherte er sich der Wanne, bemüht, auf keine der Schnecken zu treten.

Das Gesicht der Frau war auffallend geschminkt, ihr rotblondes Haar frisiert. Seidig und glänzend berührte es ihre nackten Schultern. Ihre Augen waren geschlossen, die Wimpern getuscht, die Wangen voll Rouge, die Lippen rot. So hatte der Mörder die Leiche offenbar hingebungsvoll geschmückt.

»Wer ist sie?«, fragte Trojan leise.

»Nora Sand«, erwiderte Landsberg, »Siebenundzwanzig Jahre alt. Sie ist Radiomoderatorin. Ihr Freund, ein Mario Gutland, hat sie heute Mittag gefunden.«

»Wohnt dieser Freund hier?«

»Nein«, sagte Steffie, »aber er hat einen Schlüssel zur Wohnung.«

»Einbruchsspuren?«

Sie schüttelte den Kopf. »Keine.«

»Also kannte sie ihren Mörder womöglich.«

»Nicht auszuschließen. Eventuell ließ sie ihn herein.«

»Oder er hat sich eines Tricks bedient«, murmelte Trojan. Die nächste Frage richtete er an den Rechtsmediziner: »Was ist die Todesursache?«

Dr. Semmler strich das Haar der Toten zur Seite, sodass ihr Hals sichtbar wurde. Trojan erkannte die dunklen Male darauf.

»Sie ist erdrosselt worden.«

»Todeszeitpunkt?«

»Nach meiner ersten Schätzung in den frühen Morgenstunden. Und nun schau dir das hier an.« Vorsichtig drehte Semmler die Frau auf den Rücken. Ihr Haar fiel zurück, und da sah Trojan es.

Er beugte sich vor, um die versehrte Stelle am Kopf genauer betrachten zu können.

Ihm stockte der Atem.

Der Toten fehlte ein Ohr.

»Das linke Ohr«, murmelte Trojan.

»Ja«, sagte Semmler. »Es wurde abgetrennt. Die Art der Schnittverletzungen lässt mich vermuten, dass es post mortem entfernt wurde.«

»Nach ihrem Tod also.«

»Genau.«

»Der Täter hat es demnach als Trophäe mitgenommen.«

»So sieht es aus. Es sind sehr feine Schnitte. Vermutlich hat er ein Skalpell benutzt.«

Trojan versuchte, ruhiger zu atmen. »Ausgerechnet das Ohr. Das ist höchst ungewöhnlich. Mir ist kein ähnlicher Fall bekannt.«

»Es ist ziemlich merkwürdig, ja.«

»Was gibt es noch?«

»Die Würgemale sind äußerst massiv.« Der Rechtsmediziner wies auf die dunklen Flecken am Hals. »Offenbar hat er sie nicht nur einmal gewürgt. Er hat es immer wieder getan.«

»Gibt es Anzeichen sexueller Gewalt?«

»Bisher nicht erkennbar. Näheres erfährst du dann aus meinem Bericht.«

Eine Schnecke tauchte unter den Blütenblättern auf. Sie arbeitete sich langsam am Schlüsselbein der Toten entlang.

»Diese Viecher«, entfuhr es Trojan. »Können wir die nicht mal aufsammeln?«

»Weinbergschnecken sind eine Delikatesse.« Die sarkastische Bemerkung stammte von Albert Krach, ihrem Tatortmann. »Werden auch Schwäbische Austern genannt.«

»Wie kannst du jetzt ans Essen denken?«, entgegnete Ronnie Gerber pikiert.

»Sorry.« Krach setzte ein entschuldigendes Grinsen auf. »Ich wollte euch nur ein bisschen aufmuntern.«

»Ist dir nicht gelungen, Albert«, erwiderte Kolpert.

»Aber in Kräuterbutter zubereitet …«

Die übrigen Teammitglieder stöhnten auf.

»Zurück zu den Würgemalen«, meldete sich Landsberg zu Wort. »Womit hat er sie erdrosselt?«

Semmler wiegte den Kopf. »Auf den ersten Blick würde ich sagen, es war kein fester Strick, auch kein Gürtel. Eher ein Stück Stoff, das er zusammengewirkt hat.«

»Im Schlafzimmer sind Fesseln am Bettgestell befestigt«, sagte Stefanie. »Und dort liegt auch ein Tuch auf dem Bett, das offenbar als Knebel benutzt wurde. Wir können also annehmen, dass er sie dort getötet hat. Danach hat der Täter sie wohl hierher ins Bad getragen.«

Trojan nickte. »Wahrscheinlich, um sie zu waschen.«

»Ein Akt der Reinigung?«

»Leichenwäsche, ja.«

»Nicht ungewöhnlich nach einer Strangulation. Die Blase des Opfers entleert sich im Moment des Todes. Auch das Bett hat er gesäubert.«

»Er trennt ihr das Ohr ab, schminkt und frisiert sie.«

»Daraufhin bahrt er sie regelrecht auf.«

Wieder einmal registrierte Trojan, wie gut Steffie und er bei den Ermittlungen harmonierten. Auch Landsberg entging das wohl nicht. Er bedachte sie beide mit prüfenden Blicken.

»Es ist wie ein groteskes Bestattungsritual«, fuhr Trojan fort. »Lilienblüten. Kerzenlichter. Und diese Schnecken. Was fällt euch zu den Schnecken ein?« Mit einem strengen Blick zu Albert fügte er hinzu: »Abgesehen davon, dass man sie verspeisen kann.«

»Weinbergschnecken sind eigentlich vom Aussterben bedroht«, sagte Kolpert.

»Aber in einem feuchten Sommer wie diesem«, entgegnete Gerber, »können sie auch zur Plage werden.«

»Okay, weiter«, sagte Trojan nach einer Pause. »Wann wurde Nora Sand zuletzt lebend gesehen?«

»Sie war gestern Nacht auf Sendung, von null bis zwei Uhr früh«, erwiderte Steffie. »Ich hab bereits mit einem ihrer Mitarbeiter telefoniert. Er sagte mir, sie habe sich kurz nach zwei von ihm verabschiedet, um nach Hause zu fahren.«

»Was ist das für eine Sendung?«

»Ein recht beliebtes Format im Internet, läuft jede Nacht außer am Wochenende. Hörer können anrufen und sich mit der Moderatorin über ihre Probleme unterhalten, egal welche. Es geht um Sorgen im Alltag, in der Beziehung, in der Arbeit, um Ängste, Neurosen und dergleichen. Ein Talkradio nach amerikanischem Vorbild.«

»War Nora Sand Psychologin?«

»Nein, aber sie hat mal Psychologie studiert. Allerdings hat sie keinen Abschluss.«

»War sie aufgrund ihrer Sendung prominent?«

»Nicht im herkömmlichen Sinne. Aber ihr Freund, dieser Mario Gutland, hat mir gesagt, sie habe über einen großen Hörerstamm verfügt, darunter sind bestimmt auch eingefleischte Fans.«

»Wo ist Gutland jetzt?«

»Er wartet draußen im Treppenhaus.«

»In Ordnung, ich rede gleich mit ihm. Vorher aber will ich mir das Schlafzimmer genauer ansehen. Begleitest du mich?«

»Klar«, sagte Steffie.

Landsberg teilte Ronnie Gerber und Max Kolpert für die Befragung der Hausbewohner ein und wies Albert Krach an, unterstützt von den Kollegen von der Kriminaltechnik, die Spurensicherung zu übernehmen.

Trojan und Steffie gingen hinüber ins Schafzimmer. Er

scannte den Raum mit Blicken, versuchte, die Atmosphäre aufzufangen.

»Komisch«, sagte er. »Die Wohnung macht insgesamt einen charmant unaufgeräumten Eindruck, hier aber wirkt alles so …«

»… klinisch?«

»Ja. Viel zu sauber. Ordentlich. Beinahe penibel.«

»Der Täter hat aufgeräumt.«

»Warum? Um Spuren zu beseitigen?«

»Das auch. Aber da ist noch etwas.«

»Er will unsere Blicke lenken.«

»Richtig. Auf die Inszenierung im Bad und auf diese Tücher.« Sie wies aufs Bett. »Er lässt sie demonstrativ für uns zurück.«

»Ja. Wie um die Stelle zu markieren, an der er getötet hat.«

»Jedoch ohne die Spuren einer heftigen Strangulation.«

»Eine glatt gestrichene Bettdecke, ein nahezu friedlicher Ort. Wären da nicht diese Fesseln und ein Knebel.« Trojan streifte sich Latexhandschuhe über, um die Tücher zu betasten. »Was ist das für ein Stoff?«

»Seide.«

»Bist du dir sicher?«

»Ja. So etwas spüre ich selbst durch die Schutzhandschuhe.«

»Sehr edel.«

»Ganz genau. Auch das große Tuch im Bad ist übrigens aus Seide.«

»Stammen diese Accessoires aus dem Besitz von Nora Sand? Hast du den Freund dazu befragt?«

»Hab ich, ja. Er war sich nicht ganz sicher.«

»Es könnte also sein, dass der Täter sie mitgebracht hat.«

»Halte ich sogar für ziemlich plausibel.«

»Dann hat er sie wahrscheinlich auch mit einem Seidentuch erwürgt.«

»Ja.«

»Dieses besondere Tuch behält er. Es ist schließlich sein Mordwerkzeug. Die anderen lässt er zurück.«

Sie nickte. »Als ein Zeichen gewissermaßen.«

»Seide und Schnecken. Was assoziierst du damit, Steff?«

»Etwas Weiches, Zartes.«

»Der Tötungsakt selbst hingegen ist äußerst brutal. Langsames Erdrosseln.«

»Nach Semmlers Einschätzung hat er es wieder und wieder getan.«

»Er zieht das Tuch zu. Danach lässt er locker.«

»Sie windet sich, ringt nach Luft.«

»Er würgt sie weiter. Ein langer Todeskampf. Dann ist es vorbei.«

Steffie nickte. »Nun folgt der andere Teil des Rituals.«

»Der weiche Part.«

»Ja. Hart und zart. Ein starker Gegensatz.«

»Sehr gut, Steff. Das ist ein wichtiger Ansatzpunkt.«

»Nachdem er Nora Sand erdrosselt hat, trägt er sie ins Bad. Er greift zu seinem Skalpell, das er ebenfalls mitgebracht hat, und trennt ihr mit feinen Schnitten das linke Ohr ab.«

»Er wäscht, schminkt und frisiert sie.«

»Er drapiert das Seidentuch über der Badewanne.«

»Verstreut Blütenblätter und setzt die Schnecken aus.«

»Das hat etwas Kultisches, findest du nicht?«, fragte sie.

»Wie eine Totenverehrung, ja. Daran habe ich auch schon

gedacht. Warum aber das Ohr? Ein Ohr als Trophäe. Das ist mehr als ungewöhnlich.«

Steffie kräuselte die Stirn. »Ganz spontan fällt mir dazu ein, dass manche Japaner das Ohr einer Frau … mit dem weiblichen Genital vergleichen und es daher besonders schön finden.«

Trojan war überrascht. »Im Ernst?«

»Das hab ich zumindest mal gelesen. Eine Frau mit schönen Ohren gilt demnach als besonders begehrenswert.«

Er schaute sie an. »Interessant.«

Sie lächelte verschmitzt. »Untersuchst du jetzt etwa meine Ohren?«

Er lachte leise auf. »Soll ich denn?«

Sie grinste. »Nicht jetzt.« Sie wurde wieder ernst und berührte ihn am Arm. »Sprich mal mit diesem Gutland. Auf mich machte der einen merkwürdigen Eindruck.«

»Inwiefern?«

»Weiß nicht, vielleicht ist es ja der Schock. Aber … da ist was latent Aggressives an ihm.«

»Okay.« Trojan wandte sich zur Tür.

Da niemand außer ihnen im Raum war, drehte er sich noch einmal um, trat nahe an Stefanie heran und raunte ihr zu: »Übrigens. Wir müssen vorsichtiger sein. Landsberg weiß etwas über uns.«

Er rannte immer tiefer in den Wald hinein. Zweige schlugen ihm ins Gesicht. Er stürzte, rappelte sich auf und hastete weiter.

Wieder und wieder sah er die Stiefel vor sich. Das Blut auf dem Bett. Die Gestalt des Mannes. Kein Zweifel, er war hinter ihm her.

Der Junge musste schneller laufen, schneller. Er keuchte. Seine Lunge schmerzte. Er musste Hilfe holen. Sonst würde seine Mutter verbluten.

Er erreichte einen Forstweg, hielt kurz inne. Eine bleiche Mondsichel am Himmel. Ein Nachtvogel schrie. Welche Richtung sollte er nehmen? Der Junge wandte sich nach links.

Seine Beine wurden schwer, er strauchelte. Nicht hinfallen, ermahnte er sich selbst. Der Forstweg machte einen Knick, und dann ging es ein Stück bergauf.

Einige Zeit später verlor der Junge die Orientierung. Er geriet ins Unterholz, irrte verzweifelt durch dorniges Gestrüpp. Er fuchtelte mit den Armen herum, lief schleppend weiter. Sein Atem war hechelnd.

Dann schlug er lang hin. Er stieß sich die Stirn an einer Wurzel. Benommen blieb er liegen.

Er roch die feuchte Erde. Durch die Wipfel der Bäume fuhr ein leichter Wind. Der Junge begann zu zittern, sein T-Shirt war schweißdurchtränkt.

Nach einer Weile hob er den Kopf, und da sah er sie. Sie glitten vor ihm dahin, zogen schleimig ihre Spur. Schnecken. Ihre spiralförmig geschwungenen Häuser schimmerten im Mondlicht.

Plötzlich hörte er die Stimme seiner Mutter. Er lag wieder bei ihr unter der Bettdecke, in Sicherheit, und sie erzählte ihm die Geschichte von den Riesenschnecken.

Abend für Abend variierte sie die Geschichte. Das hatte mit seinen Fragen zu tun.

»Warum sind die Schnecken so groß?«

»Sie wurden verhext.«

»Von wem?«

»Von einem bösen Zauberer.«

»Warum?«

Und sie begann von dem Magier zu erzählen.

Am nächsten Abend fragte er erneut: »Wie kommt es, dass die Schnecken so riesige Leiber haben?«

»Sie sind aus einem Labor entkommen. Ein verrückter Wissenschaftler hat an ihnen herumexperimentiert.«

»Wieso?«

Seine Mutter hatte Fantasie. Stets erfand sie eine andere Wendung der Geschichte. Einmal war es ein verwunschenes Schloss, das die Riesenschnecken bewachen sollten. Ihre wulstigen Körper und die überlangen Fühler waren dazu da, neugierige Besucher abzuschrecken. Ein anderes Mal verbargen sie einen schlafenden Prinzen unter sich, sie versteckten ihn vor Räubern.

Am letzten Abend jedoch erzählte seine Mutter die Geschichte folgendermaßen: »Die Schnecken sind so riesig, damit sie größere Häuser haben.«

»Warum?«

»Falls mal ein Junge in Not ist.«

»Warum sollte er in Not sein?«

»Er hat sich in ihrem Wald verlaufen. Im Schneckenwald.«

»Wieso?«

»Er ist auf der Flucht.«

»Vor wem?«

»Vor einem bösen Mann.«

»Was machen die Schnecken mit dem Jungen?«

»Sie tun ihm nichts.«

»Und was macht er?«

»Der Junge sucht sich die größte Schnecke aus und schlüpft in ihr Haus.«

»Wie soll das gehen?«

»Er muss es nur versuchen. Die Schnecke bietet ihm Schutz.«

»Sie passen beide in ihr Haus? Die Schnecke und er?«

»Ja. Such dir die schönste aus.«

Eine der Schnecken erreichte seine Hand. Er fühlte ihren weichen, klebrigen Körper an seinem Finger.

Für ein paar Sekunden verlor der Junge seine Angst.

Mehr und mehr Schnecken krochen zu ihm. Mit einem Mal war es so still um ihn herum, dass er ein leises Knistern wahrnahm, wenn sie sich auf dem welken Laub zu ihm begaben.

Es wurde hell. Er hörte Stimmen. Männer, die sich etwas zuriefen. Aus der Ferne waren Motorengeräusche zu vernehmen. Von weit oben drang ein Dröhnen zu ihm. Plötzlich sah er zwischen den Baumwipfeln die rotierenden Blätter eines Helikopters auftauchen.

Er erschrak. Schon rauschte der Hubschrauber davon.

Der Junge wusste nicht, ob er eine Nacht oder länger im Wald ausgeharrt hatte. Er verspürte keinen Hunger mehr, nicht einmal Durst. Seine Glieder waren starr vor Kälte.

Die Stimmen kamen näher. Er erkannte Männer in Uniformen. Sie durchschritten das Gelände.

Er rührte sich nicht.

Plötzlich stand ein Polizist wenige Meter vor ihm.

»Hier ist jemand.«

Schritte raschelten im Laub. Funkgeräte schnarrten. Mit einem Mal war der Junge von Uniformierten umringt.

Sie fragten nach seinem Namen. Er schwieg.

Sie wollten ihm aufhelfen. Er wehrte sich.

Sie legten ihm eine Decke über die Schultern. Reichten ihm einen Becher Tee aus einer Thermoskanne. Er trank vorsichtig.

Sanitäter kamen, sprachen mit ihm. Er schwieg beharrlich.

Schließlich fragte der Junge: »Wo ist meine Mutter?«

Sie antworteten nicht.

»Was ist mit ihr passiert?«

Einer der Männer ging vor ihm in die Hocke. »Sag uns erst mal, wie du heißt.«

Nach einigem Zögern brachte er den Namen heraus.

Sie tauschten Blicke. Sie waren ernst und still.

Dann murmelte einer von ihnen: »Junge, du musst jetzt sehr tapfer sein.«

SECHS

Mario Gutland hockte auf dem Treppenabsatz. Als Trojan sich ihm vorstellte, erhob er sich, nickte ihm zu und verschränkte sogleich die Arme vor der Brust. Er sah bleich und angespannt aus. Unentwegt nagte er an seiner Unterlippe. Der Schweiß stand ihm auf der Stirn.

Trojan kam gleich zur Sache. »Sie sind der Freund von Nora Sand, wurde mir gesagt?«

»Ja.«

»Und Sie haben die Tote heute Mittag entdeckt?«

Ein kaum merkliches Nicken.

Trojan wartete ab.

Schließlich sagte Gutland: »Wir waren zum Lunch verabredet, Nora und ich. Sie kam nicht. Ich hab es mehrmals auf ihrem Handy versucht, aber sie hob nicht ab. Darum wollte ich nach ihr sehen, und dann …« Seine Stimme brach.

Trojan musterte ihn. Dunkelblauer Anzug, weißes Hemd. Eng zusammenstehende Augen, lockiges Haar. Schätzungsweise um die dreißig.

»Ich … ich dachte, sie hätte verschlafen«, stammelte er, »weil sie doch nachts arbeitet.«

Trojan nickte.

»Ich schloss also auf und …« Abermals versagte ihm die Stimme.

»Wo haben Sie zuerst nachgesehen?«

»Im Wohnzimmer.«

»Und dann?«

»Im Schlafzimmer. Danach in der Küche. Schließlich fand ich sie im Bad.«

»Die Tür zum Badezimmer war geschlossen?«

»Ja.«

»Das Kerzenlicht haben Sie also nicht gleich beim Hereinkommen bemerkt?«

»Nein.«

»Das große Seidentuch über der Wanne. Gehörte das Ihrer Freundin?«

»Ich weiß es nicht.«

»Die Fesseln am Bettgestell. Diese Tücher. Stammen die aus Noras Besitz?«

»Ich glaube nicht.«

»Gehörten gewisse S/M-Praktiken zu Ihrer beider Liebesleben?«

Er hob die Augenbrauen. »Nein, verdammt.«

»Wo waren Sie gestern Nacht?«

»Zu Hause. In meiner Wohnung. Ich habe geschlafen.«

»Kann das jemand bezeugen?«

»Natürlich nicht. Ich wohne allein.« Er verzog das Gesicht. »Verdächtigen Sie mich etwa?«

»Antworten Sie bitte einfach auf meine Fragen.«

»Hören Sie, ich habe mit der Sache rein gar nichts zu tun.«

»Nur auf meine Fragen antworten, ja?«

Er sog die Luft ein. Nickte unwillig.

»Waren Sie schon lange mit Nora Sand liiert?«

»Seit knapp einem Jahr.«

»Wie haben Sie sie kennengelernt?«

»Über die Arbeit. Ich bin in einer PR-Agentur beschäftigt.

Die Firma promotet unter anderem ihre Sendung. So kamen wir uns näher.«

»Sie besitzen also einen Schlüssel zu ihrer Wohnung?«

Gutland krümmte leicht die Schultern. »Ja. Den hat sie mir mal anvertraut.«

»Gab es in letzter Zeit Streit zwischen Ihnen und Nora Sand?«

»Nein.« Es klang wenig überzeugend. Er wich seinem Blick aus.

»Ganz sicher?«

Gutland schwieg.

Trojan trat dichter an ihn heran. »Je eher Sie es mir sagen, desto besser.«

»Na ja, also … es gab vor Kurzem ein paar Differenzen.«

»Was für Differenzen?«

»Das Problem waren Ihre Arbeitszeiten. Immer tief in der Nacht. Es wurde zunehmend schwieriger, sich mit ihr zu verabreden.«

»Sie sagten mir eben, Sie hätten ihre Sendung promotet. Demnach wussten Sie doch, worauf Sie sich einlassen.«

»Das schon, aber …« Er machte eine ungeduldige Handbewegung. »Anfangs war Nora noch viel … unternehmungslustiger … ist öfter mit mir ausgegangen … und dann …«

»Dann was?«

»Hören Sie, ich bin völlig durcheinander. Können wir das Gespräch nicht ein andermal fortsetzen?«

»Sie stehen noch immer unter Schock, nicht wahr?«

Er nickte.

»Kann ich gut verstehen.«

»Diese Schnecken. Überall diese Schnecken. Was hat das zu bedeuten?«

»Wir wissen es nicht.«

»Ich habe Nora geliebt.«

»Das glaube ich Ihnen gern.«

Gutland fuhr sich mit der Hand in den Nacken.

Trojan ließ nicht locker. Der Kerl verschwieg ihm irgendetwas. »Waren Sie eifersüchtig auf den Job Ihrer Freundin? Die Sendung von Nora Sand war ziemlich beliebt, hab ich recht?«

Gutland straffte sich, streckte das Kinn vor. Sein Tonfall wurde aggressiver: »Haben Sie da mal reingehört?«

»Nein.«

»Wildfremde Menschen riefen bei ihr an, um sich über ihre intimsten Probleme auszulassen. Nora musste anderen Männern Ratschläge zu ihrem Sexleben geben.«

»Und das hat Sie aufgeregt?«

»Auf Dauer schon.«

»Das haben Sie ihr gesagt, und deshalb kam es zum Streit?«

»Verstehen Sie mich bitte nicht falsch. Ich war sehr geduldig mit ihr. Es war ja ihr Job. Den wollte ich ihr nicht ausreden. Aber schließlich gibt es noch andere Hörfunkformate. Und diese Sendung verlor meines Erachtens zunehmend an Niveau.«

»Wann haben Sie Nora Sand zum letzten Mal gesehen?«

Die Antwort kam prompt, als habe er darauf nur gewartet. »Das war am Wochenende. Am Sonntag.«

»Um wie viel Uhr?«

»Nachmittags. So um drei.«

»Danach nicht mehr?«

»Nein.«

In diesem Moment erschien Gerber oben am Treppenabsatz und räusperte sich vernehmlich. »Nils?«

»Ja?«

Er wiegte den Kopf. »Kommst du mal?«

»Entschuldigen Sie mich einen Augenblick«, sagte Trojan zu Gutland und ging zu seinem Kollegen hinauf.

»Was gibt's?«

Gerber zog ihn zur Seite und senkte die Stimme zu einem Flüstern. »Der Nachbar von Nora Sand hat gerade etwas Interessantes ausgesagt.« Er setzte eine Pause, dann raunte er ihm ins Ohr: »Gutland war demnach gestern Nacht hier.«

Trojans Puls beschleunigte sich. »Wann?«

»Gegen Mitternacht. Sie sind sich im Treppenhaus begegnet. Der Nachbar kam spät nach Hause. Er will gehört haben, wie Gutland in Noras Wohnung ging.«

Ein leises Geräusch auf der Treppe, und Trojan wirbelte herum.

Gutland war verschwunden.

»Verdammte Scheiße, Ronnie, ihm nach!«

Sie stürmten die Treppe hinunter.

»Warten Sie!«, schrie Trojan.

Hallende Schritte.

»Stehen bleiben!«

Stockwerk für Stockwerk rasten sie ihm hinterher.

Bald hatte Trojan seinen Kollegen abgehängt.

Schwer atmend erreichte er das Erdgeschoss. Hier war niemand. Er riss die Eingangstür auf. Von Gutland war weit und breit nichts zu sehen.

Trojan kehrte um und nahm den Ausgang zum Hof. Da war er. Er balancierte auf einer Mülltonne, nahm Schwung und hechtete an den Maschendrahtzaun.

Trojan schrie seinen Namen.

Gutland hangelte sich über den Zaun und ließ sich fallen. Drüben rappelte er sich auf und rannte weiter. Trojan erreichte den Zaun, kletterte hinüber.

Als er auf der anderen Seite war, sah er, wie Gutland im Dunkel einer Hofeinfahrt verschwand.

Er folgte ihm. Durchquerte die Einfahrt und rüttelte an dem großen Tor. Das Schloss hakte, endlich bekam er es auf.

Tosender Verkehrslärm. Wo war Gutland? Schließlich erblickte er ihn.

Im Zickzack stürmte er an den Passanten vorbei.

Trojan überlegte, ob er einen Warnschuss aus seiner Sig Sauer abgeben sollte, doch die Straße war zu belebt. Er beschleunigte, sein Atem jagte.

An der nächsten Kreuzung hatte er ihn fast eingeholt.

Er rief ihm etwas zu, doch Gutland stürmte einfach weiter.

Trojan schrie erneut.

Der andere reagierte nicht.

Er lief, lief immer weiter, Trojan ihm nach.

Sie näherten sich der Kreuzung.

Sie war dicht befahren.

»Nein!«, brüllte Trojan, als er begriff, was der andere vorhatte.

Das Licht der Fußgängerampel war rot. Gutland in Panik. Er preschte direkt auf die Straße zu.

Der Verkehr tosend.

Schon war der andere auf der Straße.

Im vollen Lauf suchte er zwischen den heranbrausenden Fahrzeugen die Lücke.

Trojan erreichte den Bordstein. Er verlangsamte seine Schritte. Entsetzt musste er mit ansehen, wie Gutland vor einem heranbrausenden Auto einen Haken schlug.

Dann geschah es.

In Sekundenschnelle.

Ein zweiter Wagen, den er offenbar übersehen hatte. Bremsgeräusche. Dann der Aufprall.

Trojan zuckte zusammen.

Wie eine Puppe wurde Gutland hoch durch die Luft geschleudert.

Ein paar Meter weiter schlug er auf dem Asphalt auf.

SIEBEN

Mittwoch, 12. Juni, zwei Uhr nachts

Völlig erschöpft betrat Trojan sein Büro. Er setzte sich an den Schreibtisch und schloss für einen Moment die Augen. Er sah die unruhige Kurve des EKGs auf der Intensivstation vor sich und meinte noch immer, die monotonen Geräusche der Beatmungsmaschine zu hören.

Da klopfte es an die Tür.

»Ja?«, sagte er.

Steffie kam herein. »Wie sieht es aus?«

»Nicht gut. Die Ärzte haben ihn in ein künstliches Koma versetzt.«

Die Ermittlungen im Mordfall Nora Sand liefen auf Hochtouren. Er hatte Mario Gutlands Wohnung durchsucht, weitere Zeugen befragt und sich zu später Stunde in der Charité ein weiteres Mal nach dem Schwerverletzten erkundigt, doch die Ärzte wirkten nach wie vor besorgt.

Gutland hatte einen Schädelbruch erlitten. Sein Zustand war unverändert kritisch.

Stefanie setzte sich zu ihm. »Mach dir bitte keine Vorwürfe deswegen. Du bist wirklich nicht schuld an dem Unfall.«

»Vielleicht hab ich ihn in dem Gespräch zu hart angepackt.«

»Nein, du hast richtig gehandelt. Es war deine Pflicht, ihm auf den Zahn zu fühlen. Du hast dich ihm als Ermittler vorgestellt, und ihm war klar, dass er sich in einer Zeugenvernehmung befand. Alles lief nach Vorschrift.«

»Du hättest ihn sehen sollen, Steff. Er war wie von Furien gehetzt. Rennt einfach auf diese befahrene Kreuzung zu und…« Er brach ab.

»Der Kerl hat etwas zu verbergen. Wir müssen ihn als Hauptverdächtigen einordnen.«

»Ich weiß nicht, Steff. Er selbst war es doch, der die Polizei alarmiert hat. Mal angenommen, er ist der Täter – warum wollte er dann, dass die Leiche so früh entdeckt wird?«

»Möglicherweise, um von seiner Tat abzulenken.«

»Und doch gibt es einige Ungereimtheiten.«

»Aber auch etliche Verdachtsmomente.«

»Okay, lass es uns mal zusammen durchgehen. Was spricht für seine Schuld, was dagegen?«

»Dafür spricht unbedingt die Tatsache, dass er in der Mordnacht in Nora Sands Wohnung war. Außerdem haben wir bei ihm zu Hause dieses Prepaidhandy gefunden, das nur für den Anruf einer einzigen Telefonnummer benutzt wurde. Und das ziemlich oft, im Zeitraum von drei Wochen.«

»Konntest du die Nummer mittlerweile ermitteln?«

»Ja. «

»Sie gehört zu einem gewissen Adrian Lindström. Aber dazu komme ich gleich. Zunächst einmal hat mir eine Freundin von Nora Sand, ihr Name ist Karen Gabriel, interessante Einzelheiten über Noras Beziehung zu Gutland verraten.«

Trojan lehnte sich vor. »Ach ja?«

»Die beiden waren längst kein Paar mehr. Nora hat sich von ihm getrennt, doch Gutland wollte das offenbar nicht wahrhaben. Sie hat sogar ihren Wohnungsschlüssel von ihm zurückverlangt.«

»Er hat doch noch einen.«

Steffie nickte. »Anscheinend hat er sich den ohne ihr Wissen nachmachen lassen.«

Trojan runzelte die Stirn. »Er war also nach Aussage des Nachbarn um Mitternacht in ihrer Wohnung. Warum? Um ihr dort aufzulauern und sie umzubringen?«

»Er hat zumindest ein klares Motiv, und das ist Eifersucht.«

»Auf wen? Auf diesen Lindström?«

»Ganz genau. Kolpert hat den Laptop von Nora Sand gecheckt. Außerdem liegt uns mittlerweile die Anrufliste ihres Telefonanbieters vor. Dieser Lindström ist ein Anwalt für Medienrecht, den sie mal auf einer Party kennengelernt hat. Sie hat ihn in den letzten Tagen mehrmals privat kontaktiert, ihm E-Mails geschrieben und ihn angerufen, manchmal auch nachts. Karen Gabriel wusste über Nora Sand zu berichten, dass sie eine Liebesbeziehung mit ihm anstrebte. Und nun kommt es: Die Nummer, die Gutland von seinem Prepaidhandy aus wählte, stimmt mit Lindströms Telefonanschluss überein.«

Trojan ließ den Atem ausströmen. »Hast du mit dem Anwalt gesprochen?«

»Ja. Er wurde in letzter Zeit telefonisch massiv belästigt und bedroht. Unter einer ihm unbekannten Rufnummer meldete sich eine männliche Stimme bei ihm und forderte ihn auf, er solle sich von Nora Sand fernhalten.«

»Das war demnach also Gutland.«

»Ja.«

»Okay, das belastet ihn schwer.«

»Das sehe ich auch so. Und doch wirkst du nicht sehr überzeugt.«

Trojan wiegte den Kopf. »Ist das nicht alles eine Spur zu offensichtlich? Wenn er es war – hätte er sich dann nicht mit seinen Drohungen extrem unvorsichtig verhalten?«

Sie zuckte mit den Schultern.

Trojan fuhr fort: »Ich hab mich in dem Lokal umgehört, in dem Gutland mit Nora Sand zum Lunch verabredet war. Er war tatsächlich dort, das gab der Kellner zu Protokoll. Er hatte einen Tisch für zwei bestellt und wartete dort ungeduldig auf sie.«

»Was besagt das schon? Auch Karen Gabriel hat mir bestätigt, dass die beiden zum Lunch verabredet waren. Nora wollte sich mit Gutland treffen, um ihn auf die Drohungen gegen Adrian Lindström anzusprechen. Möglich, dass er in dem Restaurant nur so tat, als würde er auf sie warten. Wäre sogar recht clever von ihm, wenn er der Täter ist.«

»Warum aber stellt er sich in der Mordnacht so ungeschickt an? Der Nachbar hat ihn doch gesehen. Gutland begegnet ihm direkt im Treppenhaus. Wenn es sein Plan war, in dieser Nacht Nora Sand umzubringen, wäre er dann so stümperhaft vorgegangen?«

»Ja, das ist sonderbar. Da gebe ich dir recht.«

»Aber es spricht noch etwas viel Entscheidenderes gegen seine Schuld. Ich habe alle Überwachungskameras checken lassen, die sich auf dem Weg von Gutlands Wohnung im Bezirk Prenzlauer Berg zu Nora Sands Wohnung in Berlin-Mitte befinden. Und dabei stieß ich auf diese Aufnahmen.«

Er nahm einen USB-Stick von seinem Schreibtisch und schob ihn in seinen Rechner. Er klickte das Video an und drehte den Monitor so, dass Stefanie es sehen konnte.

Es waren die Aufnahmen einer Kamera, die an einer Tankstelle positioniert war.

Auf der Zeitleiste erschien die Angabe: »11. Juni, 2:37 Uhr«.

Das Video zeigte einen weißen BMW, der vor einer Zapfsäule hielt. Jemand stieg auf der Fahrerseite aus und öffnete das Tankschloss. Es war Mario Gutland.

Stefanie schnalzte mit der Zunge. »Er hat die Wohnung vor ihrer Rückkehr aus dem Sender wieder verlassen.«

»So ist es. Es ist sein Wagen, das Kennzeichen habe ich überprüfen lassen. Laut Semmlers vorläufigem Bericht starb Nora Sand gegen vier Uhr morgens, möglicherweise auch etwas früher. Damit scheidet er eigentlich aus.«

»Er kann noch einmal zurückgefahren sein.«

»Hältst du das für wahrscheinlich?«

»Er könnte absichtlich zu der Tankstelle gefahren sein, um zu dieser Uhrzeit gefilmt zu werden. So verschafft er sich ein Alibi.«

Trojan stoppte das Video. »Ich will ihn als Täter nicht völlig ausschließen. Jedoch habe ich meine Zweifel.«

»Wird er in der Klinik bewacht?«

»Na klar, rund um die Uhr.«

»Gut. Und wenn er es nicht war? Warum hält er sich dann in der fraglichen Nacht für etwa zwei Stunden in Nora Sands Wohnung auf?«

»Dazu habe ich eine Theorie.«

»Und die wäre?«

»Seine krankhafte Eifersucht führte zu einem Kontrollwahn. Er lässt sich diesen Zweitschlüssel anfertigen, und immer, wenn Nora Sand auf Sendung ist, geht er in ihre Wohnung, um alles bei ihr zu Hause zu überprüfen. Vor allem ihren Laptop. Vermutlich hat er, als er mit ihr zusammen war, ihr Passwort herausgefunden. Er fährt den Rechner hoch, liest all ihre E-Mails, kontrolliert ihre Fotos, schnüffelt in ihren Sachen herum. Um zwei Uhr früh endet die Sendung, und er geht wieder.«

Sie nickte. »Und in dem Wissen um diese Schuld, ist er vor dir getürmt.«

»Ja, immerhin war er kurz vor ihrer Ermordung am Tatort. Er stand unter Schock. Er hat im Treppenhaus mitbekommen, wie Gerber die belastende Zeugenaussage an mich weitergibt, verliert die Nerven, gerät in Panik und rennt davon.«

Sie blickten sich schweigend an.

»Vielleicht hast du ja recht«, sagte sie nach einer Weile.

»Hoffentlich können wir ihn bald zu den Vorwürfen befragen. Die Ärzte konnten mir heute allerdings noch nicht einmal versichern, dass er durchkommen wird.«

»Steht es also so schlecht um ihn?«

»Ja.«

»Verdammt.« Sie strich sich das Haar aus der Stirn. »Was haben denn deine Ermittlungen beim Sender ergeben?«

»Ich hab mit dem Aufnahmeleiter gesprochen. Sein Name ist Freddy Klein. Er war nach der Sendung in einer Bar und hielt sich dort bis vier Uhr früh auf. Zwei Bekannte von ihm konnten das bestätigen. Allerdings sagte er mir etwas von einem Anrufer, über den sich Nora Sand mehrmals bei ihm beschwert hat. Sie fühlte sich wohl seit einiger Zeit von diesem Zuhörer belästigt.«

»Inwiefern?«

»Er ließ sich während der Sendungen nach ihrem Geschmack zu oft zu ihr durchstellen, um anzügliche Bettgeschichten vor ihr auszubreiten. Sie war der Meinung, dass es dem Hörer nicht um irgendwelche Probleme ging, sondern darum, sich wichtigzumachen und sie einzuschüchtern.«

»Konntest du seinen vollständigen Namen und die Adresse ermitteln?«

»Bisher noch nicht. Die Rufnummer war unterdrückt, und in der Sendung benutzte er offenbar einen Alias-Namen. Ich hab die Telefonliste vom Provider des Senders angefordert, aber noch nicht erhalten.«

»An diesem Zuhörer sollten wir dranbleiben.«

»Das denke ich auch.« Nach einer Pause fragte er: »Hast du den Medienanwalt, diesen Lindström eigentlich gefragt, wo er in der Mordnacht war?«

»Ja. Er hatte einen beruflichen Termin in Köln und hat dort im Hotel übernachtet. Ich hab sein Alibi gecheckt, es ist lupenrein.«

»Okay.« Er seufzte. »Zu dumm, dass Holbrecht noch im Urlaub ist. Wir sind krass unterbesetzt.«

»Wann kommt er denn zurück?«

»Morgen, denke ich.«

»Schön, dann kann er gleich voll einsteigen.« Sie warf ihm einen besorgten Blick zu. »Wie lief eigentlich dein Gespräch mit Landsberg heute Morgen?«

»Nicht so gut. Er mauert wegen des Sabbaticals. Und wie ich schon erwähnte, müssen wir vorsichtiger sein. Es scheint etwas über uns zu ihm durchgedrungen zu sein. Er sprach mich direkt darauf an. Kam mir mit den Vorschriften und diesem ganzen Kram.«

»Wie hast du reagiert?«

»Ich hab alles geleugnet.«

»Das war gut.«

»Jetzt hat er uns aber erst recht im Visier.«

»Wir lassen uns einfach nichts anmerken.«

»In Ordnung.«

Abermals schwiegen sie.

»Wollen wir für heute Schluss machen?«, fragte sie schließlich. »Du siehst sehr müde aus.«

»Müde sind wir doch alle auf dieser Dienststelle.«

»Wenn du magst, können wir zu mir fahren.«

»Ein andermal gern, Steff. Ich arbeite lieber noch ein, zwei Stunden weiter und schlafe dann hier auf der Klappliege.«

»Bist du dir sicher?«

»Ja. Es gilt, keine Zeit zu verlieren.« Er holte tief Luft. »Mein Instinkt sagt mir, dass der Killer wieder zuschlagen wird. Und zwar ganz bald.«

ACHT

Mittwoch, 12. Juni, frühmorgens

Lydia war bei diesem Mann. Er war ein Fremder, sie kannte seinen Namen nicht. Auch sein Gesicht konnte sie nicht erkennen, aber er war ihr sehr nah.

Er sprach mit leiser Stimme zu ihr. Es waren schmeichelnde Worte.

»Du bist schön.«

Sie schwieg.

»Du hast so eine weiche Haut.«

Sie rührte sich nicht.

Er machte ihr fortwährend Komplimente. Dann wurde er zudringlicher. Sie wollte ihm sagen, dass er aufhören sollte, aber ihr Mund war trocken. Die Zunge klebte am Gaumen. Sie hatte Mühe zu sprechen.

Sie lag vor ihm, wehrlos, kaum bekleidet.

Er hatte eine Kapuze auf dem Kopf. Sein Gesicht war im Schatten.

Er beugte sich über sie, um sie zu berühren. Er strich mit seiner Hand über ihr Knie.

»Gefällt dir das?«

»Nein«, brachte sie hervor.

Schon war die Hand auf ihrem nackten Oberschenkel.

»Nicht.«

»Lass es einfach geschehen.«

Sie spürte seinen Finger. Der wanderte langsam höher.

»Und wie ist das?«, fragte er.

Der Finger glitt über die Innenseite ihres Schenkels. Fordernd, lockend, so strich er über ihre nackte Haut.

Sie versuchte, sich zu bewegen.

»Ist das gut?«

»Nein«, stammelte sie. »Nein.«

Der Finger tastete sich weiter. Das durfte sie nicht zulassen.

Die Stimme raunte ihr ins Ohr: »Du willst es, nicht wahr?«

Ihr fehlte die Kraft zu antworten.

Ihre Glieder fühlten sich schwer an, bleischwer.

Plötzlich schien sich der Mann von ihr zu entfernen. Und doch wurde sie weiter betastet.

Etwas umschmeichelte sie. Fühlte sich warm an, was über ihre Haut schlich, aber es war auch feucht und schien eine merkwürdige Form zu haben.

War das überhaupt noch sein Finger?

Es war glitschig.

Nein, was sie da berührte, gehörte zu keiner Hand.

Etwas kroch über sie hinweg, schlängelte sich über ihr nacktes Bein.

Sie zuckte.

Etwas Organisches auf ihrem Körper, aber nichts Menschliches. Was war das nur?

Ein großer, schleimiger Wurm?

Konnte das wahr sein?

Wenn ja, sollte sie sich dagegen wehren. Sie wollte schreien, doch es gelang ihr nicht.

Schmatzend, kriechend zog dieses Ding seine Bahn. Höher wanderte es, höher, immer höher an ihrem Körper hinauf.

Sie wurde bedrängt. Von einem wabernden, nässenden Wesen befeindet.

Es wimmelte auf ihr. Es überzog sie mit Schleim.

Ein Horror, sie wollte sich aufbäumen, aber sie war wie gelähmt.

Lydia versuchte, die Beine zusammenzupressen. Sie durfte das Ding nicht noch näher an sich heranlassen.

Sie versuchte zu schreien.

Endlich schreckte sie hoch.

Das Morgenlicht sickerte durch eine Öffnung im Vorhang herein.

Lydia Meran atmete schwer.

Ein Traum. Nur ein Traum.

Sie saß aufrecht im Bett. Sie konnte sich nicht beruhigen. Die verstörenden Bilder in ihrem Kopf waren so präsent, als seien sie real.

Und diese Berührung. War die nicht echt?

Oder träumte sie noch?

Noch immer hatte sie so ein unangenehmes Gefühl auf ihrer Haut.

Als würde sie jemand kitzeln wollen.

Was war das unter ihrem Nachthemd?

Lydia schrie leise auf.

Sie strampelte die Bettdecke weg. Sie hob den Saum ihres Nachthemds an.

Wieder schrie sie. Zappelte. Mit hektischen Handbewegungen wischte sie über ihre nackten Beine.

Sie sprang auf.

Entsetzt blickte sie auf ihr zerwühltes Laken.

Eine Schnecke. Eine kleine Weinbergschnecke in ihrem Bett.

Gemächlich zog sie die Fühler ein. Langsam verkroch sie sich in ihrem Gehäuse.

Wie war sie hier hereingekommen? Wie war es möglich, dass sie sich unter ihrem Nachthemd verfangen konnte?

Lydias Herz schlug heftig.

Zittrig streckte sie die Hand nach dem Weichtier aus, nahm es auf und ging hinüber ins Wohnzimmer. Dort sperrte sie die Balkontür auf, schlüpfte in ihre Flip-Flops und trat ins Freie.

Sie stieg die gewundene Steintreppe hinab, die vom Balkon im Hochparterre direkt hinunter in den kleinen Garten führte, den Lydia liebevoll bepflanzt hatte. Auf dem Holunderbusch an der Hauswand setzte sie die Schnecke aus.

Tief durchatmen, dachte sie. Den bizarren Traum schnell wieder vergessen.

Sie schlang die Arme um die Schultern und sog die noch recht frische Morgenluft ein.

Zurück in die Realität. Es war nur eine Schnecke. Nur ein kleines, harmloses Weichtier.

Gestern, kurz vorm Schlafengehen, dachte sie. Sie war hier draußen gewesen, war im Mondlicht zwischen den Blumenstauden entlanggewandert, hatte dabei an ihrem Glas Wein genippt. Die Schnecke musste sich wohl in ihrem Hosenbein verfangen haben. Sie hatte sie unbemerkt hereingebracht, und auch beim Auskleiden war sie ihr offenbar nicht aufgefallen.

Ja, das war plausibel. So konnte sie in ihr Bett und unter ihr Nachthemd geraten sein. Schnecken waren nachtaktiv. Darum diese wuselnden Bewegungen auf ihrer nackten Haut.

Sie atmete durch. Ja, das war die Lösung.

Kein Grund zur Unruhe.

Und doch brauchte sie eine Weile, bis sie sich wieder halbwegs gefangen hatte.

Sie ging zurück in die Wohnung, kochte Kaffee und frühstückte. Danach schlüpfte sie in ihre Sportsachen und verließ die Wohnung. Wie jeden Morgen joggte sie eine halbe Stunde durch den Wald.

Nach ihrer Rückkehr stand sie lange Zeit unter der Dusche. Ihr war, als müsste sie nicht nur den Schweiß, sondern auch den Traum von ihrem Körper abspülen. Noch immer meinte sie, dieses schlüpfrige, kriecherische Schneckenwesen auf ihrer Haut zu spüren.

Sie trocknete sich ab und zog sich an.

Anschließend ging sie ins Wohnzimmer und blieb vor dem Klavier stehen. Ihr blieben noch ein paar Minuten, bis sie zur Arbeit in ihren Buchladen musste, darum könnte sie noch ein wenig üben. Das würde sie vielleicht beruhigen.

Sie setzte sich auf den Hocker, klappte den Deckel auf. Ihre Finger verharrten über den Tasten.

Ja. Die Musik würde sie den furchtbaren Traum vergessen lassen.

Viele Jahre hatte sie nicht mehr gespielt. Erst seit dem Tod ihres Vaters übte sie wieder regelmäßig. Sie hatte seine Wohnung hier draußen in Frohnau geerbt, seine Bücher, die Bilder an der Wand, ein paar antike Möbel, die nun mit ihren Einrichtungsgegenständen einen bunten Stilmix ergaben. Auch das Klavier hatte er ihr vermacht, schon als Kind hatte sie darauf gespielt.

Traumwandlerisch begann Lydia mit den ersten Takten der Mondscheinsonate von Beethoven, es war das Lieblingsstück ihres Vaters gewesen. Auch sie mochte es sehr, besonders den ersten Satz. Adagio sostenuto.

Das Hauptmotiv war so einfach und genial zugleich, sechsmal wurde die gleiche Taste angeschlagen Die linke Hand kreierte nebenbei einen Teppich, der diese Melodie voller Schmerz und Melancholie weich einbettete. Wehklage und schwermütige Schönheit. Cis-Moll. Kurze Auflösungen in Dur, kleine Hoffnungsschimmer, doch immer wieder drang diese schwebende Traurigkeit in den Vordergrund.

Lydias Augen füllten sich mit Tränen. Ihr Vater fehlte ihr sehr. Jeden Augenblick vermisste sie ihn schmerzlich. Doch wenn sie die Mondscheinsonate spielte, war er bei ihr. Sie hatte das Gefühl, als stünde er hinter ihr und berührte sie sacht an der Schulter.

Das ist sehr schön, mein Kind.

Seine dunkle Stimme. Er war ihr so nah. In der Musik war er noch immer bei ihr.

Plötzlich ließ sie ein polterndes Geräusch zusammenfahren.

Erschrocken beendete sie ihr Spiel.

Die Musik erstarb.

Jemand war in ihrem Garten. Sie glaubte, sich entfernende Schritte zu vernehmen. Lydia stand auf und horchte.

Auf einmal war alles still.

Sie trat hinaus auf den Balkon.

»Hallo?«, fragte sie ängstlich.

Nichts.

Sie stieg die Treppe hinab.

Und dann sah sie es. Ein Blumenkübel war von der Brüstung gestürzt. Ein kleiner Topf mit einer Grünlilie.

Sie sammelte die Scherben auf. Auf einmal hatte sie das Gefühl, beobachtet zu werden.

Lydia richtete sich auf. Unsicher streiften ihre Blicke durch den Garten, bis hin zu den Hecken am Zaun.

»Hallo?«, fragte sie ein weiteres Mal.

Nein, da war niemand. Offenbar hatte sie sich getäuscht.

Sie legte die Scherben auf die Treppenbrüstung und bückte sich nach der Lilie. Sie würde sie später umtopfen müssen. Vielleicht hatte sich eine Katze hier herumgeschlichen und war gegen den Topf gestoßen.

Als sie sich aufrichtete, bemerkte sie die Schnecken.

Haufenweise Schnecken auf dem Gartenweg.

Es waren so viele. Ein einziges Gewimmel.

Lydia musste an ihren Traum denken. Sie ließ die Grünlilie fallen. Es schüttelte sie.

Rasch eilte sie zurück in die Wohnung und verriegelte die Balkontür.

Sie hatte nichts gegen Schnecken. Aber wenn es so viele waren, wurden sie ihr unangenehm.

Eine Plage. Wo kamen die nur alle her?

NEUN

Unruhig warf sich Trojan auf seiner Klappliege hin und her. Sein Schlaf war leicht, verschwommene Traumbilder zogen an ihm vorbei. Er sah das Grab seines Vaters vor sich. Über den Gedenkstein glitten Schnecken hinweg. Hunderte von Schnecken. Träge wichen sie zur Seite und gaben die Inschrift frei, Buchstabe für Buchstabe: T-R-O-J-A-N.

Sie krochen weiter, langsam, Schleim absondernd, bis der Vorname zu lesen war.

Doch es war nicht der seines Vaters. Nicht R-I-C-H-A-R-D war in den Stein gemeißelt, sondern N-I-L-S.

Es war sein Grab. Von Schnecken überwandert. Immer deutlicher war es zu erkennen.

Er las sein Geburtsdatum ab. Und dann den Tag seines Todes.

Es war ein Datum in nicht allzu ferner Zukunft.

Genau in drei Tagen.

Der fünfzehnte Juni.

Du bist der Nächste, raunte ihm eine Stimme ins Ohr.

Erschrocken schlug Trojan die Augen auf.

Er schnappte nach Luft. Fingerte nach seinem Handy und sah aufs Display. 6:53 Uhr.

Ich glaube nicht an Träume, dachte er grimmig. Träume erzählen nicht die Wahrheit.

Oder etwa doch?

Entschlossen stand er auf. Im Waschraum des Kommissariats machte er sich frisch. Danach holte er sich am Automaten einen Kaffee.

Am Schreibtisch sah er seine Papiere durch, dann rief er in der Klinik an. Gutlands Zustand hatte sich zwar ein wenig stabilisiert, doch beließen ihn die Ärzte weiterhin im künstlichen Koma.

Das nächste Telefonat führte er mit einem Kriminaltechniker. Es gab kaum verwertbare Spuren in der Tatortwohnung. Der Mörder schien demnach Handschuhe und Schutzkleidung getragen zu haben.

Ein winziger Hautpartikel, den man im Flur gefunden hatte, ließ sich nach einem DNA-Abgleich Mario Gutland zuordnen. Dass dieser sich in der Wohnung aufgehalten hatte, war mittlerweile unstrittig. Nur bewies diese eine Spur noch längst nicht seine Täterschaft. Denn an den Seidentüchern, der Bettwäsche und in der Badewanne hatte man nur die DNA von Nora Sand selbst nachweisen können.

Trotz allem blieb Gutland tatverdächtig, auch wenn Trojan nach wie vor seine Zweifel hatte.

Gegen acht Uhr morgens rief Semmler an und bat Trojan, in die Rechtsmedizin zu kommen. Er schnappte sich seine Jacke, verließ das Kommissariat und fuhr mit seinem Dienstwagen zur Charité.

Eine halbe Stunde später traf er im Obduktionsraum ein. Semmler schüttelte ihm die Hand. Dann führte er ihn zu dem Behandlungstisch, auf dem der Leichnam von Nora Sand lag.

»Es geht um Folgendes«, sagte er. »Im Blut der Ermordeten fand ich Reste von Midazolam, das ist ein kurz wirksames Benzodiazepin. Es wirkt schlaffördernd, beruhigend, angstlösend und entspannend auf die Skelettmuskulatur. Und nun schau dir das hier an.« Er deutete auf dunkle Abdruckspuren, die sich im Bereich von Mund und Nase der Toten befanden. »Wegen der Schminke waren diese Blutergüsse anfangs nicht erkennbar.«

»Woher stammen die?«, fragte Trojan.

»Darüber habe ich lange nachgedacht. Der Form der Abdrücke nach zu urteilen, wurde der Frau etwas mit großer Gewalt auf Mund und Nase gepresst. Über das Midazolam kam ich schließlich auf einen Verdacht. Es könnte sich um den Aufsatz eines Inhalators handeln.«

Trojan blickte ihn erstaunt an. »Wie bitte? Du meinst so ein Gerät gegen Schnupfen und Asthma?«

»Richtig. Ich glaube, der Täter hat sie dazu gezwungen, die Substanz einzuatmen.«

»Ist das denn überhaupt machbar?«

»Es ist ungewöhnlich, aber nicht unmöglich. Midazolam gibt es zum Beispiel auch in der Darreichungsform eines Nasensprays. Dieses Spray wird zum Beispiel bei Epilepsie-Patienten bevorzugt. Eine nasale Anwendung hat den Vorteil, dass Angehörige dieser Patienten bei einem epileptischen Anfall schnell und unkompliziert helfen können. Das heißt, sie müssen dem Betroffenen keine Spritze geben, sondern ihm nur etwas von dem Medikament in die Nase sprühen.«

»Interessant.«

»Ja. Die Pharmaindustrie geht sogar noch einen Schritt weiter. Man erforscht derzeit spezielle Nasensprays gegen Angstzustände und Panikattacken. In Tierversuchen soll das bereits funktioniert haben.«

»Ein Nasenspray gegen die Angst?«

Semmler nickte.

Das wäre ja etwas für mich, dachte Trojan sarkastisch. Panikattacke? Kein Problem, zwei Sprühstöße in die Nase, und schon bin ich wieder einsatzbereit.

Semmler straffte die Schultern. »Folgende Theorie: Der Täter lauert Nora Sand im Treppenhaus vor ihrer Wohnungstür auf. Er drückt ihr die Atemmaske eines akkubetriebenen Inhalators mit aller Kraft gegen Mund und Nase. In dem Inhalator befindet sich die Midazolam-Lösung. Diese wird vernebelt, und die Dämpfe betäuben die Frau. Er nimmt ihr den Schlüssel ab, schließt auf, schiebt sie in die Wohnung hinein, schließt die Tür hinter sich, zerrt sie zum Bett und fesselt sie dort.«

»Klingt ziemlich plausibel«, murmelte Trojan. »Das würde auch erklären, warum wir keine Einbruchsspuren gefunden haben.«

»Ganz genau.«

»Wie lange war sie demnach betäubt?«

»Nicht lange. Das Mittel sediert nur vorübergehend.«

»Es diente also bloß dem Moment des Überfalls?«

»Ja. Danach hat er sie wohl über einen längeren Zeitraum hinweg stranguliert, und das dürfte sie durchaus mitbekommen haben.«

»Er ließ sie leiden.«

»So ist es.«

»Hat er sie auch vergewaltigt?«

Semmler schüttelte den Kopf. »Nein. Das kann ich nach meinen Untersuchungen ausschließen.«

»Haben wir es dennoch mit einem Lustmord zu tun?«

»Das langsame Strangulieren führt zu einem heftigen Todeskampf. Für den Täter ist das eine Machtdemonstration. Und die ist oftmals auch sexuell motiviert.«

»Aber diese Tücher. Weiche Seide. Das Tuch über der Wanne. So hübsch drapiert. Kerzenlicht. Lilienblüten.«

»Ein starker Kontrast.«

»Und Schnecken. Unzählige Schnecken.«

»Bizarr. Und ein Albtraum für jeden Hobbygärtner, wenn ich das mal erwähnen darf. Die fressen dir alles kahl. Meine Frau stellt in unserem Garten spezielle Bierfallen auf. Darin ertrinken sie. Schnecken sind eine Plage. Besonders die Nacktschnecken, das sind die schlimmsten von allen. Und die sehen auch am ekligsten aus.«

»Aber Weinbergschnecken sind doch recht schön, findest du nicht?«

»Nicht wirklich.«

»Ihre Häuser, so spiralförmig. Und sie tragen sie immer bei sich. Das ist ihr Schutz.«

»Ich kann den Viechern nichts abgewinnen.«

Schutz, dachte Trojan. Schutzsuche. Das Schneckenhaus. Das Tuch über der Wanne. Wie eine schützende Hülle. Jemand hatte es zur Seite gezogen. Wer hatte das eigentlich getan? Das muss Gutland gewesen sein. Aber wie sah es in dem Badezimmer aus, bevor die Leiche entdeckt wurde?

Plötzlich kribbelte es heftig in seinen Fingern. Das könnte ein wichtiger Punkt sein.

Die Tote in der Wanne, umhüllt von diesem Tuch.

Sie lag da wie in einem Schneckenhaus.

Rasch verabschiedete sich Trojan von Semmler und verließ den Obduktionsraum.

ZEHN

Lydia fuhr vom Bahnhof Frohnau mit der S1 bis zum Gesundbrunnen, stieg dort in die Ringbahn um und war eine halbe Stunde später an der Station Westhafen. Von dort aus waren es noch etwa zehn Minuten zu Fuß bis zu ihrem kleinen Buchladen in Moabit. Früher hatte sie hier in der Nähe gewohnt. Doch als es ihrem Vater immer schlechter ging, war sie zu ihm nach Frohnau gezogen, um ihn zu pflegen. Und auch nach seinem Tod war sie am nordwestlichen Rand von Berlin geblieben. Mittlerweile schätzte sie die beschauliche Ruhe, die Nähe zum Wald und die gute Luft. Dafür nahm sie auch den weiten Arbeitsweg auf sich.

In der Wilhelmshavener Straße angekommen, schloss sie den Laden auf, legte in dem Hinterzimmer, das ihr als Büro diente, ihre Jacke und ihre Handtasche ab, ging in den Verkaufsraum und schaltete die Kaffeemaschine ein.

Sie hatte viel Zeit damit verbracht, ihr Geschäft so einzurichten, dass sich die Kundschaft bei ihr wie zu Hause fühlte. Es gab mehrere gemütliche Sessel, zwei Plüschsofas und eine Kaffeetheke, an der sie selbst gebackene Bagels anbot. Die Bücherregale stammten vom Trödel, und die wichtigsten Neuerscheinungen waren auf hübschen alten Nierentischen ausgebreitet, die sie eigenhändig restauriert hatte. Kein Neonlicht, dafür Papierlampions und eine Sammlung ausgefallener Leselampen, die überall verteilt herumstanden.

Moabit würde sich wohl niemals zu einem richtigen Szenekiez entwickeln, aber das war den Bewohnern nur recht. Die Mietpreise in der Stadt waren ohnehin schon explodiert, und wenn nun noch die Hipster den Bezirk für sich entdecken würden, gäbe es überhaupt keinen bezahlbaren Wohnraum mehr.

Es war nicht gerade die Gegend für einen unabhängigen Buchladen. Und dennoch konnte sich Lydia inzwischen auf einige Stammkunden verlassen, überwiegend junge Eltern und Studenten, die hierhergezogen waren, weil sie sich andere Viertel nicht leisten konnten. Sie bestärkten sie regelmäßig darin, nicht aufzugeben, und lobten sie für ihren Unternehmergeist.

Lydia täuschte sich allerdings nicht darüber hinweg, dass in den Zeiten des Onlinehandels ihr Geschäft jederzeit vom Ruin bedroht war. Sie versuchte, optimistisch zu bleiben, lud viele junge Autorinnen und Autoren zu Lesungen ein, veranstaltete Vorlesenachmittage für Kinder und setzte darauf, dass sich die Leute im digitalen Zeitalter mehr und mehr auf das reale Erlebnis zurückbesannen.

Heute jedoch schien einer dieser Tage zu sein, da sich niemand in ihren Laden verirren wollte. Bis zum frühen Nachmittag herrschte absolute Flaute. Nachdem sie einige Neuerscheinungen einsortiert hatte, nahm sie sich ein Buch über Schnecken aus dem Regal und begann darin zu blättern.

Sie las gerade einen Abschnitt über die Paarung der Weinbergschnecken, als die Türglocke erschallte und eine Kundin eintrat.

Lydia nickte ihr freundlich zu, dann widmete sie sich wieder ihrer Lektüre. Sie war ganz darin versunken, als die Frau plötzlich dicht vor ihr stand.

»Schnecken. Wie entzückend.«

Lydia blickte auf. Sie war stark geschminkt. Hellblondes Haar. Lachsfarbener Sommermantel. Lange Beine. Interessante dunkle Stimme. Ungefähr ihr Alter, also Anfang dreißig.

»Wie bitte?«

Sie deutete auf den Buchumschlag. »Sie interessieren sich für Schnecken?«

»Na ja, ich habe gerade viele davon im Garten. Und da fiel mir das Buch in die Hände.«

»Welche Art von Mollusken sind es denn, wenn ich fragen darf?«

»Weinbergschnecken.«

Sie hob die Augenbrauen. »Das sind überaus faszinierende Tiere.«

»Wirklich?« Lydia musterte sie. Sie war ihres Wissens nach noch nie hier gewesen, auf jeden Fall keine Stammkundin. »Was finden Sie denn so faszinierend an ihnen?«

Sie beugte sich über den Tresen und senkte die Stimme. »Ihre Paarungsrituale zum Beispiel. Wussten Sie, dass Weinbergschnecken einen Liebespfeil dafür einsetzen?«

»Hab ich gerade lesen, ja.«

»So ein zentimeterlanger Dolch aus Kalk, den sie in den Körper ihres Sexualpartners stechen.«

»Erstaunlich, ja.«

»Und wussten sie, dass ihr Vorspiel bis zu sechs Stunden dauert?«

»Wahnsinn.«

Die Frau in dem lachsfarbenen Sommermantel lachte. »Was für ein elaboriertes Sexleben diese kleinen Viecher doch haben.«

Lydia spürte, wie sie leicht errötete.

»Darf ich das Buch mal sehen?«

»Natürlich.« Sie reichte es ihr.

»Oh, das kenne ich noch gar nicht.«

»Ist gerade erst erschienen.«

»Ich denke, das werde ich kaufen.«

»Ja?«

»Hmm. Ich besitze einige Bücher zu dem Thema, aber das hier noch nicht.«

»Woher kommt Ihr besonderes Interesse für Schnecken?«

»Ich weiß nicht genau. Ich fand sie schon als Kind äußerst beeindruckend.«

Lydia tippte den Betrag in die Registrierkasse, es war ein altmodisches Gerät vom Flohmarkt.

»Ihr Laden ist übrigens ganz zauberhaft.«

»Danke. Sie sind zum ersten Mal hier, nicht wahr?«

Sie nickte. »Zugegeben, ich kam schon öfter vorbei. Heute fand ich endlich die Gelegenheit, mal hereinzuschauen.« Sie öffnete ihr Portemonnaie und legte ihr einen Geldschein hin.

Lydia gab ihr Münzen raus. »Mein Verhältnis zu Schnecken ist eher ambivalent.«

»Und weshalb?«

»Heute Morgen hab ich zum Beispiel eine in meinem Bett gefunden.«

Die Frau lachte. »Großer Gott, wie ist das denn passiert?«

»Keine Ahnung. Muss sie wohl im Hosenbein hereingetragen haben. Wie gesagt, in meinem Garten gibt es zu viele davon.«

»Das ist der Regen. Es ist ein ungewöhnlich feuchter Sommer.«

»Ja.«

Sie steckte das Wechselgeld ein, nahm das Buch und lächelte ihr zu. »Also dann. Hat mich gefreut.«

»Mich auch.«

Sie verabschiedete sich und verließ den Laden.

Lydia dachte noch eine Weile über das Gespräch nach, bis wider Erwarten weitere Kundschaft eintraf und sie von dem Thema ablenkte.

Erst am Abend, als sie wieder zu Hause war und sich dabei ertappte, wie sie kurz vorm Schlafengehen ihr Bett nach Schnecken absuchte, erinnerte sie sich daran.

Der Liebespfeil der Weinbergschnecke, dachte sie mit einem leichten Schaudern und knipste das Licht auf ihrem Nachttisch aus.

Er kam in ein Heim. Sein Zimmer gefiel ihm nicht. Es war zwar hell, mit modernen Möbeln eingerichtet, und das Bett war bequem, doch vor seinem Fenster stand gleich neben einer Straßenlaterne ein verkrüppelter Baum, der kaum noch Blätter trug. In der Nacht fiel das Licht in sein Zimmer. Die knorrigen Äste erschienen als Schattenspiel auf dem Vorhang. Oft bewegten sie sich im Wind. Sie sahen aus wie Arme, die Zweige wie Finger.

Sie streckten sich nach ihm aus. Sie wollten nach ihm greifen. Der Junge fürchtete sich vor ihnen. Er fand keinen Schlaf.

Die anderen Kinder beäugten ihn stumm. Er war der Neue. Er hasste es, wenn er im Speisesaal bei ihnen sitzen musste. Anfangs verweigerte er das Essen. Die Betreuer redeten ihm gut zu. Sie waren übertrieben freundlich zu ihm. Sie sagten, mit der Zeit würde er sich schon einleben.

Der Junge war lieber allein. Er saß in einer Ecke seines Zimmers auf dem Boden und hielt einen Karton in seinem Schoß. In den Deckel hatte er Luftlöcher gestanzt. Es war beruhigend, ihn bei sich zu haben. Tagsüber war es still darin. Nachts aber geriet Leben in den Karton.

Die Betreuer kamen herein, ohne anzuklopfen. Sie stellten ihm Fragen, erkundigten sich nach der Schule, wollten ihm bei den Hausaufgaben helfen. Er schüttelte bloß den Kopf. Auch andere Kinder rissen manchmal die Tür auf, nur um ihn zu ärgern.

Am schlimmsten war Jan. Eng zusammenstehende Augen, fransiges Haar, Sommersprossen. Er trat ein, setzte sich auf sein Bett und glotzte ihn an.

»Du bist komisch. Du hockst immer nur da.«

»Hau ab!«

»Ich weiß, warum du so bist.«

»Ach ja?«

»Es ist wegen deiner Mutter.«

»Was geht dich das an!«

»Sie wurde ermordet.«

Sein Magen krampfte sich zusammen.

»Ihr Freund hat sie abgestochen. Erst hat er sie vergewaltigt und dann mit einem Messer abgestochen.«

»Halt's Maul!«

»Dein Vater ist unbekannt. Deshalb bist du hier.«

Der Junge umklammerte den Karton.

Jan sprach immer weiter. »Deine Mutter ist mit dir vor ihrem Freund weggelaufen. Er aber wusste, wo ihr euch versteckt. Und dann ist er nachts zu euch, und du hast gesehen, wie es passiert ist.«

Der Junge kniff für einen Moment die Augen zusammen.

»Die Betreuer haben mir das erzählt. Sie sagen, wir sollen Rücksicht auf dich nehmen.«

Jan stand auf und setzte sich neben ihn. Sein Atem roch nach dem Kaugummi, den er im Mund hin und her wälzte. Er blies ihn auf und ließ ihn platzen.

»Zeig mir mal, was da drin ist«, sagte er schmatzend.

»Nein.«

Jan griff nach dem Karton.

»Hör auf!«

Beide zerrten daran. Der Junge schrie. Er schlug ihn mit der Faust. Sie wälzten sich auf dem Boden.

Ein Betreuer kam herein, versuchte, sie zu trennen.

Der Junge warf sich auf seinen Karton. Er schrie, bis ihm die Luft wegblieb.

Fortan versteckte er ihn gut. Mal im Schrank, mal unterm Bett. Nachts holte er ihn hervor.

Im Innern raschelte es kaum hörbar.

Manchmal lauschte der Junge so angestrengt, dass ihm der Kopf davon wehtat. Erst wenn er es nicht mehr aushalten konnte, öffnete er ihn.

Der Boden des Kartons war mit Erde und ein paar vertrockneten Blütenblättern ausgelegt. Vorsichtig nahm er die Schnecken heraus, eine nach der anderen. Dann zog er die Bettdecke über den Kopf.

Nun war er mit ihnen zusammen, hier in seinem schützenden Zelt. Er spürte ihre weichen, klebrigen Leiber auf seiner nackten Haut.

Der Junge plante seine Flucht. Die Schnecken wollte er mitnehmen.

Als er zum dritten Mal ausriss und sie ihn wieder an einer dunklen Straßenecke aufgriffen, drohten sie ihm mit Konsequenzen. Die Betreuer sagten, er käme in ein Heim für schwer erziehbare Kinder, wenn er so weitermachte.

Der Junge fügte sich.

Für seinen Karton ersann er immer neue Verstecke. Wenn die Schnecken bei ihm waren, konnte er seine Situation halbwegs ertragen.

Kurz vor seinem elften Geburtstag wurde er in das Büro der Heimleiterin gerufen. Sie sagte ihm, er solle sich am nächsten Tag besonders hübsch machen. Die Haare waschen und seine beste Kleidung anziehen.

»Warum?«, fragte der Junge.

»Wenn du einen guten Eindruck hinterlässt, bekommst du vielleicht eine Pflegemutter.«

ELF

Annemarie Klar hatte noch einen einzigen Patienten an diesem Abend. Doch der war der schwierigste. Nur mit Boxershorts bekleidet, lag er bäuchlings vor ihr auf der Liege. Mit sanftem Druck behandelte sie seinen Lendenwirbelbereich.

Sein Name war Torsten Robald, ein Mann in den Vierzigern mit chronischen Rückenschmerzen. Er hatte die Angewohnheit, bei jeder ihrer Berührungen leise aufzustöhnen, was Annemarie entsetzlich nervte. Schließlich war das hier kein Massagesalon, sondern eine ernstzunehmende Osteopathie-Praxis.

Sie drückte fester zu, um seine blockierten Wirbelsäulensegmente einzurenken, und Robald stöhnte lauter.

»Sie haben Zauberhände«, murmelte er.

»Ich bemühe mich nur, ihre körpereigenen Regulationsmechanismen in Gang zu setzen«, entgegnete sie kühl.

»Ja, ich weiß. Blockaden lösen und die Selbstheilungskräfte aktivieren. Und das machen Sie wunderbar, Annemarie.«

Sie verkniff den Mund. Bearbeitete stumm seine Muskulatur und das Bindegewebe, versuchte, den Ausgangspunkt seiner Verspannungen zu ertasten. Schob dabei den Bund seiner Boxershorts möglichst diskret ein wenig tiefer, um auch den Ansatz seines Gesäßes in die Behandlung mit einzubeziehen, und quittierte sein leises Grunzen mit einer angewiderten Grimasse.

Robald war Privatzahler, und sie ließ ihn die Anwendung einiges kosten, doch schon so manches Mal hatte sie überlegt, ob sie nicht lieber auf das Geld verzichten und ihn zum Teufel jagen sollte.

Verstohlen blickte Annemarie zur Uhr. Noch fünf Minuten. Sie führte die Anwendung schweigend zu Ende, dann bat sie Robald, sich wieder anzuziehen.

Prompt drehte er sich auf den Rücken. Annemarie konnte sich nicht schnell genug abwenden, sodass sie einen Blick auf seine Erregung erhaschen musste.

Der Typ wurde ihr immer unheimlicher.

»Nächsten Mittwoch?«, fragte er mit rauer Stimme. »Gleiche Uhrzeit?«

Sie nickte stumm.

Er schwang sich von der Liege und stieg in seine Jeans, dann streifte er sich das Hemd über. Er ließ sich Zeit mit den Knöpfen. Annemarie wartete ungeduldig ab, bis er endlich auch Strümpfe, Schuhe und seine Jacke angezogen hatte. Mit einem anzüglichen Grinsen legte er ihr die Geldscheine auf den Tisch.

Er nahm seinen Gehstock und hinkte zur Tür. Sie verabschiedete sich von ihm. Endlich war er weg.

Sie deponierte das Geld in einer verschließbaren Schublade und atmete auf.

Feierabend. Geschafft.

Sie räumte ein wenig auf, knipste das Licht aus und verließ den Praxisraum im Erdgeschoss. Sie stieg die Treppen zu ihrer Wohnung hinauf, die sich zwei Stockwerke höher im selben Haus befand, schloss auf und trat ein.

In der Küche öffnete sie den Kühlschrank und nahm die Reste vom Vorabend heraus. Im Stehen verspeiste sie kalte Nudeln und einen im Dressing völlig aufgeweichten Salat. Danach duschte sie und zog sich um. Sie kämmte ihr langes brünettes Haar und schminkte sich.

Plötzlich verließ sie der Mut. Sollte sie nicht einfach hierbleiben? Sie könnte sich einen kitschigen Film auf DVD ansehen, sich mit Rotwein betrinken und dann früh zu Bett gehen.

Nein. Das würde ihr nicht guttun. Wenn sie hierbliebe, würde sie nur wieder an Lukas denken. Lukas, der sie verlassen hatte. Lukas, der jetzt mit einer anderen glücklich war. Lukas, der bald Vater wurde und eine Familie gründete.

Okay, aber wenn sie wieder in diese Bar ging, würde sie erst recht an ihn denken.

Annemarie seufzte. Was sie auch tat, sie wurde die Erinnerungen an ihn nicht los.

Schließlich gab sie sich einen Ruck. Sie kontrollierte vorm Spiegel ihr Make-up, die Frisur, den Sitz ihres Kleids, dann schlüpfte sie in ihre Jacke und nahm ihre Handtasche.

Vielleicht würde sie ja heute Abend jemanden kennenlernen, der ihr half, über Lukas hinwegzukommen.

Kiez Karaoke, eine Bar in der Zionskirchstraße. Achtziger- und Neunzigerjahre-Sound, ausgelassene Stimmung. Annemarie fand einen letzten freien Platz am Tresen und bestellte sich einen Cuba Libre.

Sie trank schnell, viel zu schnell. Schon winkte sie den Barkeeper heran und ließ sich einen zweiten mixen.

Sie behielt die kleine Bühne im Auge. Jede Karaoke-Einlage wurde von den Gästen mit lautem Gejohle und Geklatsche belohnt.

Nach dem dritten Drink fühlte sich Annemarie sicher genug. Sie ging hinüber zum DJ.

Er lächelte ihr zu. »Dieselbe Nummer wie immer?«

Sie nickte, und er hob den Daumen. »Zwei Tracks noch.«

Vor ihr war ein Typ dran, der »Space Oddity« von David Bowie zum Besten gab. Er war nicht schlecht, auch wenn seine Performance etwas hüftsteif wirkte.

Nach ihm kam eine Frau mit einer sehr schrägen und sehr schlecht gesungenen Version von Molokos »Sing It Back«, dennoch erhielt sie hinterher kräftigen Applaus.

Ein Handzeichen vom DJ, und es war so weit. Annemarie spürte ihren Herzschlag. Schon stand sie im Scheinwerferlicht. Klaviermusik. Die ersten Töne ihres Songs.

Ja, es war *ihr* Song. *Ihr* großer Moment. Sie schnappte sich das Mikro, schloss die Augen und sang diesen wundervollen Titel. Er bestand bloß aus ihrem Gesang und der Piano-Melodie. »Someone Like You« von Adele.

Als sie zum Refrain ansetzte, sah sie ganz deutlich Lukas vor sich. Er lächelte ihr zu. Sie spürte, wie er auf seine unnachahmliche Art seine Hände in ihren Nacken legte und sie an sich zog.

Niemals würde sie jemanden finden
wie ihn.
Es schmerzte sie.
Und doch wünschte sie ihm nur das Beste.

Der letzte Akkord. Sie öffnete die Augen. Für ein paar Sekunden war es völlig still in der Bar. Dann setzte der Jubel ein.

Annemarie gab das Mikro an den nächsten Gast weiter und verließ mit unsicheren Schritten die Bühne.

Es war wieder wie damals, als sie als Kind im Kirchenchor mitgewirkt hatte. Während sie sang, war sie wie eingehüllt in eine schützende Wolke, getragen von der Musik. Sie fühlte sich größer, edler und strahlender als je zuvor. Doch sobald die letzte Note verklungen war, zitterten ihr die Knie. Und gleich darauf war sie wieder das Mädchen mit der blässlichen Haut und dem glanzlosen Haar.

Zurück am Tresen, wurde sie von einem Kerl angequatscht. Dicke Nerd-Brille, straffer Seitenscheitel, kariertes Hemd.

»Deine Stimme ist unglaublich.«

»Danke.«

»Du bist wie Adele. Nein, du bist noch besser als sie.«

Sie lächelte schwach.

Er nannte ihr seinen Namen, wollte sie zu einem Drink einladen, doch er war nicht ihr Typ. Jedenfalls kam er nicht an Lukas heran.

Wie es so treffend hieß in dem Song: »*Never mind I'll find someone like you.*«

»Nein, danke«, sagte sie, streifte sich ihre Jacke über, nahm ihre Handtasche und verließ das Lokal.

Draußen überlegte sie kurz, wo sie ihren Wagen abgestellt hatte. Schließlich bog sie in eine dunkle Nebenstraße ein. Ihre Absätze pochten auf den Gehwegplatten.

Durfte sie überhaupt noch fahren? Sollte sie das Auto nicht lieber stehen lassen und sich ein Taxi rufen?

Aber dann müsste sie den Wagen morgen abholen. Und donnerstags hatte sie so viele Patienten.

Sie fluchte leise vor sich hin. Warum war sie überhaupt wieder hergekommen? Wieso tat sie sich das nur an? Jeden Mittwochabend kreuzte sie in dieser Bar auf. Jeden verdammten Mittwoch trank sie zu viel. Woche für Woche suchte sie den Ort auf, an dem sie vor über einem Jahr Lukas kennengelernt hatte.

Alles in dieser Gegend erinnerte sie an ihn. Der Karaoke-Abend, an dem sie mit ihm getanzt hatte. Ihr erster Kuss. Die Nacht bei ihm zu Hause. Das Katerfrühstück auf dem Balkon.

Das grenzte ja an Masochismus.

Popballade und Cuba Libre. Schmerz und Selbstmitleid. Es war vorbei. Lukas kam nicht mehr zurück. Höchste Zeit für sie, nach vorne zu schauen.

Ihren Patienten gab sie stets gute Ratschläge, empfahl gesunde Ernährung, mäßigen Alkoholkonsum, viel Bewegung, und vor allem erläuterte sie ihnen die Kraft der positiven Gedanken und was es bedeutete, sich selbst anzunehmen mit all seinen Fehlern und Schwächen. Sie selbst aber achtete immer weniger auf sich, seitdem Lukas sie verlassen hatte. Sie kam sich klein, unbedeutend und ungeliebt vor.

Damit musste jetzt Schluss sein. Endgültig.

Entschlossen steuerte sie auf ihren Wagen zu.

Plötzlich vernahm sie Schritte in ihrem Rücken.

Es waren nur noch wenige Meter bis zu ihrem grünen Mini Cooper. Sie fingerte nach den Autoschlüsseln.

Die Schritte näherten sich.

Da packte sie jemand von hinten.

Annemarie wollte aufschreien, doch schon wurde ihr etwas Gummiartiges ins Gesicht gepresst.

Sie hörte ein leises Surren unter ihrem Kinn. Dämpfe stiegen ihr in Mund und Nase.

»Tief einatmen«, sagte eine leise Stimme an ihrem Ohr. »Einfach nur atmen.«

Sie wollte sich wehren, doch ihre Glieder waren auf einmal weich wie Watte.

Es brodelte unter ihr. Hilflos sog sie den wabernden Sprühnebel in sich auf, der aus dem Gummi drang.

»Tiefer atmen«, raunte die Stimme. »Tiefer und tiefer.«

Sie sackte in sich zusammen. Die Gestalt in ihrem Rücken fing sie auf.

Sie wurde zu einem Wagen gezerrt. Eine Kofferraumhaube öffnete sich.

Nein, dachte sie entsetzt, nein.

Dann wurde alles schwarz um sie herum.

ZWÖLF

Allmählich kam sie wieder zu sich. Sie hatte einen bitteren Geschmack im Mund, vernahm ein gedämpftes Summen in ihrem Kopf. Sie schlug die Augen auf, doch ein heftiger Schwindel überkam sie. Alles drehte sich, und ihr Blick verschwamm.

Nach einer Weile öffnete sie erneut die Augen. Sie versuchte, sich zu erheben. Da verspürte sie einen Widerstand.

Entsetzt schaute sie an sich herab. Sie war an einen Lehnstuhl gefesselt, in dem sie aufrecht saß. Um ihre Unterarme, um Brust und Fußgelenke waren Stricke geschlungen. Weiße, zusammengewirkte Tücher, fest verknotet, sie schnitten in ihre Haut. Der Saum ihres Sommerkleids war hochgerutscht. Sie sah auf ihre nackten Oberschenkel. Sie trug keine Schuhe mehr. Spürte den kalten Steinboden unter den Füßen.

Wo war sie hier?

Annemarie schluchzte auf. Es war mehr ein Krächzen, das aus ihrer trockenen Kehle kam.

Sie rang nach Luft.

Ängstlich blickte sie sich um. Ein fensterloser Raum, nicht sehr groß, ungefähr fünf mal drei Meter, von der Decke hing eine Glühbirne. Fahles Licht. Weiß getünchte Wände.

Und vor ihr auf dem Boden bewegte sich etwas.

Sie schrie auf.

»Hilfe!«

Ihre Stimme verhallte.

Diese Bewegungen. Ein Gewimmel. Direkt vor ihr.

Das Knistern welker Blütenblätter, sie lagen überall verstreut. Und darauf dieses Gewusel.

Wulstige Schneckenleiber, die sich über die Blüten hermachten.

Sie wimmerte.

Eine der Weinbergschnecken war nahe an ihrem Fuß. Annemarie zuckte zusammen. Sie rüttelte an ihren Fesseln. Der hölzerne Lehnstuhl knackte, doch er gab nicht nach, und die Stricke waren fest.

Langsam krochen die Schnecken über den Boden, streckten die Fühler aus und glitten schleimig auf die Blütenblätter zu. Es raschelte leise, wenn sie sich darauf bewegten. Und ganz schwach, kaum wahrnehmbar war ein Raspeln zu hören, während sie ihre Nahrung genussvoll zerteilten.

Sie verspeisten die Blüten. Es waren vertrocknete, weiße Lilien. Sie fraßen sie gemächlich auf. Annemarie konnte die winzigen Bissspuren darauf erkennen.

»Hallo?«, rief sie. »Ist da jemand?«

Stille. Nur das Rauschen ihres Bluts in den Ohren und die gedämpften Fressgeräusche der Schnecken.

Kein Fenster, keine Tür.

Wie war sie hier reingekommen?

Sie stieß einen schrillen Schrei aus. Sie bäumte sich auf, doch die Stricke schnitten in ihre Rippen, schnürten ihr die Brust ab.

Sie ließ locker, atmete schwer.

Einige Zeit später beobachtete sie, wie sich eine Schnecke träge an der Wand hocharbeitete, eine andere folgte ihr. Danach eine dritte. Wohin wollten diese seltsamen Weichtiere? Was trieb sie an? Sie schleppten ihre spiralförmigen Häuser die Wand hoch. Es musste doch irgendwo einen Zugang zu dem Raum geben.

Annemarie streckte ihren Kopf weit nach oben. Da entdeckte sie die Falltür. Sie war direkt über ihr.

»Lassen Sie mich raus! Bitte!«

Sie lauschte.

Nichts geschah. Immer wieder versuchte sie, sich durch Schreie bemerkbar zu machen. Vergeblich.

Es kam ihr wie eine Ewigkeit vor, bis sie ein leises Schurren an der Falltür vernahm. Danach ein Knarren. Angestrengt blickte sie nach oben.

Da schwang die Falltür geräuschvoll auf.

Gleißendes Licht drang herein. Sie war geblendet. Ein Kopf schob sich über den Rand der Öffnung. Sie blinzelte. Das Gesicht war nicht zu erkennen. Nur eine Silhouette in dem grellen Lichtschein. Sie ahnte die Gestalt mehr, als dass sie sie sah. Da kauerte jemand über ihr und starrte sie schweigend an.

»Lassen Sie mich gehen. Ich flehe Sie an.«

Schließlich meldete sich eine Stimme von oben. Leise. Schmeichelnd. Erschreckend sanft. »Aber warum denn, Annemarie. Du bist doch gerade erst zu mir gekommen.«

Sie keuchte. Ihr Körper bebte. Ihr war kalt. Und sie hatte entsetzliche Angst.

Ihr Nacken schmerzte, wenn sie zu ihm hochblickte.

Also fiel ihr Blick wieder auf die Schnecken.

Als eine davon ihren Fuß streifte, schleimig und feucht, schrie Annemarie auf. Sie wand sich in den Stricken.

»Schsch«, machte es von oben. »Ganz ruhig. Du musst

deine Stimmbänder schonen, Annemarie. Du hast so eine schöne Stimme. Ich habe dich singen hören.«

Sie hielt inne.

Und dann hörte sie, wie der Mann an der Falltür die Melodie dieses Popsongs summte.

Er war in der Bar, durchfuhr es sie. Er ist mir gefolgt.

Sie schnappte nach Luft. Was sollte sie nur tun? Wie konnte sie sich gegen ihn wehren?

Die Melodie verstummte.

Grell fiel das Licht auf sie herab.

Stille. Nur das welke Knistern der Lilien, über die sich die Schneckenleiber wälzten.

»Sind sie nicht schön?«, fragte die Stimme von oben.

Annemarie antwortete nicht.

»Du magst doch Schnecken, oder?«

Sie schwieg.

»Mir gefallen sie sehr.«

»Was wollen Sie von mir?«, fragte sie.

Sie vernahm das Rascheln von Papier.

Dann machte sie eine Bewegung aus, hob wieder den Kopf. Sie blinzelte. Schon sah sie, wie etwas von oben an einer Schnur herabgelassen wurde.

Es war ein Buch. Durch ein Loch im Einband war ein Bindfaden geschlungen und verknotet.

Das Buch senkte sich langsam zu ihr herab und landete in ihrem Schoß.

»Ich will, dass du mir daraus vorliest.«

Sie war wie erstarrt.

»Mach schon. Nimm es. Schlag es auf.«

Sie konnte ihre Hände bewegen. Wenn sie die Finger der rechten Hand ausstreckte, konnte sie trotz der Fesseln das

Buch berühren. Es war recht schmal, hatte nur wenige Seiten. Der Einband war in ein weißes Tuch eingeschlagen. Ein feiner Stoff, der sich wie Seide anfühlte.

»Lies, Annemarie.«

Sie schob die Finger in das Buch und klappte es mit einer Hand auf.

»Lies es mir vor.«

Die Buchstaben verschwammen vor ihren Augen.

»Ich kann nicht.«

»Aber Annemarie.«

»Bitte, lassen Sie mich gehen.«

»Ich will doch nur, dass du liest. Ich möchte deine Stimme hören.«

Sie starrte auf die Zeilen.

»Deine schöne Stimme, Annemarie. Fang endlich an.«

Sie schluckte. Zittrig begann sie mit den ersten Sätzen.

»Nein«, unterbrach er sie. »Zu schnell.«

»Ich … ich bekomme keine Luft …«

»Ruhig, ganz ruhig. Du sollst doch nur lesen.«

Sie krümmte sich.

»Noch mal von vorn.«

Sie kämpfte gegen Tränen an. Ihre Stimme war belegt. Sie zwang sich, ruhiger zu atmen. Anfangs verhaspelte sie sich noch. Dann las sie langsamer.

Kommst du in den Schneckenwald, sind deine Füße nackt. Das Hemd klebt an deiner Haut. Dein Atem fliegt. Du rennst. Bist du auch schnell genug? Du darfst dich nicht umdrehen. Du musst schneller laufen. Der Erdboden ist feucht und kalt.

Finsternis umgibt dich. Du tauchst ins Dickicht ein. Tiefer dringst du in den Wald, tiefer und tiefer, auch wenn deine

Glieder schmerzen. Schau dich nicht um, denn am Moos der alten Bäume gleiten sie entlang. Ihre Leiber sind dick, und sie kriechen in Spuren aus Schleim.

Sei flink! Gib acht! Haken musst du schlagen wie ein Hase. Man verfolgt dich, man wird dich nicht verschonen. Schon spürst du sie unter dir. Sie wimmeln auf dem Boden. Bald wuseln sie an deinen Waden.

Du strauchelst, hastest weiter. Du stolperst durch den dunklen Hain. Und wenn du stürzt, sind sie auf dir. Sie sind überall.

Der Wald gehört ihnen, und du bist mutterseelenallein. Niemand ist da, um dir zu helfen.

Nur die Schnecken sind bei dir. Sie verbergen dich, verwischen deine Spur.

Sie brach ab.

»Mach weiter«, kam die Stimme von oben.

»Ich kann nicht.« Ihr Herzschlag stolperte.

Er zog ungeduldig an der Schnur. »Na los.«

Und Annemarie las. Stockend. Schwer atmend. Ein Zittern durchlief ihren Körper.

Mehrmals blätterte sie um, dann war sie am Ende des schmalen Büchleins angelangt und verstummte.

»Bravo«, sagte die Stimme nach einer längeren Pause.

Das Buch mit dem seidigen Umschlag glitt ihr aus der Hand. Langsam wurde es an dem Faden nach oben gezogen und verschwand.

»Das war sehr schön, Annemarie. Nun will ich dich dafür belohnen.«

Sie blickte nach oben. Geblendet kniff sie die Augen zusammen.

Plötzlich rieselte etwas auf sie herab. Leicht, flirrend im gleißenden Licht. Es waren Blüten. Unzählige Lilienblüten. Taumelnd, wie in einem zarten, anmutigen Tanz schwebten sie aus der Öffnung der Falltür und benetzten ihr Haar, die Stirn und ihre Brust.

Für einen kurzen Moment entspannten sich ihre verkrampften Glieder.

Doch dann zerrte sie entsetzt an ihren Fesseln.

Denn nach den Blüten kamen die Schnecken.

Klatschend fielen sie auf sie herab.

Eine nach der anderen.

Nackte Schneckenleiber bedeckten ihren Schoß.

ZWEITER TEIL

DREIZEHN

Freitag, 14. Juni, frühmorgens

Der Regen trommelte an ihre Fensterscheibe, und Lydia erwachte. Sie stand auf und öffnete die Vorhänge. Eine dunkle Wolkendecke, die Lupinen in ihrem Garten, kaum aufgeblüht, ließen die Köpfe hängen.

Nachdem sie in der Küche gefrühstückt hatte, setzte sie sich ans Klavier und spielte den ersten Satz der Mondscheinsonate. Das war ihr mittlerweile zur Gewohnheit geworden. Wieder musste sie an ihren Vater denken. Er hatte mit ihr Tonleitern geübt, als sie fünf Jahre alt war. Damals war gerade ihre Mutter gestorben, an die sie kaum noch Erinnerungen hatte. Später hatte sie regelmäßig Klavierstunden genommen.

Schließlich hatte er sie darin bestärkt, ihre Liebe zur Musik zu ihrem Beruf zu machen. Wenn es nach ihm gegangen wäre, hätte sie sich am Konservatorium bewerben sollen. Aber Lydia hatte sich nicht einmal getraut, für die Aufnahmeprüfung ein Repertoire zusammenzustellen.

Du machst zu wenig aus deinem Talent, mein Kind.

Er hätte es niemals offen zugegeben, doch Lydia ahnte seine Enttäuschung, als sie halbherzig ein paar Semester Kulturwissenschaften studierte und daraufhin ihren kleinen Buchladen eröffnete. Und das ausgerechnet in Moabit, einem Bezirk, den viele bloß mit dem Gefängnis und dem Kriminalgericht verbanden.

Ihr Vater war Mathematikprofessor gewesen, ein Zahlengenie und obendrein noch ein Virtuose am Klavier. Und was hatte sie? Sorge vor der Insolvenz, keinen Mann, kein Kind, ja nicht einmal ein Haustier.

Sie wusste, woher die Trübsal kam. Es war Freitag, ein einsames Wochenende stand bevor. Sie sollte mehr ausgehen, Leute kennenlernen, sich nicht im beschaulichen Frohnau verstecken.

Ein letzter Mollakkord, und sie beendete die Sonate.

Lydia zog ihre Funktionskleidung und die Joggingschuhe an. Es war Zeit für ihren täglichen Morgenlauf, das beste Mittel gegen Schwermut.

Sie verließ das Haus, rannte die Olwenstraße entlang und bog in die Donnersmarckallee ein. Kurz darauf erreichte sie den Tegeler Forst.

Der Regen hatte mittlerweile aufgehört, die Wolkendecke öffnete sich, und die Sonne blitzte zwischen den Baumwipfeln hervor. Es wehte eine leichte Brise, das Laub raschelte, vereinzelte Tropfen stoben durch die Luft. Es roch erdig, nach Kiefern, und über den Farnen am Wegesrand dampfte der Morgentau.

Für einen Moment breitete Lydia die Arme aus, als wollte sie den Wald umarmen.

Sie beschleunigte. Schon spürte sie, wie die Last der trübsinnigen Gedanken von ihr abfiel. Sie achtete auf ihre Atmung und gab sich ganz dem Fluss ihrer Bewegungen hin.

Sie folgte dem Pfad bis zur nächsten Biegung und legte einen Zwischenspurt ein. Danach ging es ein kleines Stück bergauf, und schließlich näherte sie sich der Stelle, wo sich ein wenig abseits des Weges ein Unterstand für Wanderer befand.

Auf einmal verlangsamte sie ihre Schritte. Etwas war anders als sonst.

Sie lief noch einige Meter weiter, dann stoppte sie ab.

Was war das?

Augenblicklich war Lydia äußerst irritiert. Ihre Atmung geriet außer Takt, und sie musste sich vorbeugen und die Hände auf die Oberschenkel stützen, um eine Weile zu verschnaufen.

Dann streckte sie sich und richtete den Blick in die Ferne.

Merkwürdig. Die überdachte Holzbank schien völlig verschwunden zu sein. Und irgendetwas schwang dort hin und her. Hell, flirrend im Morgenlicht. Oder war das eine Sinnestäuschung?

Nein, es wirkte völlig real.

Kümmere dich nicht darum, dachte sie, weiterjoggen, einfach daran vorbeirennen.

Kurzzeitig verfiel sie wieder in ihren gewohnten Laufschritt. Doch abermals stoppte sie jäh ab.

Etwas Weißes schimmerte zwischen den Bäumen hervor, das dort nicht hingehörte.

Keuchend rieb sie sich den Schweiß aus den Augen.

Zögernd verließ sie den Pfad und kletterte die Böschung hinauf.

Es war ein Tuch. Ein riesiges weißes Tuch. Jemand hatte es über das Dach des Unterstands gebreitet und mit einem Stein beschwert. Es bewegte sich sacht im Wind.

Da bemerkte Lydia den flackernden Lichtschein hinter dem feinen Stoff.

»Entschuldigung? Ist da jemand?« Sie wunderte sich selbst über den schrillen Klang ihrer Stimme.

Niemand antwortete ihr.

Also setzte Lydia einen weiteren Schritt vor, bückte sich und hob das Tuch an.

Verblüfft stieß sie die Luft aus. Auf dem Bretterboden des Unterstands loderten Kerzen, unzählige Kerzen in roten Glasbehältern. Sie sahen aus wie Grableuchten.

Lydia hob das Tuch über ihren Kopf hinweg und trat ein. Der seidige Stoff glitt hinter ihr zu Boden, und nun befand sie sich im Innern des Verschlags wie in einem Zelt.

Sie zuckte zusammen. Da lag jemand. Der Körper war völlig von einem weiteren weißen Tuch bedeckt.

»Hallo?«, fragte sie ängstlich.

Nichts rührte sich.

Ein schlafender Obdachloser? Aber wozu diese Tücher? Und was hatte es mit den vielen Kerzen auf sich?

Ein Schauer lief über ihren Rücken.

»Brauchen Sie Hilfe?«

Keine Reaktion.

Kümmere dich nicht darum, durchfuhr es sie ein weiteres Mal, lauf einfach weiter.

Doch entgegen ihrer eigentlichen Absicht nahm Lydia all ihren Mut zusammen und tippte die wohl schlafende Person an.

Nichts geschah.

Schließlich hob sie das Tuch ein wenig an, um nachzuschauen.

Etwas bewegte sich darunter.

Entsetzt fuhr sie zurück.

Lydia schrie erst, als sie wieder auf dem Waldweg war.

VIERZEHN

Die Rote Chaussee führte direkt durch den Tegeler Forst. Eine schmale Straße mit durchgezogenem Mittelstreifen und Begrenzungspfählen. Dichter Mischwald rechts und links. Für einen Moment gab sich Trojan der Vorstellung hin, nicht mehr in der Stadt zu sein, sondern irgendwo weit draußen im Umland, womöglich auf dem Weg in die Ferien.

Doch der friedliche Eindruck täuschte. Gleich hinter der nächsten Kurve zuckten Blaulichter auf. Trojan erkannte die Einsatzfahrzeuge der Berliner Polizei. Die Straße war abgesperrt. Er hielt an, streifte sich vorschriftsmäßig Plastiküberzieher über seine Schuhe und stieg aus dem Wagen. Er zeigte einem uniformierten Beamten seinen Dienstausweis, dann bückte er sich unter dem Absperrband hindurch und folgte den Markierungen, die die Kriminaltechniker aufgestellt hatten.

Der Waldboden war aufgeweicht. Schlechte Voraussetzungen, dachte er, die Spurensuche dürfte sich als schwierig erweisen. Die heftigen Regenfälle in der Nacht könnten Fußabdrücke und Schleifspuren vollständig beseitigt haben.

Nach ein paar hundert Metern sah er die Halogenscheinwerfer der Forensiker. Sie strahlten das große Seidentuch an, von dem ihm Steffie bereits am Handy berichtet hatte. Es war über den hölzernen Unterstand gebreitet. Wie ein Baldachin, so kam es ihm vor.

Weitere Absperrbänder. Dahinter ging es eine Böschung hinauf. Er nickte Steffie und den anderen Teamkollegen zu, als er den Unterstand betrat.

Kerzen in roten Gläsern. Eine Atmosphäre wie in einem Andachtsraum, dachte er.

»Sie war in das zweite, kleinere Tuch gehüllt«, sagte Landsberg. »Eine Joggerin hat sie gefunden.«

Die Tote lag auf der Seite, unter ihr das helle Seidengewebe. Sie war über und über mit Lilienblüten bestreut. Ihr Kopf war auf den angewinkelten Arm gebettet.

Auf ihrem nackten Körper wimmelte es von Weinbergschnecken. Die angetrockneten Blütenblätter schienen eine willkommene Nahrung für sie zu sein. Trojan machte kleine Bissspuren daran aus.

Träge und schleimig zogen die Schnecken über die fahle Haut der Toten hinweg.

Er trat näher heran und sah die Strangulationsmale an ihrem Hals.

Semmler, der mit seiner Arbeit begonnen hatte, kniete vor dem Leichnam.

»Sie ist schon länger tot«, sagte er.

»Wie lange ungefähr?«

»Nach einer groben Einschätzung mehr als vierundzwanzig Stunden. Vielleicht sogar sechsunddreißig.«

»Das hieße, dass sie irgendwann zwischen Mittwochabend und Donnerstagmorgen ermordet wurde.«

»So genau will ich mich noch nicht festlegen. Alles Weitere erfährst du nach der Obduktion.«

»Zumindest können wir ziemlich sicher davon ausgehen, dass sie nicht hier getötet wurde.«

»Ja«, pflichtete ihm Steffie bei, »der Unterstand ist vom

Weg aus gut zu sehen. Das wäre längst jemandem aufgefallen.«

»Der Täter brachte sie in der Dunkelheit hierher, vermutlich heute Nacht«, murmelte Trojan. »Er wählte den Unterstand aus, um sie hier abzulegen.«

»Das große Tuch, die Kerzen, Lilien und Schnecken, all das schafft er heran, um den Ort auszustaffieren«, ergänzte sie.

»Er muss mit einem Wagen gekommen sein.«

»Die Rote Chaussee ist nicht weit. Wahrscheinlich hat er dort das Auto geparkt.«

»Hmm. Er nahm wohl denselben Weg, den ich gerade gegangen bin.«

»Anzunehmen, dass der Regen seine Spuren verwischt hat.«

Trojan sah Stefanie ernst an. »Das befürchte ich auch.«

»Es ist derselbe Täter, daran besteht wohl kein Zweifel.«

»Ja.« Nils wandte sich an Semmler. »Hat er auch wieder …?« Er brach ab.

»Ob er eine Trophäe genommen hat, meinst du?«

»Hmm.«

Statt einer Antwort drehte der Rechtsmediziner die Tote auf den Rücken und strich ihr offenes Haar zurück.

Trojan beugte sich vor und besah sich die Stelle an ihrer linken Kopfseite.

Anstelle des Ohrs war da nur ein klaffendes Loch.

Er richtete sich auf und schloss für eine Weile die Augen. Er ließ seinen Gedanken und Assoziationen freien Lauf.

Das Ohr. Die Schnecken. Welke Lilien. Weiß. So weiß wie die Tücher. Seidentücher. Harte Strangulation. Weicher, edler Stoff. Und das Ohr? Wozu entfernt er seinem Opfer das Ohr?

Nur eines. Das linke. Das rechte lässt er ihr.

Er öffnete die Augen, richtete den Blick wieder auf die Tote.

Eine recht attraktive Frau. Schätzungsweise Ende zwanzig, Anfang dreißig. Langes brünettes Haar. Er schmückt sie. Vermutlich hat er sie vorher gewaschen. Diesmal legt er sein Opfer nicht in einem Bad ab. Der Fundort ist nicht der Tatort. Wo war er vorher mit ihr gewesen?

Abermals schloss er die Augen.

Die Sprache des Mörders, ich muss sie entschlüsseln. Was sagen mir die bizarren Bilder, die er hinterlässt? Bewusst oder unbewusst, was will er mir damit erzählen? Versteckt oder deutlich, worauf weist er mich hin? Habe ich vielleicht etwas übersehen?

Erneut schaute er auf, ließ die Blicke kreisen.

Er hüllt sie in ein Tuch. Wieder entzündet er Kerzen. Grablichter.

Ein Andachtsraum mitten im Wald.

»Nils?« Die Stimme des Chefs.

Trojan machte eine abwehrende Handbewegung.

»Bist du noch bei uns?«

»Entschuldige, ich muss nachdenken.«

»Irgendwelche Schlüsse?«

»Langsam, Chef. Ich brauche Zeit. Ich muss das in meinem Kopf ordnen.«

Er betrachtete das geschminkte Gesicht der Toten. Lippenstift. Rouge. Wimperntusche.

Er bettet sie wie für ihren letzten Schlaf. Offenbar verehrt er die Frauen, die er tötet. Doch wofür?

Nora Sand war beim Radio. Sie moderierte eine psychologische Ratgebersendung mit Jazzmusik. Und was hat diese

Frau gemacht? Was bedeutete sie für ihn? Wo ist der Auslöser?

Ich muss nach dem Schlüsselreiz suchen, dachte er. Dem Trigger für seine Taten.

»Was wissen wir über sie?«, fragte er schließlich.

»Bisher leider noch nichts«, entgegnete Ronnie Gerber.

»Wir checken derzeit die Liste der als vermisst gemeldeten Personen«, sagte Albert Krach.

»Ihr Foto wird mit der Datenbank abgeglichen«, fügte Max Kolpert hinzu. »Das kann noch dauern, aber ich bin mit den zuständigen Kollegen in Kontakt.«

»Okay.« Trojan blickte in die Runde. »Wo ist eigentlich Dennis Holbrecht?«

»Gute Frage«, erwiderte der Chef sarkastisch. »Er sollte nach seinem Urlaub heute wieder im Dienst sein. Ich hab ihn mehrmals angerufen. Er hebt nicht ab. Bloß seine Mailbox meldet sich.«

»Wir brauchen ihn dringend für die Ermittlungen.«

»Ja, verdammt. Und ich sage dir, die Angelegenheit wird ein Nachspiel haben. Ich bin stinksauer auf ihn.«

»Wo ist diese Joggerin?«

»Ihr Name ist Lydia Meran.« Steffie wies auf die Absperrungen quer über den Waldweg. »Sie steht noch leicht unter Schock. Ein Sanitäter hat sich um sie gekümmert.«

»Ich spreche mal mit ihr.«

Trojan stieg die Böschung hinunter.

Die Frau, er schätzte sie auf Anfang dreißig, saß in ihrem schwarzen Sportdress auf einem Baumstamm hinter dem Flatterband. Jemand hatte ihr eine Decke übergelegt und einen Becher Tee gebracht.

»Lydia Meran?«

Sie nickte.

»Mein Name ist Nils Trojan. Ich bin hier der leitende Ermittler. Erzählen Sie mir bitte genau, was Sie heute früh gesehen haben.«

»Das Tuch. Mir ist das große Tuch aufgefallen. Ich laufe jeden Morgen an dieser Stelle vorbei.«

»War jemand in der Nähe?«

»Nein.«

»Sie waren ganz allein auf dem Weg?«

»Ja.«

»Keine Spaziergänger? Andere Jogger?«

Sie schüttelte den Kopf.

»Ist das nicht ungewöhnlich?«

»Zu der Zeit nicht. Ich bin Frühaufsteherin.«

»Wie viel Uhr war es denn?«

»Ich laufe immer um halb sieben los. Also Viertel vor, schätze ich.«

Sie war bleich, das Haar klebte ihr an der Stirn.

»Sie sahen das Tuch. Und dann?«

»Ich bin zu dem Unterstand raufgegangen, um nachzusehen, was es damit auf sich hat.«

»Und weiter?«

»Ich …« Sie sog die Luft ein. »Ich hab das Tuch angehoben. Es war … es war wie in einem …«

Sie suchte nach Worten. Trojan ließ ihr Zeit.

»… als wäre ich in ein … Zelt gekommen. Ein seidiges, weißes Totenzelt. Und diese Schnecken. Bei mir sind auch so viele.«

Trojan horchte auf. »Wo denn?«

»In meinem Garten.«

»Weinbergschnecken?«

Sie nickte. »Das liegt wohl an der Witterung. Schnecken lieben den Regen.«

Er blickte sie nachdenklich an. »Sie wohnen also ganz in der Nähe?«

»Ja.«

»Hat man Ihre Personalien aufgenommen?«

Wieder nickte sie.

Ein Totenzelt, dachte er. Seidig und weiß. Sie hat das Bild auf Anhieb begriffen.

Schließlich gab er ihr seine Karte. »Wenn Ihnen noch etwas einfällt, rufen Sie mich bitte an. Egal zu welcher Uhrzeit.«

FÜNFZEHN

Freitagabend hatten sie Gewissheit. Die Tote war eine Annemarie Klar, einunddreißig Jahre alt, von Beruf Osteopathin. Ihre Mutter, Marita Klar, eine resolut wirkende Frau um die sechzig, hatte sie am Vortag als vermisst gemeldet. Sie war es auch, die den Leichnam ihrer Tochter im Obduktionsraum der Charité identifizierte.

Anfangs wirkte sie noch erstaunlich gefasst. Sie antwortete sachlich auf die Fragen, die Trojan ihr stellte. Annemarie sei sehr ehrgeizig in ihrem Beruf gewesen, ihre Praxis lief gut. Sie stand im engen Kontakt zu zwei Freundinnen, die sie noch von der Schule her kannte. Mit ihnen telefonierte sie oft, da beide zu Annemaries Bedauern nicht mehr in Berlin wohnten. Nach einer längeren Beziehung, die vor einiger Zeit in die Brüche gegangen sei, war ihre Tochter wieder alleinstehend.

»Ich habe noch am Mittwochnachmittag mit ihr am Telefon gesprochen«, sagte Marita Klar. »Annemarie hatte eine kurze Pause zwischen mehreren Terminen mit Patienten. Sie klang ein wenig gestresst, aber ansonsten ist mir nichts Ungewöhnliches aufgefallen.«

»Wie lange hat sie denn normalerweise gearbeitet?«, fragte Trojan.

»Meistens so bis neunzehn Uhr.«

»Und war das auch am vergangenen Mittwoch so?«

»Das weiß ich nicht. Allerdings sagte sie mir, dass sie am Abend noch ausgehen wolle.«

»Wohin?«

»Sie erwähnte etwas von einer Bar in Mitte.« Marita Klar legte die Stirn in Falten. »Wie heißen doch gleich diese Veranstaltungen, bei denen die Gäste selbst singen? Die Musik kommt vom Band, und der Text wird eingeblendet?«

»Karaoke?«

»Richtig. Das hat sie gern gemacht. Singen war ihre Leidenschaft. Früher war sie im Kirchenchor und ...«

Das war der Moment, da sie weinend zusammenbrach. Trojan konnte sie kaum beruhigen. Er hatte Mühe, die richtigen Worte zu finden. Es gab keinen Trost in Situationen wie diesen. Nichts würde ihre Tochter wieder lebendig machen.

»Erinnern Sie sich an den Namen des Lokals?«, fragte er nach einer Weile behutsam.

Sie schüttelte den Kopf.

»An die Straße vielleicht?«

»Ich glaube, sie hat es mal erwähnt, aber es fällt mir nicht mehr ein.«

Er googelte auf seinem Smartphone nach Karaoke-Bars in Berlin-Mitte. »Könnte es das Kiez Karaoke gewesen sein?«

Sie blickte auf. »Ja.«

»Zionskirchstraße? Am Rand zum Prenzlauer Berg?«

»Genau, das ist es. Sie hat ihren damaligen Freund dort kennengelernt.«

Er fuhr mit Steffie dorthin. Der Club wurde gerade für eine Privatparty vorbereitet. Verspiegelte Wände, Discokugeln, Achtziger- und Neunzigerjahre-Trash, eine Kulisse wie aus einem David-Hasselhoff-Film. Passend dazu schepperte sein »Looking For Freedom« aus den Lautsprecherboxen.

Der Name des Barkeepers war Falk, ein Typ mit langen Korkenzieherlocken. Er betrachtete eingehend das Foto von Annemarie Klar, das ihm Steffie auf den Tresen gelegt hatte. Schließlich nickte er. »Das ist unsere Adele.«

»Adele?«

»Ja. Sie ist beinahe jede Woche hier. Trinkt drei Cuba Libre, geht rüber zur Bühne und singt ›Someone Like You‹. Die Leute halten den Atem an, applaudieren, und kurz danach ist sie wieder weg.«

»Sie meinen die Ballade von dieser berühmten britischen Sängerin?«

»So ist es. Andere verlassen sich lieber auf die einfachen Partykracher. Weniger Tonumfang, größere Wirkung. Für die Adele-Nummer muss man eine besondere Begabung mitbringen. Und ich sage Ihnen, diese Frau kann stimmlich mit dem Original mithalten.«

»War sie letzten Mittwoch hier? Vorgestern?«, fragte Trojan.

Falk dachte nur kurz nach. »Ja. Ich hab sie gesehen.«

»Kam sie allein oder in Begleitung?«

»War niemand bei ihr, glaube ich. Warum wollen Sie das alles wissen?«

»Sie wurde ermordet«, sagte Stefanie.

Der Barkeeper verzog entsetzt das Gesicht. »Echt jetzt?«

»Denken Sie genau nach«, sagte Trojan. »Wurde sie am Mittwoch von jemandem angesprochen, zu einem Drink eingeladen?«

»Weiß nicht. Ich hab ja nicht jeden einzelnen Gast immerzu im Auge.«

»Um wie viel Uhr ist sie gegangen?«

»Muss kurz nach Mitternacht gewesen sein. Danach wurde es erst richtig voll. Und sie ist eigentlich nie lange geblieben.«

»Haben Sie zufällig gesehen, ob sie jemand begleitet hat, als sie die Bar verließ?«

Er schüttelte den Kopf. »Keine Ahnung.«

»Ist ihr jemand gefolgt?«

»Tut mir leid, das weiß ich nicht.«

Sie bedankten sich bei ihm. Danach befragten sie weitere Mitarbeiter, jedoch ohne Erfolg.

Draußen blickten sie sich versuchshalber nach dem Wagen von Annemarie Klar um, einem grünen Mini Cooper. Das Kennzeichen hatten sie von der Meldestelle. Von ihrer Mutter wussten sie, dass Annemarie für gewöhnlich mit dem Auto unterwegs war. Sie gingen die Zionskirchstraße in beide Richtungen ab, dann bogen sie in die Anklamer Straße ein.

Sie wollten schon aufgeben, als sie das Fahrzeug in einer Parkbucht in der Swinemünder Straße entdeckten.

Trojan alarmierte die Kriminaltechnik. Kurz darauf wurde das Auto aufgebrochen und nach Spuren untersucht.

Unterdessen machten sich Trojan und Steffie in ihrem Dienstwagen auf den Weg nach Berlin-Weißensee, wo sich die Praxis- und Wohnräume der Ermordeten befanden.

Steffie fuhr, während Trojan auf dem Beifahrersitz nachdenklich aus dem Fenster schaute.

»Spielen wir es einmal gemeinsam durch«, sagte er zu ihr. »Annemarie Klar verlässt gegen Mitternacht die Bar. Sie ist vermutlich auf dem Weg zu ihrem Wagen.«

»Oder sie ruft sich ein Taxi, weil sie zu viel getrunken hat.«

»Möglich, aber auch nicht besonders wahrscheinlich. Laut Aussage des Barkeepers war ihr Verhalten eher regelmäßig. Drei Drinks, der Popsong, danach will sie in ihrem Mini Cooper heimfahren.«

»Also wäre es denkbar, dass sie auf dem Weg von der Bar zu ihrem Auto von dem Täter überfallen wurde.«

»Richtig. Er packt sie von hinten, presst ihr das Inhalationsgerät mit der Midazolam-Lösung aufs Gesicht. Anschließend zerrt er sie zu seinem Wagen und fährt mit ihr weg. Ich werde Kolpert anweisen herauszufinden, ob sich Überwachungskameras in der Umgebung des Zionskirchplatzes befinden.«

»Gut, weiter«, sagte Steffie, während sie in die nächtliche Bernauer Straße einbog. »Gehen wir einfach mal davon aus, dass der Täter sie in der Bar beobachtet hat. Und das vermutlich schon länger.«

»Ja, er hat sie im Visier. Er kennt ihre Gewohnheiten. Mittwochs ist sie beim Karaoke. Sie singt immer den gleichen Song.«

»Und sie hat eine interessante Stimme.«

»Die hatte Nora Sand übrigens auch. Zwar keine Gesangsstimme, aber eine hervorragende Sprechstimme. Ich hab mir die Aufnahmen ihrer Sendungen angehört.«

Sie warf ihm einen Seitenblick zu. »Sehr gut. Das könnte eine Verbindung sein.«

»Er hört Nora Sand regelmäßig im Internet. Ihren Nighttalk. Sie spricht. Gibt Ratschläge. Er lauscht ihrer Stimme. Er folgt ihr bis zu ihrer Wohnung. In der Nacht zum elften Juni lauert er ihr im Treppenhaus auf. Er tötet sie und schmückt ihren Leichnam aus.« Trojan ließ den Atem entweichen. »Nur zwei Nächte später hält er sich in dieser Karaoke-Bar auf. Es ist Mittwoch. Zeit für den Auftritt von Annemarie Klar. Sie betritt die Bühne und singt den Song von Adele. Wieder lauscht er einer besonderen Stimme. Er ist beeindruckt, verzückt.«

»Es ist ein wunderschönes Lied. Ziemlich melancholisch. Es geht darin um das Ende einer großen Liebe.«

Stefanie trällerte leise den Refrain.

Nils sah sie schmunzelnd an. »Hey, du bist ja richtig talentiert. Das klingt gut.«

Sie erwiderte sein Lächeln. »Du Schmeichler.«

»Nein, im Ernst.«

Sie konzentrierte sich wieder auf den Verkehr. »Die Stimmen der Frauen lösen etwas in ihm aus.«

Trojan schnalzte mit der Zunge. »Das Ohr. Er nimmt das linke Ohr als Trophäe. Es geht ihm um den Klang der Stimmen und um das Gehör.«

»Ja, das passt zusammen.«

»Und wie fügen sich die Schnecken in das Bild?«

»Ich weiß es nicht. Aber wir haben einen wichtigen Punkt berührt.« Sie schaute kurz zu ihm rüber und nickte ihm zu.

»Mario Gutland scheidet also tatsächlich als Verdächtiger aus«, sagte er nach einer Weile.

»Ja. Zum Zeitpunkt des zweiten Mordes war er noch immer ohne Bewusstsein.«

»Ich frage mich nur, warum der Täter Nora Sand in ihrer Wohnung ermordet, Annemarie Klar aber verschleppt. Er bringt sie an einem anderen Ort um und legt ihren Leichnam dann im Wald ab.«

»So konnte er mit seinem Opfer mehr Zeit verbringen.«

»Du hast recht. Er optimiert seine Vorgehensweise. Er

steigert sich. Für einen dritten Mord wird er sich noch mehr Spielraum nehmen.«

»Dazu darf es nicht kommen.«

»Auf keinen Fall.«

»Was ist eigentlich mit Holbrecht los?«, fragte sie nach einer Pause.

Trojan suchte die Nummer im Verzeichnis seines Handys. »Ich rufe ihn noch mal an.«

Er tippte auf das Display, und die Verbindung wurde hergestellt.

Gleich darauf meldete sich die Ansage der Mailbox:

Hallo, hier ist Dennis Holbrecht. Bitte hinterlassen Sie mir eine Nachricht.

»Hier ist Nils«, sprach Trojan nach dem Signalton. »Verdammt, Dennis, wo steckst du? Ruf mich sofort zurück, wir machen uns Sorgen.«

Er legte auf. »Irgendwas stimmt da nicht.«

»Sollen wir nachher mal zu seiner Wohnung fahren?«

»Unbedingt, ja.«

Steffie hielt vor dem Haus in der Parkstraße in Weißensee, wo Annemarie Klar ihre Praxis hatte.

Frau Kaltbrunn war sehr groß und sehr dünn. Sie hatte ebenmäßige Gesichtszüge und schwarz gefärbtes Haar. Sie roch nach Patschuli und trug ein Kleid aus edlem Stoff. Sie brachte den Jungen in sein neues Zuhause und lächelte ihn an.

»Ich bin jetzt deine Mutter.«

Sie tätschelte seine Wange, und der Junge zuckte zusammen.

»Du musst keine Angst vor mir haben.«

Er schlug die Augen nieder.

Das Haus war geräumig und hatte einen hübschen Garten. Blühende Kirschbäume, ein fein gestutzter Rasen. Ein kleiner Teich mit einer künstlich angelegten Insel. Darauf stand eine Engelsfigur in Marmorimitat.

Sie zeigte ihm sein Zimmer im Obergeschoss. Er war so beschämt, dass er errötete. Stuckverzierungen an der Decke. Ein ausladendes Bett. Erkerfenster mit Blick in den Garten.

»Gefällt es dir?«

Er brachte kein Wort heraus. Wieder strich sie ihm über die Wange. Ihr Duft irritierte ihn. Ihr Lächeln war sanft.

»Du wirst dich eingewöhnen. Du sollst es gut bei mir haben.«

Er stellte seinen Rucksack ab. Seine übrigen Sachen sollten hertransportiert werden. Viel besaß er ja nicht.

Anschließend führte sie ihn die Treppe hinunter, in einen Raum, den sie das Musikzimmer nannte. Ein glänzender Bechstein-Flügel, Regale voller Partituren.

»Sie haben mir gesagt, dass du sehr musikalisch bist. Spiel mir etwas vor.«

»Jetzt?«

Sie nickte.

Zögernd nahm er vor dem Instrument Platz. Er betrachtete den geschwungenen Korpus. Der Deckel war aufgeklappt. Sein Blick glitt über die Tastatur.

»Ich kann nicht.«

»Warum nicht?«

»Es geht nicht, das hier ist zu …«

Er sprang auf und eilte in sein Zimmer. Er schloss hinter sich die Tür.

Bis zum Abendessen ließ sie ihn in Ruhe.

Nachts nahm er den Karton mit den Schnecken aus seinem Rucksack und verkroch sich unter der Bettdecke.

Er war sich nicht sicher, ob er bei ihr bleiben durfte.

Hildegard Kaltbrunn ließ ihm Zeit. Doch allmählich verwandelte sich ihre Freundlichkeit in Strenge.

Nach der Schule bat sie ihn ins Musikzimmer. Abermals sollte er sich vor den Flügel setzen.

»Die Betreuer haben mir gesagt, du bist begabt. War das etwa eine Lüge?«

»Nein.«

»Beweis es mir.«

Schließlich begann er eine Etüde von Chopin zu spielen. Seine Mutter hatte sie ihm beigebracht. Auf ihrem schäbigen Klavier.

Als er fertig war, verschränkte Frau Kaltbrunn die Arme vor der Brust. »Das war gar nicht so schlecht. Wie oft am Tag übst du?«

»Eine halbe Stunde.«

»Und wo?«

»Sie geben mir Unterricht in der Schule.«

»Unterricht ist kein Üben.«

»Ich darf in den Musikraum, wann immer ich will.«

»Deine Lehrer sind großzügig zu dir. Ich hab mich bei ihnen nach dir erkundigt.«

Er schwieg.

»Willst du etwas aus deinem Talent machen?«

Er nickte schwach.

»Eine halbe Stunde ist gar nichts. Du übst vierzig Minuten morgens vor der Schule. Vierzig Minuten am Nachmittag. Und am Abend noch mal so viel.«

Sie setzte sich zu ihm auf den Hocker.

»Und nun zu deiner Haltung.« Sie berührte seine Hände. »Deine Finger sind die Orchestermusiker. Deine Ellbogen dirigieren.«

Sie spielte ihm das Stück vor.

»Jetzt du.«

Er versuchte es.

Sie unterbrach ihn barsch. »Deine Daumen sind das Problem. Wenn du die Daumen nicht richtig einsetzt, verspannen sich die Hände.«

Sie korrigierte an ihm herum.

Erneut versuchte er es.

»Nein. Nicht gut. Achte auf den kleinen Finger. Es ist der kleine Finger, der einen Künstler ausmacht.«

Der Junge spielte die Etüde wieder und wieder. Frau Kaltbrunn wich nicht von seiner Seite. Ihr Patschuliduft betäubte ihn.

Spätabends kam sie in sein Zimmer. Den Karton mit den Schnecken hatte er unterm Bett versteckt. Er hatte große Angst davor, dass sie ihn entdecken würde.

Er zog die Decke bis zum Kinn, als sie sich zu ihm auf den Bettrand setzte.

Sie sah ihn an.

»Du bist ein hübscher Junge.«

Sie strich ihm das Haar aus der Stirn. Ihre Hände waren warm.

»Gefällt es dir bei mir?«

Er wusste nicht, was er antworten sollte.

Lange Zeit schwiegen sie.

»Warum hast du mich …?« Er suchte nach Worten. »… ausgewählt? Warum ausgerechnet mich? Ich bin doch nur …«

Ihr Gesichtsausdruck war schwer zu deuten. »Ein armes Waisenkind? Wie im Märchen?«

»Hmm.«

»Du hast Ähnlichkeit mit meinem Sohn.«

»Was ist mit ihm?«

Ihre Mundwinkel zuckten. »Er ist tot. Er starb bei einem Unfall.«

Der Junge dachte nach. Es hing kein einziges Foto von ihrem Sohn im Haus.

»Das tut mir leid.«

»Muss es nicht.«

»Doch, wirklich.«

»Du siehst ihm sehr ähnlich.« Abermals strich sie ihm das Haar aus der Stirn. Dann gab sie ihm einen Kuss auf die Wange. Der Junge war wie erstarrt.

Sie wünschte ihm eine gute Nacht und verließ das Zimmer.

Der Junge schlief nicht. Er nahm den Karton hervor, holte die Schnecken heraus. Unter der Bettdecke war er in Sicherheit.

Nachmittags hörte er von seinem Zimmer aus die Klavierschüler von Frau Kaltbrunn. Es waren ein paar begabte darunter. Andere waren weniger gut.

Er hörte, wie seine Pflegemutter sie zurechtwies.

Ihm selbst gab sie zweimal in der Woche Unterricht. Zu ihm war sie besonders streng. Sie tadelte ihn dafür, dass er nicht oft genug übte.

Sie wollte, dass er kleine Präludien von Johann Sebastian Bach einstudierte.

»Bach ist Freude«, sagte sie. »Bach ist wie das Läuten von Kirchenglocken.«

Der Junge stellte seine Noten auf und setzte sich.

»Fang an.«

Er platzierte die Hände auf einem G-Dur-Akkord, atmete durch und wollte beginnen.

»Stopp«, rief sie.

»Ich hab doch noch gar nicht angefangen.«

»Du musst den Klang vorher hören. Erst hören, dann spielen.«

Er verstand nicht. Sie korrigierte seine Finger, seine

Ellbogen. Er versuchte es erneut. Sie war nicht zufrieden.

»Du darfst niemals nur spielen. Du musst hören.«

»Aber ich höre doch.«

»Nein. Du hörst nicht hin.«

Sie spielte ihm das Stück vor. Unter ihren Händen war jeder Ton wie ein Lächeln.

Wenn er es versuchte, war es Arbeit. Bei ihr war es Musik.

Mit einem Mal hasste er sie.

Er musste wachsam sein. Manchmal kam sie noch später als gewöhnlich in sein Zimmer. Er hörte sie im Bad rumoren. Sie benutzte viele Pflegeprodukte. Morgens wusch sie sich das Haar mit einem exotisch anmutenden Shampoo. Er hatte die Flasche heimlich geöffnet und daran gerochen. Abends legte sie eine besondere Creme auf. Er hatte die Tube aufgeschraubt und sich etwas davon auf den Finger gerieben.

Eine Tür klappte. Sie ging ins Schlafzimmer. Es befand sich auf der anderen Seite des Flurs. Er hörte die Dielen knarren. Sie ging auf und ab, dann war es still. Sie hatte ein erstaunlich kleines Bett. Er hatte sie mal durch den Türspalt beobachtet.

Mit ihren langen, dürren Beinen sah sie in dem Bett aus wie ein Riese. Ein Riese mit langem Haar. Nachts trug sie es offen.

Einmal hatte er sich getraut zu fragen: »Warst du mal verheiratet?«

Ihre Miene verfinsterte sich. »Ja. Aber das ist lange her.«

»Wie hieß dein Sohn?«

Sie sagte es ihm. Es war der gleiche Name wie seiner. Das machte ihm Angst.

»Konnte er gut Klavier spielen?«

»Natürlich. Ich hab ihm alles beigebracht.«

»Kannst du mir ein Foto von ihm zeigen?«

Sie schien darüber nachzudenken. Schließlich holte sie ein Album hervor und zeigte ihm ein paar Aufnahmen.

Der Anblick des fremden Kindes war ihm unheimlich.

»Was war das für ein Unfall?«

Sie klappte das Album zu. »Er ist vom Dach gestürzt.«

Der Junge erschrak. »Etwa hier? In diesem Haus?«

»Nein. Es war auf einem Schulausflug. Ein Dummer-Jungen-Streich. Ein paar der Kinder sind nachts aufs Dach der Herberge geklettert. Er ist abgerutscht. Für ihn kam jede Hilfe zu spät.«

Plötzlich drückte sie ihn an sich. Sie hielt ihn so fest umklammert, dass es ihm den Atem nahm.

Er spürte ihre Tränen im Gesicht.

»Ich weiß, dass du mich niemals verlassen wirst«, murmelte sie. »Niemals.«

Endlich ließ sie ihn los.

Nun lag er in seinem Bett und lauschte. Im ganzen Haus war es gespenstisch still.

Er nahm den Karton hervor und öffnete den Deckel. Manche der Schnecken hatte er entsorgen müssen. Sie waren tot. Dafür hatte er andere im Garten aufgesammelt.

Zurzeit gehörten fünf Stück zu seiner Sammlung. Gerade als er eine von ihnen herausnehmen wollte, vernahm er Schritte. Rasch schloss er den Deckel und schob den Karton unters Bett.

Schon kam sie herein.

»Schläfst du?«, fragte sie im halbdunklen Zimmer.

Er hielt die Augen geschlossen, doch seine Lider zitterten.

Er hörte, wie sie näher kam. Sie setzte sich aufs Bett.

»Erzähl mir von deiner Mutter.«

Er schwieg.

»Du vermisst sie sehr, nicht wahr?«

Sie knipste die Nachttischlampe an. Als er die Augen aufschlug, war er geblendet.

»Hat sie dir abends vorgelesen?«

Er schüttelte den Kopf.

»Aber sie hat dir sicher einen Gutenachtkuss gegeben.«

Er antwortete nicht.

»Nun sag schon. Was hat sie mit dir gemacht?«

»Sie … sie hat mir von den Schnecken erzählt.«

»Was für Schnecken?«

»Riesige … Schnecken.«

Sie verzog das Gesicht. »Das ist eklig.«

»Nein.«

»Es sind Schädlinge. Sie fressen mir den Garten kahl.«

»Ich mag Schnecken.«

»Ist das wahr?«

»Ja.«

Sie betrachtete ihn mit gerunzelter Stirn. »Was bist du nur für ein seltsamer Junge.«

Sie schaltete das Licht aus und ging.

SECHZEHN

Lydias Hände verharrten über den Tasten.

Sie holte Luft, dann begann sie zu spielen. Sie musste es tun, um sich abzulenken. Es war später Abend, und die Bilder aus dem Wald zuckten in einem fort vor ihr auf.

Sie versuchte sich am zweiten Satz der Mondscheinsonate, der so viel hoffnungsvoller war als der erste. Überraschend heiter, doch viel zu kurz. Wie ein tröstender Lichtschein zwischen zwei Abgründen.

Danach wagte sie sich an den dritten Satz. Presto agitato, ein schwindelerregendes Tempo. Rasche Tonfolge, wie ein Strudel. Sehnsucht, Schmerz und das bebende Verlangen nach Erlösung.

Sie verspielte sich. Ihre Finger schienen sich zu verhaken. Sie brach ab. Blickte auf die Partitur. Sie begann erneut. Nun war es besser.

Atmen, die Klänge einatmen. Ihr Becken kreiste, ihr Haar flog. Lydia wiegte sich im Takt der Akkorde.

Wieder ein Fehler, erneut eine Disharmonie. Sie hielt inne.

Sobald sie die Augen schloss, sah sie die fließende Seide vor sich. Das flackernde Kerzenlicht dahinter.

Warum hatte sie den Seidenstoff nur berührt, den Vorhang beiseitegeschoben? Warum war sie nicht einfach weitergelaufen?

Sie musste spielen. Durfte nicht aufhören. Die Musik war dazu da, die Bilder zu verjagen.

Sie griff in die Tasten.

Abgestorbene Lilien auf fahler Haut.

Hastig blätterte sie die nächste Seite der Partitur um. Kadenz, über dem Basston eine Quarte und eine Sexte. Die Noten verschwammen vor ihren Augen.

Der grellrot geschminkte Mund der Toten. Die Augenlider, schwarz umrandet. Ihre nackten Brüste. Unzählige Schneckenleiber darauf, sie glitten über sie hinweg.

Würde sie diese Bilder jemals loswerden?

Die Partitur schien aus lauter Schneckenfühlern zu bestehen. Sie bewegten sich auf sie zu.

Erneut brach Lydia ab. Der dritte Satz war zu schwierig. Außerdem wühlte er sie zu sehr auf.

Nach einer Pause fing sie von vorn an. Erster Satz, cis-Moll. Den konnte sie normalerweise wie im Schlaf.

Sie spielte den gebrochenen Akkord, bestehend aus einem H, einem E, einem G. Und wieder: H-E-G. Und noch mal: H-E-G. Akkord für Akkord. Schnecke um Schnecke auf dem Leichnam. Kriechend, schleppend, Schleim absondernd.

Verzweifelt spielte sie weiter. Moll, cis-Moll, weich.

Die Haut der Toten. Weiß-gräulich. Fahl. Das Knistern der welken Blütenblätter. Zähes Getier.

Ihre Finger glitten über die Tastatur.

Wuselnde Schneckenleiber.

Weg, dachte sie, geht weg. Mollakkord. Fehler. Nächster Akkord. Selbst der erste Sonatensatz wollte ihr heute nicht gelingen.

Eine Sonate wie eine Fantasie. So hatte es Beethoven selbst auf dem Notenblatt notiert: »Sonata quasi una Fantasia«.

Ihr war, als würden die Weichtiere zwischen den Tasten hervorquellen und ihre Fingerspitzen berühren.

Sie krümmte die Schultern ein, bearbeitete nervös die Klaviatur.

Den Buchladen hatte sie heute früher geschlossen. Kaum war sie zu Hause gewesen, hatte sie ihr Bett nach Schnecken abgesucht. Sie wusste, wie irrational das war. Die Schnecken waren draußen im Garten. Sie kamen nicht herein. Auch auf ihrem Klavier waren keine. Das waren bloß Hirngespinste. Ihre Nerven waren gereizt. Kein Wunder, sie hatte ja auch seit heute Morgen nichts gegessen. Es war ihr unmöglich, einen Bissen hinunterzubekommen.

Sie hatte Schnecken auf ihrem Teller erblickt. Schnecken, die über Messer und Gabel wuselten. Schnecken, die an den Küchenschränken entlangwanderten.

Schnecken im Haus. Überall. Aber das entsprach nicht der Wirklichkeit.

Sie schüttelte sich, schaute auf die Partitur. Notenschlüssel wie gewundene Schneckenleiber.

Nur eine schreckliche Fantasie.

Da schrillte das Telefon. Sie zuckte zusammen. Ihre Finger glitten von der Klaviatur.

Das Telefon läutete beharrlich weiter.

Wer konnte das sein? Um diese Zeit?

Lydia stand auf und ging in den Flur. Sie nahm den Apparat aus der Ladeschale. Eine ihr unbekannte Rufnummer auf dem Display. Sie drückte die grüne Taste.

»Hallo?«

»Kriminalpolizei. Spreche ich mit Lydia Meran?«

»Ja.«

Der Anrufer nannte ihr seinen Namen.

»Worum geht es denn?«

»Es ist wegen heute Morgen. Sie wissen ja …«, er atmete hörbar aus, »… die Tote im Wald.«

»Ich habe meine Aussage schon gemacht.«

»Ja, aber ich habe noch ein paar Fragen zum genauen Ablauf.«

»Zum Ablauf?«

Die Visitenkarte, die ihr der Beamte gegeben hatte, lag gleich neben dem Telefon. *Nils Trojan, Hauptkommissar, Landeskriminalamt Berlin, Fünfte Mordkommission*, stand darauf. Offenbar hatte sie es mit einem seiner Kollegen zu tun.

»Ich möchte, dass Sie mir möglichst detailliert schildern, was Sie zu welchem Zeitpunkt gesehen haben.«

»Aber ich habe doch schon …«

Er fiel ihr ins Wort »… mit einem meiner Kollegen gesprochen, ich weiß. Das ist dennoch sehr wichtig.«

»Hat das nicht Zeit bis morgen? Es ist sehr spät, und ich … ich glaube, ich bin noch ziemlich geschockt.«

»Verstehe ich gut.«

Es entstand eine Pause.

»Wem sind Sie begegnet, als Sie durch den Wald gelaufen sind? Ich meine, bevor Sie die Tote gefunden haben. Kam Ihnen vielleicht jemand entgegen?«

»Nein.«

»Sind Sie sich ganz sicher?«

»Ja, ich war völlig allein im Wald.«

»Lydia.« Seine Stimme hatte einen angenehmen Klang. Sie spürte, wie sich die feinen Härchen auf ihren Unterarmen aufstellten, und ein Schauer lief über ihren Rücken. »Gehen Sie das noch mal mit mir durch. Schritt für Schritt. Stellen Sie sich vor, es ist wieder früh am Morgen.«

»Nein«, entgegnete sie schrill.

»Keine Sorge. Es ist nur eine mentale Übung, damit Sie sich besser erinnern. Beginnen wir ganz von vorn. Sie ziehen sich Ihre Joggingsachen an. Es ist halb sieben, nicht wahr?«

Sie schwieg.

»Unterbrechen Sie mich, wenn ich falschliege.«

»Nein, es ist richtig. Halb sieben. Ich jogge immer um diese Uhrzeit.«

»Gut. Sie verlassen das Haus. Sie laufen los. Welchen Weg nehmen Sie?«

»Ich renne nach rechts, die Olwenstraße entlang.«

»Olwenstraße. Gut. Und dann?«

»Links in die Donnersmarckallee.«

»Schön. Sie machen das sehr gut, Lydia. Weiter?«

»Die Straße führt bis zum Wald.«

Sie sträubte sich dagegen, doch in Gedanken war sie wieder dort.

»Und?«

»Ich erreiche die nächste Biegung, und schon sehe ich das Tuch.«

»Nicht so schnell. Noch mal zurück. Vor der Biegung. Überholen Sie jemanden?«

»Nein.«

»Ist jemand vor Ihnen?«

»Nein.«

»Am Rand? Im Gebüsch? Versteckt hinter einem Baum?«

»Ich weiß nicht.«

»Genau nachdenken. Schließen Sie die Augen und stellen Sie sich die Umgebung vor.«

Sie tat es.

»Was sehen Sie?«

»Nur den Weg. Die Bäume. Feuchtes Laub. Es hat ja vorher geregnet.«

»Weiter.«

»Ich erreiche die Biegung.«

»Es geht ein Stück bergauf, nicht wahr?«

»Richtig.«

»Und dann?«

»Ich erkenne das Tuch in der Ferne. Es verhüllt den Unterstand.«

»Keine Menschenseele weit und breit?«

»Nein!« Sie öffnete die Augen. Was wollte der Kerl nur von ihr? »Das sagte ich doch bereits.«

»Kein Grund zur Aufregung. Was geschieht als Nächstes?«

»Ich laufe auf den Unterstand zu. Es ist wirklich niemand in der Nähe. Es ist alles still. Anfangs glaubte ich an eine Sinnestäuschung, aber dann ist das Tuch direkt vor mir. Ich steige die Böschung hinauf und hebe es an.«

Er atmete in den Hörer.

»Was ist vor Ihren Augen? Erzählen Sie es mir genau, Lydia. Sie müssen sich an jede Einzelheit erinnern. Das ist immens wichtig.«

Sie schwieg.

»Sie wollen doch, dass wir den Mörder dieser Frau finden, nicht wahr?«

»Natürlich.«

»Also bitte. Was erkennen Sie?«

Sie zögerte. »Die Umrisse eines Menschen.«

»Wo?«

»Unter einem zweiten Seidentuch.«

»Auf dem Boden?«

»Ja.«

»Liegend auf dem Boden.«

»Hmm.«

»Was noch?«

»Kerzen. In roten Gläsern. Ihren Lichtschein.«

»Und weiter?«

»Ich kann nicht«, brachte sie heftig hervor. »Ich will es auch nicht. Es ist schon spät. Ich muss schlafen.«

Sie vernahm die Geräusche seines Atems.

»Also schön. Sie sind erschöpft.«

»Das bin ich, ja.«

»Es ist alles gut, Lydia. Ich möchte Sie ja nicht quälen. Dennoch, und das muss ich Ihnen in aller Deutlichkeit sagen, ist es absolut erforderlich, dass Sie gut mit mir zusammenarbeiten. Sie möchten doch, dass die Ermittlungen erfolgreich verlaufen, oder?«

Lydia schluckte. Allmählich wurde sie misstrauisch. »Wie war gleich Ihr Name?«

Er schwieg nur für ein paar Sekunden, dann sagte er leise: »Dennis Holbrecht. Fünfte Mordkommission. Gute Nacht, Lydia.«

»Gute Nacht.«

Sie legte auf. Ihr Herz pochte.

SIEBZEHN

Trojan und Steffie inspizierten zunächst die Wohnung von Annemarie Klar. Die Mutter der Ermordeten hatte ihnen einen Zweitschlüssel ausgehändigt. Zwei Zimmer, abgezogene Dielen, geschmackvoll eingerichtet. Massivholzmöbel, ein breites Sofa mit einem purpurfarbenen Bezug. Das Bad war tapeziert, ein weißes Muster im Retro-Stil auf schwarzem Grund. In der Küche hing das gerahmte Foto eines Graffito von Banksy. Es war das durch seine Schredder-Aktion berühmt gewordene Motiv »Girl with Balloon«.

Wie ihnen Marita Klar gesagt hatte, befand sich ein weiterer Schlüssel zu den Praxisräumen in einer Schublade der Anrichte.

Sie gingen hinunter ins Erdgeschoss und schlossen auf. Ein kleines Büro, eine Teeküche und der Behandlungsraum.

»Hatte sie eigentlich Mitarbeiter?«, fragte Steffie.

»Laut Aussage ihrer Mutter nicht.«

»Die Patientenakten wären hilfreich, oder?«

»Ja. Vielleicht hat sich der Täter von ihr behandeln lassen.«

Der Laptop befand sich im Büro. Trojan klappte ihn auf und schaltete ihn ein. Das Passwort wurde verlangt.

»Dafür brauchen wir unseren Experten Max Kolpert«, sagte Steffie. Sie zückte ihr Handy und tippte die Nummer ein. Dann stieß sie die Luft aus.

»Was ist?«

»Er hebt gerade nicht ab.«

»Sprich ihm bitte aufs Band. Oder warte mal …« Trojan versuchte mehrere Kombinationen aus »Annemarie Klar« und ihrem Geburtsdatum, das er aus dem Melderegister hatte. Jeweils Fehlanzeige.

Er dachte fieberhaft nach. Klarname. Klarheit.

Er tippte versuchshalber Letzteres ein.

Volltreffer. Der Rechner fuhr hoch.

»Sie war nicht gerade ein Passwort-Genie«, sagte er.

Steffie steckte das Handy ein und setzte sich zu ihm. »Dafür bist du eines.«

»War nur ein Glücksgriff.«

Sie entdeckten den betreffenden Ordner auf dem Bildschirm und öffneten ihn. Die Patientenliste war lang.

»Beginnen wir bei den letzten Einträgen«, sagte Steffie, »und arbeiten uns bis zum Anfang vor.«

»Okay.«

Sie teilten die Liste in zwei Fenster auf und gingen sie getrennt durch. Trojan überflog die Namen und medizinischen Fachbegriffe. Er achtete besonders auf die persönlichen Notizen, die Annemarie Klar zu jedem ihrer Patienten verfasst hatte. Hier ging sie näher auf seelische Befindlichkeiten ein.

»Was ist eigentlich Osteopathie genau?«, fragte er.

»Es geht um die Gelenke. Um den Knochenaufbau. Schmerzbehandlung. Ich denke, das ist eher ein Heilpraktiker-Beruf. Die Maßnahmen sollen aber sehr wirksam sein.«

»Hmm.«

Er spürte Steffies Nähe. Ihre Schultern berührten sich. Er atmete den Duft ihres Parfums ein.

Er warf ihr einen Seitenblick zu. Sie schaute vom Rechner auf. Ihre kobaltblauen Augen blitzten ihn an, ihr blondes Haar schien zu leuchten.

»Was?«, fragte sie lächelnd.

Er schmunzelte, widmete sich wieder den Dateien. »Du riechst gut.«

Auch sie arbeitete weiter. »Wann machen wir Feierabend?«

»Sobald der Fall gelöst ist.«

Sie lachte leise auf. »Da müssen wir uns wohl noch gedulden.«

»Ist zu befürchten.«

Plötzlich stieß sie ihn an und scrollte auf einen Eintrag. »Schau mal hier.«

Sie vergrößerte das Fenster.

Trojan las das Fachchinesisch. *Lumbalgie. Andullationstherapie.*

»Verstehe ich nicht.«

»Achte nur auf die Randnotiz.«

Patient täuscht viele seiner Beschwerden vor. Er ist aufdringlich. Behandlung scheint ihn sexuell zu stimulieren. Distanziert bleiben. Nicht auf Privatleben eingehen. Bezeichnet seine Ex-Freundin als seine »Schnecke«. Widerlich!

»Sein Name ist Torsten Robald«, sagte sie. »Er war vor zwei Tagen bei ihr. Hier ist die Adresse.«

Sie erhoben sich beinahe gleichzeitig.

»Schnecke«, murmelte er.

»Kann ein Zufall sein.«

»Muss es aber nicht.«

»Den knöpfen wir uns vor. Los, komm.«

Ein sanierter Altbau in Friedrichshain. Bodentiefe Fenster. Sie klingelten. Niemand öffnete. Sie versuchten es bei den Nachbarn. Eine verschlafene Stimme meldete sich durch die Sprechanlage.

»Kriminalpolizei!«

Man ließ sie ein.

Viertes Stockwerk. Trojan hämmerte gegen die Tür. Stefanie betätigte den Klingelknopf.

Dann warteten sie ab.

War Robald nicht da?

Trojan presste das Ohr ans Türblatt. »Hörst du das?«

Auch Steffie lauschte.

»Was ist das?«

Ein gedämpfter Gongschlag. Akustische Verzerrungen. Hohe Töne, schrill. Wieder ein Gong. Und erneut die Verzerrungen. Zunächst wie aus weiter Ferne, dann näher und näher.

Sie blickten sich an. Steffie zuckte mit den Schultern.

Trojan donnerte gegen die Tür. »Kriminalpolizei! Herr Robald?«

Türenklappen aus den anderen Stockwerken, offenbar aus dem Schlaf gerissene Nachbarn.

Plötzlich schrie jemand in Robalds Wohnung laut auf.

Danach abrupte Stille.

Schließlich vernahmen sie ein leises Tocken.

Ta tock, tock, ta tock, tock.

Wieder Stille.

Kurz darauf schnarrten mehrere Schlösser. Riegel wurden zurückgeschoben.

Die Tür öffnete sich einen Spalt.

Ein Mann in den Vierzigern, hager, langes Kinn, wirres dunkles Haar, auf einen Stock mit Silberknauf gestützt, blickte sie misstrauisch an.

»Nils Trojan, Mordkommission. Das ist meine Kollegin Stefanie Dachs. Sind Sie Torsten Robald?«

»Ja.«

»Können wir reinkommen?«

»Es ist mitten in der Nacht.«

»Ist äußerst dringend. Also würden Sie bitte …?« Er hielt ihm seinen Dienstausweis hin.

Robald ließ sie zögernd ein, versperrte hinter ihnen die Tür. Das linke Bein nach sich ziehend, führte er sie in einen Raum mit hohen Decken.

Bürocontainer, Metallregale, eine umfangreiche DVD-Sammlung. Ein großer Tisch, darauf ein voluminöser Apple-Monitor. Eine breite Tastatur, daneben verschiedene Regler an einem Mischpult. Weiße Lautsprechertürme rechts und links auf dem Parkettboden.

Der Monitor zeigte die Nahaufnahme einer stark geschminkten Frau. Sie war geknebelt. Ihre Augen starrten den Betrachter ängstlich an

»Was soll das?«, fragte Trojan mit Blick auf den Bildschirm.

»Ist meine Arbeit.«

»Können Sie das ein bisschen genauer erläutern?«

Robald hinkte zum Tisch und betätigte eine Taste. Der Film lief ab, die akustischen Verzerrungen erschallten, der Gong, ein Kreischen, und die Frau wand sich in ihren Fesseln.

Nach einer Weile stoppte Robald Bild und Ton. »Gefällt es Ihnen?«

»Nicht wirklich.«

»Wird ein Horrorfilm. Fürs Kino. Ist noch nicht ganz fertig. Ich bin Sounddesigner. Zuständig für die Toneffekte.«

»Deshalb also der Krach.«

Robald hob seinen Stock. »Krach nennen Sie das?« Energisch stemmte er die Spitze auf den Boden. »Das ist Kunst!«

»Ach so.«

»Was wäre der Film *Psycho* ohne das Kreischen, das penetrante Wüten der Geigen, während Norman Bates auf sein Opfer einsticht?«

»Die berühmte Duschszene, ja?«

»Richtig.«

»Waren Sie das mit den Geigen?«, fragte Trojan sarkastisch.

Robald rümpfte die Nase. »Was wollen Sie von mir?«

Stefanie hob die Stimme: »Sie waren ein Patient von Annemarie Klar?«

Er runzelte die Stirn. »Wozu die Vergangenheitsform? Annemarie ist ein Engel mit Zauberhänden. Die Einzige, die meine chronischen Rückenschmerzen in den Griff bekommt.«

»Sie ist tot.«

»Wie bitte?«

»Annemarie Klar wurde ermordet.«

»Unfassbar.«

»Wann haben Sie sie das letzte Mal gesehen?«, fragte Trojan.

»Moment mal. Das muss ich erst verdauen. Annemarie Klar? Meine Annemarie? Sie lebt nicht mehr?«

»So ist es.«

Er ließ sich in seinen Schreibtischsessel fallen. »Wie ist das passiert?«

»Wir stellen die Fragen«, sagte Trojan.

»Ich war doch … ich hatte gerade erst einen Termin. Am vergangenen Mittwoch, ja. Da war ich in ihrer Praxis. Vorgestern.«

»Um wie viel Uhr?«

»Abends um sechs.«

»Wie lange waren Sie bei ihr?«

»Bis zum Ende der Anwendung. Viertel vor sieben.«

»Und danach?«

»Ich bin heimgefahren. Ich hab gearbeitet. Die halbe Nacht.«

»Kann das jemand bezeugen?

Er griff nach seinem Stock und erhob sich. »Wer sollte das bezeugen? Ich lebe allein.«

»Kennen Sie eine Nora Sand?«, fragte Stefanie.

Keine Reaktion. Nicht einmal ein Wimpernzucken. »Nie gehört.«

»Wo waren Sie Sonntagabend?«

»Beschuldigen Sie mich?«

»Nur auf die Fragen antworten«, insistierte Trojan.

»Sonntag.« Er rollte mit den Augen. »Weiß nicht. Arbeit vermutlich. Der Film muss fertig werden.«

»Etwas präziser bitte. Die Nacht von Sonntag auf Montag. Wo waren Sie?«

Er schien nachzudenken. »Ich war hier. Ich hab verschiedene Sounds ausprobiert.«

Steffie und Trojan tauschten Blicke.

»Fragen Sie den Nachbarn unter mir. Der beschwert sich regelmäßig, weil es ihm zu laut ist, wenn ich an meinen Sounds bastle. Dabei ist die Wohnung zum Teil schallisoliert.«

»Wie heißt dieser Nachbar?«, fragte Stefanie.

»Ludwig Kranau.«

Nun hob Trojan die Stimme. »Wie würden Sie Ihr Verhältnis zu Annemarie Klar bezeichnen?«

»Ich sagte doch, ein Engel mit Zauberhänden.«

»Strebten Sie ein intimes Verhältnis mit ihr an?«

Torsten Robald musterte ihn, antwortete aber nicht.

Sie schwiegen einige Sekunden.

Da vernahm Trojan ein schwaches Geräusch. Seine Nackenhaare stellten sich auf. Er blickte sich um. Eine geschlossene Tür, offenbar zu einem Nebenraum.

Robald hatte wohl seinen Blick bemerkt. Nils registrierte ein minimales Zucken in seinem Gesicht.

»Ist noch jemand hier?«

»Nein.«

Er nickte zur Tür. »Ihr Schlafzimmer?«

»Geht Sie nichts an.«

»Darf ich mal?«

Robald holte Luft. »Es war nichts zwischen Annemarie und mir. Sie hat sich bloß um meinen Rücken gekümmert.«

Fünf Schritte, und Trojan war an der Tür. Er drückte die Klinke. Verriegelt.

Robald reckte das Kinn. »Ich möchte, dass Sie jetzt gehen. Sie haben keinen – wie heißt das? – Durchsuchungsbeschluss.«

»Aufmachen.«

Es kribbelte in seinen Fingern.

Stefanie wiegte verstohlen den Kopf, suchte Blickkontakt zu ihm.

Auch Trojan hatte es gehört. Das Geräusch hinter der Tür war ein Wimmern.

»Aufmachen!«, befahl er erneut.

»Verschwinden Sie aus meiner Wohnung«, zischte Robald.

Dann geschah alles blitzschnell.

Robald machte einen Satz nach vorn, holte mit dem Stock aus und zielte auf Steffie.

Sie wich erschrocken zurück.

Plötzlich sprang eine Klinge aus der Spitze und näherte sich ihrem Hals.

Trojan zog seine Sig Sauer aus dem Holster und lud sie durch.

»Waffe fallen lassen!«, brüllte er.

ACHTZEHN

In seiner Wahrnehmung gab es einen Sprung. Trojan zitterte. Wenn er die Augen schloss, sah er rot. Blut, überall Blut.

Hatte er geschossen? Wo war seine Waffe?

Verdammt, hier schien alles außer Kontrolle geraten zu sein. Seine Beine waren weich wie Gummi. In seinem Kopf dröhnte es.

Was war mit Steffie? Um Himmels willen, was war mit ihr passiert?

Das Zimmer drehte sich um ihn herum. Er streckte beide Arme aus, um sich irgendwo abzustützen. Aber da war nichts. Nur Leere.

Er taumelte zurück.

»Hey, Mann«, sagte eine Stimme. Sie war sehr weit entfernt.

Sein Herz hämmerte. Er spürte kalten Schweiß auf seiner Stirn.

»Das ist ja der Wahnsinn. Ist der Kerl denn völlig übergeschnappt?«

Trojans Augen klappten auf und zu. Auf und zu. Reiß dich zusammen, Mann, du bist im Dienst.

Steffie. Er musste auf Steffie aufpassen. Wo war sie, verdammt? Und seine Waffe? Er hatte die Waffe nicht mehr in der Hand. Er war wehrlos.

Jemand lachte meckernd.

Plötzlich tauchte Robalds Gesicht vor ihm auf. Es war verzerrt. »Sie sind mir ja eine Nummer. Rasten hier völlig aus.«

Er stieß ihn weg. »Sie. Sind. Auf. Meine. Kollegin. Losgegangen«, brachte er keuchend hervor.

Wieder Gelächter. In seinen Ohren summte es. Er hörte nur sehr schlecht.

»Scherz«, vernahm er undeutlich. »War doch nur ein Scherz.«

Gegen den Schwindel ankämpfend, lehnte er sich an eine Wand.

»Bist du okay?«

Eine andere Stimme. Es war Steffie. Verwirrt blickte er sie an.

Er schüttelte sich. Was war passiert?

Allmählich ließ das Schwindelgefühl nach. Er sah wieder schärfer. Stefanie berührte ihn an der Schulter.

»Wo ist meine Waffe?«, fragte er.

»In deinem Holster. Du hast sie wieder eingesteckt.«

Er stieß die Luft aus. »Was?«

»Es ist alles gut«, raunte sie ihm zu. »Du hast nur ein wenig überreagiert.«

»Wie bitte? Ich hab doch gesehen, wie …«

Sie trat nahe an ihn heran, senkte ihre Stimme zu einem Flüstern. »Er ist nicht auf mich losgegangen. Er hat den Stock nur drohend in meine Richtung bewegt.«

Er sah sie sprachlos an.

»Hörst du mich?«

»Ja.«

Sein Gehör schien wieder halbwegs zu funktionieren.

»Aber die Klinge …«, murmelte er.

»Was für eine Klinge?«

»Da war doch … er hat …«

»Nein, nein.« Sie schüttelte den Kopf. »Am besten, du setzt dich einen Moment hin. Du bist ganz bleich.«

»Ich begreife nicht, was …«

Er bemerkte ihren sorgenvollen Blick. Sie war unverletzt. Dabei hätte ihr der Kerl um ein Haar den Hals durchbohrt.

»Du hast überreagiert, Nils«, wiederholte sie. »Aber zugegeben, ich hab auch einen Schreck bekommen.«

War alles ganz anders gewesen? Hatte er die Situation etwa falsch eingeschätzt?

»Brauchst du ein Glas Wasser?«, fragte sie.

»Nein. Geht schon wieder.«

Panikattacke, durchfuhr es ihn. Ich hatte eine Panikattacke. Mitten im Einsatz. Ich hätte beinahe auf den Kerl geschossen. Ich bin durchgedreht.

Robald kriegte sich nicht mehr ein vor Lachen.

»Zeigen Sie mir den Stock«, sagte Trojan.

Robald grinste.

Er riss ihm den Stock aus der Hand. Prüfte die Spitze. Sie war stumpf. Da war gar keine Klinge.

Verdammt. Was war nur los mit ihm?

Er war sich wirklich sicher gewesen, dass Robald im Begriff war, mit der Klinge …

Er schluckte. Ihm war speiübel.

Schließlich gab er ihm den Stock zurück. Das durfte nicht noch mal passieren. Er musste sich am Riemen reißen.

Nach einer Weile straffte Trojan die Schultern und trat nahe an Robald heran. »Sie haben meine Kollegin mit dem Stock bedroht.«

»Es war nur ein Scherz.«

»Hier wird nicht gescherzt. Öffnen Sie die Tür.«

»Ich sagte doch, Sie haben keinen Durchsuchungsbeschluss.«

»Gefahr im Verzug, dafür brauchen wir keinen Beschluss, Dahinter ist jemand. Und offenbar in Not.« Ein vager Blick zu Steffie. Das hatte er sich doch nicht auch bloß eingebildet?

Sie nickte ihm aufmunternd zu.

Robald wirbelte mit seinem Stock herum. Dann machte er eine jähe Bewegung. »Buh! Hast du etwa Angst vor mir, Bulle?«

Trojan schnappte nach Luft.

»Na los. Zieh noch mal deine Waffe. Du willst dich wohl vor ihr wichtigtun. Hübsche Schnecke, deine Kollegin.«

»Das reicht jetzt, Herr Robald«, fuhr Steffie dazwischen.

Schnecke.

Trojan tastete nach seinem Holster. Da war die Sig Sauer. Alles unter Kontrolle. Er hatte sie wieder eingesteckt. Er hatte die Situation im Griff. Die Klinge war eine Täuschung gewesen, aber ansonsten war er im Recht.

Tatsache war, dass der Kerl Stefanie bedroht hatte. Allerdings nur mit einem Stock.

Er atmete durch, war noch immer zittrig. Sein ganzer Körper bebte. Das musste aufhören. Er ballte die Hände zu Fäusten.

»Ich warne Sie«, herrschte er Robald an.

Schnecke.

»Nils«, versuchte Stefanie zu beschwichtigen.

Sie hatte ja recht. Bloß nicht provozieren lassen. Aber hinter der Tür war jemand. Er hatte deutlich ein Wimmern vernommen. Er war nicht krank. Er war nicht verrückt.

Schnecke.

»Ich zähle jetzt bis drei. Wenn Sie bis dahin nicht die Tür aufgeschlossen haben, trete ich sie ein.«

Robalds Grinsen wurde breiter. »Okay. Dann los.«

»Eins.«

Steffie sah ihn stirnrunzelnd an.

»Zwei.«

Sie ließ ihn nicht aus den Augen.

»Drei.«

Trojan nahm Anlauf und trat zu. Das Holz splitterte. Er nahm ein weiteres Mal Anlauf, und dann flog die Tür aus den Angeln.

Mit energischen Schritten ging er hinein.

Ein zweiter großer Raum. Anthrazitfarbene Vorhänge vor den Fenstern. Ein gerahmtes Porträt von Anthony Perkins in *Psycho*, sein diabolisches Grinsen auf etwa drei mal zwei Metern. Darunter ein riesiges Boxspringbett.

Das Bettzeug war zerwühlt.

Schimmernder Satin, registrierte Trojan, im gleichen Farbton wie die Vorhänge.

Sein Blick wanderte weiter. Vom Putz befreite Wände. Nackte Ziegelmauern. Ein weiß glänzendes Sideboard. Gedämpftes Licht. Stuckverzierungen an der Decke.

Annemarie ist ein Engel mit Zauberhänden.

Und wenn er sich abermals getäuscht hatte? Der Typ könnte Anzeige gegen ihn erstatten. Landsberg müsste ihn möglicherweise vom Dienst suspendieren. Das wäre dann auch eine Art Sabbatical, nur unfreiwillig.

Ich darf meiner Wahrnehmung vertrauen. Ich bin ein fähiger Ermittler. Der Kerl hat uns provoziert. Ich war nur für einen Moment außer mir. Jetzt hab ich mich wieder unter Kontrolle.

Er trat näher, betrachtete das Bett. Haufenweise Satinkissen befanden sich darauf.

Plötzlich machte er eine Bewegung unter der Decke aus. Und da war ein Haarschopf zwischen den Kissen. Noch ein Schritt, und er riss die Bettdecke weg.

Die Frau lag auf dem Bauch. Ihre Hände waren auf ihrem Rücken gefesselt.

Er berührte sie. Sie atmete schwer.

Auch an den Fußgelenken war sie gefesselt.

Er drehte sie vorsichtig auf die Seite. In ihrem Mund steckte ein Knebel.

»Ganz ruhig.« Er zückte sein Schweizer Messer, durchtrennte die Fesseln. »Alles gut.« Vorsichtig lockerte er das Tuch, mit dem sie geknebelt war, und zerschnitt es.

Verstört schaute die junge Frau zu ihm auf. Sie war nackt und ausgezehrt. Er registrierte die Einstichstellen an ihren Armen, den Beinen. Selbst auf dem Bauch hatte sie welche. Ihre Haut war bleich. Ihre Pupillen waren unnatürlich geweitet.

»Wie ist Ihr Name?«

Sie rang nach Luft, antwortete nicht. Sie wirkte wie weggetreten.

»Wir kümmern uns um Sie.«

Er hörte, wie Stefanie nach einem Notarzt telefonierte.

Robald kam protestierend ins Schlafzimmer. »Ich hab sie dafür bezahlt.«

Trojan fuhr herum. »Bezahlt?«

»Sie ist bloß eine Hure. Sie muss mir gehorchen.«

»Gehorchen? Sind Sie irre?«

»Hören Sie, Sie fassen das Ganze völlig falsch auf. Es ist nur ein Spiel. Sie muss hier auf mich warten, bis ich sie erlöse. Sie ist mir hörig. Ich gebe ihr Geld dafür.«

»Schluss mit den Spielchen.« Trojan zog die Handschellen aus seinem Gürtel. Ein geübter Griff, und er hatte Robalds Arme auf den Rücken gedreht.

Der schrie auf.

Mit einem Klicken rastete das Schloss ein.

»Torsten Robald, Sie sind vorläufig festgenommen.«

NEUNZEHN

SAMSTAG, 15. JUNI, MORGENS

Landsberg und Trojan standen hinter dem Einwegspiegel und beobachteten, wie sich Steffie im Vernehmungsraum zu Robald an den Tisch setzte.

Über die Mithöranlage vernahmen sie, wie sie sich freundlich bei ihm für die kurze Pause bedankte.

Es war bereits die vierte Vernehmung. Eine davon hatte Trojan geführt, die restlichen sie. Er hatte es auf die harte Tour versucht. Ihre Aufgabe hingegen war es, den Verdächtigen zu umschmeicheln, ihm Komplimente zu machen, Verständnis für seine Situation vorzutäuschen, um ihn vielleicht so zum Reden zu bringen.

Sie hatten ihn über Nacht auf dem Revier behalten. Innerhalb von vierundzwanzig Stunden mussten sie ihn laut Gesetz dem Haftrichter vorführen.

Die Beweislage war dünn, es lag noch viel Arbeit vor ihnen.

Erstaunlicherweise hatte Torsten Robald bisher nicht nach einem Anwalt verlangt. Inzwischen schien er die Gespräche mit Stefanie sogar zu genießen.

Er lächelte sie an. »Hat Ihnen eigentlich schon mal jemand gesagt, dass Sie wunderschöne Augen haben? Tiefblau wie ein Bergsee.«

Angewidert drehte Trojan die Mithöranlage leiser.

Der Chef bedachte ihn mit einem kühlen Blick. »Wir sollten uns nicht von unseren Emotionen leiten lassen, Nils.«

»Natürlich nicht.«

»Ist für uns nur von Vorteil, wenn er auf Stefanie abfährt.«

»Klar.«

»Sie macht das sehr gut.«

»Ich bin ganz deiner Meinung.«

»Sie umgarnt ihn. Und es wirkt noch nicht einmal aufgesetzt bei ihr.«

»Wäre nur schön, wenn er endlich etwas Wesentliches preisgeben würde.«

»Vielleicht hat er ja nichts zu verbergen.« Landsberg verschränkte die Arme vor der Brust. »Fassen wir das mal in Ruhe zusammen. Er hat zwar für beide Mordnächte kein wasserdichtes Alibi, aber alles, was wir ihm bisher anlasten können, ist die Sache mit dieser Prostituierten. Wie war noch mal ihr Name?«

»Adelina Beltschew. Sie stammt aus Bulgarien. Ist heute früh aus der Klinik entlassen worden. Sie war dehydriert. Ist schwer heroinabhängig. Die Ärzte wollten sie noch dabehalten. Sie aber hat sich geweigert. Gerber hat sie vernommen.«

»Und?«

»Ich kann dir nicht mehr bieten, als in Gerbers Bericht steht. Du weißt ja, dass Prostituierte nicht gerne mit der Polizei kooperieren.«

»Was hat er im Einzelnen aus ihr rausgekriegt? Entschuldige, ich hab seinen Bericht vorhin nur kurz überfliegen können.«

Er hat ihn nicht gelesen, dachte Trojan gereizt. Während wir die ganze Nacht durchackern, ist der Chef noch nicht einmal auf dem neuesten Stand.

»Sie sagt, sie habe mit Robald vereinbart, für vier Stunden in seine Wohnung zu kommen, sich von ihm fesseln zu lassen und mit ihm Sex zu haben. Das war gestern gegen sechzehn Uhr. Wir haben sie um ein Uhr siebenunddreißig befreit.«

»Also beinahe zehn Stunden später.«

»Ja. Und bezahlt hat er sie auch nicht.«

»Freiheitsberaubung und Vergewaltigung. Damit könnten wir ihn eventuell drankriegen.«

»Eben.«

»Die Frage ist nur, ob sie mitzieht.«

»Stimmt, Chef. Ihre Aussage ist vage, und sie hat keinen festen Wohnsitz. Erst sagt sie zu Gerber, sie habe Angst um ihr Leben gehabt, dann zieht sie die Äußerungen sofort wieder zurück.«

»Mist.«

»Wenn sie untertaucht oder sich weigert, noch mal mit uns zu sprechen, haben wir nichts gegen ihn in der Hand.« Trojan nickte zum Einwegspiegel hin. »Und dieser Scheißkerl weiß das.«

»Okay, und nun klopfen wir mal seine Alibis ab.«

»Laut Aussage eines Nachbarn waren in der Nacht zum elften Juni, als Nora Sand ermordet wurde, gedämpft seine Horrorsounds in der Wohnung zu vernehmen. Das könnte ihn entlasten, muss es aber nicht. Die Tonspur zu dem Film drang aus seinen Lautsprecherboxen. Das heißt noch lange nicht, dass er auch die ganze Zeit anwesend war.«

»Ihn hat niemand in der Nacht gesehen?«

»Nein.«

»Er könnte also zu Nora Sand gefahren, sie ermordet haben und in den frühen Morgenstunden zurückgekehrt sein.«

»Genau.«

»Und im Fall von Annemarie Klar?«

»Es ist denkbar, dass er sie am Mittwoch spätabends bei sich zu Hause gefangen hielt.«

»Es war jemand bei ihm an der Tür und hat mit ihm gesprochen, richtig?«

»Ja, dieser Ludwig Kranau, der unter ihm wohnt. Er bestätigt, dass er in der Nacht von Mittwoch auf Donnerstag etwa gegen Viertel vor eins zu ihm nach oben gegangen ist, um sich über den Lärm zu beschweren.«

»Zu der Zeit war Annemarie Klar nicht mehr in der Bar. Ist das korrekt?«

Trojan nickte. »Der Barkeeper sagte, sie sei kurz nach Mitternacht gegangen.«

»Keine Überwachungskameras in der Nähe des Lokals. Das haben wir ja mittlerweile gecheckt.«

»Genau.«

»Wir müssen uns also auf die Aussage des Barkeepers und die des Nachbarn verlassen. Demnach bleibt ein äußerst schmales Zeitfenster. Kurz nach Mitternacht bis Viertel vor eins.«

»Ja.« Trojan rieb sich die müden Augen. Eineinhalb Stunden Schlaf auf seiner Klappliege im Büro, mehr war nicht drin gewesen. »Robald könnte es knapp geschafft haben, sie vor der Karaoke-Bar zu betäuben, in seinen Wagen zu verfrachten und sie ins nahe gelegene Friedrichshain in seine Wohnung zu verschleppen.«

»Die Horrorsounds dröhnten demnach während seiner Abwesenheit.«

»Richtig. Das könnte er absichtlich so eingerichtet haben. Und als er mit ihr in seiner Wohnung war, könnten die Filmgeräusche zudem ihre Schreie übertönt haben. Der Nachbar klingelt an der Tür, er entschuldigt sich und dreht etwas leiser.«

»So weit unsere Theorie.«

»Nicht unbedingt felsenfest, zugegeben. Aber Robald ist ein cleverer Hund. Wir sollten ihn nicht unterschätzen. Wer weiß, was er mit dieser Prostituierten aus Bulgarien vorhatte.«

»Was ist mit seiner Behinderung? Er geht doch am Stock.«

»Na und?« An den verdammten Stock wollte Trojan nicht mehr erinnert werden.

»Wäre er zu dem Überfall auf Annemarie Klar körperlich in der Lage gewesen?«

»In der Akte, die sie als Osteopathin über ihn geführt hat, steht einiges über seine chronischen Rückenschmerzen und nur wenig über seine Hüftverletzung und sein Hinken. Ich hab das extra noch mal überprüft.«

»Was willst du mir damit sagen?«

»Was auch Annemarie Klar vermutet hat. Er übertreibt. Er prahlt sogar mit seinem Handicap. Zu Steffie hat er in der letzten Vernehmung gesagt, er habe sich die Verletzung beim Sex mit drei Frauen zugezogen.«

»Großer Gott, Nils, wo leben wir denn?«

»Offenbar in einer leeren, dunklen Welt, die mit vielen Reizen ausgefüllt werden muss. Wenn du ihn genauer beobachtest, hinkt er mal mehr, mal weniger.«

»Ein Simulant also?«

»Ja. So hat es zumindest Annemarie Klar in einer Randnotiz vermerkt.«

In seiner Wohnung wirkte er jedenfalls ziemlich behände mit dem Stock, dachte er. Nur gut, dass Robald bei den Befragungen seinen Ausraster nicht erwähnt hatte. Und auch Steffie verlor darüber kein Wort. Die Angelegenheit war ihm zutiefst unangenehm.

Sie verfolgten eine Weile schweigend die Vernehmung.

»Wir müssen abwarten, ob die Beweislage für den Haftrichter ausreicht«, murmelte Landsberg.

»Hmm.«

»Hoffen wir, dass Steffie recht bald was aus dem Kerl herauskriegt.«

»Ich könnte auch noch mal übernehmen.«

Landsberg hob die Augenbrauen. »Um den bösen Cop zu spielen?«

»Warum nicht?«

»Es gefällt dir offenbar nicht, wie Robald mit Stefanie umgeht.«

»Gefällt es *dir* denn?«

»Der Zweck heiligt die Mittel.« Er ließ den Atem ausströmen. »Weißt du, Nils, das ist der Grund, warum private Beziehungen in einer Mordkommission unerwünscht sind. Wenn einer aus dem Team seine Kollegin zu sehr beschützen will, leidet unter Umständen seine Auffassungsgabe darunter.«

Der Seitenhieb hatte gesessen. War der Vorfall von heute Nacht etwa doch zum Chef durchgedrungen?

Trojan verzog keine Miene.

Rasch versuchte er abzulenken. »Oder jemand anderes könnte ihn …« Plötzlich fiel es ihm siedend heiß ein. »Was ist eigentlich mit Dennis?«

Landsberg blickte ihn an. »Scheiße, ja. Er hat sich noch immer nicht zurückgemeldet.«

»Hilmar. Irgendwas ist da faul.«

»Das fürchte ich allmählich auch.«

»Ich wollte eigentlich schon gestern Abend zu ihm fahren, hab es aber nicht mehr geschafft.«

»Könntest du das vielleicht jetzt für uns erledigen? Ich halte hier derweil die Stellung.«

»In Ordnung.«

Trojan nahm seine Jacke und ging.

Sein Herzschlag beschleunigte sich.

Holbrecht war immer zuverlässig gewesen. Dass er nicht auf Anrufe reagierte, war äußerst merkwürdig.

ZWANZIG

Dennis wohnte in der Bamberger Straße in Wilmersdorf. Es war ein überraschend schmuckloses Mietshaus mit Rauputz, das zwischen den feineren Altbauten im Bayerischen Viertel herausstach. Trojan drückte auf den Klingelknopf und wartete ab.

Nichts geschah.

Schließlich läutete er bei den Nachbarn.

Der Türsummer schnarrte, und er trat ein. Im zweiten Stockwerk klingelte er an Holbrechts Tür.

Stille.

Er klopfte an. Lauschte.

Nichts.

Er versuchte es an der Wohnungstür gegenüber. »Tramke« lautete der Name auf dem Schild.

Eine weibliche Stimme meldete sich: »Wer ist da bitte?«

»Trojan, Kriminalpolizei, machen Sie bitte auf.«

Es entstand eine Pause. Er atmete ungeduldig aus.

»Halten Sie Ihren Dienstausweis an den Türspion.«

Er tat es.

Danach wurden Schlösser entriegelt, die Tür öffnete sich einen Spalt. Eine Sicherheitskette war vorgelegt.

Eine weißhaarige, zierliche Dame, Trojan schätzte sie auf Mitte, Ende siebzig, schaute ihn aus wässrigen Augen an.

»Sind Sie Frau Tramke?«

»Ja.«

»Ich bin ein Kollege von Dennis Holbrecht, er wohnt gegenüber. Wissen Sie, wo er sich im Moment aufhält?«

Die alte Dame schob die Kette zurück.

»Ich hab ihn seit zwei Wochen nicht mehr gesehen. Er ist verreist.«

»Er müsste längst aus dem Urlaub zurück sein, ist aber nicht in der Arbeit erschienen.«

»Wie seltsam. Haben Sie ihn mal angerufen?«

»Mehrfach, ja, aber ohne Erfolg.«

Sie blinzelte ihn hinter ihren dicken Brillengläsern an.

»Hat zufällig jemand hier im Haus einen Schlüssel zu seiner Wohnung?«

»Ich habe einen. Er bat mich, seine Orchideen zu gießen. Und auch seinen Briefkasten sollte ich regelmäßig leeren.«

»Wie gesagt, ich bin ein Kollege von ihm. Würden Sie bitte seine Tür für mich öffnen?«

Sie musterte ihn eine Weile. »Kann ich Ihnen denn vertrauen?«

»Ich hab mich doch vor Ihnen ausgewiesen. Natürlich können Sie das. LKA Berlin, Mordkommission. Bitte, es ist dringend.«

»Herr Holbrecht ist auch bei der Kripo.«

Trojan bedachte sie mit einem gequälten Lächeln.

Endlich verschwand sie für einen Moment im Innern ihrer Wohnung, dann kam sie mit dem Schlüssel zurück und ging mit ihm zu der anderen Eingangstür auf der Etage.

Sie schloss umständlich auf, Trojan wurde immer ungeduldiger.

Als die Tür endlich offen war, sagte er zu ihr: »Bleiben Sie bitte zurück.«

Sie blickte zu ihm auf, ihr Kopf reichte gerade bis zu seinen Schultern. »Aber wieso denn?«

»Nur zur Sicherheit.«

Er ließ sie draußen stehen und trat ein.

Es roch ungelüftet. Die Post lag gestapelt auf einer Holzkommode im Flur.

Er inspizierte das Wohnzimmer. Mehrere weiß-rosa Orchideen in hellen Töpfen auf der Fensterbank. Eine beigefarbene Couch im Bauhausstil. Zwei passende Sessel. Ein Glastisch. Ein Plasma-Fernseher.

Auch das Schlafzimmer war ordentlich, beinahe penibel eingerichtet. Die dunkelblaue Überdecke auf dem schmalen Doppelbett war glatt gestrichen. Ein einziges Kissen befand sich am Kopfende. Die Vorhänge waren ebenfalls in einem Blauton gehalten.

Eine weitere Orchidee stand am Fenster.

Trojan ging in die Küche. Blank polierte Armaturen. Der ausgeräumte Kühlschrank war abgeschaltet und weit geöffnet, wohl um einer Schimmelbildung vorzubeugen.

Ein einziger Teller neben einer Tasse im Abtropfregal. Noch mehr Orchideen auf dem Fensterbrett. Trojan betrachtete ihre zierlichen Blüten.

Was wusste er eigentlich über Dennis? Früher hatte er wohl mit einer Freundin zusammengelebt, aber das war lange her, wenn er sich nicht täuschte. Die Trennung hatte er nur beiläufig erwähnt. Seitdem war er offenbar alleinstehend. Zumindest wies in dieser Wohnung nichts auf eine zweite Person hin.

War Holbrecht einsam?

Er galt als fleißig, aber ein wenig schüchtern. Bei Beförderungen wurde er stets übergangen. Um wirklich Karriere zu machen, mangelte es ihm an Durchsetzungskraft.

Freundlich und unscheinbar, so würde er ihn beschreiben.

Dass er aber Orchideen sammelte, erschütterte ihn beinahe. Letztlich wusste er gar nichts über ihn.

Ein eher trauriges Umfeld. Ein Kriminalbeamter, umgeben von diesen zerbrechlichen Pflanzen.

Trojan warf einen Blick ins Bad. Weiße Fliesen, ein kleiner, verspiegelter Schrank. Einem plötzlichen Impuls folgend, öffnete er ihn.

Ordentlich gefaltete Handtücher. Mehrere Deodorants, Duschgels und Zahnpastatuben, anscheinend auf Vorrat gekauft. Verpackte Papiertaschentücher. Einige Flaschen Mundwasser.

War es in Ordnung, dass er hier herumschnüffelte? Eigentlich nicht.

Er wollte die Schranktür gerade schließen, als ihm etwas hinter einem Stapel Waschlappen auffiel.

Es waren etliche Arzneimittel. Trojan schob die Lappen beiseite und las die Aufschriften. Präparate gegen Kopfschmerzen, Erkältungen, Muskelverspannungen, Magenbeschwerden.

Heftpflaster, Verbandszeug.

Und ein Fläschchen mit einer farblosen Lösung.

Trojan las den Schriftzug auf dem Etikett.

Er traute seinen Augen nicht.

Es war Midazolam.

Eilig ging er zurück in den Hausflur, wo Frau Tramke auf ihn wartete.

»Hat Ihnen Dennis Holbrecht gesagt, wohin er verreisen wollte?«

»Zu seinem Häuschen im Umland, denke ich.«

»Er hat ein Ferienhaus?«

»Na ja, mehr eine Hütte. Nichts Besonderes, so viel ich weiß.«

»Haben Sie die Adresse?«

Sie nickte. »Die hat er mir auf einen Zettel geschrieben.« Sie beäugte ihn. »Stimmt denn irgendetwas nicht?«

Er wiegte bloß den Kopf.

Ein plötzlicher Adrenalinstoß brachte ihn zum Schwitzen. Die Dienstwaffe, dachte er. Hatte Holbrecht seine Waffe ordnungsgemäß im Revier eingeschlossen, bevor er in den Urlaub gefahren war?

Er musste das überprüfen.

Midazolam, durchfuhr es ihn. Das Sedativum, das auch bei den Mordopfern benutzt wurde.

Trojan dachte an Semmlers Worte. Es wurde beiden Frauen aller Wahrscheinlichkeit nach mit einem Inhalator verabreicht.

Warum befand es sich ausgerechnet in Holbrechts Wohnung? So geläufig war das Medikament ja nicht. Auf jeden Fall war es verschreibungspflichtig.

War das nun ein Zufall?

Oder etwa nicht?

»Ich brauche die Adresse. Schnell.«

Die alte Dame holte den Zettel aus ihrer Küche und gab ihm diesen. »Hier ist sie.«

Er überflog die handschriftliche Notiz und steckte das Papier ein. »Danke.« Er atmete durch. »Eine letzte Frage noch: War irgendjemand außer Ihnen während Holbrechts Abwesenheit in seiner Wohnung?«

»Nein. Nicht dass ich wüsste.«

»Sie haben niemandem den Schlüssel ausgehändigt?«

»Selbstverständlich nicht.«

»Ist Holbrecht zwischenzeitlich mal zurückgekehrt?«

Sie schüttelte den Kopf.

»Ist Ihnen etwas Verdächtiges im Treppenhaus aufgefallen?«

»Wie meinen Sie das?«

»War jemand an seiner Tür?«

»Nein. Ich hab jedenfalls niemanden gesehen.« Sie schaute ängstlich zu ihm auf. »Glauben Sie, ihm ist etwas zugestoßen?«

Statt einer Antwort nahm er ihr den Schlüssel ab. »Den muss ich behalten, tut mir leid.«

»Dürfen Sie das denn so ohne Weiteres?«

»Ja doch. Wie oft soll ich es Ihnen denn noch sagen? Ich bin von der Kripo.«

Er reichte ihr seine Karte, sperrte Holbrechts Tür ab, steckte den Schlüssel ein und stürmte die Treppe hinunter.

EINUNDZWANZIG

Es war eine Adresse im Landkreis Oberhavel nordwestlich von Berlin. Trojan hatte das Navi eingeschaltet. Er erreichte den Hohenzollerndamm und fädelte sich in den dichten Verkehr auf der A100 ein. Als er das Stadtgebiet verlassen hatte, hielt er sich rechts und folgte der Beschilderung Richtung Hamburg.

Auf der A111 beschleunigte er zwischenzeitlich auf hundertfünfzig Stundenkilometer.

Nach einer Weile rief er über die Freisprechanlage Landsberg an.

»Was hast du Neues für mich, Nils?«

Er berichtete ihm kurz, was er vorhatte, verschwieg ihm aber den Fund des Midazolam. Die Sache war zu brisant, um voreilige Schlüsse zu ziehen.

»Dennis hat ein Ferienhaus?«, fragte der Chef überrascht. »Kann er sich das überhaupt leisten? Bei seinem schmalen Gehalt?«

»Ist wohl nichts Besonderes, sagte die Nachbarin. Mehr eine Hütte.«

»Okay. Beeil dich bitte, denn wir brauchen dich hier.«

»Ich tu mein Bestes. Folgendes noch: Könntest du für mich herausfinden, ob Dennis vor seinem Urlaub seine Pistole in der Waffenkammer abgegeben hat?«

Schweigen am anderen Ende.

»Meinst du etwa …?« Hilmar atmete hörbar aus.

»Ich will nur sichergehen.«

»Ist das so eine Vorahnung von dir?«

Trojan nagte an seiner Unterlippe. Sollte er das Midazolam doch erwähnen?

»Irgendwas ist faul«, murmelte er.

»Glaubst du etwa, Dennis könnte sich das Leben genommen haben?«

»Weiß nicht. Mir geht gerade einiges durch den Kopf. Ich möchte nur ausschließen, dass er irgendwelchen Unsinn mit der Waffe angestellt hat. Oder noch anstellen will.«

»Ja, das ist verständlich. Ich erkundige mich und rufe gleich zurück.«

»Danke.«

Sie beendeten das Gespräch.

Trojan war jetzt auf der A10. Die Landschaft Brandenburgs flog an ihm vorbei. Er versuchte, sich lediglich auf den Verkehr zu konzentrieren. Nur keine voreiligen Schlüsse ziehen, wiederholte er für sich.

Doch seine Gedanken rasten. Das Fläschchen mit der farblosen Lösung. Der Schriftzug auf dem Etikett: Midazolam. Warum hatte er es dem Chef gegenüber nicht gleich angesprochen? Um den Kollegen vor falschen Verdächtigungen zu schützen? War Holbrecht etwa auf irgendeine Art in die Mordserie verwickelt?

Nein. Unmöglich. Nicht jemand aus dem Team. Schon gar nicht der schüchterne Dennis.

Wieder dachte er an die Orchideensammlung in seiner Wohnung. Weiß-rosa Blüten, zart und zerbrechlich. Gab es eine unheimliche Seite an Holbrechts Charakter, die er vor den anderen versteckt hielt?

Er scherte auf die linke Spur aus, um einen Lkw zu überholen. In diesem Moment rief Landsberg an.

»Ja?«

»Nils, es ist leider so…«, er räusperte sich, »…ich hab keine gute Nachricht.«

»Er hat die Sig Sauer mitgenommen?«

»So sieht es aus, ja.«

»Scheiße.«

»Zugegeben, ich bin mittlerweile ziemlich besorgt. Aber es muss auch nichts heißen, dass er die Pistole behalten hat.«

Trojan schluckte. »Nein, muss es nicht.«

»Er könnte einfach vergessen haben, sie abzugeben. Er hat damit zwar gegen die Vorschrift verstoßen, aber die ist ja noch recht neu.«

»Ich weiß.«

Die Vorgaben waren strenger geworden. Früher durften die Beamten ihre Waffen auch privat tragen. Nun waren sie angewiesen, die Pistolen bei längerer Freizeit auf dem Revier wegzuschließen.

»Wo bist du gerade?«, fragte Hilmar nach einer Pause.

»Kurz vor dem Abzweig Oberkrämer auf der A10, danach ist es nicht mehr allzu weit.«

»Gut. Ich hoffe, die Sache klärt sich bald auf.«

»Hmm. Und wie sieht es bei euch aus?«

»Robald will nun doch einen Anwalt sprechen.«

»Das verzögert die Angelegenheit.«

»Leider. Ist aber sein gutes Recht.«

»Bleibt Steffie an ihm dran?«

»Klar. Ich hoffe, sie wird ihn trotz des Anwalts weich kochen. Es gibt übrigens auch Neuigkeiten von Mario Gutland.«

»Ach ja?«

»Er ist wieder bei Bewusstsein. Kolpert konnte mit ihm sprechen. Es ist tatsächlich so, wie wir vermutet haben. Er hat während Nora Sands letzter Radiosendung in ihrer Wohnung herumgeschnüffelt. Er war an ihrem Rechner, um ihre E-Mails zu lesen. Danach ist er wieder nach Hause gefahren.«

»Ist ihm in der Mordnacht etwas Verdächtiges in der Wohnung aufgefallen?«

»Nein.«

»Demnach muss der Täter kurz nach ihm eingetroffen sein.«

»Ja.«

»Warum ist er vor mir weggelaufen? Warum zum Teufel ist er wie von Sinnen auf die befahrene Straße gerannt?«

»Er sagt, er hatte große Angst. Immerhin hat er sich wie ein Stalker verhalten. Alles sprach plötzlich gegen ihn. Eine Panikreaktion.«

»Die ihn beinahe das Leben gekostet hätte.«

»Ja.«

»Wird er bleibende Schäden davontragen?«

»Die Ärzte sind vorsichtig optimistisch, was eine vollständige Heilung angeht.«

»Hmm. Wegen des zweiten Mordes scheidet Gutland jedenfalls als Tatverdächtiger aus.«

»So ist es. Wir lassen ihn von nun an auch nicht mehr bewachen.«

»In Ordnung, Hilmar. Ich melde mich, sobald ich Näheres über Holbrechts Verbleib herausgefunden habe.«

»Bis dann also.«

Trojan drückte die rote Taste. Kurz darauf nahm er die

Ausfahrt Oberkrämer. Er bog links in die Eichstädter Chaussee ein. Bald darauf erreichte er eine Landstraße, die an Feldern und landwirtschaftlichen Betrieben vorbeiführte. Laut Navi war es die Lindenallee.

Allmählich näherte er sich der Ortschaft Schwante. Nachdem er die Dorfstraße erreicht und mehrere Häuser passiert hatte, führte ihn das Navi weiter Richtung Amalienfelde.

Schließlich hatte er den kleinen Ort Kremmen erreicht. Er musste mehrmals abbiegen und befand sich nun auf einer holprigen Straße, die durch den Wald führte.

Hier ließ ihn das Navi im Stich. Trojan verfuhr sich mehrmals, musste wenden und hielt schließlich in einem kleinen Dorf, dessen Namen ihm unbekannt war.

Er fragte einen älteren Herrn nach der Route. Dieser verwies ihn umständlich auf eine nicht asphaltierte Straße am Rande der Ortschaft.

Trojan bedankte sich, fuhr weiter und stieß schließlich auf einen Abzweig, den er für richtig hielt. Die Gegend wurde immer einsamer. Offenbar gab es zwei Seen im näheren Umkreis. An einem davon sollte sich ein Weg namens »Im Luch« befinden.

Dort war angeblich Holbrechts Hütte. Zumindest hatte er das auf dem Zettel notiert.

Während er den BMW langsam über die Sandpiste steuerte, vorbei an unzähligen Schlaglöchern, googelte Trojan den Begriff »Luch« auf seinem Smartphone. Es war die nordostdeutsche Bezeichnung für eine ausgedehnte, vermoorte Niederung.

Ein Moor also. Was hatte Dennis Holbrecht hier zu suchen? Nicht gerade ein ausgewiesener Ferienort. Offenbar schätzte er die Einsamkeit.

Der Weg verlief sich im Dickicht. Trojan musste anhalten. Er stieg aus und ging zu Fuß weiter.

Plötzlich traf eine SMS auf seinem Handy ein. Sie stammte von seiner Tochter Emily.

Hi, Paps. Wie geht's?

Bin gerade im Einsatz, schrieb er zurück. *Soll ich dich später anrufen?* Er drückte auf »Senden«.

Ihre Antwort kam prompt. *Bin heute Abend unterwegs. Aber wir sehen uns ja Montag!*

Er überlegte. Montag? Hatte er da etwas vergessen? Dann fiel es ihm wieder ein.

Na klar! Deine Abiverleihung. Ich freue mich riesig drauf!
Und ich bin so stolz auf deine tolle Abschlussnote.

Sie antwortete ihm mit einem lächelnden Emoji, und er steckte das Handy ein.

Er dachte daran, wie sie sich in letzter Zeit durch die Prüfungen gekämpft hatte, wie nervös sie gewesen war, wenn sie bei ihm zu Hause gelernt hatte. Und nun war sie am Ziel.

Übermorgen würde sie ihr Zeugnis bekommen, und dann war ihre Schulzeit beendet.

Trojan lächelte für einen Moment, dann wurde er wieder ernst.

Die Sonne stand hoch. Verkrautete Wiesen, einige Birken. Mückenschwärme tanzten in der Luft. Ein leichter Wind fuhr raschelnd durchs Gebüsch.

Aus der Ferne rief ein Vogel.

Trojan versuchte, einen Pfad zwischen den Gräsern auszumachen.

War er hier richtig? Oder hatte er sich verlaufen?

Schließlich näherte er sich einem Birkenhain. Dahinter schimmerte der See hervor. Ungefähr hundert Meter weiter machte er die Umrisse eines Gebäudes aus.

Nun war auch ein Pfad zu erkennen.

Trojan steuerte auf das Häuschen zu. Es war recht klein, nicht mehr als vierzig Quadratmeter, schätzte er. Weiß verputzte Steine, ein geteertes Flachdach.

Eine schmale Terrasse mit Blick auf den See.

Ein verbeulter Briefkasten hing neben der geschlossenen Eingangstür. »Holbrecht« stand auf dem Schild.

Er drückte die Klinke. Verschlossen. Er klopfte an.

»Dennis?«, rief er.

Keine Antwort.

Er betrat die Terrasse. Ein Liegestuhl aus Plastik. Ein Gartenstuhl und ein Holztisch.

Er trat dicht an das Terrassenfenster und schirmte die Augen mit den Händen ab. In dem Zimmer dahinter war niemand.

Er umrundete einmal das Haus und rief erneut nach seinem Kollegen.

Nichts rührte sich.

Es stand ja nicht einmal ein Auto vor dem Haus. Oder hatte Holbrecht es vielleicht woanders geparkt? Für das unwegsame Gebiet brauchte man eigentlich einen Geländewagen.

Er rüttelte an der Eingangstür.

»Dennis! Ich bin's, Nils.«

Es war so still, dass er sein Herz pochen hörte.

Schließlich nahm er einen Dietrich aus der Jackentasche und schob ihn ins Schloss. Mit viel Feingefühl bearbeitete er die Stifte im Schließzylinder.

Dann sprang die Tür auf.

ZWEIUNDZWANZIG

Eine schmale Nische als Eingangsbereich, dahinter war das Wohnzimmer mit einer Küchenzeile.

Trojan scannte den Raum mit Blicken. Auf dem Sofa vorm Fenster lag eine karierte Wolldecke. Ein aufgeschlagenes Buch auf dem Couchtisch, daneben eine geöffnete Bierflasche, halb gefüllt. Über der Lehne eines Stuhls hing eine schwarze Windjacke, die er Holbrecht zuordnen konnte.

Er verhielt sich still. War doch jemand hier?

Seine Nackenhaare stellten sich auf.

Sein Blick wanderte weiter. Geschirr im Spülbecken, angetrocknete Schmutzränder.

Er setzte ein paar Schritte vor, öffnete den Kühlschrank. Ein paar Lebensmittel, Schimmel auf einem Stück Käse. Aus einer angebrochenen Milchpackung roch es säuerlich.

Leise klappte er den Kühlschrank zu.

Die Tür zum Nebenraum war geschlossen. Wenn jemand hier war, hätte der ihn längst gehört.

Er musste wachsam sein. Seine Hand tastete nach dem Holster, und er zückte die Waffe.

Drei lautlose Schritte, und er lehnte mit dem Rücken an der Wand. Er lud die Waffe durch, verharrte für ein paar Sekunden, dann ging es blitzschnell.

In der Rechten die Sig Sauer, klinkte er mit der Linken die Tür auf. Er wirbelte nach vorn, die Waffe ausgestreckt.

Gesichert.

Zunächst atmete er durch.

Dann fiel sein Blick aufs Bett. Die zerwühlte Bettdecke war zu einer länglichen Form gebauscht. Lag jemand darunter?

Ein kurzes Zögern, danach lüpfte er die Decke an.

Nichts. Wieder atmete er durch.

Ein zerknittertes T-Shirt lag auf dem Boden. Auf dem Nachttisch befanden sich ein paar Kriminalromane und ein Glas Wasser. Er öffnete die Schublade. Sie war leer.

Er drehte sich um. Eine grüne Wachsjacke auf einem Bügel, aufgehängt an einem Haken. Dieser war an einer schmalen Holztür befestigt, wie Trojan erst jetzt bemerkte.

Vorsichtig schob er mit links die Jacke zur Seite und berührte den Türknauf, die Sig Sauer in der Rechten.

Es gab ein metallisches Knarzen, als er den Knauf umdrehte. Er war auf alles gefasst.

Holbrecht mit weggeschossenem Schädel, die Waffe neben sich. Suizid eines Kollegen.

Oder ein fremder Angreifer, der ihm hinter der Tür auflauerte.

Selbst auf einen verrückt gewordenen Dennis musste er vorbereitet sein. Auf die Fratze der Schizophrenie, einen mordenden Polizisten. Auch wenn es ihm schwerfiel, das zu glauben.

Er riss die Tür auf.

Ein Klosett, ein Waschbecken.

Und da war ein Gesicht.

Trojans Finger zuckte am Abzug der Waffe.

Er schnaufte durch, kniff für eine Weile die Augen zu. Zwei Atemzüge lang. Drei, vier. Er holte noch ein fünftes und ein sechstes Mal Luft.

Dann schlug er die Augen auf.

Ruhig. Nicht beirren lassen. Die Nerven behalten.

Es war *sein* Gesicht. *Seine* Gestalt im Spiegel über dem Waschbecken, die ihm einen Schrecken eingejagt hatte.

Er war blass. Hatte Ringe unter den Augen. Schweiß glänzte auf seiner Stirn. Keuchend betrachtete er sein Spiegelbild. Wie lange hielt er diesen Job noch durch?

Reiß dich zusammen, Mann. Es geht hier gerade um Holbrecht, nicht um dich. Was war passiert? Irgendetwas stimmte nicht.

Da sah er den Glaskasten am Fenster des winzigen Badezimmers.

Es war ein Terrarium. Der Deckel hatte Luftlöcher. Der Boden war mit Erde bedeckt. Grünpflanzen befanden sich darin. Trojan hob den Deckel ab. Seine Finger glitten durch das Grünzeug.

Da berührte er etwas Weiches. Seine Hand fuhr zurück.

Schließlich schob er vorsichtig die Pflanzen auseinander. Darunter bewegte sich etwas.

Es waren Schnecken.

Zehn, zwanzig, beinahe hundert an der Zahl. Je länger er hinsah, desto mehr wurden es.

Wohlgenährte Weinbergschnecken, schleimend krochen sie über die Blätter hinweg.

In diesem Moment vernahm Trojan von draußen einen schrillen Schrei.

Er stürmte hinaus.

Nur Sekunden später stand er auf der Terrasse, schwer atmend.

Wieder ein Schrei.

Er kam vom Seeufer.

Trojan rannte los.

Aaahr. Aaahr.

Eine Wiese führte zum See hinab. Er erreichte den Schilfgürtel. Im Dickicht erkannte er etwas Dunkles. Von dort kamen die Schreie.

Er streifte seine Schuhe ab und watete ins Wasser, die Waffe in der Hand.

Er vernahm ein Flattern, dann schoss ein Krähenschwarm aus dem Rohrschilf hervor.

Aaahr. Aaahr.

Die Vögel breiteten ihre Schwingen aus und stoben kreischend davon. Trojan hastete weiter durch das Schilfrohr, das Wasser spritzte hoch.

Da vorne. Da war etwas. Mitten im Röhricht. Und erneut schossen die Krähen darauf zu.

Aaahr. Aaahr.

Es war ein Ruderboot, das sie umflatterten. Gierig stießen sie mit ihren Schnäbeln vor.

Endlich hatte Trojan das Boot erreicht. Hüfttief stand er im Wasser. Mit dem Arm fuchtelnd, versuchte er die Vögel zu verjagen.

Entsetzt starrte er in das Innere des Ruderboots.

Auf den Bohlen befand sich ein Seidentuch. Es war zu einem kleinen Paket zusammengeschnürt. Schillernde Fliegen wimmelten darauf.

Trojan steckte die Waffe ein. Er zog Latexhandschuhe aus seiner Jackentasche und streifte sie sich über.

Zittrig versuchte er, das Paket aufzuschnüren. Nach einer Weile konnte er die Bindfäden entwirren. So lag das Tuch halb geöffnet in seiner Hand.

Was um Himmels willen verbarg sich darunter?

Die Fliegen summten. Zornig umschwirrten sie ihn.

Beherzt faltete Trojan das Seidentuch auf.

»Nein«, entfuhr es ihm.

Hinter seinen Schläfen hämmerte der Puls.

Er war nass bis auf die Knochen. Das Wasser tropfte an ihm herab. Das Boot schwankte. Im Schilfrohr raschelte der Wind. Die Krähen flatterten durch die Luft, schrien und schrien. Eine Wolke von Fliegen ließ sich herab.

»Nein«, entkam es ihm erneut.

Er zitterte vor Angst und vor Kälte. Selbst unter den Latexhandschuhen spürte er den zarten Seidenstoff.

Aahr, aahr, wüteten die Krähen.

Reglos ließ Trojan ihre Flügelschläge über sich ergehen. Wellen schwappten gegen die Bootswand, und er schloss für einen Moment die Augen.

Er öffnete sie und starrte auf das ausgebreitete Tuch in seinen Händen.

Darin lag ein Ohr.

Ein abgetrenntes, menschliches Ohr.

DRITTER TEIL

DREIUNDZWANZIG

Samstag, 15. Juni, abends

Das Team der Fünften Mordkommission war im Landkreis Oberhavel angerückt. Auch die Kollegen von der Spurensicherung waren dabei, Holbrechts Hütte zu durchsuchen. Zur Unterstützung waren Kriminalbeamte von der Brandenburger Polizei eingetroffen, leitend in den Ermittlungen aber war das Landeskriminalamt Berlin.

Landsberg, der ebenfalls vor Ort war, hatte weitere Verstärkung angefordert, damit parallel die Wohnung von Dennis in Wilmersdorf durchsucht werden konnte.

Das abgetrennte Ohr wurde mittlerweile in der Rechtsmedizin der Charité untersucht. Semmler war zusammen mit dem Team angereist, hatte den grausigen Fund inspiziert und dann mitgenommen. Sie standen in telefonischem Kontakt mit ihm.

Noch hielt er sich ziemlich bedeckt. Erste Andeutungen hatte er durchsickern lassen.

Sie waren mehr als beunruhigend.

Trojan hatte sich seit seinem Eintreffen in der Gegend um Kremmen keine Pause gegönnt. Nun brach der Abend herein, und der war von trügerischer Schönheit. Orangerote Sonnenstrahlen glitten über den Schauplatz seiner grausamen Entdeckung. Die einsame Umgebung – außer der Hütte gab es keine andere Behausung am gesamten Ufer – wirkte täuschend friedlich.

Erschöpft ließ sich Nils auf einem Feldstein am Rand des Holzstegs nieder, von dem sich nach ihren Erkenntnissen das Boot gelöst hatte. Es war dort wohl mit einem Seil befestigt gewesen und schließlich ins Schilf abgetrieben. Spuren des gerissenen Seils hatten sie am Kahn selbst und an einem Poller des Stegs gefunden.

Das Ruderboot war zwischenzeitlich an Land gezogen worden. Einige Meter von Trojan entfernt waren Forensiker in weißen Overalls damit beschäftigt, es auf weitere Spuren abzusuchen.

Froschmänner tauchten den See ab. Sie suchten nach einer Leiche.

Auch der Ufergürtel wurde von Beamten durchkämmt.

Wo war Holbrecht?

Nach seinem Wagen wurde gefahndet. Ein schwarzer Toyota Corolla. Weder in Berlin noch im Umland war er bisher gesichtet worden.

Was war mit Dennis passiert?

Und die erschütterndste Frage, die sie sich stellen mussten: War er Opfer oder Täter?

Trojan vergrub das Gesicht in den Händen. Der Anblick des abgetrennten Ohrs ging ihm nicht mehr aus dem Kopf.

Es war das linke Ohr einer weiblichen oder männlichen Person. Dr. Semmler hatte sich noch nicht festlegen wollen. Er schien allerdings geneigt zu sein, es für ein männliches Körperteil zu halten.

»Zu sechzig Prozent männlich, zu vierzig Prozent weiblich«, so lautete seine erste Einschätzung.

War es Holbrechts Ohr oder das eines Fremden? Oder eher das eines dritten weiblichen Opfers?

Im Moment konnten sie nur abwarten, was der DNA-Abgleich ergab. Jeder im Kommissariat hatte einmal eine Speichelprobe abgeben müssen, da die Ermittler selbst DNA-Spuren an Tatorten hinterlassen konnten. Diese mussten von den Fremdspuren unterschieden werden können. So lag auch eine Probe ihres verschollenen Kollegen vor.

Sollte Dennis Holbrecht ein Serienmörder sein? Die Beweislage belastete ihn schwer.

Und doch wollte Trojan es nicht glauben.

Ein Täter in ihren eigenen Reihen? Ein unauffälliger Kriminalbeamter, der in seiner Urlaubszeit drei Menschen strangulierte und ihnen jeweils das linke Ohr abschnitt, um es als Trophäe zu behalten?

Bleib bei den Fakten, ermahnte sich Trojan selbst. Lass dich nicht von deinen Emotionen leiten. Du musst sowohl in die eine als auch in die andere Richtung denken.

Die Schneckenzucht in seiner Hütte. Das Midazolam in seiner Wohnung. Natürlich hatte er inzwischen Landsberg über den Fund des Sedativums informiert. Und das gesamte Team wusste Bescheid. Ihr Kollege galt als tatverdächtig.

Plötzlich berührte ihn jemand an der Schulter. Er blickte auf. Es war Steffie.

»Hey«, sagte sie.

»Hey.«

»Bist du einigermaßen okay?«

Er stand auf. »Ich bin geschockt.«

»Das sind wir alle. Er ist einer von uns.«

»Ja. Ich mochte ihn sehr.«

»Sprich bitte nicht in der Vergangenheitsform von ihm.«

»Du hast recht.«

»Wir dürfen die Hoffnung nicht aufgeben.«

Er drückte kurz ihre Hand. Dann schauten sie schweigend

auf den See. Ein Froschmann tauchte an der Wasseroberfläche auf, gab seinem Kollegen am Ufer ein Zeichen, das wohl bedeutete: nichts gefunden.

»Die Ungewissheit ist das Schlimmste«, murmelte er. »Nicht zu wissen, ob er noch lebt.«

»Und wenn er lebt …«

»… nicht zu wissen, auf welcher Seite er ist.«

»Er ist einer von uns«, wiederholte sie.

»Sag mir, dass er *nicht* unser Täter ist.«

Sie schwieg eine Weile. »Wir müssen abwarten.«

»Du kannst es auch nicht ausschließen.«

»Nicht mit Bestimmtheit. Instinktiv will ich ihn in Schutz nehmen. Aber die Indizien sprechen gegen ihn. Das Midazolam in seiner Wohnung. Das Terrarium mit den Schnecken in seiner Hütte.«

»Und dann dieses Ohr.«

»Verpackt in Seide.«

»Steffie, in was für einer Welt leben wir?«

Sie zuckte mit den Achseln. »Ich weiß nicht. Ich will es nicht zu nah an mich heranlassen. Noch sind wir alle sehr aufgewühlt. Ich hoffe, das gibt sich irgendwann.«

»Die Positionen lassen sich nicht mehr klar unterscheiden. Wofür steht Holbrecht? Wofür stehen wir?«

»Für Gerechtigkeit natürlich.«

»Aber dennoch ist …« Er schluckte. »Was, wenn einer aus dem Team …« Im Bruchteil einer Sekunde war ihm schwindlig. Er schwankte leicht.

»Ganz ruhig, Nils«, flüsterte sie ihm zu. »Wir schaffen das. Ich bin an deiner Seite.« Sie griff nach seiner Hand. »Und das möchte ich immer sein.«

Ihre Berührung tat ihm gut. Er atmete durch.

Was hatte sie eben gesagt? Immer an seiner Seite?

»Landsberg könnte uns sehen«, murmelte er nach einer Pause.

Sie ließ seine Hand los. »Geht es wieder?«

»Ja.«

Sie blickte ihn besorgt an.

Er straffte die Schultern. »Okay, versuchen wir, es ganz sachlich durchzugehen. Dennis meldet sich nicht aus dem Urlaub zurück. Er hat ein Betäubungsmittel in seiner Wohnung. Es ist die gleiche Substanz, die sowohl Nora Sand als auch Annemarie Klar vor ihrer Ermordung verabreicht wurde.«

»Ja«, sagte sie. »Wir haben die Schnecken hier im Badezimmer, und wir haben das Ohr, das noch untersucht wird.«

»Seine Dienstwaffe ist weg.«

»Das könnte entweder heißen, er ist als Täter untergetaucht, oder aber er ist selbst zum Opfer geworden.«

»Zwei Möglichkeiten, ja. Ich weiß nicht, welche schrecklicher ist.«

»Ich auch nicht.« Sie kräuselte die Stirn. »Aber wir sollten uns nicht von unseren Gefühlen beirren lassen.«

»Genau.«

»Also, sollte er selbst zum Opfer geworden sein …«

»… würde das nicht ganz in das bisherige Bild passen.«

»Hmm.«

»Bislang gingen wir davon aus, der Mörder habe es auf Frauen mit schönen Stimmen abgesehen. Die Umstände, wie sie zu Tode kamen, die langsamen Strangulationen, das Fesseln, all das lässt den Verdacht zu, dass die Taten auch sexuell motiviert sind. Der Mörder nimmt das linke Ohr als Trophäe. Du hast mir das von den Japanern erzählt, ihren Vorlieben. Vielleicht machen ihn weibliche Ohren an, keine Ahnung, warum. Ich habe sogar schon darüber nachgedacht, ob nicht auch die Schnecken in irgendeiner Form eine sexualisierte Bedeutung für ihn haben. Und jetzt? Semmler hat sich zwar nicht abschließend geäußert, aber zumindest hat er schon mal eingeräumt, dass das Ohr eventuell zu einem Mann gehören könnte.«

»Ja«, sagte sie. »Und diesmal wurde es laut seiner Einschätzung auch anders abgetrennt.«

Er nickte. »Die Schnitte sind nicht säuberlich gesetzt. Das Ohr wurde, aller Voraussicht nach und anders als bisher, nicht mit einem Skalpell, sondern mit einem Messer abgeschnitten.« Trojan machte eine Pause. Er wagte es kaum auszusprechen, was ihm Semmler vor Stunden, als er hierhergekommen war, anvertraut hatte. »Das Ohr könnte sogar …«

»Ja?«

Er ließ den Atem ausströmen. »Es könnte dem Opfer bei lebendigem Leib entfernt worden sein. Und das würde eher auf ein Rachemotiv hindeuten.«

»Zutiefst verstörend.«

»Ja.«

Steffie schien angestrengt nachzudenken. »Es würde dennoch passen. Aus unserer Erfahrung wissen wir, dass es oftmals eine Vermischung von mehreren Motiven ist, die einen Serienmörder antreibt.«

»Stimmt.« Er sah sie an. »Aber mir will es einfach nicht in den Kopf, dass Holbrecht zu so einer Tat fähig wäre.«

»Das geht mir ganz genauso. Und dennoch haben wir beide so manchen Serientäter überführt, dem niemand zuvor seine Abgründe angemerkt hat.«

Er schaute wieder auf den See. Blasen bildeten sich auf der

Wasseroberfläche, wo einer der Männer im Neoprenanzug und mit Sauerstoffflasche auf Tauchgang war.

»Wie auch immer, irgendwo da draußen läuft ein Wahnsinniger herum. Und da Holbrechts Pistole nicht aufzufinden ist, müssen wir davon ausgehen, dass dieser Irre schwer bewaffnet ist.«

Sie strich sanft über seinen Arm. »Nils. Wir schaffen das. Auch diesmal werden wir es hinkriegen. Das Morden wird aufhören. Wir schnappen uns den Kerl.«

»Dein grenzenloser Optimismus tut mir gut, aber weißt du… in unserer Gesellschaft geht es immer grausamer zu. Und manchmal habe ich das Gefühl, wir kämpfen hier auf verlorenem Posten. Kaum ist der eine Fall abgeschlossen, geht es wieder von vorne los. Wir waten knietief im Blut. Wir arbeiten bis an den Rand der Erschöpfung. Und dann reißt auch noch jemand eine Lücke ins Team.«

»Landsberg hat doch schon für Verstärkung gesorgt.«

»Aber begreifst du denn nicht, Steff? Es geht mir um Dennis als Mensch, nicht als Ermittler. Ich weiß so wenig über ihn. Das erschüttert mich. Jahrelang arbeite ich mit ihm zusammen, dabei war mir noch nicht einmal bekannt, dass er diese Hütte besitzt. Was hat er hier in der Einsamkeit getan? Was beschäftigte ihn?«

»Dennis war immer sehr still. Er hat wenig von sich preisgegeben.«

Trojan kickte einen Kieselstein ins Wasser. »Verdammt, wir reden schon wieder in der Vergangenheitsform von ihm.«

»Die Hoffnung stirbt zuletzt.«

»Steff, das sagt sich so leicht.«

»Ich bin mindestens genauso schockiert wie du. Aber

manchmal muss man sich eben an den einfachen Botschaften festhalten.«

»Du hast ja recht.«

Sie schwiegen. Die Sonne senkte sich weiter herab und tauchte die Umgebung in ein beinahe goldenes Licht. Zu idyllisch, dachte Trojan bitter.

»Es gibt noch eine dritte Möglichkeit«, sagte er leise. »Und die ist leider nicht weniger grausam.«

Er spürte ihren Seitenblick. »Was meinst du?«

»Selbstverstümmelung.«

Sie stieß die Luft aus.

»Holbrecht könnte sich …« Er brach ab.

»Du meinst wie dieser Maler? Van Gogh?«

»Ja.«

»Aber das wäre doch nun mehr als grotesk.«

»Grotesk wie so vieles an dem Fall. Nur mal angenommen, Holbrecht ist dabei, seinen Verstand zu verlieren. Er bringt die beiden Frauen um, ergötzt sich an den Trophäen, die er ihnen entnimmt, und schneidet sich dann selbst ein Ohr ab.«

Stefanie, die sonst immer so gefasst war, schüttelte sich und verzog das Gesicht. »Hör auf. Bitte.«

»Semmler hab ich dazu bereits befragt. Du kennst ihn ja, er will sich nicht frühzeitig festlegen. Aber ausschließen wollte er selbst diese Theorie nicht.«

»Nein, Nils. Das kann ich nicht glauben. Auf mich wirkte Dennis vor seinem Urlaub völlig normal.«

»Du hast eben selbst erwähnt, dass so mancher seelische Abgrund nicht sofort erkennbar ist.«

Sie schaute ihn an. »Was können wir denn Entlastendes über unseren Kollegen sagen?«

»Die Spuren könnten bewusst gelegt worden sein, um uns in die Irre zu führen.«

»Genau.«

»Alles soll darauf hindeuten, dass Holbrecht der Täter ist.«

»Richtig. Demnach wäre das hier nichts weiter als eine Inszenierung.«

»Der Mörder deponiert die Weinbergschnecken in Holbrechts Hütte und das Midazolam in seiner Wohnung.«

»Und er wickelt das abgeschnittene Ohr, von wem auch immer es stammt, in ein Seidentuch und legt es in dem Ruderboot ab.«

»Hmm. Das Boot gehört übrigens Holbrecht. Das hat jemand aus dem Dorf bestätigt. Dennis hatte nicht gerade viel Kontakt zu den Leuten dort. Aber so viel ließ sich feststellen, das Boot ist von ihm.«

Er schwieg.

»Vielleicht ist es ja wirklich eine Inszenierung«, murmelte er dann. »Zumindest scheint der Täter einen ausgesprochenen Hang zum Dramatischen zu haben.«

»Ja«, entgegnete sie. »Schnecken, Lilien, Seidentücher, Kerzen, abgetrennte Ohren, ein Inhalator mit betäubenden Dämpfen.«

»Zwei Frauen mit besonders schönen Stimmen. Und ein Polizist. Wie passt das zusammen, wenn wir Dennis als Täter mal außer Acht lassen?«

»Der Mörder könnte Holbrecht gekannt haben. Was, wenn er noch eine Rechnung mit ihm offen hatte?«

»Ein alter Fall, meinst du?«

»Womöglich.«

»Interessanter Gedanke. Offenbar hat er Holbrecht genau beobachtet. Er wusste von seinem Urlaub. Möglich, dass er ihm hierher gefolgt ist. Und in dieser nahezu verlassenen Gegend hatte er leichtes Spiel mit ihm. Eine kaum geschützte Hütte, keine Zeugen.«

Sie blickte ihn an. »Wir glauben also nicht mehr an eine Schuld von Dennis?«

»Ich weiß nicht, was ich glauben soll. Merkst du nicht? Wir vermischen Fakten und Wünsche. Wir wollen nicht, dass Holbrecht es war. Es könnte eine bewusste Irreführung sein, aber auch die Wahnsinnstat unseres Kollegen. Beides ist möglich. Wir müssen einen kühlen Kopf bewahren und abwarten, ob die Taucher etwas finden.«

»Ja, du hast recht.«

»Nur eines ist sicher«, fügte er nach einer Pause hinzu. »Der Täter weicht von seinem Muster ab.«

Sie nickte. »Er wird übermütiger.«

»Keine Leiche. Es sei denn, sie ist irgendwo versteckt. Aber auch das würde nicht ins Muster passen. Wir haben nur das Ohr.«

»Das er sonst als Trophäe nimmt.«

»Er wollte, dass wir es finden. Hübsch drapiert, mit Seide eingeschlagen.«

»Warum eigentlich ausgerechnet in dem Ruderboot?«

»Darüber habe ich auch schon nachgedacht. Ich schätze, da haben wir wieder seine Neigung zur dramatischen Inszenierung.«

»Hmm.«

»Er hat damit gerechnet, dass wir hier nach ihm suchen, und einen besonderen Platz für das spezielle Körperteil ausgewählt.«

In diesem Moment rief Landsberg nach Trojan.

Nils entschuldigte sich bei Steffie und ging zu ihm.

Der Chef nahm ihn am Arm. »Komm mal mit.«

»Was ist los?«

»Lass uns ein paar Schritte gehen.«

Sie entfernten sich vom Seeufer, durchschritten das hohe Gras.

Trojan sah ihn von der Seite an. Hilmar war bleich, wirkte um Jahre gealtert.

Schließlich blieb er stehen und senkte die Stimme. »Ich wollte es dir als Erstem sagen.«

»Was denn um Himmels willen?«

»Ich bekam gerade einen Anruf von dem Team, das Holbrechts Wohnung durchsucht.«

»Und?«

»Sie haben da was gefunden.«

Pause.

Trojan wartete schweigend ab. Sollte etwa alles immer noch schlimmer kommen?

Endlich rückte Hilmar mit der Sprache raus. »Die Beamten entdeckten bei ihm Fotos von Nora Sand und Annemarie Klar.«

Er holte Luft. »Nicht zu fassen.«

»Es sind Aufnahmen, die offenbar aus dem Auto heraus geschossen wurden. Sie dokumentieren unter anderem, wie die Osteopathin ihre Praxis verlässt. Eine Reihe von Bildern zeigen Nora Sand vor ihrer Wohnungstür und beim Betreten des Bürogebäudes, in dem sich der Internetradiosender befindet.«

»Wo waren die Fotos?«

»Auf einem USB-Stick, der unter den Dielenbrettern versteckt lag.«

Trojan war sprachlos. Er versuchte, sich zu sammeln.

Landsberg wiegte den Kopf. »Ich weiß, Nils, es handelt sich hierbei um unseren Kollegen. Und ich muss zugeben, es fällt mir äußerst schwer, damit umzugehen. Ich glaube, ich war als Leiter dieser Mordkommission noch nie in einer so schwierigen Lage wie jetzt. Scheiße, was soll ich denn machen? Ich darf diese Ermittlungserkenntnisse nicht einfach unter den Tisch kehren.«

»Nein, das darfst du nicht.«

»Die Hinweise verdichten sich, dass …« Er verkniff den Mund. »Das Team ist völlig verunsichert. Wenn ich nun auch noch mit diesen Fotos rausrücke, werden unsere Leute erst recht … Nils, ich frage dich als … guten Menschenkenner und äußerst fähigen Ermittler … Wie soll ich die Situation angehen? Kannst du mir einen Rat geben?«

Trojan ließ seinen Blick in die Ferne schweifen. Die abendlichen Sonnenstrahlen flirrten im Laub einer Weide. Vögel sangen. Es duftete nach Wildblumen, Erde, Schilfgras, und aus der Tiefe des Sees drang ein feucht-würziges Aroma. Der Himmel war in Orange getaucht. Es war so schön hier draußen.

Nun ahnte er allmählich, was Dennis in dieser Wildnis gesucht hatte. Abgeschiedenheit und Frieden. Distanz zu den blutigen Ermittlungen.

Vielleicht aber auch Distanz zu sich selbst? Abstand zu der dunklen Seite in ihm?

Schließlich fasste er seinen Chef fest in die Augen. »Hör zu, Hilmar. Bedenke nur mal Folgendes. Ich habe das gerade auch mit Steffie besprochen. Es könnte durchaus sein, dass uns jemand bewusst täuschen will.«

»Du sprichst von falsch gelegten Spuren?«

»Ja.«

»Darüber denke ich doch auch ständig nach. Aber wir müssen uns andererseits darauf einstellen, dass unter Umständen unser Kollege … dass Dennis …« Er brach ab.

»Hatte Holbrecht eigentlich psychische Probleme?«

»Wie meinst du das?«

»Hat er sich mal im Vertrauen an dich gewandt?«

»Nein.«

»Du bist der Chef. Du solltest deine Mitarbeiter kennen.«

»Er wirkte ganz normal auf mich.«

»Kurz vor seinem Urlaub? War irgendwas anders als sonst? Gab es eine Veränderung in seinem Wesen?«

»Nein. Mir ist nichts aufgefallen.«

Trojan atmete aus. »Wir wissen kaum etwas über ihn.«

»Er war immer ziemlich in sich gekehrt. Zurückhaltend. Ansonsten ein feiner Kerl.«

»Hat er Angehörige, mit denen wir sprechen können?«

»Ja. Eine Schwester. Sie lebt nicht in Berlin. Ich konnte sie leider noch nicht erreichen.«

»Was ist mit dem DNA-Abgleich?«

»Ich hab noch keine Nachricht von Semmler.«

Trojan hob das Kinn. »Pass auf, Hilmar. Das ist die Marschroute. Wir brauchen mehr Informationen. Ruf Semmler an, mach ordentlich Druck. Bevor wir nicht wissen, von wem das Ohr stammt, verlieren wir uns in Spekulationen.«

Landsberg nickte ihm zu. »In Ordnung. Danke, Nils. Und verzeih, dass ich kurz durcheinander war.«

»Kein Problem.«

»Ich sag's doch immer: Du bist mein bester Mann.«

Der Chef klopfte ihm anerkennend auf die Schulter. Dann zückte er sein Handy, um den Rechtsmediziner anzurufen.

VIERUNDZWANZIG

Den ganzen Samstag über war Lydia unruhig. In ihrer Buchhandlung konnte sie sich kaum auf die Gespräche mit ihren Kunden konzentrieren. Am Nachmittag hängte sie das »Geschlossen«-Schild an die Ladentür und fuhr nach Hause.

Sie zwang sich regelrecht dazu, eine Kleinigkeit zu essen, brachte aber kaum einen Bissen hinunter. Sie spülte das Geschirr, danach legte sie sich auf die Couch.

Wenn sie die Augen schloss, sah sie die Leiche vor sich. Die wuselnden Schnecken auf der bleichen Haut.

Ich muss hier raus, dachte sie, muss mich ablenken. Was könnte mir denn jetzt guttun?

Ein Spaziergang vielleicht? Aber wohin? Ihre gewohnte Strecke war ihr unheimlich geworden. Sie müsste einen anderen Weg nehmen. Auf keinen Fall durfte sie an dem Unterstand vorbeikommen.

Von nun an war das Waldstück, in dem sie die ermordete Frau entdeckt hatte, verbotene Zone. Fortan würde sie das Gebiet meiden, weiträumig umgehen, nie mehr auch nur einen Schritt in die Nähe setzen.

Sie stand bereits in Jacke und Schuhen im Flur, den Wohnungsschlüssel in der Hand, wägte alternative Routen ab, plante Fluchtwege ein, als ihr der Angstschweiß auf die Stirn trat.

Auf einmal war der gesamte Tegeler Forst in ihrer Vorstellung mit Schnecken übersät. Und hinter jedem Baum, jedem Strauch könnte eine weitere Frauenleiche liegen, nackt, fahlhäutig und mit Blütenblättern bestreut.

Lydia warf den Schlüssel in die Keramikschale auf der Kommode neben der Eingangstür und streifte Jacke und Schuhe wieder ab.

Sie war müde, so entsetzlich müde. In der Nacht hatte sie keine Ruhe gefunden. Sie ging ins Schlafzimmer und verkroch sich angezogen in ihrem Bett. Würde sie den Anblick der Toten jemals loswerden?

Die Erschöpfung übermannte sie. Für ein paar Sekunden sackte sie weg. Undeutliche Traumbilder waberten vor ihr auf. Mit einem Mal sah sie schärfer. Ein weiblicher Körper, ausgestreckt auf dem Holzboden des Unterstands. Der Hals dunkelrot von Würgemalen. Das Gesicht geschminkt. Sie erkannte die Augen, mit schwarzem Lidstrich umrandet, den Mund, die blutroten Lippen.

Das war ja sie selbst.

Lydia schreckte hoch.

Einige Wimpernschläge später war ihr Atem wieder halbwegs im Takt.

Sie stand auf. Sehnsüchtig blickte sie vom Fenster in den Garten hinaus. Und wenn sie sich eine Weile draußen auf die Bank setzte? Dem Abendgesang der Amseln lauschte und sich an ihren Blumenbeeten erfreute?

Aber die Schnecken… Wenn es dunkel wurde, kamen sie heraus. Ihre schleimigen Körper glitten aus den Gehäusen. Weiche Köpfe, tastende Fühler. Sie machten sich über das Blattwerk her, fraßen alles auf. Sie hatten nicht genug, wollten mehr. Schlängelten sich die Treppe zum Balkon herauf, kamen durch die Ritzen, drangen zu ihr ins Haus. Sie besiedelten ihr Bett. Sie waren an ihren Füßen, in den Ritzen zwischen den Zehen. Schnecken kitzelten ihre Kniekehlen, Schnecken benetzten ihre Schenkel, Schnecken krochen an ihr herauf.

Mollusken überwanderten sie. Mollusken belagerten ihren Bauchnabel, berührten ihre Brüste. Heerscharen von Schneckengetier auf ihrer Haut.

Lydia schrie leise auf. Sie eilte in die Küche, zog den Korken aus der angebrochenen Weinflasche und schenkte sich randvoll ein.

Sie trank hastig. Zittrig stellte sie das Glas ab.

Wenn Vater doch noch leben würde. Er könnte sie trösten.

Sie setzte sich ans Klavier und spielte. Der erste Satz der Mondscheinsonate war wie ein schützendes Zuhause für sie. In der Musik durfte sie wieder Kind sein.

Sehr schön, Lydia, liebe Tochter.

Die Mollakkorde erschallten in süßer Melancholie. Sie spürte die Nähe ihres Vaters. Sein guter Geist lebte weiter in den Büchern im Regal, in den Bildern an der Wand und im Innern des Klaviers, wo von filzbeschlagenen Hämmern sanft die Saiten angeschlagen wurden.

Ein wunderbares Musikstück, nicht wahr, mein Kind?

Ja, Papa.

Ich höre dir gerne zu.

Wirklich?

Aber ja. Du hast großes Talent. Das solltest du nutzen.

War der erste Satz beendet, begann sie ihn sogleich von vorn.

Ich habe Angst, Papa.

Wovor?

Wenn ich aufhöre, kommen die schrecklichen Bilder zurück.

Dann spiel einfach weiter. Spiel immer weiter, Lydia.

Als sie zum dritten Mal in die Anfangstakte der Mondscheinsonate eintauchte, klingelte das Telefon. Sie verspielte sich, versuchte, das Läuten zu ignorieren.

Es erschien ihr wie eine Ewigkeit, bis es endlich verstummte.

Mach weiter, Lydia.

Wieder begann sie von vorn. Beharrlich kehrte sie zurück in die Cis-Moll-Fantasie.

Am späten Abend spielte sie noch immer. Da schrillte der Apparat erneut.

Diesmal stand sie auf, ging in den Flur und blickte aufs Display des Festnetztelefons.

Ihr Herz klopfte. Sie erkannte die Nummer sofort.

Nach langem Zögern hob sie ab. »Hallo?«

»Lydia Meran?«

»Ja.«

»Ich hoffe, ich habe Sie nicht geweckt.«

Sie schwieg. Es war *seine* Stimme. Und dennoch fragte sie nach.

»Wer spricht denn da?«

»Hier ist Dennis Holbrecht. Fünfte Mordkommission.«

»Worum geht es?«

»Ein paar Detailfragen.«

»Schon wieder?«

»Die Ermittlungen erweisen sich als schwierig. Wir sind auf jeden Hinweis angewiesen. Darum mein Anruf. Bitte, Lydia, denken Sie genau nach. Sind Sie nicht doch jemandem begegnet, als sie gestern früh im Wald waren?«

Sie atmete in den Hörer.

»Vergegenwärtigen Sie sich die Situation.«

»Nein. Ich habe nichts hinzuzufügen.«

»Langsam, Lydia.«

»Hören Sie, ich muss jetzt Schluss machen.«

»Nicht so eilig.« Seine Stimme hatte einen warmen Klang. Und doch schauderte ihr davor. »Es ist etwas passiert.«

»Was denn?«

»Wir … meine Kollegen … sie mussten heute Mittag eine schreckliche Entdeckung machen.«

»Ach ja?«

»Ich darf Ihnen am Telefon nicht zu viele Einzelheiten nennen. Das verlangen unsere Vorschriften, verstehen Sie? Darum wäre es besser, wenn ich kurz bei Ihnen vorbeikomme.«

»Um diese Zeit noch?«

»Ja.«

»Nein, das ist nicht möglich.«

»Als Zeugin sind Sie zur Mithilfe verpflichtet.«

»Ich hab Ihnen doch alles gesagt, was ich weiß.«

Pause.

Er holte Luft. »Es geht um das fehlende Ohr.«

»Welches Ohr?«, fragte sie schrill.

Wieder eine Pause. »Wussten Sie das denn nicht?«

»Ich … ich habe keine Ahnung, was Sie …«

»Die Leiche im Tegeler Forst. Ihr fehlte doch ein Ohr.«

»Was?«

»Haben Sie das nicht gesehen, Lydia?«

Sie atmete heftig, brachte keinen Ton hervor.

»Ach ja, richtig«, murmelte er. »Die Frau lag ja auf der Seite, nicht wahr? Auf der linken Seite. So konnten sie es nicht bemerken.«

Sie schwieg entsetzt.

»Das linke Ohr, Lydia. Es wurde ihr abgetrennt.«

»Mein Gott.«

»Schrecklich, ja. Und heute Mittag …«

Sie vernahm seine Atemzüge durch den Hörer.

»Was war heute Mittag?«

»Es wurde ein … Ohr … gefunden. Es stammt wohl von einer anderen Leiche.«

»Um Himmels willen, warum erzählen Sie mir das?«

»Ich will Sie ja nicht beunruhigen.«

»Das tun Sie aber. Ich kann ohnehin nicht mehr schlafen.«

»Es tut mir sehr leid. Ich dachte, Sie wüssten Bescheid. Es geht also um dieses andere Ohr, das die Kollegen entdeckt haben. Offenbar entnimmt der Mörder Trophäen. Darüber wollte ich mit Ihnen sprechen.«

Sie konnte nichts erwidern.

Er atmete hörbar aus. »Ist es Ihnen wirklich nicht recht, wenn ich mal vorbeischaue?«

»Bitte nicht.«

»Dann müssen wir das wohl am Telefon klären.«

Nein, dachte sie. Ich kann nicht mehr.

»Ich brauche Ihre Aussage. Sie sind unsere wichtigste Zeugin. Erinnern Sie sich. Gestern im Wald. Wem sind Sie begegnet?«

Sie straffte sich. »Wie ich bereits erwähnt habe: niemandem.«

»Ganz sicher?«

»Ja.«

»Schließen Sie die Augen. Versetzen Sie sich zurück in die Situation.«

»Kommt nicht in Frage.«

»Sie müssen noch einmal dorthin zurück. Ich begleite Sie auch.«

»Nein! Unser Gespräch ist hiermit beendet!«

Lydia legte abrupt auf. Sie schnaufte durch.

Ein Ohr? Der toten Frau im Wald fehlte ein Ohr? Das war ja entsetzlich.

Völlig außer sich eilte sie zurück ans Klavier und spielte weiter. Doch selbst die Mondscheinsonate konnte sie nicht mehr beruhigen. Die Stimme des Anrufers hallte in ihrem Kopf wider.

Offenbar entnimmt der Mörder Trophäen.

Gestern im Wald. Wem sind Sie begegnet?

Ich dachte, Sie wüssten Bescheid.

Ich begleite Sie auch.

Sie hatten ein abgetrenntes Ohr gefunden? Sie suchten nach einer weiteren Leiche? Wie furchtbar.

Warum ausgerechnet das Ohr?

Wie unverschämt von dem Polizisten, sie zu später Stunde mit diesen Grausamkeiten zu erschrecken.

Lydia beschloss, sich über den Beamten zu beschweren. Gleich morgen würden sie den anderen Kommissar anrufen, der ihr seine Karte gegeben hatte.

Nervös griff sie in die Tasten. Doch statt Beethovens Sonate erklangen nur noch Disharmonien.

FÜNFUNDZWANZIG

Die Kneipe in dem Dorf hieß Zum Krug. Er stieg die fünf Treppenstufen bis zur Eingangstür hinauf und trat ein. Schaler Bierdunst und Zigarettenqualm wehten ihm entgegen.

Außer dem Wirt waren nur drei Gäste im Schankraum. Zwei hockten am Tresen, einer auf der Eckbank am Fenster.

Unisono drehten sie die Köpfe zu Trojan.

Er grüßte und erhielt keine Antwort.

Er setzte sich auf einen Barhocker und bestellte ein Bier, nur um die Stimmung ein wenig aufzulockern.

Der Wirt zapfte achtlos und schnell.

Er schob ihm das Glas hin. »Sie sind nicht von hier?«

»Nein.«

»Kommen Sie wegen der Sache draußen im Luch?«

»Ja.«

Die Einheimischen tauschten Blicke.

»Polizei?«

Er nickte. »Kripo. Nils Trojan mein Name.« Er zeigte seinen Dienstausweis vor.

»Örtliche Behörde?«, fragte der Wirt, ohne das Dokument zu beachten.

Er schüttelte den Kopf. »Berlin. LKA.«

Schweigen. Einer der Männer am Tresen starrte ihn feindselig an.

Trojan trank einen Schluck. Dann wischte er über das Display seines Smartphones, bis er das Foto gefunden hatte. Es zeigte Dennis Holbrecht auf der letztjährigen Weihnachtsfeier im Kommissariat. Er saß neben Steffie, blinzelte in die Kamera. Der Anflug eines Lächelns. Halb ironisch. Eine dunkle Haarsträhne hing ihm in der Stirn. Mit Daumen und Zeigefinger erstellte Trojan einen vergrößerten Bildausschnitt, sodass nur noch Holbrechts Gesicht erkennbar war.

»Kennen Sie diesen Mann?«, fragte er den Wirt und hielt ihm das Handy hin.

Ein kurzer Blick, ein knappes Nicken. »Der hat das Haus draußen im Luch gekauft. Mehr kann ich nicht über ihn sagen.«

Trojan zeigte das Bild den beiden Männern am Tresen.

Sie zuckten mit den Achseln.

»Nie gesehen?«

»Vom Luch ist der«, meldete sich der Trinker auf der Eckbank zu Wort.

Er drehte sich zu ihm um. »Mehr wissen Sie nicht über ihn?«

Schweigen.

Trojan wandte sich wieder an den Wirt. »Wann haben Sie ihn zuletzt gesehen?«

Er wiegte den Kopf. »Ist eine Weile her.«

»Jetzt im Juni? Vor ein paar Tagen?«

»Keine Ahnung.«

»Wann genau? Denken Sie bitte nach.«

»Im Frühjahr mal. Am Wochenende. Da kam er ins Dorf. Hat im Laden was eingekauft. Ansonsten gibt es hier ja nichts.«

»Was hat er normalerweise gemacht? Ist er vielleicht zum Angeln gegangen?«

Der Wirt sprach einen der Trinker am Tresen an. »Mike? War der Typ ein Angler?«

Mike rieb sich das Kinn. »Der hatte ein Ruderboot. Aber ob er angeln war, weiß ich nicht.«

»Was ist denn nun eigentlich los?«, fragte der Wirt. »Im Dorf wird gemunkelt, dass eine Leiche in seinem Boot lag. Ist das richtig?«

»Nein.« Trojan tippte auf das Bild. »Wie auch immer. Dieser Mann wird vermisst. Sein Name ist Dennis Holbrecht. Und ja, ihm gehören die Hütte und das Boot. Nach unserem Kenntnisstand war er in den letzten vierzehn Tagen hier im Urlaub. Und Sie haben ihn wirklich nicht ein einziges Mal in dieser Zeit gesehen?«

Kopfschütteln.

»Hatte er mit jemandem aus der Gegend näheren Kontakt?«

Keine Reaktion.

Der Höflichkeit halber trank er einen zweiten Schluck von dem säuerlichen Bier, danach bedankte er sich, zahlte und legte seine Karte auf den Tresen. »Rufen Sie mich an, falls Ihnen etwas einfällt. Gute Nacht.«

Er stand auf und ging zu Tür, spürte ihre Blicke im Rücken.

Trojan verließ das Lokal, stieg in seinen Dienstwagen und fuhr zurück ins Luch.

23:24 Uhr zeigten die Leuchtziffern auf den Armaturen an. Es war stockdunkel draußen. Das Licht der Scheinwerfer zuckte über den holprigen Weg. Die Kollegen waren längst nach Berlin abgereist.

Von Semmler hatten sie keine guten Nachrichten erhalten. Es gab eine Panne beim DNA-Abgleich. Ein Schutzpolizist hatte eine falsche Speichelprobe in der Charité abgeliefert. Sie stammte von einem anderen Kriminalbeamten, nicht von Holbrecht. Darum verzögerte sich die Angelegenheit. Der Rechtsmediziner würde ihnen erst morgen mitteilen können, ob das Ohr von Dennis stammte oder nicht.

Auch Steffie war zurück nach Berlin gefahren. Es war wieder nichts aus ihrem gemeinsamen Feierabend geworden.

Trojan hielt vor den Absperrbändern und schaltete den Motor und die Scheinwerfer aus.

Die Hütte lag verlassen da.

Er war erschöpft. Eigentlich hatte er vorgehabt, sich im Dorf ein Zimmer zu nehmen, aber die Atmosphäre in dem Gasthof war so unangenehm gewesen, dass er gar nicht erst danach gefragt hatte.

Was nun? Sollte er im Auto schlafen? Oder doch noch nach Berlin zurückkehren? Er war zu müde, um eine Entscheidung zu treffen. Stattdessen zückte er sein Handy und betrachtete abermals die Aufnahme von der Weihnachtsfeier.

Sprich zu mir, Dennis. Was ging in dir vor? Hast du mir irgendetwas verschwiegen? Was hat dich in diese Einsamkeit gezogen?

Sein Boot, dachte er. Gab es eigentlich Angelzeug in der Hütte? Er sollte das mal überprüfen.

Trojan stieg aus dem Wagen und duckte sich unter den Flatterbändern hindurch. Er löste das polizeiliche Siegel von der Eingangstür, öffnete das von den Kriminaltechnikern neu eingebaute Schloss und trat ein. Er schob die Tür hinter sich zu und sperrte ab. Verharrte einen Moment im Dunkeln, dann drückte er auf den Lichtschalter.

Er inspizierte noch einmal die Räume. Das Terrarium mit den Schnecken war von der Spurensicherung mitgenommen worden. Die kleinen, nummerierten Plastikaufsteller der Forensiker standen überall herum.

Er fand keine Angelsachen.

Ratlos setzte er sich auf das Bett des Kollegen und ließ seinen Blick durchs Zimmer schweifen.

Wer bist du, Dennis? Wer bist du wirklich?

Nach einer Weile schaltete er das Licht aus und sank entkräftet aufs Kissen. Kurz darauf schlief er ein.

Im Halbschlaf vernahm Trojan, wie die Tür leise geöffnet wurde. Er wollte aufspringen. War wie elektrisiert. Wo hatte er seine Waffe?

Er spürte die Anspannung im gesamten Körper. Seine Muskeln schmerzten.

Doch aus irgendwelchen Gründen konnte er sich nicht bewegen.

Mühsam sperrte er die Augen auf.

Da war eine Gestalt. Sie trug einen Kopfverband. Schon kam sie näher und beugte sich über ihn.

»Wach auf.«

Hände packten ihn, rüttelten an seinen Schultern. Trojan warf sich auf dem Bett herum.

Plötzlich sah er in ein Gesicht. Es war ihm halb fremd und halb vertraut.

»Dennis!«

Er kämpfte gegen diese seltsame Lähmung an, versuchte, sich aufzurichten, doch Dennis drückte ihn unsanft zurück.

Dann setzte er sich zu ihm aufs Bett.

Nichts geschah.

Schließlich vernahm Trojan gedämpft die Stimme seines Kollegen. »Hast du mich vermisst?«

Er starrte ihn an. »Was ist passiert? Wo warst du so lange?«

Holbrecht schwieg. Fuhr mit der Hand über den Verband an seinem Kopf.

»Ist eine lange Geschichte, Nils«, murmelte er nach einigen Sekunden.

»Bist du verletzt?«

»Nicht der Rede wert.«

Wieder wollte er aufstehen, doch Dennis wehrte ihn ab. »Bleib liegen. Entspann dich. Ich muss dir was erzählen.«

Sie schauten sich schweigend an.

»Weißt du eigentlich, dass ich dir immer nachgeeifert habe?«, fragte Holbrecht schließlich leise.

Trojan rührte sich nicht.

»Ich habe mich abgerackert. Ich wollte ein so erfolgreicher Ermittler sein wie du. Manchmal bin ich in dein Büro gekommen, weißt du noch, hab dir Akten auf den Tisch gelegt. Zuweilen nahm ich dich im Flur beiseite, um dir neue Erkenntnisse mitzuteilen, doch du warst … du hast … mich kaum beachtet …«

Sein Blick flackerte. Die Augen waren blutunterlaufen.

»Und immer warst du mir mindestens einen Schritt voraus. Wenn ich mit einem wichtigen Hinweis ankam, warst du längst beim nächsten. Am Schluss bist du stets allein losgezogen. Und dann hast du den Fall aufgeklärt. Ohne mich. Weißt du, wie verletzend das ist?«

»Tut mir leid, Dennis. Es war nicht meine Absicht, dich zu übergehen …« Abermals wollte er sich vom Bett erheben.

Holbrecht stieß ihn zurück. »Keine Bewegung. Hör mir einfach nur zu.«

Trojan musterte ihn. Er war leichenblass, seine Lippen

waren aufgesprungen. Unter dem Mullverband schimmerte Blut hervor.

Es entstand ein längeres Schweigen.

»Was denn? Was willst du mir sagen?«

Gleich kommt es, dachte er, er wird mir alles gestehen.

Er rückt damit heraus, dass er zwei Frauen umgebracht hat.

Und er wird mir beichten, von wem das Ohr ist.

»Vom wem das Ohr ist?« Holbrechts Gesicht verzog sich zu einem Grinsen.

Konnte er seine Gedanken lesen? Oder hatte Trojan die Sätze etwa laut ausgesprochen?

Dennis brach in ein Gelächter aus, so heiser und unheimlich, das Trojan unwillkürlich zusammenzuckte.

»Soll ich dir verraten, von wem es ist?«

Trojan nickte schwach.

Holbrecht löste den Verband an den Schläfen und wickelte ihn bedächtig auf. Der Mull glitt raschelnd herab.

Es dauerte lange. Ein dicker Turban, von dem er sich Schicht für Schicht befreite.

Auf einmal war Trojan schweißgebadet. »Dennis, was ist los? Bitte sag mir, was du getan hast.«

»Ganz ruhig, Kollege. Wart's nur ab.«

Langsam, wie in Zeitlupe wandte Holbrecht den Kopf. Seine linke Gesichtshälfte erschien vor Trojans Augen. Da war angetrocknetes Blut.

Schief lächelnd schob Holbrecht die Haare zurück. Eine tiefe Wunde kam zum Vorschein.

Kein Ohr. Nur ein dunkelrotes Loch.

Trojan schrie.

SECHSUNDZWANZIG

Mit einiger Verzögerung realisierte er, dass er bloß geträumt hatte. Er setzte sich auf, stützte das Gesicht in die Hände. Mehrere Atemzüge lang verharrte er so.

Schließlich knipste er das Licht an und blickte sich um.

Ja, nur ein Traum. Im Zimmer war tatsächlich niemand. Er war ganz allein.

Trojan schaltete die Nachttischlampe wieder aus und ließ sich zurücksinken. Er war vollständig angekleidet, selbst die Schuhe hatte er noch an. Ich kann nicht mehr, dachte er. Ich brauche dringend Schlaf. Doch er ahnte, dass er nun für den Rest der Nacht wach liegen und über die schrecklichen Albtraumbilder nachsinnen würde.

Plötzlich hörte er etwas.

Es kam von draußen. Knackende Zweige.

Waren das Schritte?

Er lauschte.

Wieder ein Knacken. Und noch eines. Als würde Gestrüpp zertreten werden. Kein Zweifel. Jemand näherte sich der Hütte. Und das war nun wirklich kein Traumgespinst.

Jetzt erst war Trojan richtig wach. Hellwach.

Er stand leise auf. Sein Waffenholster lag neben dem Bett. Er schnallte es um, zog die Sig Sauer heraus und lud sie durch.

Die feine Mechanik klickte. Er war bereit.

Lautlos verließ er das Schlafzimmer. Nach wenigen Schritten war er im vorderen Raum. Er lauerte im Dunkeln an der Küchenzeile.

Ein kaum wahrnehmbares Flattern drang von draußen zu ihm, als würde sich jemand an den Absperrbändern zu schaffen machen. Oder war das der Wind, der daran rüttelte? Offenbar nicht. Denn nun knirschten Schritte auf dem Kies.

Trojan schlich sich an die Tür. Leise schloss er auf. Er tastete nach der Klinke. Zählte innerlich bis drei, drückte sie auf und glitt hinaus. An die Hauswand gelehnt, die Waffe erhoben, atmete er flach und gepresst.

Pechschwarze Nacht. Bewölkter Himmel. Nirgendwo ein Licht. Seine Blicke irrten durch die Dunkelheit. Dort, einige Meter von ihm entfernt! Die flatternden Bänder. Dahinter die Umrisse einer Gestalt.

Trojan setzte einen Schritt vor, packte die Waffe beidhändig und streckte sie aus.

»Stehen bleiben! Polizei!«

Die Gestalt zuckte zusammen.

»Keine Bewegung!«, schrie er.

Sein Ruf verhallte. Danach Stille. Nur das Blut, das in seinen Ohren rauschte.

Schließlich meldete sich eine verhaltene Stimme hinter der Absperrung. »Nicht schießen.«

Er war voller Adrenalin. Zunächst begriff er nicht. Dann duckte sich die Gestalt unter den Plastikbändern hindurch und kam langsam näher.

Aufatmend ließ er die Waffe sinken.

»Steffie.«

Sie trat dicht an ihn heran.

»Mein Gott, Nils, hast du mich erschreckt.«

»Und du mich.«

Er schob die Waffe ins Holster. »Du wolltest doch nach Berlin.«

»Ich bin auf halber Strecke umgekehrt.«

»Warum?«

»Nur um dich zu sehen.« Ihre Augen, leuchtend. Ihr Haar, vom Wind umweht. Ihr lächelnder Mund.

Er zog sie an sich. Ihr Kuss war warm. Ihre Zunge lodernd. Er atmete tief.

»Steff.«

»Ja?«

»Danke.«

»Wofür?«

»Dass du hier bist.«

Sie fuhr ihm mit der Hand durchs Haar. »Ich hab mir Sorgen um dich gemacht. Ich kann dich doch in dieser Einöde nicht allein lassen.«

»Ich hab von Holbrecht geträumt. Ein furchtbarer Albtraum.«

»Hast du etwa in der Hütte …?«

»Ja, ich hab in seinem Bett geschlafen.«

»Das ist nicht gut für dich.«

»Ich weiß. Eigentlich wollte ich mir ein Zimmer im Gasthof nehmen, aber die Leute im Dorf mögen uns nicht besonders.«

»Wir können im Auto schlafen. Zusammen. Ich hab eine Decke.« Sie drückte sich an ihn. »Wir wärmen uns gegenseitig, Nils.«

Er legte die Arme um sie. »Entschuldige, dass ich dir einen Schrecken eingejagt habe. Ich konnte dich im Dunkeln nicht erkennen.«

»Ist ja nicht dein Fehler. Ich hab den Wagen ein Stück weiter unten geparkt und wollte mit der Taschenlampe losziehen. Aber die Batterien sind leer.«

»Ich kann dir welche geben.«

Sie lächelte ihn an. »Wie lieb von dir.«

Ein tiefer Blick, und sie küssten sich wieder. Nils war von einem wohligen Gefühl durchströmt, das er nicht recht zu deuten wusste. Waren sie nun ein Paar? Hatten sie bloß eine Affäre? Was war das mit ihnen?

Als würde Stefanie ahnen, was ihm durch den Kopf ging, sagte sie: »Nicht nachdenken. Nicht immerzu grübeln. Ich mag dich einfach. Sehr sogar.«

Er schaute sie an. »Du bedeutest mir sehr viel.«

Ihre Zungenspitze fuhr über ihre Lippen. »Nils, ich …«

»Ja?«

»Ach, nichts.«

»Sag schon.«

»Belastet es dich? Wegen Landsberg?«

Er hob die Schultern. »Ist nicht gerade einfach. Und wie geht es dir damit?«

»Natürlich will ich das Team nicht verlassen.«

»Das sollst du auch nicht. Wir halten es weiter geheim. Und dem Chef gegenüber leugnen wir es ab.«

Steffie wirkte erleichtert. »Gut.«

Sie lösten sich voneinander.

»Also, gehen wir zu meinem Wagen?«

Er nickte. Er nahm seine Maglite hervor und schaltete sie ein. Sie folgten dem Lichtkegel. Nach einigen Metern, sie waren in Ufernähe, verspürte er plötzlich eine Irritation. Er blieb stehen.

»Was ist?«

Sein Blick schweifte in die Ferne.

»Sieh mal.« Er deutete auf die Mitte des Sees.

Dort draußen blinkte etwas.

»Was ist das?«, fragte sie.

»Keine Ahnung.«

Es war nur ein ganz schwacher Lichtschein. Trojan blinzelte. Er knipste die Maglite wieder aus. Allmählich gewöhnten sich seine Augen an die Dunkelheit. Etwa acht- oder neunhundert Meter von ihnen entfernt war eine leichte Bewegung auf dem Wasser auszumachen. Dort tänzelte ein Lichtpunkt.

»Komm mit«, murmelte er.

Sie gingen hinunter zum Ufer.

Auf einmal war der Lichtpunkt weg. Angestrengt starrten sie hinaus in die Finsternis.

»Nichts«, sagte Steffie leise.

»Wirklich? Ich meine … sind das nicht Schemen? Schwache Umrisse, die auf dem Wasser treiben?«

»Schon möglich. Könnte allerdings auch eine optische Täuschung sein.«

»Aber was war das für ein Licht?«

»Merkwürdig, ja. Das hab ich auch gesehen.«

»Wir sollten lieber nachschauen. Irgendetwas ist da draußen.« Er holte Luft. »Hast du deine Waffe dabei? Nur zur Sicherheit?«

»Klar.«

»Okay. Pass auf. Wir nehmen das Ruderboot von Dennis. Die Forensiker sind ja damit fertig.«

»In Ordnung.«

Sie überquerten die Wiese, zogen die Schutzplane ab, die die Kriminaltechniker hinterlassen hatten, und hoben den

Kahn an. Sie schleppten ihn hinunter zum Steg und ließen ihn zu Wasser.

Trojan stieg als Erster ein und reichte Steffie die Hand. Sie nahm im Heck Platz, er an den Rudern, mit dem Rücken zum Bug. Er legte die Skulls ein und stieß sich ab.

Sie glitten von Land. Er tauchte die Blätter ein und zog durch. In gleichmäßigen Zügen ruderte er hinaus.

Steffies Blick war an ihm vorbei in die Ferne gerichtet.

»Kannst du schon mehr erkennen?«

Sie schüttelte den Kopf. »Zu dunkel.«

Leise klatschend zogen die Ruder durch das Wasser. Sie entfernten sich immer weiter vom Ufer. So trieben sie hinaus auf den nächtlichen See.

SIEBENUNDZWANZIG

Da vorne ist etwas«, flüsterte Stefanie.

Trojan wandte sich auf seinem Sitz halb um. Ein Schemen, schwach erkennbar, schon war er wieder verschwunden. Dunstschwaden waberten über der Wasseroberfläche.

»Bist du dir sicher?«

»Jetzt nicht mehr.«

Vage deutete sie auf die Nebelwand, die jäh aus dem See aufstieg. Trojan fröstelte. Die Feuchtigkeit benetzte sein Gesicht. Die Augen zu Schlitzen verengt, versuchte er, das Gewebe aus feinen Wassertropfen zu durchdringen.

Graue Schleier tänzelten über dem Wasser, wie Geistergestalten wiegten sie sich hin und her.

Ein kalter Hauch drang vom Grund des Sees herauf. Für einen Moment roch es faulig, nach Verwesung und Tod.

Plötzlich tauchten verschwommene Umrisse in einiger Entfernung vor ihnen auf.

»Gib mir deine Taschenlampe«, wisperte Stefanie.

Trojan reichte sie ihr. Dann hob er die Hand. »Warte. Noch nicht.«

Er wollte sichergehen. Letztlich konnten sie nicht wissen, wem oder was sie in dem Nebel begegnen würden.

Er holte die Ruder ein. Sie glitten dahin. Wellen klatschten am Bug. Abermals verschlechterte sich die Sicht.

Und dann geschah es.

Der Dunst wehte auf und enthüllte eine gekrümmte Gestalt, mitten auf dem Wasser.

Sie war etwa fünfzig Meter von ihnen entfernt.

Von Schwaden umringt, reglos und still.

Trojan traute seinen Augen nicht. Was war das? Trieb da eine Leiche?

Dann erst erkannte er den Kahn. Die Gestalt kauerte im Heck. Trojan war sich nicht sicher, ob lebendig oder tot.

Er bewegte die Ruder. Langsam glitt er heran. Er manövrierte und näherte sich dem Kahn seitwärts, um besser sehen zu können.

Die Wellen schlugen gluckernd an die Bordwand.

Noch etwa dreißig Meter. Keine Regung auf dem anderen Boot. Wieder verschlechterte sich die Sicht. Trojan ruderte heran. Er vernahm die Atemzüge von Steffie, angespannt, in einem dichten Takt.

Schließlich konnten sie beide erkennen, dass die Gestalt im Bootsheck einen dunklen Regenmantel trug. Eine große Kapuze verbarg das halbe Gesicht. Das Kinn war auf die Brust gesunken.

War das Holbrecht?

Hatte jemand seine Leiche hier ausgesetzt? Ein weiteres Spiel des Mörders? Der nächste Teil seiner grausamen Inszenierung?

Trojan überlegte, ob der Lichtschein auf dem Wasser nur eingesetzt worden war, um sie anzulocken.

Er gab Steffie ein Zeichen, und sie knipste die Maglite an. Sie richtete den Strahl auf den fremden Kahn.

Nun sahen sie die Angel, befestigt am Bootsrand. Die Schnur ragte vor ihnen ins Wasser.

Steffie leuchtete der Gestalt ins Gesicht. Trojan ruderte auf etwa drei Meter heran, bemüht, nicht in die Angelschnur zu geraten.

Er wollte gerade die Stimme heben, als ein Ruck durch die Gestalt ging.

Ein leiser Aufschrei. Eine Hand fuhr hoch. Dann blitzte etwas unter der Kapuze auf.

Trojan war kurzzeitig geblendet.

Steffie gab einen erstickten Laut von sich

Schließlich blickten sie in zwei kaltblaue Augen. Darüber stand das Licht.

Es dauerte eine Sekunde, bis Trojan begriff. Es war eine Stirnlampe, die der Angler angeknipst hatte.

Der starrte sie an. »Was zum Teufel …?«

»Kriminalpolizei!«

»Was?«

»Wer sind Sie?«

Der Mann schüttelte sich. »Sind Sie wahnsinnig?«

»Ganz ruhig.«

»Sie vertreiben mir die Fische.«

Sie atmeten durch.

Nach einer längeren Pause fragte Steffie: »Haben wir Sie etwa geweckt?«

»Kann man wohl sagen.«

»Sie angeln mitten in der Nacht?«

»Ist das verboten?«

Sie holten tief Luft.

»Am Ufer ist ein Tatort«, murmelte Trojan. »Wir ermitteln in einer Mordsache. Wussten Sie das nicht?«

Kopfschütteln.

»Holen Sie bitte die Angel ein.«

»Warum?«

»Tun Sie es, ja?«

Der Mann mit der Kapuze beugte sich vor, drehte an der Angelvorrichtung. Die Schnur sirrte. Schließlich konnte Trojan dichter heranrudern. Er legte die Skulls ins Boot und griff mit der Hand an den Rand des anderen Kahns.

Sie zeigten ihre Dienstausweise vor.

»Nils Trojan. Das ist meine Kollegin Stefanie Dachs.«

»Ja und?«

»Wie ist Ihr Name?«

»Gerhard Kalinski.«

»Kennen Sie einen Dennis Holbrecht?«, fragte Steff.

»Nie gehört.«

Trojan deutete zum Ufer. »Ihm gehört die Hütte dort.«

»Ist mir egal.«

»Angeln Sie öfter hier?«

Er nickte. »Ja. Aber nur nachts.«

»Ist das nicht ungewöhnlich?«

»So beißen die Fische besser. Außerdem habe ich gerne meine Ruhe. Normalerweise stört mich hier niemand.« Er musterte sie misstrauisch. »Sie sind also von der Kripo?«

»Ja.«

Er zuckte verächtlich mit den Schultern. Ein Mann in den Fünfzigern, wie Trojan schätzte. Rundes Gesicht. Aschblondes Haar, das sich unterm Rand seiner Kapuze hervorkräuselte. Im Boot lag ein Angelkasten. Daneben stand ein Eimer mit ein paar toten Fischen drin.

Nils zeigte ihm das Foto auf seinem Smartphone. »Kennen Sie diesen Mann?«

Er beäugte die Aufnahme.

»Es ist der fragliche Dennis Holbrecht«, sagte Steffie. »Er ist ein Kollege von uns. Er wird seit zwei Tagen vermisst.«

Der Angler schaute zu ihr hin.

»Brannte in seiner Hütte in letzter Zeit Licht?«, fragte sie.

»Sie wissen doch, von welcher Hütte wir reden?«, setzte Trojan nach.

»Die im Luch?«

»Ja.«

»Hab kein Licht gesehen.«

»Und vor etwa einer halben Stunde? Ist Ihnen da ein Licht aufgefallen? Hier draußen auf dem See?«

»Das kann meine Stirnlampe gewesen sein. Ich schalte sie manchmal ein. Aber nur selten. Will ja nicht die Fische vergraulen.«

»Danach sind Sie wohl eingenickt.«

»Muss so gewesen sein. Mann, und dann wecken mich die Bullen auf.«

»Schauen Sie sich das Foto genau an.«

Er tat es. Langes Schweigen. Stille. Nur das sachte Klatschen der Wellen war zu vernehmen.

Trojans Hoffnung sank. Doch plötzlich regte sich etwas im Gesicht des Mannes.

»Der Frosch«, sagte er leise.

Nils horchte auf. »Wie bitte?«

»Vielleicht meinen Sie den Frosch.« Abermals betrachtete er das Bild auf dem Handy. »Bin mir nicht ganz sicher, ob der das ist. Aber möglich wäre es.«

»Was für ein Frosch?«

»Na, der in dem Neoprenanzug. Der ist hier immer geschwommen. Kurz vor Tagesanbruch. War so ein Frühaufsteher.«

»Wie sah er aus?«

»Hab nicht viel von ihm gesehen. Zog in langen Bahnen über den See. War ein guter Schwimmer.«

»Aus welcher Richtung kam er?«

»Von dort.« Kalinski deutete zu der Uferseite, an der sich die Hütte befand.

Trojan und Steffie tauschten Blicke.

»Wann ist er das letzte Mal hier geschwommen?«, fragte sie.

»Muss mal nachdenken.« Der Nachtangler legte die Stirn in Falten.

Erneutes Schweigen.

Trojan verspürte ein Kribbeln in den Fingern. Sollte es sich bei dem Schwimmer um Holbrecht handeln? Oder war jemand anderes der Frosch? Womöglich jemand, der sich unrechtmäßig in Dennis' Hütte aufgehalten hatte? Sollten sie der Lösung des Falls endlich ein Stück näher gekommen sein?

»Mittwoch«, murmelte Kalinski schließlich. »Frühmorgens. So gegen fünf. Dämmerte bereits. Da ist er an meinem Boot vorbeigeschwommen. Ja, jetzt erinnere ich mich wieder. Er hat sogar was zu mir gesagt.«

Trojan hielt kurzzeitig den Atem an. Auch Steffie schien aufs Äußerste gespannt zu sein.

»Er kraulte hier entlang.« Kalinski wies mit einer ausholenden Armbewegung über den Bootsrand. »Dann hielt er inne und ließ sich eine Weile auf dem Rücken treiben. Ich hab das Gleiche zu ihm gesagt wie zu Ihnen. ›Sie vertreiben mir die Fische.‹«

»Was hat er erwidert?«, fragte Stefanie.

»Er sagte was vom Regen. Dass der Juni ungewöhnlich

feucht sei und… Stimmt, jetzt fällt es mir wieder ein, er sagte, sein Urlaub wäre bald vorbei.«

Trojan und Steffie schauten sich an.

»Und dann?«, fragte er.

»Ist er weitergeschwommen. Zur anderen Seite.«

»Kam er wieder zurück?«

»Nein. Das hat mich auch gewundert.«

»Wo hat er normalerweise kehrtgemacht?«

»Da drüben.« Kalinski deutete zum entgegengesetzten Ufer. »Es wurde hell, ich hab meine Angelrute eingezogen und die paar Fische gezählt, die angebissen haben. Und da fiel mir auf, dass er nicht zurückgekommen ist.«

»Hat er mal um Hilfe gerufen?«

»Nein. Ich hab zumindest nichts gehört.«

Trojan dachte nach. War es womöglich ein Unfall? Sollte Dennis ertrunken sein? Aber die Taucher hatten doch alles abgesucht.

Er zückte einen Stift und sein Notizbuch. »Geben Sie mir Ihre Kontaktdaten, ja?«

Kalinski nannte ihm eine Telefonnummer und eine Adresse. Trojan notierte, danach reichte er ihm seine Karte.

»Danke, Sie haben uns sehr geholfen. Bitte halten Sie sich für weitere Befragungen bereit.«

Sie verabschiedeten sich von ihm.

Der Angler nickte ihnen zu. Trojan stieß sich von dem Kahn ab und stemmte sich in die Ruder.

»Wir müssen drüben nachsehen«, sagte er zu Steff.

»Ja. Irgendwas ist da passiert.«

Er ruderte schweigend.

»Nils?«, fragte sie nach einer Weile.

»Ja?«

»Glaubst du, er lebt noch?«

Er fröstelte. »Ich bin mir nicht sicher. Aber ich will die Hoffnung nicht aufgeben.«

»Gut.« Sie richtete den Strahl der Maglite in die Ferne.

Allmählich entfernten sie sich von Kalinskis Boot. Sie hielten Kurs auf die andere Uferseite.

Leise glitten sie durch die Nacht, und schon bald hatte sie der Nebel vollständig eingehüllt.

ACHTUNDZWANZIG

Das Licht der Taschenlampe konnte die Dunstschwaden kaum durchdringen. Schließlich aber erkannten sie Umrisse von Gräsern und Röhricht, und Trojan peilte das Ufer an. Wenn ihn seine Orientierung nicht im Stich gelassen hatte, befanden sie sich nun an der nordöstlichen Spitze des Sees.

Er suchte eine Stelle zum Anlegen, was sich als schwierig erwies. Sumpfpflanzen tauchten plötzlich aus dem Nebel auf, und die Ruderblätter verfingen sich in ihrem Gewirr.

»Sieh mal«, sagte Steffie, »da drüben.«

Er folgte dem Strahl der Maglite, der über die Wasseroberfläche tänzelte, erblickte den Zugang zu einem Graben und hielt darauf zu.

Schilfgras klatschte an die Bootswand. Er holte die Ruder ein. Der Graben war an manchen Stellen so schmal, dass sie mit ausgestreckten Händen den Uferstreifen berühren konnten.

Sie glitten ein Stück hinein, dann sprang Trojan an Land. Er reichte Steffie die Hand, und auch sie stieg aus.

Sie machten das Boot am Stamm einer kleinen Schwarzerle fest. Ihr Blattwerk schwang sich wie ein Dach über das faulig riechende Gewässer.

Sie schauten sich um.

»Sind die Taucher bis hierher vorgedrungen?«, fragte Steff.

»Ich bin mir nicht ganz sicher, ob die Zeit dafür ausgereicht hat.«

»Die Suchtrupps waren nur in Ufernähe.«

»Ja. Morgen wollen sie ihre Arbeit fortsetzen.«

»Das sollten vielleicht auch die Froschmänner tun.«

Er atmete hörbar aus. »Der Frosch. Ob Dennis hierher abgetrieben ist? Ein Schwimmunfall?«

Sie zuckte mit den Schultern.

»Gibst du mir mal die Taschenlampe?«

Sie reichte sie ihm.

Er leuchtete den Graben ab. »Das Wasser scheint nicht sehr tief zu sein. Dafür brauchen wir keine Taucher.«

»Die Frage ist nur, ob wir in der Dunkelheit was ausrichten können.«

»Aber da wir schon mal hier sind…« Er richtete den Lichtstrahl nach vorn.

»Lass uns lieber umkehren, Nils. Das bringt nichts mitten in der Nacht.«

»Mein Instinkt sagt mir was anderes.«

»Und das wäre?«

Er schaute sie an. »Sollte er noch am Leben sein, dürfen wir keine Zeit verlieren.«

Sie nickte.

»Ich mach dir einen Vorschlag. Wir gehen ein paar hundert Meter am Graben entlang. Wenn wir bis dahin nichts entdeckt haben, kehren wir um und machen morgen weiter.«

»Gut.«

Sie marschierten los. Ihre Schritte raschelten im hohen Gras. Die Feuchtigkeit drang bis zu ihren Knien hinauf.

Trojan ging vorneweg, um einen Weg durch das Dickicht

zu bahnen, und hielt die Taschenlampe. Er war dermaßen übermüdet, dass ihm jegliches Gefühl für die Zeit abhandengekommen war.

Steffies Atemgeräusche in seinem Rücken, der wabernde Nebel, das monotone Klatschen der Gräser unter seinen Schuhsohlen – ihm war beinahe, als würde er im Gehen schlafen und durch einen seltsamen Traum irrlichtern.

Da riss die Wolkendecke auf. Ein bleicher Mond trat dahinter hervor. Die Umgebung war plötzlich in ein fahles Licht getaucht.

Der Nebel löste sich allmählich auf. Je weiter sie sich vom See entfernten, desto klarer wurde die Sicht.

Mit einem Mal hielt Trojan inne.

Im Nu war er wieder hellwach.

Stefanie berührte seinen Arm. »Was ist los?«

Er wies mit der Maglite auf einen Fetzen im Dornengestrüpp. Schwarz. Gummiartig.

Er hörte, wie Stefanie tief Luft holte.

Sie traten näher. Beinahe gleichzeitig zogen sie Latexhandschuhe aus ihren Jackentaschen und streiften sie sich über.

»Denkst du das Gleiche wie ich?«, fragte er.

»Ja. Es könnte ein Stück von einem Neoprenanzug sein.«

Trojan tütete das Beweisstück ein. Er leuchtete das Areal ab. »Keine Schleifspuren.«

»Die könnte die Witterung zunichtegemacht haben.«

»Es war Mittwochmorgen, als Dennis das letzte Mal lebend gesehen wurde.«

»Es gab viele Regenfälle seitdem.«

»Keine einzige Spur, bis auf diesen Fetzen.«

»Immerhin ist es denkbar, dass er an dem Gestrüpp hängen geblieben ist.«

»Aber wer wandert schon im Neoprenanzug durch die Gegend?«

Sie schauten sich besorgt an.

Danach setzten sie schweigend ihren Weg fort.

Der Mond verschwand hinter Wolkenschleiern, kurz darauf tauchte er wieder auf. Sein Licht war gespenstisch. Es spiegelte sich auf dem Wasser, tänzelnd und weiß. Einzelne Bäume, halb verkrüppelt am Rand des Grabens, warfen lange Schatten.

Nach etlichen hundert Metern machten sie einen Pfad aus, der sie vom Wasser wegführte. Schließlich erreichten sie eine halb zerfallene Mauer. Sie war von Moos überwuchert.

Sie sahen die kleine Kirche dahinter. Sie war baufällig, die alten Buntglasfenster waren überwiegend zersplittert. Der Glockenturm ragte windschief vor ihnen auf.

Sie fanden die Stelle, wo früher ein Tor gewesen sein musste. Der Friedhof hinter der Mauer war aufgelassen.

Verwitterte Grabsteine, zum Teil umgestoßen. Ein leichter Wind, der flüsternd über die Gräber strich.

Stefanie nahm seine Hand. »Nils?«

»Ja?«

»Mir gefällt das ganz und gar nicht.«

»Mir auch nicht. Willst du hier abbrechen?«

»Kommt nicht in Frage.«

»Also los.«

Sie schritten auf die Kirche zu. Der Haupteingang ließ sich nicht öffnen. Doch eine Seitentür an der Apsis hing schräg in rostigen Scharnieren. Sie registrierten ein aufgeknacktes Vorhängeschloss.

Ein Tritt gegen die Tür, und sie war offen.

Im Innern roch es modrig. Durch die Fensterhöhlen drang

das Mondlicht. Reste des Kirchengestühls lagen morsch und zerbrochen auf dem Boden. Ein Altar war nicht mehr vorhanden. Die Kanzel war eingestürzt, die Wände waren mit Graffiti übersät.

Sie teilten sich auf. Steffie suchte den Eingangsbereich, er die Spitze des Kirchenschiffs ab. Er leuchtete bis zum Dachstuhl hinauf und ließ den Strahl der Maglite langsam wieder sinken.

Erneut hielt er inne.

»Steff?«

Ihre Schritte hallten durch den Kirchenraum.

Sie trat zu ihm.

Im Lichtkegel war eine weitere Tür.

»Der Glockenturm«, murmelte er.

Sie nickte.

Auch hier war das Schloss aufgebrochen worden. Trojan stieß die Tür auf.

Ein strenger Geruch wehte ihnen entgegen. Sie blickten zum Turm hinauf. Eine Wendeltreppe, das Geländer eingebrochen.

Stufe für Stufe arbeiteten sie sich vor. Sie setzten ihre Schritte behutsam, denn sie konnten nicht sicher sein, ob die Treppe halten würde.

Trojan ging voraus. Das Licht zuckte.

Je höher sie kamen, desto stärker wurde der Geruch. Was war das? Vielleicht eine verendete Ratte? Oder ein anderer Tierkadaver?

Steffie stieß einen leisen Schrei aus, als sich ein Stein von der Treppe löste und zu Boden krachte.

»Ganz ruhig. Langsam.«

Ein Kopfnicken, und sie stiegen weiter hinauf.

Endlich hatten sie den Treppenabsatz erreicht. Ein Geräusch ließ sie zusammenfahren. Etwas Dunkles bewegte sich heftig vor ihnen.

Sie duckten sich weg.

Es war ein großer Vogel, vermutlich eine Eule. Sie flatterte herum. Dann schwang sie sich zum offenen Turmfenster hinaus und entschwand in die Nacht.

Nach einer Atempause ließ Trojan den Lichtstrahl durch den Raum gleiten.

Der Glockenstuhl war vermodert, doch das Tragwerk schien gerade noch zu halten. Es war schief, mit Fäulnisflecken übersät.

Die Glocke selbst hing nicht mehr daran. Sie stand auf dem Boden, etwa mannshoch. Die Bronze war dunkel angelaufen. Sie war auf zwei Balken gestützt, sodass sich eine Öffnung darunter befand.

Trojan setzte einen Schritt vor, dann noch einen.

Er vernahm ein merkwürdiges Brummen.

Es kam aus dem Innern der Glocke.

»Nils, warte.«

»Es hilft doch alles nichts. Wir müssen nachsehen.«

Das Brummen wurde lauter.

Langsam trat er an die Glocke heran. Er fiel auf die Knie. Stützte sich auf den Händen ab. Ließ Kopf und Oberkörper sinken, bis seine Wange beinahe den Staub auf dem Boden berührte.

Der Strahl der Taschenlampe wanderte unter die Glocke, und Trojan rang nach Luft.

NEUNUNDZWANZIG

Sonntag, 16. Juni, frühmorgens

Draußen dämmerte es bereits, da setzte der Regen ein. Beharrlich trommelte er an ihre Fensterscheibe. Lydia warf sich auf die Seite, das Bett knarrte. Misslaunig knautschte sie ihr Kopfkissen zusammen.

Die Nacht war komplett schlaflos gewesen. Sie hatte sich so sehr vor Albträumen gefürchtet, dass sie nicht zur Ruhe gekommen war.

Sie versuchte, lediglich auf ihren Atem zu achten. Einatmen, ausatmen. Ein, aus. In einem Artikel im Internet hatte sie mal gelesen, diese Methode wäre hilfreich bei Schlafproblemen. Nur dem Atem folgen, dachte sie.

Folgen, folgen, wiederholte sie so lange in Gedanken, bis sie tatsächlich für ein paar Minuten einnickte.

Schon schreckte sie wieder hoch.

In jäh aufzuckenden Traumbildern hatte sie ein Weichtier vor sich gesehen. Bedrohlich, schleimig, riesengroß, so war es auf sie zugekrochen.

Das musste aufhören. Ihre übertriebene Angst vor Schnecken war nicht normal.

Sie lauschte.

Prasselnder Regen auf dem Fensterbrett. Mit einem wiederkehrenden »Pling-Plong« fielen Tropfen in einen leeren Übertopf, den sie auf der Treppe zum Garten abgestellt hatte. In den Lupinenstauden rauschte es.

Und dieses gedämpfte Schmatzen, was war das? Klatschende Schritte auf aufgeweichten Wegen? Nasse Gummisohlen, die durch den Matsch zogen? Schleifend, schlurfend auf feuchter Erde.

Schlich jemand ums Haus?

Sie setzte sich auf.

Nichts. Nur die Regengeräusche.

Kaum hatte sie sich wieder hingelegt, stellte sie sich große Weinbergschnecken vor, die in den Blumenbeeten wimmelten.

Nein, Lydia, nein, ermahnte sie sich selbst. Da draußen ist nichts. Deine Nerven sind überreizt.

Sie schaute zur Uhr. Es war gerade mal halb sechs. Dabei war doch heute Sonntag, und sie könnte ausschlafen.

Sie blieb noch eine Stunde im Bett und wälzte sich hin und her. Dann stand sie auf, duschte, zog sich an und frühstückte. Danach ging sie unruhig durch ihre Wohnung. Sehnsüchtig schaute sie auf ihre Joggingschuhe im Flur.

Einfach loslaufen und alles vergessen, was seit Freitagmorgen passiert war. Durch den Wald rennen, bewusst an der Stelle vorbei, wo sie die Leiche gefunden hatte. Jetzt erst recht.

Doch sie traute sich nicht hinaus.

Dafür setzte sie sich ans Klavier, spielte ein paar Akkorde und brach ab.

Wieder schaute sie zur Uhr. Sieben Uhr sechsunddreißig. Sie nahm die Visitenkarte hervor und setzte sich an den Tisch, das Handy griffbereit. Nachdenklich las sie die Aufschrift:

Nils Trojan, Hauptkommissar.

Sie erinnerte sich an seine Worte: *Wenn Ihnen noch etwas einfällt, rufen Sie mich bitte an.*

Eingefallen war ihr zwar nichts, aber sie hatte eine dringende Beschwerde vorzubringen.

Lydia tippte die angegebene Mobilnummer ein, drückte die grüne Taste, legte allerdings sofort wieder auf. Ein Anruf am Sonntag, in aller Herrgottsfrühe? War das nicht extrem unhöflich?

Egal zu welcher Uhrzeit, hatte er zu ihr gesagt, wenn sie sich recht entsann.

Ihr Vater hatte ihr als Kind beigebracht, stets auf andere Rücksicht zu nehmen. Das hatte sich ihr bis ins Erwachsenenalter eingeprägt. Auch ein Hauptkommissar wollte sicherlich mal ein geruhsames Wochenende verbringen.

Sollte sie mit ihrem Anliegen bis Montag warten?

Ein Schauer lief über ihren Rücken, als sie an die Stimme des Anrufers dachte. Einerseits klang sie angenehm, recht sympathisch, nahezu anziehend, andererseits war sie unheimlich und abgründig.

Das Ohr, von dem er gesprochen hatte. Das abgetrennte Ohr.

Was war das nur für ein absonderlicher Mordfall?

Lydia wartete ab, bis es acht war. Erneut gab sie die Nummer ein. Die Verbindung wurde hergestellt, das Freizeichen ertönte.

Nach einer Weile meldete sich die Ansage der Mailbox.

Hier ist Nils Trojan. Hinterlassen Sie mir bitte eine Nachricht. Ich rufe gerne zurück.

Der Signalton erklang. Sie zögerte, räusperte sich, begann stockend. »Ja, guten Tag. Mein Name ist Lydia Meran. Sie haben mir Ihre Karte gegeben, weil … es ist wegen der Angelegenheit im Tegeler Forst. Ich bin diejenige, die … Ich war dort joggen, Sie wissen schon … Ich möchte mich über einen

Kollegen von Ihnen beschweren. Er hat mich jetzt schon zweimal am Telefon belästigt. Zu später Stunde. Er hat sich einfach ungehörig verhalten und … mir kommt das komisch vor. Nicht sehr seriös, ich meine …« Sie schluckte. »Bitte rufen Sie mich an.«

Sie nannte ihre Mobilnummer, dann legte sie auf. Ihr Herz klopfte. Sie beschimpfte sich innerlich selbst. Was für ein Gestammel. Warum konnte sie nicht selbstsicherer auftreten? Wieso ließ sie sich so leicht einschüchtern? Nur weil der Mann ein Polizist war?

Lange Zeit stand sie am Fenster und schaute in den Garten hinaus.

Schließlich gab sie sich einen Ruck, zog ihre Sportsachen und die Laufschuhe an und verließ die Wohnung. Nur wenig später war sie im Wald.

Lydia nahm die gleiche Strecke wie immer.

Der Regen sprühte ihr ins Gesicht. Sie rannte und rannte. Je länger sie lief, desto befreiter wurde sie. Sie näherte sich dem Unterstand für Wanderer und beschleunigte.

Plötzlich hatte sie das Gefühl, es könnte doch noch ein schöner Sonntag werden.

Zumindest hoffte sie das.

DREISSIG

Es wurde hell auf dem alten Friedhof. Der Morgenhimmel war schiefergrau. Von Osten näherte sich eine Regenfront.

Trojan hockte auf einem umgestürzten Grabstein. Sein Blick ging ins Leere. Es war laut um ihn herum. Zurufe, Stimmengewirr, das Knistern von Funkgeräten, heulende Martinshörner, die aus der Ferne herankamen. Einige Schaulustige aus dem Dorf, die mit hektischen Befehlen zurückgedrängt wurden.

Absperrungen wurden errichtet. Immer mehr Einsatzfahrzeuge trafen ein. Leute aus seinem Team, Beamte von der Brandenburger Polizei, die Kollegen der Kriminaltechnik, sie alle hatten Meldung erhalten und bevölkerten das Areal rund um die halb zerfallene Kirche.

Nils schenkte ihnen kaum Beachtung. Nur wenn ihn jemand ansprach, hob er den Kopf. Er beantwortete Fragen, ruhig und gefasst. Er gab detailliert Bericht.

Er funktionierte.

Als ihr Rechtsmediziner vor Ort erschien, erhob er sich wie ferngesteuert, ging ihm entgegen, begrüßte ihn und begleitete ihn hinauf in den Glockenturm. Auch im Gespräch mit Semmler war Trojan sachlich und nach außen hin frei von Emotionen. Nach einer Weile stieg er die Treppe wieder hinunter und setzte sich auf seinen alten Platz.

Die Inschrift auf dem Grabstein war kaum noch zu erkennen. Manchmal fuhr er die eingravierten Buchstaben mit dem Finger ab. Dann ließ er die Hände sinken und stierte vor sich hin.

Jemand kam und reichte ihm einen Becher mit Kaffee. Er bedankte sich und trank in kleinen Schlucken. Die Wärme tat ihm gut. Das Koffein belebte ihn für ein paar Minuten. Doch bald darauf kehrte die Erschöpfung zurück.

Er war innerlich völlig leer.

Einmal sprach ihn Stefanie an. Er antwortete, aber schon wenig später wusste er nicht mehr, worüber sie gesprochen hatten.

Er ahnte, dass er unter Schock stand. Aber selbst das war ihm egal.

Gegen acht läutete sein Handy zum geschätzten hundertsten Mal an diesem Morgen. In diesem Moment trat Semmler auf ihn zu und schilderte ihm erste Eindrücke, also ignorierte Trojan den Anruf. Er stellte dem Rechtsmediziner Zwischenfragen, nickte, machte sich eine Notiz in seinem Büchlein und bedankte sich bei ihm.

Carsten Semmler versprach, sich zu beeilen, um ihm weitere Erkenntnisse zu liefern. Schließlich entfernte er sich von ihm.

Ein dichter Nieselregen setzte ein. Schon bald war Trojans Jacke durchnässt. Er scherte sich nicht darum.

Landsberg wollte etwas von ihm wissen. Er gab geduldig Auskunft.

Später zerdrückte er seinen leeren Kaffeebecher und warf ihn weg. Danach holte er sein Mobiltelefon hervor und hörte die letzte eingegangene Nachricht auf der Mailbox ab.

Es war die Augenzeugin aus dem Tegeler Forst. Lydia

Meran. Er runzelte die Stirn. Was wollte sie nur? Eine Beschwerde über einen Kollegen? Das muss warten, dachte er und steckte das Handy wieder ein.

Sein Blick wanderte über den aufgelassenen Friedhof und das baufällige Kirchengemäuer. Der Regen wurde stärker. Er fröstelte. Plötzlich musste er an seinen Traum von neulich denken. Die Schnecken auf dem Grabstein. Sein eigener Name darauf. Das Todesdatum, das er abgelesen hatte: der fünfzehnte Juni.

Das war gestern gewesen.

Mit einem Schlag waren die Eindrücke der vergangenen Nacht wieder da, so deutlich, als müsste er alles noch einmal erleben. Es war gerade mal ein paar Stunden her, dass er mit Steffie die grausame Entdeckung im Glockenturm gemacht hatte.

Nicht ihn hatte es erwischt, wie ihm sein Albtraum prophezeien wollte.

Oben im Turm lag jemand anderes.

Abermals musste er sich setzen. Blitzartig zuckten die Bilder vor ihm auf.

Die Gestalt in dem Neoprenanzug unter der Glocke. Das wütende Brummen unzähliger Fliegen.

Der Lichtkegel seiner Taschenlampe, der über das Gesicht der Gestalt fuhr.

Sein Aufschrei.

Steffie, die ihm etwas zurief.

Der beißende Ammoniakgeruch.

Er würgte. Steffie presste sich die Hand auf den Mund.

Ihre gemeinsamen verzweifelten Versuche, die mannshohe Glocke zu bewegen.

Sie setzten ab, versuchten es erneut.

Er sagte: »Ruf Landsberg an.«

Sie griff zum Handy.

Währenddessen rang er ein paarmal nach Luft. Dann stellte er sich hinter die Glocke und umklammerte sie mit beiden Armen.

Er hörte, wie sie immerzu ins Telefon rief: »Hilmar, du musst kommen, sofort kommen!«

Das Blut toste in seinen Ohren. Mit aller Kraft kippte er die Glocke an, und langsam neigte sie sich nach hinten.

Schließlich sprang er zur Seite, und sie stürzte scheppernd um.

Zwischen den zwei Holzbalken, auf denen sie gestanden hatte, lag zusammengekauert der Mann in dem Neoprenanzug.

Stefanie ließ das Handy sinken.

So bleich hatte er sie noch nie gesehen.

Die Gummikapuze war über den Kopf des Mannes gezogen. Er lagerte auf der Seite. Spuren der Verwesung in seinem Gesicht.

Stefanie blickte zu Nils. Er wollte etwas Tröstendes zu ihr sagen, aber er brachte keinen Ton hervor.

Schließlich knieten sie beide vor dem Mann. Gnadenlos hell das Licht der Stableuchte, das in seinen erloschenen Augen suchte.

»Ist er es?«, fragte Steffie, als wüsste sie es nicht schon längst.

Trojan antwortete nicht.

Erneut rang er mit der Übelkeit. Seine Finger in den Latexhandschuhen berührten den Kopf des Toten.

Vorsichtig drehte er ihn um.

An der Seite war die Kapuze des Neoprenanzugs aufgeschlitzt. Trojan erkannte die klaffende Wunde darunter. Das linke Ohr fehlte.

»Er ist es«, murmelte er.

Sein Handy schrillte. Das von Stefanie auch. Mit einem Mal waren sie gefasst. Sie funktionierten. Sie waren wie zwei Marionetten in diesem grausamen Spiel. Sie handelten nach Vorschrift.

Einmal trat Stefanie zur Seite, krümmte sich zusammen, als müsste sie sich übergeben.

Danach telefonierte sie einfach weiter.

Sie hörten, wie draußen die Martinshörner heulten.

Sie beschlossen, gemeinsam die Treppe hinunterzugehen, um den Polizeibeamten aus der Umgebung erste Anweisungen zu geben.

Sie traten ins Freie.

Sie taten, was die Situation von ihnen verlangte.

Bald wurde es Tag. Sie merkten es nicht einmal.

Ihnen blieb keine Zeit zum Trauern. Dabei hatten sie einen Kollegen verloren.

Dennis Holbrecht war tot.

Mittlerweile war er vierzehn. Frau Kaltbrunn gab ihm zwar weiterhin Unterricht, doch oftmals fing er Seitenblicke von ihr auf, die voller Missbilligung waren.

Sie sagte, er sei faul. Wenn er sich nicht anstrenge, würde er nie ein guter Pianist werden.

Der Junge versuchte es mit Mozart. Aber der war ihm zu lieblich.

Schließlich kam Beethoven dran.

Er sollte den ersten Satz der Mondscheinsonate einstudieren. Er las die Partitur. Noten verstand er besser als jede andere Schrift.

Der Junge wartete ab, bis niemand mehr im Musikzimmer war. Er genoss es, allein zu sein. Er setzte sich an den Flügel und spielte.

Es war wie eine Erweckung für ihn.

Schon die ersten Takte umhüllten ihn sanft.

Schwebende Trauer, aber auch ein wärmendes Zelt.

Seine Mutter war bei ihm.

»Hab keine Angst«, flüsterte sie ihm zu.

Wieder und wieder spielte er den Anfangssatz der Mondscheinsonate.

Es war an einem verregneten Nachmittag im Mai. Der Junge kam gerade aus der Schule und stellte den Rucksack in seinem Zimmer ab, als Frau Kaltbrunn nach ihm rief.

Ihre Stimme hatte einen herrischen Unterton, der nichts Gutes verhieß.

Er ging zu ihr in die Küche.

Sein Karton stand neben dem Mülleimer.

Sie wies mit spitzem Finger darauf. »Das hier hab ich in deinem Zimmer gefunden. Verborgen hinter der Rückwand deines Kleiderschranks.«

Er hatte das Versteck so oft gewechselt. Sich immer wieder neue Orte dafür ausgedacht. Offenbar vergeblich.

»Hast du irgendeine Erklärung dafür?«

Er antwortete nicht.

»Das ist... mir fehlen die Worte. Es ist so... widerlich. Du bist widerlich!«

Er wollte vor ihr weglaufen. Doch seine Beine waren bleischwer.

»Ich hab mich um dich bemüht. Wollte dir ein wunderschönes Zuhause bieten. Ich bin eine anerkannte Klavierlehrerin. Du erhältst umsonst Unterricht von mir. Und was ist dein Dank? Du... du versteckst dieses Ungeziefer in meinem Haus.«

Er wandte sich von ihr ab, doch plötzlich packte sie ihn am Arm. »Heb den Karton auf und komm mit.«

Er ahnte, dass sie etwas Schreckliches vorhatte, und schüttelte stumm den Kopf.

»Tu, was ich dir sage.«

Also nahm er den Karton und folgte ihr hinaus in den Garten. Hinter den Forsythiensträuchern war eine Stelle, wo sie ihren Kompost aufbewahrte.

»Stell ihn da hin.«

Er gehorchte widerstrebend.

»Mach den Deckel auf.«

Er tat es zögernd.

Zwanzig Stück gehörten zu seiner Sammlung. Prächtige Weinbergschnecken. Sie schliefen allesamt in ihren Häusern.

»Warte hier.«

Sie ging zum Kugelgrill auf der Terrasse. Fassungslos sah er zu, wie sie die Flasche mit dem flüssigen Grillanzünder und eine Packung Streichhölzer vom Beistelltisch nahm.

Sie kam zu ihm zurück und reichte ihm beides. »Zünde sie an.«

»Nein.«

Sie klemmte sich die Flasche unter den Arm, fuhr die Hand aus und zog an seinem Ohr.

»Anzünden!«

»Nein.«

Sie drehte an seinem Ohr. Der Schmerz war heftig.

»Bitte nicht. Ich tu alles für dich. Aber nimm mir nicht meine Schnecken.«

Sie stieß ihn weg.

Der Junge sah zu, wie sie vor dem offenen Karton niederkniete. Eine der Schnecken steckte gerade den Kopf aus ihrem Haus.

Frau Kaltbrunn öffnete die Flasche und ließ die Flüssigkeit über sie laufen.

Sie riss ein Streichholz an.

Schon loderte das Feuer.

EINUNDDREISSIG

Am Nachmittag versammelte sich das Team im Kommissariat in der Karthagostraße in Tiergarten. Es herrschte eine beklemmende Stille im Sitzungsraum. Landsberg stand vor ihnen, fixierte einen Punkt auf dem Boden und schwieg.

Albert Krach hatte die Arme vor der Brust verschränkt, seine Miene war wie versteinert, die Augen zu Schlitzen verengt. Max Kolperts Gesicht schien zu glühen. Das vernarbte Hautgewebe auf seiner linken Wange, wo ihn eine wahnsinnige Killerin mit Säure verätzt hatte, war noch röter als sonst. Ronnie Gerber, bullig, breitschultrig, saß gekrümmt da, den Kopf gesenkt, die Hände zu Fäusten geballt und zwischen die Knie geklemmt.

Stefanie hatte eine extrem aufrechte Position eingenommen, den Rücken durchgestreckt, die Handflächen auf die Oberschenkel gestützt. Ihre Finger waren gespreizt. Trojan erkannte die Spannung in ihrem Körper. Ein kaum merkliches Zittern, als würde sie gleich aufspringen und wegrennen. Ihre Augen waren geschlossen, die Lippen zusammengepresst.

Er sah ihr an, wie sehr sie sich um Beherrschung bemühte. Sie wollte keine Tränen vergießen, nicht hier im Kommissariat. Er verspürte den Impuls, sie in die Arme zu nehmen, an sich zu drücken, gemeinsam mit ihr den Schmerz zuzulassen. Doch das war vor den anderen nicht möglich, schon gar nicht vor Landsberg.

Zeit verging. Keiner sagte etwas. Der Chef rührte sich nicht. Er zog bloß in einem wiederkehrenden Rhythmus die Augenbrauen zusammen, sodass sich eine tiefe Furche über seiner Nasenwurzel bildete.

Schließlich hob er das Kinn.

»Es ist schwierig, in einer Situation wie dieser die richtigen Worte zu finden. Ich kann nur ahnen, wie es in jedem Einzelnen von euch zugeht. Vermutlich so wie in mir. Da ist Leere, Schmerz, blankes Entsetzen. Ich bin traurig und voller Wut. Auch wenn wir es noch nicht recht fassen können, wir müssen der Wahrheit ins Gesicht schauen. Dennis ist nicht mehr unter uns. Er ist ermordet worden, so viel steht nun fest. Zu den Details komme ich gleich. Aber lasst uns zunächst einen Moment innehalten. Ich weiß, die Zeit drängt. Wir haben es mit einem furchtbaren Serienmörder zu tun. Er hat einen von uns getötet. Er hat …«, seine Stimme wurde brüchig, »… mitten in unser Herz gezielt.«

Er schaute in die Runde.

»Umso wichtiger ist es, dass wir uns die Zeit nehmen, über Dennis zu reden. Wie er war. Was er uns bedeutet hat. Als Mensch. Und als unser Kollege.«

Er setzte eine längere Pause. Trojan senkte den Blick.

Landsberg straffte die Schultern. »So viel vorneweg, die Ergebnisse der Obduktion sind eindeutig. Dennis kam auf die gleiche Art zu Tode wie auch Nora Sand und Annemarie Klar. Er wurde stranguliert. Zumindest können wir nun völlig ausschließen, dass er irgendetwas mit den anderen Mordfällen zu tun hatte. Die Indizien, die ihn kurzzeitig als tatverdächtig erscheinen ließen, wurden vom Mörder bewusst falsch gelegt, um uns in die Irre zu führen.«

Er lockerte seinen Hemdkragen. »Bevor wir uns aber mit

den Einzelheiten beschäftigen, möchte ich mit euch klären, wie wir mit der Ermordung von Dennis umgehen sollen. Rein menschlich gesehen, meine ich. Er ist … er war … ein geschätzter Mitarbeiter dieses Teams. Er war von Natur aus eher zurückhaltend, und in den Gesprächen mit euch wurde mir klar, dass niemand von uns … allzu viel von seinem Privatleben weiß. Ich habe vorhin mit seiner Schwester telefoniert. Sie ist auf dem Weg hierher. Ich hoffe, wir können von ihr …« Er brach ab. Seine Augen irrten umher. »Entschuldigt, Leute, ich bin …«

Abermals versagte ihm die Stimme. Die Stille im Sitzungsraum war drückend.

Trojan beobachtete die Mimik seines Chefs. An der Schläfe war eine Ader hervorgetreten. Sein Adamsapfel hob und senkte sich. Die Kiefer malmten.

»… ich bin genauso geschockt wie ihr.« Um einen festen Tonfall bemüht, beendete er seine improvisierte Ansprache. »Ich mochte ihn. Konnte immer auf ihn zählen.« Er schluckte hörbar. »Wir kriegen den Scheißkerl, der ihm das angetan hat.«

Kein Laut war zu vernehmen.

Niemand regte sich.

Landsbergs Blick wanderte von einem zum anderen.

»Möchte jemand etwas über Dennis sagen?«

Schweigen.

Schließlich erhob sich Trojan. »Ja, ich.«

»Bitte, Nils.«

»Du hast es gerade angesprochen. Wir wussten nicht viel über ihn. Ich war in seiner Wohnung. Dort habe ich gesehen, dass er Orchideen gesammelt, vielleicht sogar gezüchtet hat. Es war mir fremd, ehrlich gesagt. Aber es zeigt doch, dass wahrscheinlich in jedem von uns eine Seite steckt, die überraschend ist. Dennis war still, ja. Gründlich. Zuverlässig. Ein Ermittler, der sich nicht in den Vordergrund drängt. Ein guter Teamplayer. Aber ich bereue, dass ich mich nicht öfter mit ihm über private Dinge unterhalten habe. Denn ich glaube, er war sehr viel mehr als ein fleißiger Mordermittler. Er ist gerne schwimmen gegangen, auch das war mir unbekannt. Jemand, der sich für zerbrechliche Blumen interessiert und im Morgengrauen in einem einsamen See seine Bahnen zieht, muss ein verdammt guter Mensch sein. Ich hätte ihn gern näher kennengelernt. Wie dumm von mir, erst jetzt zu dieser Einsicht zu gelangen. Lasst uns gemeinsam für ihn einstehen. Wir finden seinen Mörder.«

Er setzte sich wieder.

Ronnie Gerber unterbrach das erneute Schweigen. »Ich hab mal nachts mit ihm zusammen observiert. Es war im Winter, tiefer Frost. Wir saßen zusammen im Auto. Unsere Aufgabe war es, einen Hauseingang zu beobachten. Bei mir war eine Grippe im Anmarsch. Ich hab geschlottert. Mir war abwechselnd heiß und kalt. Dennis hat zu mir gesagt: ›Fahr nach Hause, leg dich ins Bett.‹ Dabei war der Einsatz nicht ganz ungefährlich. Wir vermuteten, dass der Typ in der Wohnung bewaffnet war. Dennis hat nicht lockergelassen, bis ich gegangen bin.« Er stieß die Luft aus. »Am nächsten Morgen erfuhr ich, dass er den Kerl im Alleingang klargemacht hat. Der kam nachts raus, stieg ins Auto. Dennis ist ihm in seinem Wagen gefolgt. An einer roten Ampel hat der Typ einfach das Feuer eröffnet. Zehn Schüsse durch die Windschutzscheibe. Dennis duckt sich, öffnet die Wagentür, rollt sich raus. Und zielt bei dem anderen noch in die Reifen. Der flieht zu Fuß. Dennis rennt ihm nach und stellt ihn schließlich.«

»Orchideensammler und Held«, murmelte Max Kolpert nach einer Pause. »Ich wusste übrigens von den Blumen.«

»Ach ja?«, fragte Trojan.

»Hmm. Er hat mich mal zu sich nach Hause eingeladen. Es war nach einem Einsatz. Er hat ein ziemlich gutes Pilzrisotto für uns beide gekocht.«

»Worüber habt ihr gesprochen?«, fragte Landsberg.

Kolpert zuckte mit den Achseln. »Über dies und das. Er hat seine Schwester erwähnt, ja. Dass die sich ein bisschen Sorgen um ihn macht. Kripo, gefährlicher Job, Einsätze rund um die Uhr, all das. Letztlich hat er nicht viel von sich preisgegeben. Aber es war ein schöner Abend. Ich fühlte mich wohl bei ihm.«

»Ich war mal mit ihm zusammen abends in der Kneipe«, sagte Albert Krach. »Dennis hat einen Witz nach dem anderen gerissen. Ich hab mich gekrümmt vor Lachen. Irgendwann war ich ziemlich abgefüllt. Dennis hat sich den ganzen Abend mit einem Glas Bier begnügt. Aber letztlich war er viel fröhlicher als ich. Unfassbar, dass er tot ist.«

»Wusstet ihr eigentlich, dass er bisexuell war?«, fragte Stefanie in die neuerliche Stille hinein.

ZWEIUNDDREISSIG

Sie schauten sie ungläubig an.

»Verzeiht, das war jetzt, glaube ich … etwas indiskret.«

Landsberg musterte sie. »Stefanie. Jeder Hinweis ist wichtig. Was hast du uns zu erzählen?«

»Nichts, ich …« Eine Träne lief ihr über die Wange. Sie rieb sie energisch weg.

»Kennst du jemanden aus seinem privaten Umfeld?«

Sie schüttelte den Kopf. »Nein.«

»Bist du dir sicher?«

»Ja.«

»Was du da sagst, ist immens …«

»Bitte entschuldigt mich einen Augenblick.« Sie stand auf und verließ fluchtartig den Sitzungsraum.

Trojan wollte ihr nachgehen, doch dann besann er sich und blieb sitzen.

»Wollen wir nicht fortfahren?«, fragte er, um die allgemeine Betroffenheit zu überspielen. »Wir können das auch später besprechen.«

Der Chef verkniff den Mund. »Okay, kommen wir zu den Fakten.«

Sie diskutierten ausführlich die Ergebnisse des Obduktionsberichts. Nach etwa zehn Minuten kehrte Stefanie zurück. Lautlos nahm sie auf ihrem Stuhl Platz. Sie verzog keine Miene.

Zwei Stunden später beendete Landsberg die Sitzung. Jeder von ihnen hatte eine klare Arbeitsanweisung.

Stefanie ging als Erste aus dem Raum. Der Chef nahm Trojan zur Seite und raunte ihm zu: »Finde mehr darüber heraus. Du kennst sie besser als ich.«

»Hilmar, ich …«

»Das ist ein Befehl.«

Trojan sank auf den Schreibtischstuhl in seinem Büro. Für einige Zeit starrte er vor sich hin. Dann erhob er sich, ging hinaus in den Flur und klopfte leise an ihre Tür.

»Ja?«

Er trat ein.

Sie schaute nicht auf, richtete den Blick angestrengt auf den Computermonitor.

Er setzte sich zu ihr. »Was du vorhin erwähnt hast …«

»Es ist nicht weiter wichtig.«

»Steff, alles könnte von Bedeutung sein. Wir müssen seinen Mörder finden.«

Sie scrollte, suchte auf dem Bildschirm. Er wartete ab.

Endlich sah sie ihn an. Ihre Augen waren umschattet, ihr blondes Haar war zu einem Pferdeschwanz zurückgebunden. Sie trug ein nachtblaues Top zu einer anthrazitfarbenen Jeans. Das Waffenholster hatte sie nicht abgelegt. Ihre schwarze Lederjacke hing über der Stuhllehne.

Sie atmete aus. »Ich hatte ein längeres Gespräch mit ihm. Ist ungefähr ein Jahr her. War ein komischer Abend.«

Trojan nickte ihr kaum merklich zu.

»Dennis wirkte ziemlich durcheinander. Damals hatte sich seine Freundin von ihm getrennt. Er fragte mich, ob wir nach der Arbeit zusammen ein Bier trinken wollen. Ich hab eingewilligt. Fand es gut. Weil er doch sonst immer so zurückhaltend war.«

»Und dann?«

»Nach dem dritten Bier gestand er mir, dass er gelegentlich auch mit Männern schlief. Seine Freundin ist damit nicht klargekommen. Das war wohl auch der Trennungsgrund.«

»Hat er Namen genannt?«

»Nils, das war kein Verhör.«

»Ich weiß, aber wir ermitteln in einer Mordserie.«

Sie legte die Stirn in Falten. »Er sprach von einem Oliver.«

»Nachname?«

Sie hob die Brauen. »Hör mal. Das geht irgendwie zu weit.«

»Wieso?«

»Du bohrst nach wie ein …«

»… Bulle?«

Sie schwieg.

»Es könnte jemand aus seinem Umfeld gewesen sein«, murmelte Trojan. »Zwei weibliche Mordopfer und er. Das passt nicht ganz ins Bild. Darum könnte es sich in seinem Fall um ein Rachemotiv handeln. Wir sprachen bereits darüber.«

»Du wirkst auf einmal so kühl.«

»Ich bin genauso geschockt wie du.«

»Wir haben ihn gerade erst heute Morgen gefunden.«

»Wir müssen nach vorne schauen. Sachlich analysieren, klar denken.«

»Das sagt sich so leicht.«

»Anders geht es nicht.«

Sie nagte an ihrer Unterlippe. »Den Nachnamen hat er nicht genannt.«

»Er erwähnte also diesen Oliver. Warum?«

»Er hatte eine heftige Affäre mit ihm. Das war, kurz nachdem sich seine Freundin von ihm getrennt hat.«

»Und der Name der Freundin?«

»Da muss ich nachdenken.«

Er ließ ihr Zeit. Ihn beschlich ein merkwürdiges Gefühl. Wie war es dazu gekommen, dass Dennis und Steffie so vertraut miteinander gewesen waren? Ein Abend zusammen. Ein paar Bier. War da noch mehr gelaufen?

»Cornelia, glaube ich. Connie. Und frag mich bitte nicht nach dem Familiennamen.«

Er lehnte sich vor. »Steff.« Er wollte ihre Hand nehmen, doch sie verschränkte die Arme vor der Brust.

»Was?«

»Verschweigst du mir etwas?«

»Nein.«

»Es könnte entscheidend sein. Für die Ermittlungen, meine ich. Nur für die Ermittlungen.«

»Du sprichst als Polizist?«

»Ja.«

»Du hakst nicht nach, weil du eifersüchtig bist?«

»Nein.« Er merkte, dass es nicht sehr überzeugend klang.

Sie ließ die Arme sinken. »Jetzt weiß ich, warum es diese Vorschrift gibt. Deshalb sind Liebesbeziehungen innerhalb des Teams so schwierig.«

»Es ist ein Extremfall. Lass uns einen kühlen Kopf bewahren, bitte.«

Ihr Schweigen war nur kurz. »Er hat bei mir übernachtet.«

Er starrte sie an.

»Auf dem Sofa. Es ist nichts passiert. Wir hatten an dem Abend zu viel getrunken. Es ist spät geworden. Wir waren damals mehr als achtundvierzig Stunden im Einsatz.«

Er sagte kein Wort.

»Und selbst wenn etwas zwischen uns gewesen wäre – du warst damals mit Jana zusammen.«

Er wiegte den Kopf.

»Schau mich nicht so an, Nils.«

»Wie schau ich dich denn an?«

»Irgendwie vorwurfsvoll. Verbittert.«

»Nein. Ich bin nur …«, er raufte sich das Haar, »… todmüde.«

Sie warf ihm einen gequälten Blick zu »Das bin ich doch auch.«

Sie schwiegen lange.

Schließlich fragte sie leise: »Möchtest du einen Kaffee?«

»Ja.«

Sie stand auf und ging hinaus. Nach einer Weile kam sie mit zwei gefüllten Pappbechern zurück.

Sie tranken wortlos.

»Wir müssen das trennen«, sagte er schließlich. »Unsere Emotionen und das, was mit Dennis passiert ist. Wir müssen den Fall so bearbeiten, als hätten wir Distanz, auch zum dritten Opfer dieser Mordserie.«

»Ja. Distanz.«

»Tun wir einfach mal so, als wäre Holbrecht ein Fremder.«

»Okay, versuchen wir es.«

»Gehen wir zunächst die Fakten durch. Jede Einzelheit, die auf der Sitzung besprochen wurde.«

»Gut. Lass uns bei dem Obduktionsbericht beginnen.«

Er nickte. »Holbrecht hatte Midazolam im Blut. Und zwar eine große Menge. Außerdem erlitt er eine Kopfverletzung. Er wurde mit einem schweren Gegenstand geschlagen.«

»Er starb Mittwoch in den frühen Morgenstunden.«

»Es ist fünf Uhr. Der Tag bricht heran. Dennis zieht seine Bahnen im See. Der Angler sieht ihn, spricht mit ihm. Dennis schwimmt zum anderen Ufer.«

»Hier ist es passiert.«

Abermals nickte er. »Der Täter lauert ihm auf. Vermutlich versteckt er sich im Schilf. Er lockt ihn an. Wir wissen nicht, wie.«

»Irgendein Trick. Wahrscheinlich ruft er leise um Hilfe.«

»Dennis fällt darauf rein. Er schwimmt dorthin.«

»Er trägt den Neoprenanzug.«

»Der Täter richtet sich im Schilf auf.«

»Er schlägt ihm auf den Kopf.«

»Semmler schließt nicht aus, dass es der Kolben einer Waffe war.«

»Möglicherweise die Sig Sauer, die verschwunden ist.«

»Ja, er hatte sie wohl im Urlaub bei sich. Also lag sie wahrscheinlich in der Hütte.«

»Der Täter hat sie ihm vorher entwendet.«

»Hmm.« Trojan rieb sich den verspannten Nacken. »Holbrecht wird nach dem Schlag ohnmächtig. Der Täter zerrt ihn ans Ufer. Als er wieder zu sich kommt, wird ihm mit dem Inhalationsgerät das Midazolam verabreicht.«

»Eine hohe Dosis. Mehr als bei den anderen Mordopfern.«

»Ja. Dennis ist völlig weggetreten.«

»Der Mörder bedroht ihn mit der Pistole. Fordert ihn auf, mit ihm zu gehen.«

»Er stützt ihn. Niemand ist zugegen. Keiner sieht, wie sie beide am Graben entlanggehen. Dort, wo wir heute Nacht auch waren. An einem Dornengestrüpp bleibt Holbrecht hängen. Ein Stück von seinem Neoprenanzug reißt ab.«

»Er wird weitergetrieben. Sie erreichen die Kirche.«

»Verlassene Gegend. Zerfallenes Gemäuer.«

»Der Mörder kennt die Gegend.«

»Ja, er hat sie genau ausgespäht.«

»Oder er kommt von dort.«

»Auch das ist möglich«, sagte Trojan.

»Der Turm. Einige Spuren dort belegen, dass der Leichenfundort auch der Tatort ist.«

»Ja. Er hat sich den Glockenturm ausgesucht, um ihn dort zu töten.«

»Warum?«

»Sein Hang zum Theatralischen. Ein bizarrer Ort. Dramatisch und effektvoll.«

»Hmm. Er hat genau geplant, den Leichnam unter der Glocke zu verstecken.«

»Ihm ist klar, dass wir nach Holbrecht suchen würden. Und er rechnet damit, dass wir ihn nach einiger Zeit in dem Turm finden werden.«

»Wieso hat er ihn nicht erschossen?«, fragte Steffie nach einer Pause. »Wenn er doch im Besitz seiner Waffe ist, wie wir glauben.«

»Ein Serienmörder weicht selten von seiner Tötungsart ab. Wenn sie funktioniert, fühlt er sich sicher. Nur wenn etwas schiefgeht, ändert er die Methode.«

»Also bleibt er dabei.«

»Ja.«

Sie ließ den Atem ausströmen. »Entsetzlich, dass sich Holbrecht nicht wehren konnte. Ich denke daran, was Ronnie vorhin erzählt hat. Sein heldenhafter Auftritt, die Schießerei. Er hätte sich nicht ohne Weiteres von diesem Kerl überwältigen lassen.«

»Normalerweise nicht. Aber der Schlag auf den Kopf. Das Midazolam. Die Erschöpfung nach dem Schwimmen. Er hat eine lange Strecke im See hinter sich gebracht. Nichts ahnend schwimmt er ins Schilf und…« Er brach ab.

Sie blickten sich an.

»Weiter«, sagte Trojan. »Wir müssen es minutiös durchgehen. Und lass uns die Distanz wahren, so weit es uns gelingt.«

Stefanie holte tief Luft. »Semmler konnte zumindest ausschließen, dass…« Sie fuhr mit der Hand über ihre Stirn.

Trojan senkte die Stimme. »Er hat ihm das Ohr nicht bei lebendigem Leib abgetrennt.«

»Wenigstens diese Qual wurde ihm erspart.«

Er schluckte. »Gehen wir noch mal ein kleines Stück zurück. Sie erreichen die Kirche. Der Mörder zwingt ihn mit erhobener Waffe die Treppe hinauf. Sie sind oben im Turm. Er stößt Holbrecht zu Boden. Der ist völlig entkräftet. Betäubt. Wehrlos. Der Killer schlingt ihm den Strick um den Hals.«

»Vermutlich ist dieser wiederum aus Seide.«

»Ja. Er erdrosselt ihn. Danach trennt er ihm das Ohr ab.«

»Diesmal nicht mit einem Skalpell, sondern mit einem Messer.«

»Ja. Er wuchtet die Glocke um, zerrt den Leichnam zwischen die zwei Balken und richtet sie wieder auf.«

»Niemand im Dorf hat etwas gehört oder gesehen. Keine verwertbaren Spuren, die auf den Täter hinweisen.«

»Er nimmt das Ohr mit. Später ist er wieder in der Hütte. Vermutlich kommt er mit einem Auto. Er deponiert die Schnecken dort. Wickelt das Ohr in ein Seidentuch und legt es ins Boot.«

»Er will, dass wir es finden. Warum?«

»Um uns zunächst in die Irre zu führen. Außerdem demonstriert er damit seine Überlegenheit.«

»Wann hat er das Midazolam in Holbrechts Wohnung versteckt?«

»Vermutlich danach. Er nahm ihm den Wohnungsschlüssel ab. Auch den USB-Stick mit den Fotos von Nora Sand und Annemarie Klar hinterlässt er dort.«

»Ja.«

»Die Nachbarin hat nichts davon bemerkt.«

Schweigen.

Wieder einmal stellte er die Frage, die sie alle im Kommissariat so dringend beschäftigte. »Warum Holbrecht? Warum ausgerechnet er?«

»Es könnte einen früheren Kontakt gegeben haben. Irgendeine Begegnung.«

»Hmm. Wie du schon vor Kurzem vermutet hast, Steffie, ein alter Fall wäre denkbar, in den der Täter involviert war. Wir müssen alles durchforsten. Jede einzelne Ermittlung, mit der Holbrecht zu tun hatte.« Nach einer Pause fügte er hinzu: »Das ist die eine Möglichkeit. Die andere ist sein Privatleben.«

Stefanie strich sich eine Haarsträhne aus dem Gesicht. »Du meinst diesen Oliver?«

»Ja. Vielleicht finden wir einen Hinweis auf Holbrechts Rechner. Oder irgendwo in seiner Wohnung.«

Trojan erhob sich und klopfte auf den Schreibtisch.

»Wir teilen uns die Arbeit auf. Wir gehen zum einen die Polizeiakten und sämtliche Dateien durch, zum anderen den privaten Laptop, die Speichermedien, Fotos, Briefe und Unterlagen aus der Wohnung von Dennis.«

»Gut. Packen wir es an.«

Er war bereits an der Tür, als sie leise sagte: »Nils?«

Er drehte sich zu ihr um.

»Ist alles klar mit uns?«

Er zögerte nur einen Wimpernschlag lang. »Ja, Steff. Wir schaffen das.«

Draußen im Flur fragte er sich, ob er davon wirklich überzeugt war.

DREIUNDDREISSIG

Gegen Abend klopfte Landsberg an seine Tür und trat ein. Trojan sah von seiner Arbeit auf.

»Ramona Holbrecht ist soeben aus Osnabrück angereist.«

»Die Schwester von Dennis?«

»Ja. Ihr Zug hatte leider zwei Stunden Verspätung. Kannst du mit ihr sprechen?«

»Klar.«

Eine Minute später führte der Chef sie herein. Die Ähnlichkeit mit Dennis war unverkennbar. Dunkles Haar, ein eher schmales Gesicht. Graublaue Augen und ein Grübchen am Kinn, das Trojan auch von seinem Kollegen kannte. Er schätzte sie auf Anfang vierzig.

Er erhob sich, drückte ihr die Hand. »Ich möchte Ihnen mein tief empfundenes Beileid ausdrücken.«

Sie deutete ein Nicken an.

Während sich Hilmar diskret zurückzog, deutete Trojan auf einen der beiden Besucherstühle vor seinem Schreibtisch.

»Darf ich Ihnen etwas anbieten? Ein Wasser? Einen Kaffee oder einen Tee?«

»Nein, danke.«

Sie nahm in ihrem schwarzen Sommermantel Platz, legte ihre grüne Ledertasche in den Schoß und umklammerte sie mit beiden Händen.

Trojan setzte sich ihr gegenüber.

Langes Schweigen. Während er nach den passenden Worten suchte, zeigte sie keine Regung.

Er räusperte sich. »Ich kann nur ahnen, was dieser Verlust für Sie bedeutet. Sie standen Ihrem Bruder sehr nahe?«

Sie nickte. »Wir haben uns zwar nur ein-, zweimal im Jahr gesehen, dafür aber öfter telefoniert.«

Ramona Holbrecht wirkte verblüffend ruhig, beinahe sediert. Trojan ahnte, dass dies ein Anzeichen eines Schocks war.

Schließlich stellte sie ihm die Frage, die er am meisten fürchtete. »Musste er leiden?«

Um sie zu schonen, behalf er sich mit einer Notlüge. »Es ging alles sehr schnell.«

Er berichtete kurz, wie sie ihn gefunden hatten, erwähnte die Hütte im Umland. Das abgetrennte Ohr verschwieg er aus Rücksichtnahme.

»Sein bescheidenes Ferienhaus«, murmelte sie. »All seine Ersparnisse sind dafür draufgegangen. Er nannte es sein Refugium.«

»Sie kannten es?«

»Ja. Ich war einmal mit ihm dort.«

»Wann war das?«

»Letztes Jahr. An einem Wochenende im April.«

»Er war ein passionierter Schwimmer, nicht wahr?«

»Selbst in der Aprilkälte ist er in den See gegangen. Er hat sich extra dafür einen Neoprenanzug gekauft. Er liebte es, im Wasser zu sein. Schon als Kind ist er gerne geschwommen.«

Sie schlug die Augen nieder. Nach einer Weile hob sie den Blick. »Wer hat ihm das angetan? Wer hat meinen Bruder ermordet?«

Trojan war bemüht, Zuversicht auszustrahlen. »Wir werden es recht bald herausfinden. Das verspreche ich Ihnen.«

Nachdenklich fuhr er ein paarmal mit der Fingerspitze über die Tischplatte. »Hatte Dennis Feinde?«

»Nein.«

»Wurde er bedroht?«

»Ich denke nicht.«

»Als Kriminalbeamter war er ganz sicher Anfeindungen ausgesetzt. Ich spreche aus eigener Erfahrung. Jemand, mit dem er als Polizist zu tun hatte, könnte eine Rechnung mit ihm offen gehabt haben. Hat er einmal eine entsprechende Bemerkung gemacht?«

»Nein. Dennis war überhaupt eher der stille Typ. Er hat nicht viel von seiner Arbeit preisgegeben.«

»Und von seinem Privatleben?«

Sie öffnete ihre Handtasche, nahm ein zerknülltes Schnupftuch heraus. Sie hob es an, als wollte sie sich die Augen trocknen. Doch mitten in der Bewegung hielt sie inne. Schließlich steckte sie das Tuch wieder ein und klappte die Tasche zu.

»Ich weiß, dass er mal mit einer Cornelia zusammen war. Sie arbeitet als Stewardess, wenn ich mich recht entsinne.«

»Wie lange hielt die Beziehung?«

»Ungefähr ein Jahr. Sie wollten sogar zusammenziehen. Ich erinnere mich, wie mir Dennis davon am Telefon erzählt hat. Er klang so fröhlich. Bald darauf hat sich die Sache aber zerschlagen.«

Ihre Gefasstheit schien zu bröckeln. Erneut öffnete sie ihre Handtasche. Sie befingerte das Tuch.

»Armer Dennis. Nach der Trennung von Cornelia hat er sich einsam gefühlt. Ich glaube, er hat sie sehr geliebt.«

»Wissen Sie den vollständigen Namen?«

Sie dachte nach. »Möller. Cornelia Möller.«

»In Berlin wohnhaft?«

»Ja.«

»Bei welcher Airline ist sie angestellt?«

»Das weiß ich nicht.«

Er notierte sich den Namen. »Sie haben sie nicht persönlich kennengelernt?«

Kopfschütteln. »Ich wohne ja in Osnabrück. Bin dort beruflich sehr eingebunden. Ich bedaure, dass ich nicht öfter bei ihm war.«

»Hat er Ihnen mal ein Foto von Cornelia Möller gezeigt?«

»Ja, er schickte mir eines per E-Mail. Darauf waren sie beide abgebildet. Connie war eher klein und unscheinbar. Mir gefiel ihr Lächeln. Sie machte einen sympathischen Eindruck. Ich dachte gleich, dass die beiden gut zusammenpassen.«

»Haben Sie das Foto noch?«

»Ich denke, ja.«

Trojan zögerte. Schließlich fragte er stockend: »Kann es sein … ist es möglich, dass …? Entschuldigen Sie, aber ich muss Sie das fragen …«

»Was denn?«

Er holte Luft. »Fühlte sich Dennis eigentlich auch zu Männern hingezogen?«

Ihr Mund stand eine Weile offen. »Wie bitte?«

Er musterte sie schweigend. War ihr Erstaunen echt oder gespielt?

»Wie kommen Sie darauf?«

»Er hat es einer Kollegin im Kommissariat einmal anvertraut. Demnach war er mit einem Mann namens Oliver zusammen.«

»Davon weiß ich nichts.«

»Ganz sicher?«

»Mein Bruder? Mit einem Mann?«

»Das ist ja nichts Außergewöhnliches. Auch bei der Kripo gibt es Homosexuelle. Und bisexuell zu sein, ist ebenso nichts Verwerfliches.«

»Das meine ich ja nicht. Aber es kommt für mich völlig überraschend.«

»Ich wusste es bis vor Kurzem selbst nicht.« Trojan lehnte sich vor. »Wir müssen sein privates Umfeld genau unter die Lupe nehmen. Ebenso durchforsten wir seine alten Fälle. Wir vermuten einen Racheakt. Es könnte sich allerdings auch um ein Eifersuchtsmotiv handeln. Wir ermitteln in verschiedene Richtungen. Fakt ist, dass der Mord zu einer Serie gehört. Es wurden bereits zwei Frauen auf die gleiche Art umgebracht wie Dennis.«

In ihren Augen spiegelte sich das Entsetzen.

Er atmete durch. »Sagt Ihnen der Name Nora Sand etwas?«

»Nie gehört. Wer sollte das sein?«

»Eine Radiomoderatorin.«

»Und sie wurde auch …?«

Er nickte. »Ließ sich Dennis eventuell einmal von einer Osteopathin behandeln?«

»Nicht, dass ich wüsste.«

»Erwähnte er den Namen Annemarie Klar?«

»Nein.«

Ihre Hände waren unter Anspannung. Verkrampft, die Knöchel gerötet, so hielt sie sich an ihrer Ledertasche fest. Trojan fühlte mit ihr. Abermals suchte er nach Worten, wollte etwas Tröstendes zu ihr sagen.

Wieder strich er mit dem Finger über die Tischplatte. In seinen Ohren summte es vor Müdigkeit und Erschöpfung.

»Es tut mir unendlich leid um ihn«, murmelte er.

»Ich hab ihn gewarnt.«

»Wovor?«

»Vor einer Tätigkeit in dieser Mordkommission.«

Trojan schloss für ein paar Sekunden die Augen.

»Unsere Eltern starben früh. Ich bin zwei Jahre älter als Dennis. Ich fühlte mich schon als Jugendliche für ihn verantwortlich.«

Er blickte sie an. »Machen Sie sich bitte keine Vorwürfe. Ich glaube, Dennis hat seine Arbeit hier sehr gemocht. Auch wenn sie gefährlich ist. Wir sind doch … wir können nicht … unsere Aufgabe ist es …« Er versuchte, sich zu sammeln. »Dennis war nicht im Einsatz, als es passierte. Es hat ihn mitten im Urlaub erwischt.«

»Aber Sie sprachen soeben von Rache.«

»Ja. Das ist zunächst eine Vermutung.«

Sie klappte die Handtasche auf und gleich wieder zu.

Stille.

Ihre Stimme bebte leicht. »Sie glauben also, Dennis könnte einen Liebhaber gehabt haben?«

»Ja.«

»Wie war der Vorname noch mal?«

»Oliver.«

Sie legte die Stirn in Falten. »In der Schulzeit war er mit einem Oliver befreundet. Und dieser Oliver …« Auf einmal schien eine Erinnerung in ihr aufzuflackern.

Trojan wartete ungeduldig ab.

»… jetzt fällt es mir wieder ein … er hat mir da was erzählt …«

Sein Herzschlag beschleunigte sich. »Ja?«

»Es war im April, vor einem Jahr. An dem Wochenende, das ich mit ihm in der Hütte verbracht habe. Wir saßen beim Abendessen und sprachen über alte Zeiten. Urplötzlich sagte er zu mir: ›Kannst du dich noch an Oliver erinnern, der in meiner Klasse war?‹ Ich nickte, und er sagte: ›Stell dir vor, ich hab ihn zufällig wiedergesehen.‹ Dann hatte er so einen komischen Gesichtsausdruck und fügte hinzu: ›Er ist übrigens schwul.‹«

Nils straffte die Schultern. »Haben sich die beiden getroffen?«

»Hmm.«

»Und wo?«

»In Berlin, glaube ich. Meines Wissens ist dieser Schulfreund hierhergezogen.«

Trojan griff zu einem Stift und zog sich einen Block heran. »Der Nachname? Fällt er Ihnen ein?«

Sie dachte lange nach.

In seinem Kopf arbeitete es. Die Schule überprüfen. Osnabrück. Das Klassenverzeichnis durchgehen. In seinen Fingern kribbelte es.

Plötzlich sagte sie: »Oliver Pratt.«

Er starrte sie an. »Kein Zweifel?«

»Ja.«

»Einen Moment.«

Trojan öffnete das Melderegister auf seinem Computer und loggte sich ein. Er klapperte auf der Tastatur, versuchte es mit verschiedenen Suchbegriffen. *Pratt, Oliver. Wohnadresse Berlin.* Auch Osnabrück gab er ein. Als Nächstes das Geburtsjahr von Dennis. Da die beiden zusammen in einer Schulklasse waren, müsste es hier eine Übereinstimmung geben.

Namen und Zahlen zogen in rascher Folge über den Monitor.

Plötzlich landete Trojan einen Treffer.

Oliver Pratt, 40 Jahre alt.

Er notierte sich die Adresse und sprang auf.

VIERUNDDREISSIG

Das Planufer war nicht weit von Trojans Kiez entfernt. Prächtige Altbauten säumten den Landwehrkanal. Das dichte Laub von Weiden, Kastanien und Platanen überdachte die Straße. Passanten flanierten im Abendlicht am Ufer entlang. Schwäne glitten auf dem Wasser dahin. Auf der Admiralbrücke hockten junge Leute in Grüppchen auf dem Boden zusammen, plaudernd und lachend. Eine Frau spielte Saxofon und wiegte sich in den Hüften. Es herrschte eine entspannte Atmosphäre, die Trojan flüchtig an Paris und glückliche Urlaubszeiten denken ließ.

Pratt wohnte im Haus Nummer 91.

Kaum hatte Trojan den Klingelknopf gedrückt, schnarrte schon eine Stimme aus der Sprechanlage und fragte, wer da sei. Er stellte sich vor und wurde gleich darauf eingelassen.

Er nahm den Aufzug. Im vierten Stockwerk stand ein gut aussehender Mann im taillierten T-Shirt mit V-Ausschnitt an der Wohnungstür. Sein blondes Haar war halblang. Er hatte wache Augen und ein ebenmäßig geschnittenes Gesicht.

Trojan zeigte seinen Ausweis vor. »Sind Sie Oliver Pratt?«

»Ja.«

»Darf ich reinkommen?«

»Ehrlich gesagt, bin ich etwas überrascht.« Seine Stimme hatte einen angenehm warmen Klang. »Würden Sie mir zunächst verraten, worum es geht?«

»Sie kennen einen Dennis Holbrecht?«

»Ja.«

»Er ist der Grund meines Kommens.«

Pratt führte ihn herein. Die Wohnung war großzügig geschnitten. Abgeschliffene Dielen, wenig Mobiliar.

Im Wohnzimmer lief der Fernseher. Pratt schaltete ihn aus.

Er deutete auf einen Ledersessel von Le Corbusier. Trojan nahm darin Platz. Pratt setzte sich ihm gegenüber auf ein langes Sofa, ebenfalls im Bauhausstil.

Er war barfuß. Seine dunkle Stoffhose hatte einen modernen Schnitt, an den Beinen eng und oben weit.

»Sind Sie ein Kollege von Dennis?«, fragte er.

»Ja.«

»Wie geht es ihm?«

Trojan schwieg.

»Ich hab lange nichts von ihm gehört.«

»Wann das letzte Mal?«

Er bewegte leicht den Kopf. Das hatte etwas Filigranes, beinahe Vogelartiges an sich. Recht bald stellte Trojan fest, dass jede seiner Bewegungen fließend war, wie aus einer Choreografie. Er war ein Mann, der sich augenscheinlich seiner Wirkung bewusst war.

»Anfang des Jahres hab ich ihm mal eine SMS geschrieben, glaube ich. Seine Antwort war freundlich, aber kurz.«

»Dennis Holbrecht ist tot. Er wurde ermordet.«

Pratts Gesicht war auf einmal wie eine Maske. Völlig reglos. Lange Zeit geschah nichts.

Schließlich sagte er kaum hörbar: »Nein.«

»Doch, es ist so.«

Pratt legte die Hände flach zusammen, als wollte er beten.

Er atmete ein paarmal tief ein und aus, dann stand er auf und ging durch den Raum. Er hatte einen federnden Gang, weich und elegant wie ein Tänzer.

Er blieb stehen und schaute Trojan an. »Das ist furchtbar.«

»Ja.« Auch Nils erhob sich. Er ging zu ihm, machte etwa einen Meter vor ihm Halt. »Wo waren Sie am vergangenen Mittwoch?«

»Ich hatte vormittags Probe, denke ich.«

»Was für eine Probe?«

»Am Theater. Ich bin Schauspieler.«

»Um wie viel Uhr war das?«

»Sie begann um zehn. Ich war aber erst um elf bestellt.«

»Welches Stück?«

»*Hamlet*. Ich spiele den Laertes.«

»Interessant. Wo sind Sie engagiert?«

»Am Deutschen Theater.«

»Respekt. Dann sind Sie ja gewissermaßen prominent.«

Ein geschmeicheltes Lächeln. »Ach, na ja, ich werde nicht unbedingt auf der Straße erkannt.«

»Dienstagabend. Wo waren Sie da?«

»Ich müsste in meinem Kalender nachschauen.«

»Tun Sie das.«

Er nahm sein iPhone hervor und wischte über das Display. »Ich hatte Vorstellung. Ein Stück von Horváth.«

»Wie lange lief es?«

»Bis elf. Danach war ich noch in der Kantine.«

»Wann sind Sie gegangen?«

»Entschuldigen Sie mal. Ist das ein Verhör?«

»Durchaus möglich. Haben Sie denn etwas zu verbergen?«

»Nein.« Er legte das Smartphone auf den Couchtisch und setzte sich wieder. »Dennis ist also tot?«

Auch Trojan ließ sich erneut in dem Sessel nieder. »Leider, ja.«

»Das kann ich nicht glauben.«

»Sollten Sie aber.«

Schweigen.

»Sie hatten ein Verhältnis mit ihm, oder?«

»Ja. Letztes Jahr. Es waren wilde, schöne drei Monate.«

In Pratts Augen schimmerte es. Mit einer großen Geste wischte er sich über die Lider.

»Ich fasse das nicht. Ein Mord? An einem Polizisten?«

»Hmm.«

Ein schmales Zeitfenster zwischen Dienstagnacht und Mittwochmorgen, dachte Trojan. Dennis wurde nach fünf in der Frühe umgebracht. Mit dem Auto fuhr man ungefähr eine Stunde in die Gegend von Kremmen.

Er wiederholte seine Frage: »Wie lange waren Sie am Dienstag nach Ihrer Vorstellung in der Theaterkantine?«

»Verdächtigen Sie mich?«

»Antworten Sie.«

»Nur weil ich mit Dennis mal zusammen war, haben Sie mich im Verdacht?«

»Um wie viel Uhr haben Sie die Kantine verlassen?«

»Irgendwann nach Mitternacht. Vielleicht um halb eins.«

»Und dann?«

»Bin ich nach Hause gefahren.«

»Kann jemand bestätigen, dass Sie hier waren?«

»Nein.«

»Aber dass Sie am Mittwochvormittag bei der Probe erschienen sind, dafür gibt es Zeugen?«

»Natürlich. Meine Kollegen. Der Regisseur. Seine Assistenten. Alle.«

»Kennen Sie eine Nora Sand?«

Er wirkte verblüfft. »*Schlaflos mit Nora*. Natürlich kenne ich sie.«

Trojan horchte auf. »Hatten Sie persönlichen Kontakt zu ihr?«

»Nein. Aber ich habe ihre Sendung oft gehört. Nachts, nach der Vorstellung, ist man so aufgedreht. Und Noras Art zu sprechen hatte eine beruhigende Wirkung auf mich. Es ist schrecklich, was mit ihr passiert ist. Ich hab es im Netz gelesen.« Er blickte ihn an. »Besteht etwa ein Zusammenhang zwischen den beiden Morden?«

Trojan gab keine Antwort.

»Nora ist doch auch … Großer Gott …«

»Wo waren Sie in der Nacht von Montag auf Dienstag?«

Pratt nahm sein Smartphone und sah in seinem Kalender nach. »Ich war nicht im Theater. Demnach hatte ich frei.«

»Was haben Sie gemacht?«

»Weiß ich nicht mehr.«

»Denken Sie nach.«

»Ich habe Noras Sendung gehört. Ja. Nachmittags war ich mit Freunden verabredet. Abends sind wir noch was trinken gegangen. Dann war ich zu Hause, hab ein bisschen ferngesehen und danach ihre Sendung gehört. Es war ihre letzte. Kein Mensch konnte ahnen, dass sie nie wieder in ihrem Leben Ratschläge geben und Jazzmusik einspielen würde.«

»Und was geschah danach?«

»Nichts. Ich bin zu Bett gegangen.«

»Hmm.«

Pratt rieb sich mit dem Handrücken über die Wange. »Es besteht ein Zusammenhang, ja?«

Stille.

»Hatte Dennis denn in dem Fall ermittelt?«

Trojan reagierte nicht, beäugte ihn bloß kühl.

»Entschuldigen Sie, ich kann es immer noch nicht realisieren. Dennis, mein Dennis ist …«

Nils unterbrach ihn. »Schauen Sie doch mal auf Ihrem Handy nach, wo Sie in der Nacht von Mittwoch auf Donnerstag waren.«

Pratt warf ihm einen zweifelnden Blick zu.

»Na los.«

Er nahm das Gerät zur Hand und wischte über das Display. »Mittwoch hatte ich, wie gesagt, Probe. Sie ging von elf bis sechzehn Uhr.«

»Keine Vorstellung abends?«

»Nein.«

Die Nacht, als Annemarie Klar entführt und ermordet wurde, dachte Trojan. »Haben Sie chronische Rückenschmerzen?«

»Wie kommen Sie darauf?«

»Probleme mit den Gelenken?«

»Nein.«

»Waren Sie mal bei einer Osteopathin?«

»Ja.«

»Bei welcher?«

»Eine Gemeinschaftspraxis in Zehlendorf. Sehr gute Spezialisten.«

»Interessant.«

»Als Schauspieler muss ich auf meinen Körper achten.«

»Natürlich.«

Es entstand eine Pause.

»Wie kam es eigentlich zu Ihrer Begegnung mit Holbrecht?«

»Das war reiner Zufall. Ich saß im letzten Frühjahr in einer Bar in Schöneberg. Er kam rein. Ich lächelte ihm zu. Er erkannte mich und setzte sich zu mir. Wir sprachen über alte Zeiten. Dennis und ich sind zusammen zur Schule gegangen. In Osnabrück war das. Wir kommen beide von dort. Ein paar Abende später rief ich ihn an und …« Er unterbrach sich.

Trojan wartete ab.

»Wie heißen Sie doch gleich?«, fragte Pratt.

»Nils Trojan.«

»Sie sind Hauptkommissar, nicht wahr?«

»Hmm.«

»Leitende Funktion. Ein wichtiger Mann im Team. Jetzt erinnere ich mich. Dennis hat Sie mal erwähnt.«

»Tatsächlich?«

»Ja. In der Zeit, als wir zusammen waren. Er sprach mit großer Hochachtung von Ihnen.«

Trojan musterte ihn. Pratt wirkte sehr offen und zugänglich. Er strahlte eine gewisse Empathie aus. Aber da war auch etwas Undurchsichtiges an seinem Charakter. Saß er dem Täter womöglich direkt gegenüber? Hatte er einen Volltreffer gelandet?

Sein Herz pochte. Was würde als Nächstes geschehen? Abwarten, dachte er. Lass ihm Zeit. Lass ihn reden.

»Sie treffen sich also in einer Bar wieder. Und dann?«

»Dennis hatte gerade eine schmerzliche Trennung hinter sich. Von einer Frau. Ich hab ja schon immer vermutet, dass …« Er brach ab, griff sich ins Haar. »Okay, ich hatte mein Coming-out mit Anfang zwanzig. Und Dennis … dieser Kerl, ein Bulle, schwer bewaffnet, immer auf Verbrecherjagd …« Plötzlich kamen ihm die Tränen. »Entschuldigen Sie.« Er vergrub das Gesicht in den Händen.

Es dauerte eine Weile, bis er sich wieder gefasst hatte.

»Wo war ich?«

»Bei Dennis.«

»Ein guter Mensch. Ich hab ihn sehr gemocht. Er litt unter dem Machogehabe bei der Polizei.«

»Hat er das selbst gesagt?«

»Nein, nicht direkt. Aber ich hab tief in seine Seele geschaut.«

»War Dennis denn wirklich schwul?«

»Ja. Er wollte es nur nicht zugeben.«

»War er nicht eher bisexuell?«

»Vielleicht. Ist das so wichtig?«

»Ich weiß nicht. Sagen Sie's mir.«

»Wie auch immer. Die drei Monate mit ihm waren wunderschön.«

»Wann war das genau?«

»April, Mai, Juni letzten Jahres. Ein herrlicher Frühling. Ein trauriger Abschied.«

»Wie kam es zur Trennung?«

»Er wollte nicht mehr.«

»Warum?«

»Er hat es unterdrückt. Es passte nicht in sein Selbstbild. Er hat mir gesagt, dass er wieder mit einer Frau schlafen will. Es gab da eine Kollegin, in die er sich angeblich verliebt hatte.«

Steffie, durchfuhr es Trojan.

»Na ja«, sagte Pratt, »meiner Meinung nach hatte er geglaubt, sich in sie verlieben zu müssen. Er hat es nahezu erzwungen, wollte sich damit etwas beweisen. Er sagte zu mir, er sei gar nicht homosexuell. Aber auf diesem Ohr war ich taub.« Er holte Luft. »Unfassbar, dass es so ein schreckliches Ende mit ihm nehmen musste.«

Erneut entstand eine Pause.

»Waren Sie mal in seinem Ferienhaus?«, fragte Trojan.

»Ja.«

»Wann?«

»Irgendwann im Mai vergangenen Jahres. Ich fand es nicht besonders gemütlich dort. Und so viele Mücken in dieser gottverlassenen Gegend.«

Trojan erhob sich. »Darf ich mal Ihre Toilette benutzen?«

»Natürlich. Dritte Tür links.«

»Danke.«

Nils verließ das Wohnzimmer, durchschritt den Flur und schloss sich im Badezimmer ein.

Er ließ die Blicke schweifen. Dann öffnete er die Tür leise, schlüpfte hinaus und schlich sich ins Schlafzimmer.

Ein beinahe mönchisch anmutender Raum, ausgelegt mit Tatamimatten. Ein breiter Futon. Die Bettwäsche war blütenweiß.

Wonach suchte er hier? Nach Schnecken? Midazolam? Aber so einfach war das wohl nicht.

In diesem Moment fasste Trojan einen Entschluss. Er würde Pratt im Auge behalten. Ihn vorerst observieren lassen. Seine Einschätzungen waren widersprüchlich. Einerseits hielt er es nicht für ausgeschlossen, dass er etwas mit der Mordserie zu tun haben könnte.

Andererseits mochte er ihn irgendwie.

Und das war merkwürdig. Als würde er durch Oliver Pratt all das erfahren können, was Dennis vor ihm und dem Team geheim gehalten hatte.

Eine leise Stimme ließ ihn herumfahren.

»Herr Trojan.«

Nils schnappte nach Luft.

In Pratts Augen war ein eigenartiger Schimmer. »Was suchen Sie in meinem Schlafzimmer?«

»Nichts.«

Er senkte die Stimme zu einem Raunen. »Sie haben keine Ahnung, wer Dennis war. Und das lässt Sie verzweifeln.« Er wies auf das Bett. »Schauen Sie, hier hat er gelegen. In meinen Armen. Er war glücklich. Wenn auch nur für kurze Zeit.«

Trojan hob das Kinn. »Sie haben recht, ich weiß nicht viel über ihn.« Er gab ihm seine Karte. »Kommen Sie doch mal in mein Büro. Ich würde gern mehr über ihn erfahren.«

Oliver Pratt nahm die Visitenkarte, schob sie langsam in seine Hosentasche und bedachte ihn mit einem beinahe lauernden Blick. »Sehr gern. Wann wäre es Ihnen denn recht?«

»Wann immer Sie wollen.«

Er lächelte breit. »Dann bis bald, Herr Hauptkommissar.«

FÜNFUNDDREISSIG

Knapp zehn Minuten später stand Trojan unten auf der Straße. Halb verdeckt von einer Platane schaute er an der Hausfassade hinauf. Einmal erschien Pratt kurz am erleuchteten Fenster und blickte hinaus. Dann verschwand er wieder.

Trojan wollte gerade zum Handy greifen, um Landsberg zu informieren und ein Observationsteam anzufordern, als oben die Lichter ausgingen. Er schaute zur Uhr. Es war 20:32 Uhr, so früh würde der Schauspieler nicht zu Bett gehen. Er wartete ab. Kurz darauf öffnete sich die Eingangstür, und Pratt verließ das Haus.

Er trug eine elegante Jacke in Azurblau mit messingfarbenen Knöpfen und ging gemessenen Schrittes in Richtung Admiralbrücke. Trojan folgte ihm mit einigem Abstand. Noch mehr Partyleute bevölkerten das Pflaster der Brücke. Die Tische im Vorgarten des italienischen Restaurants an der Straßenecke waren dicht besetzt.

Pratt überquerte den Platz und bog nach links in die Grimmstraße ein. Er schlenderte über die Wege der kleinen Grünanlage, die sich auf der Mittelinsel befand, und gelangte schließlich zur Urbanstraße. Hier wartete er an der Fußgängerampel. Trojan hielt sich hinter dem rauschenden Wrangelbrunnen versteckt. Als die Ampel auf Grün sprang, eilte er Pratt hinterher.

Sie erreichten die Körtestraße. Hier gab es mehrere Cafés und Restaurants, Pratt aber steuerte unbeirrt daran vorbei. Was hatte er vor?

Als sie sich der dicht befahrenen Hasenheide näherten, ahnte Trojan etwas. Und er hatte recht. Pratt ging auf den Eingang des U-Bahnhofs Südstern zu. Trojan wartete im Schutz einiger Bäume auf dem Vorplatz, während der Schauspieler die Treppe hinunterstieg.

Schließlich folgte er ihm unauffällig.

Es war kurz vor einundzwanzig Uhr. Sie warteten beide auf dem Bahnsteig. Nils hinter einem Fahrkartenautomaten, Pratt etwa dreißig Meter von ihm entfernt, die Hände in den Hosentaschen vergraben.

Die U7 Richtung Rathaus Spandau fuhr ein, die Türen sprangen auf, und Pratt verschwand im Innern. Trojan duckte sich in einer Menschentraube weg und stieg ebenfalls ein. Die Türen schlugen zu, und sie fuhren ab.

Es war einer der neueren Züge ohne abgetrennte Waggons. Darum war er besonders aufmerksam, um nicht bemerkt zu werden. Immer wieder suchte er Schutz hinter anderen Fahrgästen. Pratt hingegen stand ruhig in der Nähe einer Tür, eine Hand lässig am Haltegriff.

Der Zug hielt an der Station Gneisenaustraße, danach am Mehringdamm. Hier trafen sich zwei U-Bahn-Linien. Die Türen öffneten sich. Großes Gedränge am Bahnsteig, immer mehr Menschen fluteten herein. Plötzlich sah Trojan den Schauspieler nicht mehr. Rasch verließ er die U7 und ließ auf dem Bahnhof die Blicke schweifen.

Auf der Bahnsteigseite gegenüber fuhr die U6 ein. Noch mehr Passanten strömten rein und raus. Hatte er ihn verloren?

Da erblickte er ihn auf der Treppe. Sekunden später war

er weg. Trojan rannte los, rempelte Entgegenkommende an, stieß sie weg, hastete die Treppe hinauf.

Der Bahnhof war zweigeteilt. Schon hörte Nils, wie drüben auf dem anderen Gleis donnernd der Zug hereinkam. Es erfolgte eine Durchsage. Die Züge nach Alt-Tegel hielten außerplanmäßig auf der anderen Seite.

Pratt könnte die U6 in genau diese Richtung nehmen, durchfuhr es ihn.

Trojan spurtete den Übergang entlang, verwarf den Gedanken, dass Pratt auch den Ausgang genommen haben könnte, stürmte die andere Treppe hinunter und erreichte den zweiten Bahnsteig.

Er geriet in eine Gruppe von Touristen, schnappte spanische und amerikanische Wortfetzen auf. Suchend blickte er sich um. Da vorne war er. Ein paar Meter von ihm entfernt machte er seinen blonden Haarschopf aus. Doch zu spät. Der Schauspieler war bereits im Zug, die Türen knallten zu. Die Bahn fuhr los.

Im Vorbeirasen erkannte er sein Gesicht hinter der Fensterscheibe. Er schien zu lächeln. Hatte er ihn erkannt? Schon war er weg.

Abgehängt. Trojan fluchte. Sofort die Kollegen anrufen, dachte er. Hätte er längst tun sollen. In dem Augenblick, als er zum Handy greifen wollte, läutete es.

Er zog es heraus und drückte die grüne Taste.

»Ja?«

Jemand atmete lautstark in den Hörer. Trojan versuchte, das Lärmen auf dem Bahnsteig auszublenden.

»Hallo?«, fragte er.

Endlich meldete sich eine weibliche Stimme, zaghaft, beunruhigt. »Spreche ich mit Hauptkommissar Nils Trojan?«

»Am Apparat, ja. Wer sind Sie?«

»Lydia Meran.«

Er brauchte eine Weile, bis er begriff, mit wem er es zu tun hatte. »Die Zeugin aus dem Tegeler Forst?«

»Richtig. Ich hatte es schon einmal bei Ihnen versucht. Sie haben leider nicht zurückgerufen.«

Trojan war drauf und dran, sie abzuwimmeln. Er schaute zur Anzeigetafel hoch. Der nächste Zug war verspätet. Er musste dringend mit Landsberg telefonieren.

»Worum geht es?«, fragte er eine Spur zu barsch.

»Ich wollte mich über einen Kollegen von Ihnen beschweren.«

»Hören Sie, ich bin gerade …«

»Bitte, es ist wichtig.«

»Na schön. Aber nur kurz. Um welchen Kollegen handelt es sich denn?«

»Um einen Herrn Holbrecht.«

Trojan glaubte, sich verhört zu haben. »Wie bitte?«

»Dennis Holbrecht. Fünfte Mordkommission.«

Er stutzte. »War er in letzter Zeit bei Ihnen?«

»Nein, er hat mich angerufen.«

»Wann?

»Am Freitagabend und gestern auch. Es war schon ziemlich spät. Er hat mir Fragen gestellt, die mir komisch vorkamen. Ich finde, er hat sich ziemlich ungehörig benommen. Mittlerweile bin ich mir nicht ganz sicher, ob …«

Trojan unterbrach sie. »Moment mal. Am Samstag? Gestern rief er Sie an?«

»Ja.«

»Was hat er gesagt?«

»Er hat mich nach Einzelheiten zu der schrecklichen

Sache im Wald befragt. Und dann hat er mir erzählt, dass ein…«, sie atmete gepresst, »…ein abgetrenntes Ohr gefunden wurde. Das ist so furchtbar. Wie kann er mich nur so erschrecken?«

Trojan war augenblicklich wie erstarrt. Freitag und Samstag. Zu der Zeit war Holbrecht längst tot. Und von dem grausigen Fund wussten nur die Ermittler und der Täter selbst. Nichts davon war an die Presse weitergegeben worden.

Auch die Information, dass den beiden anderen Mordopfern jeweils ein Ohr entfernt wurde, hatten sie bewusst zurückgehalten.

»Wo sind Sie gerade?«, fragte er mit belegter Stimme.

»Zu Hause.«

»Ich brauche Ihre Adresse, schnell.«

Sie nannte sie ihm.

»Sie wohnen in Frohnau?«, fragte er nach.

»Ja.«

Verdammt, das war weit bis dahin. Abermals blickte er zur Anzeigetafel hinauf. Der nächste Zug der U6 Richtung Alt-Tegel wurde angekündigt. Das lag auf dem Weg nach Frohnau. Sollte Pratt etwa deshalb umgestiegen sein?

Er war um einen ruhigen, aber bestimmten Tonfall bemüht. »Frau Meran, hören Sie mir jetzt genau zu. Sie rühren sich nicht vom Fleck. Sie schließen alle Fenster, ziehen die Vorhänge zu und verriegeln die Wohnungstür. Ich schicke einen Streifenwagen vorbei. Und ich komme zu Ihnen, so schnell ich nur kann.«

Trojan rannte die Treppe hinauf, das Handy am Ohr.

»Wieso denn, was ist passiert?«

»Bitte, halten Sie sich an meine Anweisungen. Bleiben Sie in der Nähe des Telefons, ich rufe Sie sofort zurück.«

»Aber ich …«

»Tun Sie bitte, was ich sage.«

Schon war Trojan draußen auf der Straße. Er unterbrach die Leitung, rief dafür Landsberg an und berichtete ihm in knappen Worten, was passiert war.

Nur wenig später hielt ein Funkwagen mit Blaulicht und heulender Sirene am Straßenrand. Trojan öffnete die Beifahrertür und sprang hinein.

Er instruierte den Kollegen. »Wir müssen dringend nach Frohnau in die Olwenstraße. Volles Tempo bitte.«

Sie jagten los. Der Schutzpolizist kurvte den Wagen hektisch durch den Verkehr auf dem Mehringdamm. Sie bogen links ab, rasten am Halleschen Ufer entlang.

Trojan suchte im Verzeichnis seines Smartphones den letzten Anruf von Lydia Meran. Hektisch drückte er aufs Display.

Die Verbindung wurde hergestellt.

Sie meldete sich nach dem zweiten Klingelton.

»Nils Trojan hier. Ich bin unterwegs zu Ihnen.«

»Was ist los, um Himmels willen? Bin ich in Gefahr?«

»Alles gut. Bleiben Sie ganz ruhig.«

»Ich habe Angst.«

»Es ist bloß eine Vorsichtsmaßnahme.«

Der Fahrer beschleunigte auf hundertzwanzig Stundenkilometer. Dann bremste er leicht ab, und sie bogen rechts in die Sellerstraße ab. Die Reifen quietschten. Trojan überlegte fieberhaft, in welcher Zeit Sie es schaffen könnten. Fünfundvierzig Minuten? Dreißig? Zwanzig?

»Sie haben die Wohnung abgesperrt?«, fragte er ins Telefon.

»Ja.«

»Die Fenster sind geschlossen?«

»Hmm.«

»Dann kann Ihnen nichts passieren.«

Er deckte das Handy kurz ab und fragte den uniformierten Beamten am Steuer: »Wurde die Funkstreife in Frohnau benachrichtigt?«

»Ja.«

»Wie lange wird sie brauchen?«

»Weiß ich nicht.«

»Geben Sie Gas.«

»Okay.«

Er sprach wieder ins Telefon. »Frau Meran? Hören Sie mich?«

Nach einer lähmenden Verzögerung meldete sie sich. »Ja, ich bin noch dran.«

»Gut.« Er schloss für einen Moment die Augen. »Wir brauchen noch etwa eine halbe Stunde. Die Kollegen in Frohnau müssten aber gleich da sein.«

»In Ordnung.«

Er vernahm ihre Atemgeräusche.

»Erzählen Sie mir doch einfach, wie Ihr Tag war.«

»Ich verstehe nicht ganz, warum …?«

»Ich möchte Sie nur ein wenig ablenken.«

Erneutes Atmen.

Plötzlich sagte sie. »Ich glaube, es ist jemand an der Tür.«

Er schluckte. »Machen Sie nicht auf!«

»Aber Sie haben doch gesagt, Ihre Kollegen …«

»Nicht aufmachen, Lydia!«

Ein Schnaufen, als würde sie gegen Tränen ankämpfen.

»Ihre Tür ist sicher. Sie haben ja abgeschlossen.«

»Aber es ist die Balkontür.«

»Was?«

»Jemand ist an der Balkontür.«

»Wo sind Sie jetzt?«

»In der Küche.«

»Gut. Schließen Sie sich ein. Nehmen Sie sich ein Messer.«

»Wie?«

»Nur zu Ihrer Sicherheit. Schnappen Sie sich ein großes Küchenmesser.«

Atmen.

Ihm war, als hörte er das Splittern von Glas.

Der Streifenwagen jagte die Müllerstraße im Bezirk Wedding entlang. Schließlich bogen sie auf die A111 ein.

Trojan bedeutete dem Fahrer per Handzeichen, noch schneller zu fahren. Die Tachonadel zitterte bei zweihundert Stundenkilometern.

»Lydia?«

Er hörte sie nicht mehr.

»Hallo?«

Er drückte das Handy so fest an sein Ohr, dass es schmerzte.

Plötzlich vernahm er Musik. Es klang so, als würde jemand Klavier spielen.

Er kannte das Stück. Es war sehr melancholisch, getragen, einprägsam.

Dann lachte jemand leise in den Hörer.

Kurz darauf war die Leitung unterbrochen.

VIERTER TEIL

SECHSUNDDREISSIG

Schon von Weitem sah Trojan die Blaulichter in der Olwenstraße. Funkwagen standen quer auf der Straße. Sie hielten, und Trojan sprang aus dem Auto.

Sein Blick wanderte an der Fassade des Wohnhauses hinauf. Aufgeschreckte Bewohner schauten aus den Fenstern. Nur das Hochparterre war unbeleuchtet.

Ein uniformierter Beamter kam ihm entgegen. »Sind Sie Hauptkommissar Nils Trojan?«

»Ja.«

»Wir haben hier eine nicht ganz eindeutige Lage.«

»Wie meinen Sie das?«

»Lydia Meran wohnt im Hochparterre. Sie öffnet nicht.«

»Natürlich öffnet sie nicht«, erwiderte er ungehalten. »Es handelt sich um Gefahr im Verzug. Seit wann sind Sie hier?«

»Wir kamen vor etwa zehn Minuten.«

»Ist jemand aus der Wohnung geflohen?«

»Nein.«

»Hörten Sie Schreie?«

Kopfschütteln.

Trojan zückte seine Waffe. »Kommen Sie mit.«

Der Beamte war ein wenig dicklich und wirkte ziemlich überfordert.

Sie betraten das Gebäude. Weitere Beamte hatten sich im Treppenhaus versammelt. Trojan dachte nach. Möglich, dass sich der Täter mit Lydia Meran in der Wohnung verschanzt hielt. Anderseits könnte er längst mit ihr getürmt sein.

Doch war Letzteres wahrscheinlich? Hätten die Polizisten nicht etwas bemerkt haben müssen?

Wenn er noch drin war, wurde es extrem gefährlich. Sollte er lieber das SEK alarmieren?

Aber das würde wertvolle Zeit kosten.

Er fasste einen Entschluss. »Halten Sie die Nachbarn zurück«, sagte er zu dem Uniformierten.

Der Beamte ließ hilflos die Schultern hängen.

»Tun Sie es!«

Endlich gab dieser Anweisung, und die Schutzpolizisten sicherten das Treppenhaus.

»Zurücktreten!« Trojan zielte mit seiner Sig Sauer auf das Wohnungsschloss. Der erste Schuss knallte. Der Querschläger jaulte. Er feuerte ein zweites und ein drittes Mal. Dann nahm er Anlauf und trat gegen die Tür. Noch ein Fußtritt, und sie flog aus den Angeln.

In der Wohnung war es dunkel.

Er zückte seine Maglite, knipste sie an. Er wirbelte in den Flur, die Waffe auf den linken Unterarm gestützt. Seine Linke hielt die Stableuchte. Mit dem Rücken zur Wand schlich er vor. Er klinkte die erste Tür auf.

Einen Schritt vor, sichern. Es war das Bad, aber hier befand sich niemand.

Er glitt an der Wand entlang. Er näherte sich der nächsten Tür. Sie war angelehnt.

Vorsichtig schob er sie auf und glitt hinein.

Nun war er im Wohnzimmer. Der Lichtkegel seiner Maglite huschte durch den Raum. Er registrierte das Klavier. Den Hocker davor. Er sah das Fenster, die Balkontür.

Trojan war irritiert.

Das Glas war unversehrt.

Keine Einbruchspuren an der Tür.

Wo befand sich die Küche? Er hatte Lydia Meran doch angewiesen, sich dort zu verstecken.

Er trat vor. Der Parkettboden knarrte. Noch eine Tür. Er schlich sich zur Wand.

Aufklinken. Waffe im Anschlag. Schon war er im Innern.

Er checkte das Schlafzimmer. Leuchtete das Bett an. Es war ordentlich gemacht. Auch hier war niemand.

Zurück im Wohnzimmer, erblickte er schließlich den Eingang zur Küche. Die Tür war bloß einen Spaltbreit geöffnet. Er vernahm das leise Brummen des Kühlschranks.

Mit klopfendem Herzen schlich er heran.

Draußen heulte die Sirene eines weiteren Einsatzfahrzeugs. Das Knistern der Funkgeräte drang aus dem Treppenhaus herein. Das Getuschel der Nachbarn. Die gedämpften Befehle der uniformierten Beamten.

Trojan setzte noch einen Schritt vor.

Was befand sich hinter der Tür?

Wo war Lydia Meran?

Gab es etwa ein weiteres Opfer? Kam er zu spät?

Noch ein Schritt.

Und noch einer.

Der Lichtkegel zitterte.

Die Waffe ausgestreckt, den Finger am Abzug, näherte er sich der Tür. Nur einen Wimpernschlag später schob er sie mit der Fußspitze auf. Er stürmte hinein. Sicherte nach links. Nach rechts. Und nach vorn.

Doch auch in der Küche war niemand.

Die Wohnung war menschenleer.

SIEBENUNDDREISSIG

Sonntag, 16. Juni, eine Stunde zuvor

»Lydia? … Hallo?«

Der Lautsprecher des Handys war eingeschaltet. Sie vernahm die Stimme des Kommissars.

Doch Lydia durfte keinen Laut mehr von sich geben.

Der Mann, der sie überfallen hatte, lachte ins Telefon, dann drückte er die rote Taste. Er öffnete das Handy und nahm den Akku und die SIM-Karte heraus.

»Bravo, Lydia«, sagte er zu ihr, »das hast du sehr gut gemacht. Nun wurde der Kommissar zum Ohrenzeugen.«

Abermals lachte er.

Er nahm die Pistole vom Bechstein-Flügel und richtete sie auf sie. Sie saß mit ihm in diesem großen Raum, den er Musikzimmer nannte. Die Vorhänge waren zugezogen.

»Na los, spiel noch ein paar Takte.«

Er dirigierte mit dem Lauf der Pistole.

Sie hatte keine andere Wahl, als ihm zu gehorchen. Sie beugte sich über die Tasten und spielte den ersten Satz der Mondscheinsonate.

Er nickte ihr zu. Es schien ihm zu gefallen. Wenn die Musik erklang, wurde er ruhiger.

Er lehnte sich in seinem Sessel zurück und schloss die Augen. Kaum hatte sie den ersten Satz beendet, hob er die Hand und gab ihr mit einem Fingerzeig zu verstehen, sie solle von vorn beginnen.

Allmählich verlor sie jegliches Zeitgefühl. Sie wusste nicht mehr, wie oft sie das Stück bereits für ihn hatte spielen müssen. An die hundertmal, schätzte sie, wenn nicht gar mehr.

Seit dem frühen Morgen war sie in seiner Hand. Nachdem sie zu Hause ihre Angst überwunden, sich die Sportsachen und die Laufschuhe angezogen hatte, war sie in den Wald gejoggt.

Nicht weit von dem Unterstand für Wanderer entfernt, war sie plötzlich ins Straucheln geraten und gestürzt. Jemand hatte offenbar eine Nylonschnur quer über den Weg gespannt. Als sie sich unter Schmerzen aufrappelte, hörte sie ein Geräusch.

Es war hinter ihr. Ein elektrisches Summen.

Ein Mann packte sie von hinten und drückte ihr ein gummiartiges Ding aufs Gesicht.

Die aufsteigenden Dämpfe betäubten sie.

»Ganz ruhig, Lydia, ich kümmere mich um dich.«

Er stützte sie. Führte sie vom Weg ab. Sie wollte sich wehren, um Hilfe schreien, doch ihre Beine fühlten sich bleischwer an, und in ihrem Kopf war Leere.

»Keine Sorge, wir haben es nicht weit.«

Er schleifte sie mit sich. Sie war einer Ohnmacht nahe. Zweige schlugen ihr ins Gesicht.

Es ging alles so schnell.

Sie erkannte die Straße. Es war wohl die Rote Chaussee. Sie näherten sich einem geparkten Wagen. Wieder versuchte sie, um Hilfe zu schreien, da presste er dieses summende Gerät noch fester auf ihren Mund.

Verschwommen sah sie, wie der Kofferraum geöffnet wurde.

Kurz darauf verlor sie das Bewusstsein.

Als sie wieder zu sich kam, war sie gefesselt. Sie saß auf einem Lehnstuhl, Stricke an ihren Unterarmen, über ihrer Brust und an den Fußgelenken. Sie trug keine Schuhe und Socken mehr, spürte den kalten Steinboden unter den nackten Fußsohlen. Welke Blütenblätter lagen um sie herum verstreut.

Schnecken bewegten sich zu ihren Füßen.

Sie krochen über die weißen Lilienblüten hinweg, manche fraßen davon.

Lydia schrie.

Sie zerrte an ihren Stricken, gewirkt aus einem edlen, weißen Stoff.

Nichts geschah.

Eine einzelne Glühbirne hing von der Decke und spendete ein wenig Licht. Der Raum, in dem sie sich befand, war klein und karg. Keine Fenster darin.

Die Panik kam in Wellen. Mal schrie sie, mal schluchzte sie vor sich hin. Ihre Knie schmerzten von dem Sturz im Wald.

Die Zeit verstrich.

Da öffnete sich eine Falltür über ihr, und gleißendes Licht fiel auf sie herab.

Sie reckte den Kopf nach oben, und abermals stieß sie einen Schrei aus.

»Psst, ganz ruhig, Lydia.« Seine Stimme war leise und schmeichelnd.

»Was wollen Sie von mir?«, rief sie hinauf.

Statt einer Antwort vernahm sie ein gedämpftes Geräusch. Es klang, als würde ein Faden über eine Spule laufen.

Plötzlich tauchte ein schmales Buch vor ihrem Gesichtsfeld auf. Es hing an einer Schnur. Der Einband war in ein weißes Tuch eingeschlagen.

»Nimm.«

Das Buch sank tiefer, sodass sie es ergreifen konnte. Ihre Hände konnte sie einigermaßen frei bewegen, in ihre Arme jedoch schnitten die Fesseln, die um die Seitenlehnen des breiten, gepolsterten Holzstuhls geschlungen waren.

»Schlag es auf und lies.«

Sie berührte das Buch. Der Stoff, der es umhüllte, war offenbar aus reiner Seide.

Sie öffnete es mit einer Hand, was nicht ganz einfach war. Dann fiel ihr Blick auf die erste Seite.

»Lies«, befahl er von oben.

Lydia brauchte lange, bis sich ihr Atem halbwegs beruhigt hatte und ihre Stimme nicht mehr kippte. Mehrmals geriet sie ins Stocken, brach ab und begann von vorn:

Kommst du in den Schneckenwald, sind deine Füße nackt. Das Hemd klebt an deiner Haut. Dein Atem fliegt. Du rennst. Bist du auch schnell genug? Du darfst dich nicht umdrehen. Du musst schneller laufen. Der Erdboden ist feucht und kalt.

Finsternis umgibt dich. Du tauchst ins Dickicht ein. Tiefer dringst du in den Wald, tiefer und tiefer, auch wenn deine Glieder schmerzen. Schau dich nicht um, denn am Moos der alten Bäume gleiten sie entlang. Ihre Leiber sind dick, und sie kriechen in Spuren aus Schleim.

Sei flink! Gib acht! Haken musst du schlagen wie ein Hase. Man verfolgt dich, man wird dich nicht verschonen. Schon spürst du sie unter dir. Sie wimmeln auf dem Boden. Bald wuseln sie an deinen Waden.

Du strauchelst, hastest weiter. Du stolperst durch den dunklen Hain. Und wenn du stürzt, sind sie auf dir. Sie sind überall.

Der Wald gehört ihnen, und du bist mutterseelenallein. Niemand ist da, um dir zu helfen.

Nur die Schnecken sind bei dir. Sie verbergen dich, verwischen deine Spur.

Sie las weiter und weiter.

Als sie am Ende angelangt war, lobte er sie für ihre schöne Stimme, und zog das Buch wieder zu sich herauf.

Die Falltür klappte zu, und Lydia war allein in dem fensterlosen Raum.

Bloß die Schnecken waren bei ihr.

Später kam er zurück. Er ließ eine Strickleiter zu ihr herab. Elegant und geschmeidig wie ein Turner stieg er herunter.

Lächelnd stand er vor ihr.

Sie sah die Pistole in seiner Hand. Ihr Atem stockte.

»Keine Angst. Nur eine Vorsichtsmaßnahme. Du machst doch keine Dummheiten, oder?«

»Nein.«

»Gut.«

Er löste ihre Fesseln.

»Du zuerst.« Er wies auf die Leiter.

Sie erhob sich zittrig. Sank wieder zurück. Er musste ihr aufhelfen. Sie war schwach auf den Beinen. Anfangs taumelte sie. Schließlich umklammerte sie die Leiter und arbeitete sich Sprosse für Sprosse hinauf.

Er blieb dicht hinter ihr.

Kaum war sie oben, schlüpfte auch er durch die Öffnung in der Decke. Sie waren nun beide in einem abgedunkelten Raum.

Plötzlich zog er ihr etwas Schwarzes über den Kopf. Eine dunkle Stoffhülle.

Sie sah nichts mehr. Sie schrie auf.

»Ganz ruhig.«

Er nahm sie am Arm. Sie hörte, wie er eine Tür aufschloss.

Offenbar traten sie ins Freie hinaus. Kühle Luft schlug ihr entgegen.

Er führte sie. Ihre Schritte waren unsicher.

Nach einer Weile wurde eine weitere Tür geöffnet.

Nun waren sie offenbar wieder in einem Innenraum.

Sie hörte, wie noch eine Tür aufgeklinkt wurde.

Als er ihr endlich den schwarzen Kissenbezug vom Kopf riss, befand sie sich mit ihm in einem großen Zimmer.

Ängstlich blickte sie sich um.

Parkettboden. Ein für zwei Personen gedeckter Tisch. Weißes Porzellan. Die Teller abgedeckt mit feinen Hauben, ebenfalls aus Porzellan. Eine Karaffe Wein. Die dunklen Vorhänge vorm Fenster waren geschlossen.

»Du hast doch sicherlich Hunger.«

»Ich muss auf die Toilette.«

Er lächelte. »Natürlich. Wie dumm von mir. Den Gang runter. Vierte Tür links.«

Für einen Moment glaubte sie wirklich, er würde sie allein gehen lassen.

Doch dann lachte er. »War nur ein Scherz, Lydia.«

Er führte sie durch einen Flur. Die Pistole hielt er locker in der Hand. Anscheinend befanden sie sich in einem großen Einfamilienhaus. Das Badezimmer, in das er sie brachte, war geräumig, weiß gekachelt.

»Keine Tricks.«

»Ja.«

Er zog sich zurück und schloss die Tür.

Sie setzte sich auf die Toilette und dachte fieberhaft nach.

Hatte sie irgendeine Möglichkeit zur Flucht? Das Fenster war vergittert. Draußen war es bereits dunkel. Sie erkannte schemenhaft das dichte Geäst eines Baums vor dem Haus.

Schon klopfte er von draußen an. »Beeil dich.«

Sie drückte die Spülung, wusch sich am Waschbecken die Hände und betrachtete ihr aschfahles Gesicht im Spiegel.

Er öffnete die Tür.

»Fertig?«

Sie nickte schwach.

Wieder nahm er sie am Arm.

»Wenn Sie mich gehen lassen, werde ich nichts verraten.«

»Das wird nicht nötig sein, Lydia. Du bist mein Gast. Ich möchte gut für dich sorgen.«

Er führte sie zurück in das Esszimmer und schloss die Tür hinter sich ab. Sie sollte sich setzen. Er nahm die Porzellanhauben von den Tellern.

»Es gibt keine Schnecken, falls du das befürchtet hast. Ich halte es nämlich für eine Sünde, diese feinen Weichtiere zu verspeisen.«

Lydia starrte auf das blanchierte Gemüse auf ihrem Teller.

Sie brachte keinen Bissen hinunter.

ACHTUNDDREISSIG

»Und du willst wirklich nichts essen?«

Sie schüttelte den Kopf.

Er wies auf den Wein. »Dann trink wenigstens etwas.«

»Geben Sie mir Wasser. Bitte.«

Er schenkte ihr aus einer zweiten Karaffe ein.

Sie trank hastig, überlegte, ob sie das Glas zerbrechen und ihn mit einer Scherbe angreifen sollte. Doch das wäre zwecklos. Zum einen war er viel stärker als sie, zum anderen bewaffnet.

Er nahm ihr gegenüber Platz, legte die Pistole auf den Tisch, entfaltete seine Serviette und begann zu speisen.

Sie rührte sich nicht.

Er trank einen Schluck Wein und lächelte ihr zu. »Ich freue mich, dass du bei mir bist.«

Sie schluckte. »Bitte … ich …«

Er legte den Finger an die Lippen. »Psst. Ruhig, Lydia. Iss und trink. Genieße den Abend mit mir. Wir machen es uns schön, ja?«

Sie schob ihren Teller weg.

»Wie unhöflich von dir.«

Abermals flehte sie ihn an, sie gehen zu lassen, doch er lachte nur.

Seine Stimme. Die blitzenden Augen. Sein Haar. Die vollen Lippen.

Wer war dieser Mann? Und was wollte er von ihr? War er dieser Dennis Holbrecht von der Mordkommission? Ein durchgeknallter Polizist?

Er hat die Frau in dem Unterstand umgebracht, dachte sie verzweifelt. Und das Gleiche wird er mit mir tun.

Ein Zittern durchlief ihren Körper. Ängstlich schaute sie auf die Pistole vor ihm auf dem Tisch.

Er zerschnitt den Brokkoli, schob sich Reis auf die Gabel. Er aß langsam und genüsslich. Schließlich legte er das Besteck weg und tupfte sich mit der Serviette den Mund ab.

»Also schön, dann komm.« Er warf die Serviette auf den Teller, stand auf und nahm die Pistole.

»Sagen Sie mir endlich, was Sie von mir wollen.«

»Ich möchte, dass du für mich spielst. Ich habe dich beobachtet, Lydia. Immer wenn du traurig warst, saßest du am Klavier. Ich sah dich vom Garten aus und hörte dir zu. Du liebst den ersten Satz der Mondscheinsonate genauso sehr wie ich.«

Sie krümmte die Schultern.

Er trat näher. »Du hast das Klavier von deinem Vater geerbt, nicht wahr?«

»Woher wissen Sie das?«

»Ich beobachte dich schon länger, Lydia. Ich war neulich auch in deinem Laden. Hast du mich nicht bemerkt?«

»Nein.«

»Ich war die Frau, die das Schneckenbuch gekauft hat. Wir haben uns über den Liebespfeil unterhalten. Erinnerst du dich?«

Sie starrte ihn an.

Er lachte. »Hübsche Maskerade, oder? Ein bisschen Make-up. Eine Perücke. Ein Kleid. Strümpfe. Ein Mantel. Und ein ausgestopfter BH.« Er verstellte kurzzeitig seine Stimme. »Und die Intonation mindestens eine Oktave höher.«

Die seltsame Frau im Buchladen, durchfuhr es sie. Er war das also. Und er war in meinem Garten. Vielleicht hat er auch die Schnecke in mein Bett gelegt.

»Du bist eine begnadete Klavierspielerin. Man hat dich frühzeitig zum Unterricht geschickt. Dir wurde gesagt, dass du talentiert bist. Und wer Talent hat, muss es auch nutzen.«

»Woher wissen Sie das alles?«

Ein rätselhaftes Lächeln spielte um seine Lippen.

»Sag bloß, du entsinnst dich nicht an mich?«

Wer war dieser Mann?

»Wir sind uns recht ähnlich, Lydia. Meine Gabe ist … ich bin …«

Er trug dunkle Sachen, ein T-Shirt aus einem feinen Stoff. Ob das auch aus Seide war? Seine Hose hatte einen eleganten Schnitt. Er war barfuß wie sie.

»Ihre Gabe?«, fragte sie nach. »Spielen Sie denn auch Klavier?«

Vielleicht half es ja, wenn sie ihn zum Reden brachte.

»Ich kann dir das im Augenblick nicht erklären. Es ist kompliziert. Jedenfalls, wenn alles zusammenbricht …«, er sog die Luft ein, »… wenn dir alles entgleitet, dann … musst du reagieren …«

»Was meinen Sie damit?«

Ihre Blicke trafen sich.

Er nahm ihre Hand. »Komm. Wir gehen rüber ins Musikzimmer.«

Er führte sie hinaus in den Flur. Diesmal schloss er eine andere Tür auf.

Er ließ sie eintreten. Schloss hinter sich ab. Auch hier waren die Vorhänge zugezogen. Das Mobiliar war spärlich. Außer dem Bechstein-Flügel, einem Klavierhocker und einem alten Ledersessel war der große Raum leer. Die angegilbte Tapete hatte eine Goldprägung. Überall an den Wänden befanden sich Schmutzränder, wo anscheinend einmal Bilder gehangen hatten.

Das Zimmer löste eine vage Erinnerung in ihr aus. War sie etwa schon mal hier gewesen?

Er ließ sich in den Sessel fallen und deutete mit dem Lauf der Pistole auf das Instrument. »Fang an. Adagio sostenuto.«

Sie rückte sich den Hocker zurecht, setzte sich und spielte.

Kaum war sie mit dem ersten Satz fertig, musste sie von vorn beginnen.

Einmal schlug sie versehentlich die Anfangsakkorde des zweiten Satzes an, und er unterbrach sie heftig.

»Nicht doch, Lydia. Das Allegretto ist viel zu hoffnungsvoll. Du weißt doch, was Franz Liszt einmal gesagt hat. Es sei wie eine Blume zwischen zwei Abgründen. Und das Presto agitato ist mir zu wild. Ich will nur die Traurigkeit des Adagios hören.«

Und so ließ sie erneut den ersten Satz erklingen.

Einige Zeit später stand er auf und entriegelte die Tür. »Nicht aufhören. Keine Tricks. Solange du spielst, geschieht dir nichts.«

Er verschwand im Flur und ließ sie für eine Weile allein.

Als er zurückkam, hatte er ein Smartphone in der Hand.

»Ich hab hier dein Telefon, Lydia. Du hast es beim Joggen dabeigehabt.«

Sie beendete das Adagio und wollte erneut beginnen, da hob er die Stimme.

»Schluss jetzt.«

Sie brach ab.

»Ich hab die SIM-Karte und den Akku rechtzeitig entfernt. Aber zur Sicherheit habe ich gerade noch mal deine Anrufliste überprüft.«

Er trat dicht an sie heran. Sie legte die Hände in den Schoß. Ihre Finger verkrampften sich.

»Wen hast du heute Morgen angerufen?«

Sie schwieg.

»Sag schon. Mit wem hast du gesprochen?«

»Mit einer Freundin.«

»Am Sonntag um acht in der Früh?«

»Ja.«

»Lüg mich nicht an.«

Sie schlug die Augen nieder.

»Wer war es? Ich muss das wissen. Vielleicht sucht derjenige schon nach dir.«

Sie schwieg.

Er fuchtelte mit der Waffe vor ihr herum. »Okay, ich kann es ganz leicht herausfinden. Ich brauche die Nummer nur auf einem anderen Handy zu wählen. Wer wird sich wohl melden?«

Sie atmete gepresst.

»Lydia. Wenn du mir die Wahrheit sagst, hast du noch eine Chance.«

Er schob den Lauf der Pistole unter ihr Kinn und drückte es nach oben, sodass sie ihn ansehen musste.

»Es war keine Freundin«, stammelte sie.

»Sondern?«

»Jemand von der Polizei. Er hat mir seine Karte gegeben.«

»Wer?«

»Kommissar Nils Trojan.«

Er neigte den Kopf. »Den Namen kenne ich doch.« Er ließ die Waffe sinken. »Ich weiß, mit wem Dennis Holbrecht zusammengearbeitet hat.«

»Sie sind gar nicht Dennis Holbrecht, oder?«

Er lächelte schmal. »Nein. Das war nur ein Spiel. So wie ich dir die Schneckenliebhaberin in deinem Buchladen vorgespielt habe.« Er lachte kurz auf, dann fragte er schneidend: »Warum hast du diesen Trojan angerufen?«

»Es war ein Fehler von mir, es tut mir leid.«

»Was hast du zu ihm gesagt?«

»Ich wollte mich über Dennis Holbrecht beschweren.«

»Ach ja? Warum? War ich nicht überzeugend?«

»Doch, das waren Sie.«

»Verdammt, Lydia, jetzt hast du ein Problem.«

»Ich hab ihm nur auf die Mailbox gesprochen. Ich erwähnte nicht einmal den Namen Holbrecht.«

»Ausgerechnet Trojan. Er wird sich wundern. Zumal, wenn du den Namen doch ausgesprochen hast.«

»Hab ich aber nicht.«

»Dennis Holbrecht ist tot.«

»Was?«

»Ich hab ihn umgebracht. Die Pistole ist von ihm.«

Sie rang nach Luft.

Sie starrte ihn an.

Und plötzlich ahnte sie, wer er war.

»Pass auf«, sagte er zu ihr. »Wir spielen nun gemeinsam ein Spiel. Wir ärgern diesen Trojan. Wir treiben ihn durch die Stadt. So lange, bis er völlig außer Atem ist. So zwingen wir ihn zu Fehlern. Und die nutzen wir aus.«

Er reichte ihr ein zweites Handy. »Ruf ihn an. Und tu genau, was ich dir sage.«

NEUNUNDDREISSIG

Landsberg traf einige Zeit später in Frohnau ein. Im Laufschritt kam er in die mittlerweile hell erleuchtete Wohnung.

»Was ist passiert, Nils?«

»Sie ist weg.«

»Was ist mit Oliver Pratt?«

»Er hat mich abgehängt.«

Sie tauschten Blicke.

Trojan holte Luft. »Die Nachbarn wurden bereits befragt. Sie haben nichts gehört und nichts gesehen. Hier drin sind keine Spuren, die auf einen Einbruch oder einen Kampf hinweisen. Hier gab es offenkundig keinen Überfall.«

Er berichtete ihm ausführlicher von dem seltsamen Anruf von Lydia Meran.

»Dann war der Hilferuf nur vorgetäuscht?«

»Ich denke, er war erzwungen. Es steht zu befürchten, dass sie schon länger in der Gewalt des Täters ist. Vermutlich seit heute Morgen. Einer der Bewohner sagte mir soeben, er habe sie heute früh um kurz nach acht in ihren Sportsachen das Haus verlassen sehen. Sie joggte Richtung Tegeler Forst. Seitdem wurde sie nicht mehr gesichtet.«

Landsberg schaute sich um. »Ich verstehe nicht ganz, Nils. Wenn sie zu dem Anruf gezwungen wurde – was könnte der Täter damit bezwecken? Warum lockt er uns hierher?«

»Er spielt mit uns. Demonstriert uns seine Überlegenheit. Er ahnt, dass wir ihm dicht auf den Fersen sind. Also geht er in die Offensive. Es scheint ihm Spaß zu machen, uns hin und her zu hetzen.«

»Und er gab sich ihr gegenüber als Dennis Holbrecht aus?«

»Ja.«

»Du glaubst also, es ist Pratt?«

»Ich bin mir nicht sicher. Aber es wäre möglich.«

Er schilderte ihm detailliert seine Begegnung mit dem Schauspieler und die Ereignisse auf dem U-Bahnhof. Danach zeigte er ihm das Telefonverzeichnis auf seinem Handy. »Hier, das ist die Nummer des letzten Anrufes. Es ist aber nicht dieselbe, unter der mich Lydia Meran heute früh anrief, um mir auf die Mailbox zu sprechen. Das habe ich erst jetzt festgestellt.«

»Ruf zurück.«

»Hab ich längst getan. Pass auf.«

Er wählte die letzte eingegangene Rufnummer und stellte den Lautsprecher ein.

Umgehend meldete sich eine automatische Ansage.

Der gewünschte Teilnehmer ist nicht erreichbar.

»Mist«, fluchte Landsberg.

»Wir können das Handy garantiert nicht orten oder zurückverfolgen. Das Gleiche gilt für Lydia Merans Mobilnummer. Hab ich bereits gecheckt. Kein Anschluss.«

»Sie ist in der Gewalt des Täters?«

»Davon gehe ich aus. Es war noch eine zweite Stimme hörbar. Jemand hat gelacht. Dann wurde aufgelegt.«

»Verdammt.«

Landsberg besann sich einen Moment, dann begann er,

hektisch zu telefonieren. Es brauchte ungefähr weitere zwanzig Minuten, bis er ein Team zur Wohnung von Pratt bestellt hatte und von dort Nachricht erhielt.

Schließlich sagte er: »Es rührt sich nichts bei ihm.«

»Brauchen wir einen Durchsuchungsbeschluss?«

Der Chef schüttelte den Kopf. »Gefahr im Verzug.«

Er gab die entsprechenden Anweisungen per Handy.

Die Minuten verstrichen.

Auf einmal sagte Landsberg zu ihm, das Telefon am Ohr: »Die Kollegen sind drin. Sie stürmen die Wohnung am Planufer.«

Gespannt warteten sie ab.

Einige Sekunden später ließ der Chef den Atem ausströmen. »Pratt ist weg.«

»Er ist also nicht nach Hause zurückgekehrt.«

»Der Vogel ist ausgeflogen.«

»Kann ein Zufall sein.«

»Muss es aber nicht.«

»Wir sollten seine Räumlichkeiten durchsuchen. Und ihn zur Fahndung ausschreiben.«

»Alles klar.«

Landsberg gab weitere Befehle ins Telefon, nickte ihm währenddessen zu und ging nach draußen.

Trojan betrachtete nachdenklich das Klavier. Er hatte doch Musik im Hintergrund gehört, kurz bevor der mysteriöse Anruf unterbrochen wurde. Ein paar Noten. Die Anfangstakte eines Klavierstücks, das ihm bekannt war. Nur fiel ihm partout der Name nicht ein.

Was war das für ein Stück? Er kam einfach nicht drauf.

In seinen Ohren hallten die Töne wider. Er schloss die Augen. Seine Gedanken rasten. War Pratt wirklich der Täter?

Hatte er ihn so sehr gelinkt? Erst abgehängt und dann hierhergelockt?

Oder überschnitten sich bloß zwei Ereignisse, die nichts miteinander zu tun hatten?

Wohin war Pratt unterwegs gewesen? Kaum hatte er ihn aus den Augen verloren, läutete sein Handy, und Lydia Meran meldete sich, offenbar in großer Not. War das nun ein Zufall oder nicht?

Plötzlich hielt Trojan inne. Er versuchte, sich sein Gespräch mit dem Schauspieler in allen Einzelheiten ins Gedächtnis zu rufen.

Pratt hatte etwas Merkwürdiges gesagt. Etwas, das ihn kurzzeitig irritiert hatte. Aber was?

Schon war ihm der Gedankenfetzen enteilt.

Kollegen kamen zu ihm, wollten mit ihm sprechen. Er schüttelte energisch den Kopf.

Er musste nachdenken.

Lydia Meran. Die Frau in den dunklen Joggingsachen. Ihre gewohnte Laufstrecke im Tegeler Forst.

Sie war es, die den Leichnam von Annemarie Klar entdeckt hatte. Keine Frage, das war vom Täter beabsichtigt gewesen. Er hatte den Ort mit Bedacht gewählt. Er wusste genau, wo Lydia Meran morgens joggte. Wie lange hatte er sie bereits im Visier? Und warum? Welche Bedeutung hatte die Klaviermusik?

Und was hatte Pratt zu ihm gesagt?

Denk nach, denk nach, befahl er sich.

Aber die Hektik um ihn herum war zu groß.

Er musste einen Ort finden, wo er seine Ruhe hatte.

Erneut sprach ihn jemand an, stellte Fragen. Trojan reagierte nicht.

Er ging hinaus auf die Straße.

Es war dreiundzwanzig Uhr sechsunddreißig. Am Himmel stand ein bleicher Mond.

VIERZIG

Montag, 17. Juni

Trojan hatte keine Ahnung, wann er das letzte Mal in seiner Wohnung gewesen war. Er warf seine Klamotten ab und stellte sich unter die heiße Dusche.

Danach öffnete er, nur mit Boxershorts bekleidet, den Kühlschrank und schlug ihn gleich wieder zu. Selbst für ein Bier war er zu müde.

Eigentlich hatte er den Plan, in aller Ruhe über die Ermittlungen nachzudenken, doch dann ließ er sich einfach auf sein Bett fallen und schlief sofort ein.

Er wurde davon wach, dass ihm jemand sanft über die Schulter strich.

Er blinzelte. Das Morgenlicht drang in hellen Strahlen zum Fenster herein. Steffie lächelte ihn an. Ihr blondes Haar schien zu leuchten.

»Wie spät ist es?«, fragte er schlaftrunken.

»Kurz vor acht.«

»Hab dich nicht kommen hören.«

»Gut, dass du mir einen Wohnungsschlüssel gegeben hast. Bereust du es etwa?«

»Nein. Wieso sollte ich?«

Sie strich über seine Wange. »Ich freue mich, dass du schlafen konntest.«

»Bist du denn dazu gekommen?«

»Drei oder vier Stunden im Büro. Ich hab mir deine Klappliege ausgeborgt.«

»Das ist viel zu wenig. Du musst dich ausruhen.«

»Ich schaff das schon.«

»Gibt es Neuigkeiten?«

»Leider noch nicht.«

»Die Suche nach Lydia Meran läuft?«

»Ja. Die Fahndung nach Oliver Pratt auch.«

Er zog sie an sich, umarmte sie. »Danke, dass du hier bist.«

»Ich würde jetzt gerne unter deine Bettdecke kriechen.«

»Tu's einfach.«

»Wir müssen los.«

Er seufzte.

Sie löste sich von ihm. »Nils?«

»Hmm.«

»Die Sache mit Dennis …«

»Schon gut.«

»Ich war nicht mit ihm zusammen.«

»Und selbst wenn. Es war wichtig, dass er mit dir sprechen konnte. Du warst für ihn da, Steff. Er war verwirrt. Er wusste nicht, wo er hingehörte.«

»Ja. An dem Abend war er ziemlich durcheinander.«

»Es tut mir leid, dass ich so ungehalten reagiert habe.«

»In Ordnung.«

Nach einer Pause setzte er sich auf. »Lass uns wenigstens frühstücken, ja?«

Sie schaute zur Uhr.

»So viel Zeit muss sein. Wir müssen unsere Gedanken ordnen, bevor wir loslegen.«

»Okay.«

»Gib mir eine Minute.«

Er verschwand im Badezimmer.

Aus den wenigen Vorräten in seiner Küche hatte sie ein passables Frühstück gezaubert. Sie nahmen am Tisch Platz und aßen beide mit großem Appetit.

Trojan hatte seine zweite Tasse Kaffee geleert und fühlte sich auf einmal halbwegs erholt. »Gehen wir es durch.«

»Erzähl mir von deinem Gespräch mit Pratt.«

Er fasste die wichtigsten Punkte für sie zusammen und schilderte ihr die Umstände, wie er ihn am U-Bahnhof Mehringdamm aus den Augen verloren hatte.

»Wie würdest du seinen Charakter beschreiben?«, fragte sie.

»Er ist narzisstisch veranlagt. Hochintelligent. Sein überlegenes Auftreten könnte allerdings bloß vorgetäuscht sein. Möglicherweise versteckt sich dahinter eine tiefe Verunsicherung.«

»Nils, das passt genau ins Täterprofil.«

»Ja, aber ...«

»Du zweifelst noch?«

»Ich bin hin- und hergerissen.«

»Warum?«

»Einiges macht ihn sehr verdächtig. Andererseits gibt es eine Unstimmigkeit.«

»Fangen wir mit den Verdachtsmomenten an.«

»Er hat etwas Bezeichnendes zu mir gesagt. Es war nur eine beiläufige Bemerkung. Unter der Dusche fiel sie mir endlich wieder ein. Holbrecht äußerte wohl am Ende ihrer Beziehung Pratt gegenüber, er sei gar nicht homosexuell. Und Pratt sagte zu mir wortwörtlich: ›Aber auf diesem Ohr war ich taub.‹«

Steffie schnalzte mit der Zunge. »Das passt voll ins Bild.«

»Ja.«

»Als hätte er sich beinahe vor dir verraten.«

»Oder es war ein Zufall.«

»Wie auch immer. Das Motiv wäre Eifersucht.«

»Er hat ein Verhältnis mit ihm. Holbrecht macht aber einen Rückzieher, meint, er sei gar nicht schwul, eher bisexuell, wenn überhaupt, und dann …«

»… kommt er zu mir und … schüttet mir sein Herz aus.«

»Pratt ist gekränkt.«

»Er will es nicht wahrhaben.«

»Auf diesem Ohr ist er taub.«

Sie blickten sich an.

Trojan runzelte die Stirn. »Er wartet ein Jahr lang ab, bis er ihn ermordet?«

»Eine Latenzphase. So nennen es, glaube ich, die Psychologen. Der Hass staut sich an.«

»Warum die Frauen?«

»Wegen ihrer Stimmen.«

»Ein zweites Motiv, das wir noch nicht genau durchschauen.«

»Ja.«

»Eine schöne Stimme. Gilt das für Lydia Meran auch?«

»Ich weiß nicht, *du* hast mit ihr gesprochen.«

»Sie spielt Klavier.«

»Es geht ihm ums Zuhören.«

»Das Gehör.« Plötzlich hatte er einen Einfall. »In der Schule, im Biologieunterricht hab ich mal was aufgeschnappt, das für uns relevant sein könnte.« Er googelte auf seinem Smartphone. Dann erstarrte er für einen Moment.

»Was ist?«

»Keine Ahnung, ob das von Belang ist, aber …«

»Sag schon.«

»Ich hab hier eine Skizze des menschlichen Ohrs. Es gibt einen Bereich, der nennt sich …« Er zeigte ihr das Display.

Sie las es ab. »Hörschnecke.« Verblüfft schaute sie ihn an.

»Die Hörschnecke befindet sich im Innenohr.«

»Schnecken und Ohren. Das ist eine Verbindung.«

»Ja.«

Sie klopfte mit dem Handknöchel auf den Tisch. »Nils, wir schnappen ihn uns.«

»Ganz kurz noch. Die Sache, die mich zweifeln lässt.«

»Und die wäre?«

»Okay, mal angenommen, Pratt ist der Täter. Ich komme zu ihm in seine Wohnung, spreche mit ihm. Lydia Meran ist bereits in seiner Gewalt. Irgendwo an einem anderen Ort. Ich gebe ihm meine Karte und verabschiede mich. Ich warte unten vorm Haus. Schön, nehmen wir mal an, er spielt mit mir. Er hat mich vielleicht vom Fenster aus gesehen. Auch er verlässt das Haus und tut so, als ginge er spazieren. Ich folge ihm. Er hängt mich am U-Bahnhof Mehringdamm ab und fährt in Richtung Alt-Tegel.«

»Was auf dem Weg nach Frohnau liegt, wo Lydia Meran wohnt.«

»Ja, aber da ist sie nicht. Wir vermuten also, dass sie zu diesem rätselhaften Anruf gezwungen wurde.«

»Richtig.«

»Hier beginnt die Unstimmigkeit. Wo ist er mit ihr? Es klang, als würde sie aus einem geschlossenen Raum anrufen. Keinerlei Hintergrundgeräusche, abgesehen von dem splitternden Glas, obwohl ich mir hierbei nicht mehr ganz sicher bin. Auf jeden Fall habe ich zum Schluss Klaviermusik gehört.«

»Er kann an der nächsten Station ausgestiegen sein.«

»Möglich, ja. Wo aber ist Lydia?«

»In einer Wohnung nahe dem Mehringdamm. Dort, wo er sie eventuell versteckt hält.«

»Er steigt aus, eilt dorthin und zwingt sie, mich anzurufen?«

»Ja.«

»Das ist unmöglich zu schaffen in der Zeit. Ich hab ihn in dem Zug noch wegfahren sehen.«

»Wie viel Minuten sind bis zu dem Anruf vergangen?«

»Gerade mal eine, wenn nicht nur ein paar Sekunden.«

»Und wenn ihre Stimme aufgezeichnet war?«

»Sie hat auf alles reagiert, was ich gesagt habe.«

»Du hast doch noch mal zurückgerufen. Zwischenzeitlich hast du mit Landsberg telefoniert. So hast du es mir erzählt.«

»Stimmt. Das hätte Pratt wiederum ein wenig Zeit verschafft. Aber sie muss schon vorher bei ihm gewesen sein. Nur wo?«

»In der U-Bahn etwa?«

»In aller Öffentlichkeit? Außerdem hätte ich sie doch sehen müssen. Und woher kam die Musik?«

»Zugegeben, das ist sonderbar.«

Trojan nahm einen Stadtplan hervor. »Vielleicht hat er es gerade so geschafft. Oder er hat einen Trick angewandt, auf den wir noch nicht gekommen sind.« Er umkreiste mit einem Stift das Gelände rund um den Mehringdamm. »Die nächste Station Richtung Alt-Tegel ist Hallesches Tor. Hier muss alles abgesucht werden.«

»Okay, dann los.« Sie erhob sich.

Auch er stand auf. »Die Klaviermusik. Es war ein ziemlich bekanntes Stück.«

»Kannst du es mir vorsummen?«

Trojan versuchte es, doch es wollte ihm nicht gelingen.

Schließlich brachen sie auf.

Sie waren bereits im Treppenhaus, als er zu ihr sagte: »Steff, wir sollten uns besser aufteilen. Du checkst die Umgebung vom Halleschen Tor, und ich versuche, mehr aus dem Umfeld von Pratt herauszubekommen.«

»Wo willst du anfangen?«

»Ich frage im Theater nach.«

EINUNDVIERZIG

Auf der Probebühne des Deutschen Theaters stand ein Baum. Eine einzelne Birke im grellweißen Scheinwerferlicht. Niemand war zugegen. Plötzlich hörte Trojan Schritte.

Eine zierliche Frau kam langsam aus dem dunklen Bühnenhintergrund hervor. Sie schirmte die Augen mit der Hand ab, als sie ins Licht trat.

»Wer sind Sie?«

»Nils Trojan. Kriminalpolizei.«

»Was wollen Sie?«

»Ich bin auf der Suche nach Oliver Pratt.«

Die Frau, brünette Kurzhaarfrisur, ungefähr Ende zwanzig, stieg von der Bühne. »Polizei? Steckt Oliver in Schwierigkeiten?«

»Sagen Sie mir bitte Ihren Namen.«

»Corinna Falb. Ich bin Regieassistentin.«

»Und Sie sind hier allein?«

»Ja. Ein Großteil des Teams ist unten in der Kantine. Wir warten auf Oliver. Er ist nicht zur Probe erschienen. Ohne ihn können wir nicht anfangen.«

»Wann haben Sie ihn zum letzten Mal gesehen?«

»Gestern Vormittag. Wir hatten eine Durchlaufprobe. Was ist passiert?«

»Das wissen wir nicht. Wie gut kennen Sie ihn?«

»Nicht besonders gut.«

»Wer könnte mir mehr über ihn erzählen?«

»Fragen Sie Greta Dresen. Sie ist in ihrer Garderobe. Den Flur runter und dann links. Ihr Name steht an der Tür.«

Nils klopfte an.

»Ja, bitte?«

Er trat ein und stellte sich vor.

Greta Dresen saß vor einem beleuchteten Spiegel, Schminkutensilien und ein aufgeschlagenes Textbuch vor sich auf dem Tisch. Sie hatte weißblond gefärbtes Haar, war um die sechzig und recht beleibt. Trojan hatte sie schon ein paarmal im Fernsehen gesehen.

»Es geht um Oliver Pratt«, sagte er. »Können Sie mir sagen, wo er sich aufhält?«

»Es wäre schön, wenn ich das wüsste.« Sie hatte eine tiefe, angenehme Stimme. »Ich mache mir Sorgen um ihn.«

»Weshalb?«

»Er ist immer pünktlich. Zuverlässig. Hochprofessionell. Er würde niemals eine Probe ausfallen lassen. Ihm muss etwas zugestoßen sein.«

»Wann sind Sie ihm das letzte Mal begegnet?«

»Gestern Abend. Er war bei mir.«

Trojan war verblüfft. Er zog sich einen Stuhl heran und setzte sich. »Wann genau?«

»Gegen halb zehn. Wir waren zu einem späten Abendessen verabredet.«

»Bei Ihnen zu Hause?«

»Ja.«

»Wo ist das?«

Sie nannte ihm eine Adresse in der Nähe der Friedrichstraße, nur einen Block vom Theater entfernt. Trojan dachte nach. U6, Mehringdamm. Pratt wäre demnach bis zum Bahnhof Friedrichstraße gefahren und dort ausgestiegen, um seine Kollegin zu besuchen.

»Wie lange ist er geblieben?«

»Gegen Mitternacht hat er sich bereits von mir verabschiedet. Er wirkte recht bedrückt.«

»Weswegen?«

»Ein Freund von ihm ist gestorben. Er sagte, er sei ermordet worden.«

»Hat er einen Namen genannt?«

»Sie stellen viele Fragen, Herr Kommissar.«

»Das muss ich auch.«

»Wird Oliver denn etwas vorgeworfen?«

Trojan zog es vor zu schweigen.

Greta Dresen blickte ihn prüfend an. »Hat es mit der Ermordung seines Freundes zu tun?«

»Möglich.«

»Er ist ein guter Mensch. Ich würde mich für ihn verbürgen.«

»Bitte, Frau Dresen, helfen Sie mir, ihn zu finden.«

»Warum sollte ich das tun?«

»Um ihn vielleicht zu entlasten.«

»Er wird also verdächtigt?«

»Ich will aufrichtig zu Ihnen sein. Manches spricht gegen ihn, anderes nicht. Helfen Sie mir. Eine junge Frau ist in Gefahr. Sie wurde entführt.«

Die Schauspielerin wiegte den Kopf. »Sie kennen Oliver nicht.«

»Nicht annähernd so gut wie Sie. Was hat er gestern zu Ihnen gesagt?«

»Er war ziemlich schweigsam.«

»Hat er einen Dennis Holbrecht erwähnt?«

»Nein.«

»Ganz sicher?«

»Wer sollte das sein?«

»Ein Mitarbeiter aus meinem Team, Mordermittler wie ich. Er war mit Oliver Pratt zusammen. Das ist allerdings ein Jahr her.«

»Ist das etwa der Mann, der umgebracht wurde?«

Trojan nickte.

Es entstand eine Pause.

Schließlich sagte sie: »Oliver hält sich überwiegend bedeckt, was sein Liebesleben anbetrifft. Ich weiß nur, dass seine Beziehungen nie lange halten. Und darunter leidet er. Er sehnt sich nach einer festen Bindung.« Sie legte die Stirn in Falten. »Vor einem Jahr, sagen Sie, war er mit dem Polizisten zusammen?«

Abermals nickte Trojan.

In ihrem Gesicht regte sich etwas. »Vielleicht war das ja sein Beschützer.«

»Sein Beschützer?«

»Im letzten Frühjahr wurde Oliver mal bedroht. An einem Abend vor der Vorstellung trafen wir uns hier in meiner Garderobe, um noch einmal unseren Text durchzugehen. Er wirkte auf mich irgendwie zerstreut. Ich fragte, was mit ihm los sei. Da erzählte er mir, ihm sei am Vorabend jemand gefolgt, als er aus einer Bar kam. Nach einer Weile drehte er sich zu demjenigen um und stellte ihn zur Rede. Daraufhin zückte dieser ein Messer und zielte auf sein Ohr.«

Trojan konnte es zunächst kaum glauben. »Wie bitte? Auf sein Ohr?«

Sie nickte. »Ich fand das auch merkwürdig, ja. Zum Glück traf er ihn nicht. Oliver konnte rechtzeitig ausweichen. Daraufhin lief der Angreifer davon.«

»Kannte Pratt ihn?«

»Ich denke, ja. Er hatte keinen Namen genannt, aber … er druckste herum, meinte, es sei zum Teil seine Schuld. Ich sagte zu ihm, er müsse dennoch zur Polizei gehen und das anzeigen. Als wir uns das nächste Mal trafen, sprach ich ihn darauf an. Er lächelte nur und sagte, sein Beschützer habe sich darum gekümmert. Damit sei die Angelegenheit für ihn erledigt. Vielleicht meinte er mit dem Beschützer ja Ihren Kollegen.«

»Das ist durchaus möglich.«

»Wie hieß er doch gleich?«

»Dennis Holbrecht.«

»Damals war Oliver sehr glücklich. Ja, nun erinnere ich mich. Zu der Zeit hatte er sich wohl in einen Mann verliebt, der in einem ganz anderen Bereich tätig war als er. Er erzählte mir, wie wohltuend das sei. Wissen Sie, wir Schauspieler bilden einen engen Kreis. Das Theater ist unsere Familie. Aber so eine Familie kann auch beklemmend sein.«

»Hat Pratt später noch einmal von diesem Messerangriff gesprochen?«

»Nein. Er verlor kein Wort mehr darüber.«

»Warum ausgerechnet das Ohr?«

»Das hab ich ihn auch gefragt.«

»Und?«

»Lassen Sie mich nachdenken. Er wählte eine bemerkenswerte Formulierung. Sinngemäß: ›Jeder reagiert anders auf Zurückweisungen.‹«

»Hmm. Er verließ also gestern gegen Mitternacht Ihre Wohnung?«

»Ja.«

Trojan stand auf. »Wer könnte dieser Angreifer gewesen sein?«

»Ich habe keine Ahnung.«

»Jemand aus dem Theater?«

»Das halte ich für unwahrscheinlich.«

»Warum?«

»Wir sind zwar leidenschaftlich, aber wir gehen nicht mit dem Messer aufeinander los. Es sei denn, es verlangt die Rolle.«

Trojan ließ sich eine Telefonnummer geben, unter der er die Schauspielerin erreichen konnte. Danach bedankte er sich bei ihr und verließ das Theater.

Auf dem Vorplatz rief er Steffie an: »Vergiss die Suche am Halleschen Tor. Pratt ist zur Friedrichstraße gefahren.« Er berichtete von seinem Gespräch mit Greta Dresen.

»Nils, soll das etwa heißen ...?«

»Es wirft unsere Theorie über den Haufen.«

»Er ist nicht unser Täter?«

»Wohl kaum. Vermutlich kennt er den Mörder. Er ist ihm schon mal begegnet.«

»Das könnte bedeuten, dass er selbst zum Opfer wurde.«

»Ich fürchte, ja.«

»Dann muss es ihn gestern Nacht erwischt haben.«

»Ganz genau. Gleich nach seinem Besuch bei der Schauspielerin.«

Er war nun ein junger Mann. Und er hatte es geschafft. Frau Kaltbrunn war zwar der Meinung gewesen, er würde versagen, aber sie hatten ihn am Konservatorium angenommen, und dort hatte er auch seinen Abschluss gemacht. Er gehörte nicht zu den Besten. Doch er ging seinen Weg.

Am liebsten spielte er Beethoven.

Und so stand bei seiner ersten Konzertreise auch die Mondscheinsonate auf dem Programm. Er trat in den weniger großen Sälen auf. Sein Agent hatte ihm gesagt, er solle seine Erwartungen herunterschrauben.

Es war in einer kleinen Stadt, irgendwo in der Mitte von Deutschland. Die Veranstaltung war beinahe ausverkauft, nur wenig freie Plätze. Er saß kurz vor Beginn in der Garderobe. Seine Hände schwitzten. Der Agent kam herein und fragte ihn etwas.

Seine Stimme klang dumpf.

»Was hast du gesagt?«

Der Agent wiederholte es. Seine Lippen bewegten sich.

Der junge Mann gab keine Antwort. Mit einer unwirschen Geste schickte er ihn hinaus.

Schließlich betrat er die Bühne. Der Applaus, mit dem er begrüßt wurde, war nur ein gedämpftes Rauschen.

Er war irritiert. Unsicher näherte er sich dem Flügel.

Er setzte sich. Stille. Das Herz schlug gegen seine Rippen.

Er blickte auf seine Finger.

Erst hören, dann spielen.

Frau Kaltbrunn war glücklicherweise nicht im Publikum.

Er durfte jetzt nicht an sie denken.

Er ruckte leicht mit dem Kopf, als müsste er sich ihre Anweisungen aus den Ohren schütteln.

Schließlich bemerkte er die Unruhe im Saal. Er sah es mehr, als dass er es hörte. Sie scharrten mit den Füßen, bewegten sich auf ihren Plätzen.

Es dauerte ihnen zu lange.

Für ein paar Sekunden schaute er zu ihnen hinunter. Das war ein Fehler, nicht besonders gut für die Konzentration. Sie starrten ihn an. Er sah vereinzelte Gesichter, verkniffene Münder.

Rasch lenkte er seinen Blick auf die Tastatur.

Seine Mutter war bei ihm.

»Fang an. Du kannst das. Alle drei Sätze beherrschst du wie im Schlaf. Frühmorgens bist du mit der Musik unter der Dusche und spätabends gehst du mit ihr zu Bett. Die Klänge dieser Sonate sind dein Zuhause. Hab Vertrauen. Auch wenn heute alles ein wenig wattig klingt, wirst du es schaffen.«

In einer dramatischen Geste hob er die Arme. Dann senkte er die Hände auf die Tasten und begann zu spielen.

Hinterher verbeugte er sich. Er war schweißgebadet. Er sah, wie die Hände der Zuschauer aufeinanderschlugen. Klapp-klapp, klapp-klapp. Klapp-klapp-klapp.

Ja, das Geräusch war schwach vernehmbar. Ein Rauschen wie aus weiter Ferne, aber es war da.

Abermals verbeugte er sich.

In der Garderobe wurde ihm schwindlig. Er ließ sich auf den Stuhl sinken und betrachtete sich im Spiegel. Sein Gesicht war totenblass.

Der Agent kam zu ihm »Was war los mit dir?«

»Nichts, nur ein bisschen Lampenfieber.« Er blickte zu ihm auf. »Wie war ich?«

»Ganz gut. Aber du warst schon mal besser.«

Er absolvierte die anderen Konzerttermine, es war wie eine Pflichtübung für ihn. Er musste sie abhaken, einen nach dem anderen. Die Hotels waren mittelmäßig, die Betten schlecht. Er schlief so gut wie gar nicht. Im Frühstücksraum achtete er auf die anderen Hotelgäste. Er beobachtete genau, wie sie sich unterhielten. Sich am Büfett bedienten. Das Besteck hielten. Er achtete auf das Klappern der Teller, das Schmatzen ihrer Lippen. Er dachte sich die Geräusche gewissermaßen dazu, ehe er sie undeutlich wahrnahm.

In einer Stadt, an deren Namen er sich nicht mehr erinnern wollte, war es besonders schlimm. Es war beim Presto agitato, im schwierigen dritten Satz. Er spielte mehr nach Gefühl als nach Gehör, und er ahnte den Fehler schon, kurz bevor er ihm unterlief. Die Unruhe im Publikum war physisch greifbar.

Er kämpfte sich bis zum Ende durch.

Sein Agent war bereits abgereist. Gegen Mitternacht, der junge Mann wälzte sich auf seinem Hotelbett hin und her, kam der Anruf.

Er sah das Display aufleuchten und hob ab.

Er presste das Handy so fest ans Ohr, dass es schmerzte.

»Ja?«

»Es gab Beschwerden«, sagte der Agent.

»Weswegen?«, fragte er scheinheilig.

»Der Veranstalter sagte mir, du hättest dich verspielt.«

»Es tut mir leid.«

»Hör mal, irgendwas stimmt doch nicht mit dir.«

»Es ist alles gut. Ich brauche nur Schlaf.«

Er verabschiedete sich und unterbrach die Verbindung.

Zurück in Berlin, suchte er einen Spezialisten auf. Die Untersuchungen dauerten lange.

Schließlich erhielt er die Diagnose.

Ihm wurden Hilfsmittel verschrieben. Anfangs funktionierten sie nicht richtig. Danach ging es besser.

Aber es gab Aussetzer. Störungen.

Und der Verlauf der Krankheit war ungewiss.

Es gab nur einen Ausweg für ihn. Und der hieß Leugnung.

Er rief seinen Agenten an. Er sagte ihm, es sei alles in Ordnung. Er bemühte sich um einen unbeschwerten Tonfall. Je länger er mit ihm telefonierte, desto mehr glaubte er sich selbst. Er bat um weitere Termine.

Die nächste Konzertreise lief anfangs richtig gut. In einer Stadt mit mehr als zwanzigtausend Einwohnern erhielt er tosenden Applaus, und in der örtlichen Presse erschien eine Lobeshymne auf ihn.

Der Zusammenbruch kam drei Abende später. Er hatte vor dem Auftritt getrunken, was er sonst nie tat.

In der Garderobe tupfte er sich mit seinem Seidentuch die schweißglänzende Stirn ab.

Dieses weiße Tuch hatte er zu seinem Glücksbringer erklärt. Vor dem Konzert, das so großartig gelaufen war, hatte er es in einem Kaufhaus entdeckt. Während des Klavierabends steckte es die ganze Zeit in seiner Hosentasche.

Auch diesmal sollte es ihm zum Glück verhelfen. Zumindest hoffte er das.

Seine Hände zitterten.

Schon seit dem Aufstehen am Morgen hatte er das Gefühl, dass alles um ihn herum furchtbar dumpf war.

Der Inspizient betrat kurz die Garderobe. Der junge Mann blickte ihn fragend an.

»Was haben Sie gesagt?«

Lippenbewegungen. Fernes Rauschen.

Endlich verstand er. »Sie haben noch fünf Minuten.«

»Gut.«

Die Tür schloss sich wieder, und er war allein.

Er war nervöser als gewöhnlich. Wie konnte er sich nur ablenken?

Sein Blick fiel auf seine Reisetasche. Er öffnete den Reißverschluss. Ganz unten war die Schachtel. Er hob den Deckel an und nahm etwas heraus.

Er wickelte es in sein Seidentuch und steckte es ein.

Er lächelte sich im Spiegel zu. Er war doch begabt. Er spielte wie ein junger Gott.

Schließlich wurde er hinausgerufen.

Der Saal war nur halb voll. Spärlicher Applaus.

Er nahm vor dem Flügel Platz. Es gab ein Problem mit dem Hocker. Er war falsch eingestellt.

Er ruckelte daran herum.

Erst hören, dann spielen.

Die Leute waren ungehalten. Nicht hinschauen. Das Publikum war wie eine schwarze Wand.

Anfangen. Endlich anfangen.

Seine Hand glitt in die Hosentasche. Da war sein Tuch. Er zog es heraus und faltete es auseinander.

Er nahm die Schnecke heraus und setzte sie vor sich ab. Langsam kroch sie über die Tasten hinweg.

Das sieht ja niemand, dachte er. Sie sitzen unten im Saal und sind völlig ahnungslos.

Der junge Mann lachte leise. Dann begann er zu spielen.

ZWEIUNDVIERZIG

Trojan beauftragte Kolpert und Gerber damit, im Theater weitere Befragungen anzustellen. Sie sollten herauszufinden, ob Pratt außer Greta Dresen noch jemandem von dem Messerangriff erzählt und vielleicht sogar mehr über den Täter preisgegeben hatte.

Dann fuhr er nach Frohnau. Er erreichte die Wohnung von Lydia Meran. Das Polizeisiegel an der notdürftig reparierten Eingangstür und dem ausgetauschten Schloss war nicht mehr intakt. Misstrauisch trat er ein.

Er zuckte zusammen, als er im Wohnzimmer eine Gestalt vor dem Klavier stehen sah.

Sie wandte sich zu ihm um.

Für eine Sekunde starrten sie sich an. Dann atmete er tief aus. »Steffie.«

»Nils.«

»Offenbar hatten wir beide die gleiche Idee.«

Sie ging auf ihn zu. »Mal wieder, ja.«

»Wir wissen zu wenig über Lydia Meran.«

»Das war auch mein Gedanke.«

»Sie scheint eine bedeutende Rolle für den Täter zu spielen.«

»Ja.«

»Er hat es darauf angelegt, dass sie den Leichnam von Annemarie Klar im Tegeler Forst findet.«

»Danach gibt er sich ihr gegenüber als Dennis Holbrecht aus.«

»Mit ihr treibt er sein grausames Spiel besonders ausführlich.«

»Wir können nur hoffen, dass sie noch am Leben ist.«

»Viel Zeit bleibt uns nicht mehr«, sagte er. »Also los, stellen wir alles auf den Kopf. Vielleicht haben die Kollegen was übersehen.«

Sie setzte ihre Durchsuchung im Wohnzimmer fort, er durchforstete das Schlafzimmer. Nach einer Weile trafen sie sich vor dem Klavier wieder.

»Ist dir inzwischen eingefallen, was für ein Musikstück das war, das du bei ihrem erzwungenen Anruf im Hintergrund gehört hast?«

Er blickte nachdenklich auf die Tastatur. »Nein.«

Er hob den Klavierdeckel an.

»Da hab ich bereits nachgesehen«, sagte sie.

Er klappte ihn wieder zu. »Mit wem hatte sie eigentlich regelmäßig Kontakt? Ist sie mit irgendjemandem liiert?«

»Soweit ich weiß, nein. Ihr Vater ist vor Kurzem gestorben. Er war Mathematikprofessor.«

»Sie führt einen Buchladen in Moabit, nicht wahr?«

»Ja.«

»Hat sie Mitarbeiter?«

»Hin und wieder stellt sie eine Praktikantin ein. Ansonsten ist sie wohl ziemlich auf sich allein gestellt.«

»Geschwister?«

»Keine.«

»Und ihre Mutter?«

»Laut Eintrag im Melderegister starb sie, als Lydia noch ein Kind war.«

»Sie hat wenig Freunde, oder?«

Steffie nickte. »Sie scheint ein recht zurückgezogenes Leben zu führen.«

Er schaute sich um. »Die Wohnung ist wirklich hübsch.« Er öffnete die Balkontür und trat hinaus. Eine geschwungene Treppe führte in einen kleinen Garten hinunter.

Stefanie folgte ihm. »Idyllisch gelegen.«

»Was für ein Mensch ist Lydia Meran?«

»Sie geht gerne joggen.«

»Was noch?«

»Sie spielt Klavier.«

»Der Täter lässt sich von schönen Frauenstimmen und Musik beeinflussen. Es geht ihm um Töne. Um das Hören.«

»Denk an die Hörschnecke. Den Bereich im Innenohr, von dem du heute Morgen gesprochen hast.«

»Ja. Die Schnecken und das Gehör.« Plötzlich schnipste er mit den Fingern. »Jetzt hab ich's. Es war die Mondscheinsonate. Die ersten Takte der Mondscheinsonate von Beethoven, die ich am Telefon gehört habe.«

»Wurde Beethoven nicht taub?«

Er blickte sie an. »Er verlor allmählich sein Gehör, das stimmt.«

»Könnte das für den Täter von Bedeutung sein?«

»Durchaus möglich. Ich hab das Gefühl, wir sind nahe an ihm dran.«

»Machen wir weiter.«

Sie gingen wieder hinein. Sie inspizierten das Bücherregal, die Küchenschränke, danach den Kleiderschrank im Flur.

Trojan begab sich zurück ins Schlafzimmer. Abermals durchwühlte er die Wäschekommode und inspizierte den Nachttisch.

Nach einiger Zeit kam Steffie zu ihm. »Wonach suchen wir eigentlich?«

Er zuckte mit den Achseln. »Vielleicht verschwenden wir ja unsere Zeit. Lydia ist ordentlich, sehr strukturiert. Sie hat viele Bücher, kleidet sich geschmackvoll, aber nicht besonders auffällig.«

»Was fehlt?«

»Hinweise auf Freunde. Liebschaften. Es muss doch irgendjemanden geben, der sich für sie interessiert. Was ist mit den sozialen Medien?«

»Privat ist sie weder auf Instagram noch auf Facebook aktiv. Nur ihr Buchladen ist dort vertreten.«

»Kolpert hat doch sicher schon ihren Laptop gecheckt, oder?«

»Ja, er nahm ihn mit ins Kommissariat.«

»Und?«

»Nichts Auffälliges. Da waren ein paar gelöschte Dateien, die er wiederherstellen konnte, aber selbst die waren irrelevant, meine ich.« Sie seufzte. »Geben wir es auf?«

»Einen Moment noch.« Gemeinsam schritten sie die Wohnung ab. Im Badezimmer richtete er den Blick nach oben. Plötzlich stutzte er. »Die Decke wurde abgehängt.«

Er stieg aufs Klosett und klopfte die tapezierte Decke ab. Sie klang hohl. Schließlich fand er eine Stelle, wo sich offenbar eine Klappe unter der Tapete befand.

»Hier scheint ein Handwerker herumgepfuscht zu haben.«

Er schnitt mit seinem Taschenmesser die Tapete auf. Und schließlich gelang es ihm, die Deckenluke zu öffnen.

Staub rieselte herab. Sie husteten beide.

Unter einigen Mühen konnten sie schließlich einen angeschimmelten Karton vom Hängeboden herunterhieven.

Es befanden sich etliche von der Feuchtigkeit aufgeweichte Papiere darin.

Sie sichteten die Dokumente. Verwundert stellten sie fest, dass es sich um mathematische Gleichungen handelte.

Steffie atmete hörbar aus. »Das muss von ihrem Vater sein. Der war doch Mathematikprofessor. Sie hat die Wohnung von ihm übernommen. Das geht aus dem Melderegister hervor. Sie hat ihre Kindheit hier verbracht.«

»Demnach wurde der Karton bei Renovierungsarbeiten vergessen.«

»Sieht so aus, ja.«

»Schau mal.« Trojan hatte unter den Papieren eine große Blechdose entdeckt. In ihrem Innern befanden sich alte Fotos. Ein Mädchen lächelte scheu in die Kamera, augenscheinlich Lydia Meran als Kind.

Unter den Fotos befand sich ein Packen Briefe. Sie waren an Lydia adressiert.

»Anscheinend hat ihr Vater sie für sie aufgehoben«, sagte Trojan.

Sie teilten die Briefe auf und überflogen den Inhalt. Auf den Umschlägen war überwiegend der Absender einer Sybille Thormeister aus Schwäbisch Gmünd notiert.

Trojan war kurz davor, das Material als wenig hilfreich abzutun, als ihm ein paar Zeilen in die Augen stachen:

Wenn du Angst vor ihm hast, solltest du nicht mehr zu ihm gehen. Du schreibst, seine Blicke sind so zudringlich. Gib ihn auf. Schmeiß alles hin.

An anderer Stelle hieß es:

Gernot ist pervers. Er steht auf Minderjährige. Geh nicht mehr zu ihm!

Trojan zeigte Steffie die Briefe.

»Von wann sind die?«, fragte sie.

Er deutete auf das Datum. »Sie stammen aus ihrer Jugend.«

»Lydia Meran ist dreißig.«

»Damals war sie fünfzehn.«

»Gernot.« Stefanie nagte an ihrer Unterlippe. »Der Name ist schon mal irgendwo aufgetaucht.«

Trojan war überrascht. »Tatsächlich? Wo denn?«

Sie schwieg. Schloss die Augen. Einige Sekunden später blickte sie ihn an. »Ich kann mich täuschen, aber … Die wiederhergestellten Dateien. Es war heute Morgen. In deinem Büro. Ich hab die Klappliege zurückgebracht, die ich mir von dir ausgeborgt habe. Kolpert kam herein. Er hatte gerade den Laptop von Lydia Meran untersucht. Wie ich schon sagte, sie hatte einige Dateien gelöscht, die er rekonstruieren konnte. Er legte dir einen USB-Stick auf deinen Schreibtisch und sagte, ihm sei nichts Besonderes aufgefallen, aber vielleicht könntest du dennoch mal einen Blick darauf werfen.«

»Und?«

»Ich dachte, ich könnte dich ein wenig entlasten und hab die Dateien auf meinem Rechner geöffnet. Ich hoffe, das war okay, weil sie ja eigentlich für dich bestimmt waren.«

»Na klar.«

»Es waren überwiegend gelöschte E-Mails. Ich hab sie quergelesen, darum bin ich mir nicht ganz sicher. Es könnte allerdings schon sein, dass in einer davon der Name Gernot vorkam.«

»Wo ist der Stick jetzt?«

»In deinem Büro, denke ich. Zumindest hab ich ihn ordnungsgemäß zurückgelegt.«

»Ich rufe im Kommissariat an.«

Trojan zückte sein Handy und wählte Landsbergs Nummer, doch dieser war gerade unterwegs. Schließlich hatte er Albert Krach am Apparat. Er bat ihn, den Stick mit den wiederhergestellten Dateien zu suchen.

Es dauerte quälend lange, bis Albert sie in der Unordnung auf Trojans Schreibtisch gefunden hatte.

»Okay, ich hab ihn«, sagte er. »Was willst du wissen?«

»Taucht der Vorname Gernot in den Dateien auf?«

Abermals vergingen die Minuten, bis sich Albert endlich zurückmeldete. »Hier ist eine E-Mail vom Dezember letzten Jahres. Ich schick sie dir mal auf dein Handy.«

»Danke.«

Sie legten auf.

Kurz darauf las Trojan die Zeilen auf dem Display. Sie stammten von elbentraum@web.de:

Hallo Lydia,
habe im Internet einen kurzen Bericht über deinen Buchladen gelesen. Stieß dabei auf deine E-Mail-Adresse. (Hast du die andere gelöscht? Hab dir ein paarmal geschrieben, du hast nicht reagiert.) Was meinst du, wollen wir uns nach all den Jahren wiedersehen?
Ich denke jedenfalls oft an dich.
Gernot

»Das könnte er sein.« Er zeigte ihr die Nachricht.

»Wir sollten es überprüfen.«

Er nickte ihr anerkennend zu. »Gute Arbeit, Steffie.«

Sie lächelte.

Trojan telefonierte mit verschiedenen Mitarbeitern des Internetproviders. Er setzte alle Hebel in Bewegung, um möglichst rasch die Kontaktdaten von »Elbentraum« herauszubekommen.

Das Ergebnis war ernüchternd. Die Daten waren fehlerhaft und führten zu einer nicht existierenden Adresse und einem Scheinnamen. Also versuchten Steffie und er, die damalige Freundin von Lydia Meran zu ermitteln.

Wie sich herausstellte, lebte sie mittlerweile in Stuttgart, war verheiratet und hieß jetzt Sybille Kunze.

Ungefähr zwei Stunden später erreichten sie sie auf ihrer Arbeitsstelle.

»Natürlich erinnere ich mich an Lydia«, sagte sie am Telefon. »Leider ist der Kontakt zu ihr abgebrochen. Wir sind uns in einem Ferienlager in Dänemark begegnet.«

»Erinnern Sie sich auch an einen gewissen Gernot?«, fragte Trojan ungeduldig.

Lange Pause.

»Damals schrieben Sie Lydia, er sei pervers, und sie solle sich von ihm fernhalten.«

»Was ist denn eigentlich mit ihr passiert?«

»Sie wurde verschleppt. Wir suchen nach ihr.«

»Um Himmels willen, das ist ja …«

»Frau Kunze, wer ist Gernot?«

Die Antwort kam mit Verzögerung. »Das war ihr Klavierlehrer. Gernot Brahmlein.«

DREIUNDVIERZIG

Ein Einfamilienhaus in Lübars, einem Ortsteil von Berlin-Reinickendorf mit stellenweise dörflichem Charakter. Blumenrabatten vorm Fenster, Rankpflanzen an der Fassade.

Sie bauten sich vor der Eingangstür auf. Trojan klingelte.

Ihnen öffnete ein Mann in den Fünfzigern mit wirrem Haar und stechenden Augen. Er trug eine Bundfaltenhose und ein zerknittertes Hemd, die beiden oberen Knöpfe waren geöffnet. Sein Hals war straff, der Adamsapfel spitz.

»Gernot Brahmlein?«, fragte Stefanie.

»Wer will das wissen?«

»Kriminalpolizei«, sagte Trojan.

Sie zückten ihre Dienstausweise, die er gründlich beäugte.

»Können wir reinkommen?«

»Worum geht es?«

»Erklären wir Ihnen drinnen.«

Er ließ sie herein. Im Haus roch es seifig, entfernt nach Flieder, als habe jemand mit einem Duftspray hantiert. Die Möbel waren zum Großteil antik. Vor den Fensterscheiben hingen Gardinen, leuchtend weiß, wie frisch gewaschen. Auch sie verströmten ein künstliches Blütenaroma.

Brahmlein führte sie in ein Zimmer, in dem ein Bechstein-Flügel stand. Der Korpus war mit Partituren übersät.

Steffie kam gleich zur Sache. »Kennen Sie eine Lydia Meran?«

Trojan musterte Brahmlein. Sein Gesicht zeigte keinerlei Regung.

»Wer sollte das sein?«

»Eine ehemalige Schülerin von Ihnen«, sagte er.

»Welcher Jahrgang?«

»Sie war vor etwa fünfzehn Jahren bei Ihnen.«

»Wenn Sie das so genau wissen, warum fragen Sie dann?«

Trojan verkniff den Mund.

Steffie hob die Stimme. »Wir kennen Ihr Vorstrafenregister. Besitz von Kinderpornografie. Exhibitionismus. Unzucht mit einer Minderjährigen.«

»Ja, das ist korrekt.« Er stand aufrecht vor ihnen.

Eine Gesprächspause entstand. Irgendwo im Raum tickte eine Uhr.

Schließlich sagte Brahmlein: »Ich habe meine Strafe abgesessen. Ich bin ein freier Mann.«

»Hatten Sie auch ein Verhältnis mit der fünfzehnjährigen Lydia Meran?«, fragte Steffie.

»Nein.« Er verzog keine Miene.

Trojan trat dicht an ihn heran. Brahmlein wich nicht einen Zentimeter vor ihm zurück.

»Sie haben sie kontaktiert. Im Dezember vergangenen Jahres.«

»Auch das ist korrekt. Ich schrieb ihr eine E-Mail, erhielt aber keine Antwort.«

»Weshalb wollten Sie nach all den Jahren den Kontakt zu ihr wiederaufnehmen?«

»Ich war neugierig, wie sie jetzt lebt. Wie sie sich entwickelt hat.«

»Entwickelt? Wie meinen Sie das?«

»Als Frau.«

Trojans Nacken verspannte sich.

»Und als Mensch natürlich. Sie war ja fast noch ein Kind, als ich ihr Klavierunterricht gab.«

Stefanie reckte das Kinn. Auch ihr war anzumerken, dass Brahmlein sie anwiderte. »Lydia Meran wird seit Sonntagmorgen vermisst.«

»Sie ist im Tegeler Forst überfallen worden«, fügte Trojan hinzu.

»Tatsächlich?« Brahmlein hielt still. Er schien Trojans Blick zu bemerken, der die Tür zu einem Nebenraum erfasste. Sein Lächeln war schmal. »Hier ist sie jedenfalls nicht.«

»Erzählen Sie uns mehr von ihr«, sagte Stefanie. »Wie war sie denn so im Klavierspielen?«

Brahmlein wandte langsam den Kopf zu ihr. »Kennen Sie sich in der klassischen Musik aus?«

»Nicht besonders gut.«

»Dachte ich mir. Polizisten sind meistens so … unbedarft, was die schönen Künste anbelangt.« Er holte Luft. »Nun, Lydias Talent war außerordentlich. Sie hätte es weit bringen können.«

»Was hat sie daran gehindert?«, fragte Trojan.

»Sie war zu abgelenkt. Sie hatte andere Dinge im Kopf.«

»Was für Dinge?«

»Was Mädchen in ihrem Alter so umtreibt. Jungs. Unterleibsschmerzen während der Periode. Flirts. Sexuelle Fantasien.«

Stefanie ließ angeekelt Luft durch die Lippen entweichen.

Brahmleins Blick richtete sich auf sie. »Stört Sie irgendetwas?«

»Ja. Die Art, wie Sie über sie sprechen.«

»Nicht besonders hochachtungsvoll, finden Sie?«

»Ganz genau.«

»Nun, wenn sie sich nur ein bisschen mehr angestrengt und den Vorgaben ihres Lehrers vertraut hätte, wäre sie nicht dort, wo sie nun ist.«

»Wo ist sie denn jetzt?«, fragte Trojan scharf.

»Ich meinte das im übertragenen Sinne. Sie führt einen winzigen Buchladen in Moabit. Was ist das schon? Sie hat ihr Talent vergeudet.«

Trojan straffte die Schultern. »Kennen Sie eine Annemarie Klar?«

»Nie gehört. Wer sollte das sein?«

»Eine Osteopathin.«

»Du liebe Güte, eine Heilpraktikerin? Was diese Leute treiben, ist doch Humbug.«

»Hören Sie gelegentlich Internetradio?«

»Klassische Sender mag ich gern, aber ich bin eher altmodisch veranlagt und bevorzuge die Antennenübertragung, solange es sie noch gibt.«

»Aber mit dem Internet kennen Sie sich schon aus. Elbentraum?«

»Ich verstehe nicht ganz.«

»Ihr Scheinname.«

»Ach, das. Ja, zuweilen surfe ich auch im Netz.«

»Sagt Ihnen die Sendung *Schlaflos mit Nora* etwas?«, fragte Stefanie.

»Nein.«

Trojan setzte nach. »Kennen Sie eine Nora Sand?«

»Abermals nein.« Er lachte leise.

»Was amüsiert Sie?«

»Ihr Verhör. Sie sind so impertinent.«

»Wollen wir das lieber auf dem Revier fortführen?«

»Was liegt denn eigentlich gegen mich vor?«

Trojan trat noch näher an ihn heran. Nun konnte er seinen Atem riechen, eine Mischung aus Mundwasser und Kümmel. »Ein Kollege von mir wurde ermordet. Mir ist im Moment überhaupt nicht zum Spaßen zumute.«

»Tut mir leid für Sie.«

»Schon mal in der Gegend von Kremmen gewesen?«

»Ja. Ein recht bizarres Gebiet. Landkreis Oberhavel, nicht wahr?«

Trojan war drauf und dran, ihn am Hemdkragen zu packen, doch er konnte sich gerade noch beherrschen. »Jetzt erzählen Sie mal, wie so eine Klavierstunde mit Lydia Meran ablief.«

Er geriet in Bewegung. Elegant ging er auf den Bechstein-Flügel zu und wies auf den Hocker. »Sie saß hier. Ich stand meistens hinter ihr. Manchmal habe ich die Hände auf ihre Schultern gelegt. Ich konnte den Duft ihres Shampoos wahrnehmen. Sie benutzte verschiedene Spülungen für ihr brünettes Haar. Mal roch sie nach knackigen Äpfeln, mal zimtig, dann wieder verströmte sie den Odem von sonnenverwöhnten Orangen. Sie war scheu. Etwas schüchtern. Mehr das Mauerblümchen. Aber genau das mochte ich an ihr.«

Seine Zähne blitzten auf

»Was hat sie gespielt?«

»Bach. Mozart. Schubert.«

»Auch Beethoven?«

Ein leichtes Stirnrunzeln. Er legte den Kopf schief. »Bemerkenswert.«

»Was ist bemerkenswert?«

»Ein Hauptkommissar der Mordkommission, wie auf Ihrem Dienstausweis vermerkt ist, möchte sich mit einem anerkannten Klavierlehrer über das Repertoire einer seiner Schülerinnen unterhalten. Er kramt in seinem Gedächtnis. Irgendwann in der Schule hat er mal ein wenig über Komponisten der Klassik und Romantik gelernt. Nun fragt er mich also nach Ludwig van Beethoven. Und ich antworte ihm: Ja, Herr Kommissar, wir haben auch Stücke von ihm gespielt.« Urplötzlich wurde Brahmleins Stimme schneidend: »Sind Sie nun zufrieden?«

»Nein, ganz im Gegenteil. Kennen Sie einen Oliver Pratt?«

»Den Schauspieler?«

»Hmm.«

»Er ist gut. Ich hab ihn in einigen Vorstellungen am Deutschen Theater erlebt. Nur seine erste Regiearbeit war eine Katastrophe. Ein modernes Stück, das er inszeniert hat. Ich hab den Titel vergessen. Es war völlig überfrachtet. Keine Ahnung, was er sich dabei gedacht hat.«

»Also schön, Herr Brahmlein. Ich stelle Ihnen jetzt vier Fragen. Und wenn ich darauf keine stichhaltigen Antworten kriege, sind Sie vorläufig festgenommen.«

Wieder dieses arrogante Lächeln. »Na, da bin ich aber gespannt. Schießen Sie los.« Er bildete mit Hand, Daumen und ausgestrecktem Zeigefinger eine imaginäre Pistole und richtete sie auf ihn. »Peng«, machte er leise.

»Wo waren Sie in der Nacht von letztem Montag auf Dienstag? Wo am Mittwoch in den frühen Morgenstunden? Wo hielten Sie sich in der Nacht von Mittwoch auf Donnerstag auf? Und wo waren Sie gestern früh und gestern Nacht?«

Eine lange Pause. Sein Lächeln wurde breiter.

Nichts geschah.

Plötzlich aber begann Brahmlein sein Hemd aufzuknöpfen. Er tat es langsam. Knopf für Knopf. Er öffnete es, schlüpfte aus den Ärmeln und ließ es zu Boden gleiten

Über seinen Oberkörper zog sich eine lange Operationsnarbe. Sie war gerötet, leicht entzündet, offenbar jüngst vernäht.

»Ich war die letzten drei Wochen im Krankenhaus. Ich wurde erst heute Morgen entlassen.«

Verblüfftes Schweigen.

»Welches Krankenhaus?«, fragte Steffie.

»Charité. Onkologie. Fragen Sie dort nach.«

Sie telefonierte, um seine Aussage zu überprüfen.

Brahmlein rührte sich nicht. Auch sein Hemd zog er nicht mehr an.

Trojan ließ ihn nicht aus dem Blick.

Nach einer Weile unterbrach Steffie die Verbindung und steckte das Handy ein. »Es stimmt.«

»Gehen wir«, murmelte Trojan.

Brahmlein nickte ihnen zu. »Grüßen Sie Lydia von mir, falls Sie sie wiederfinden.«

»Scheißkerl«, wisperte er.

»Das hab ich gehört.«

»Sollten Sie auch.«

Sie waren gerade im Begriff, den Raum zu verlassen, da fiel Trojan etwas ein: »Hat Lydia eigentlich noch woanders Klavierunterricht genommen?«

»Ja.«

»Wissen Sie, bei wem?«

»Bevor sie zu mir kam, war sie bei einer Lehrerin. Doch deren Methoden waren ihr nicht recht.«

»Erinnern Sie sich an den Namen?«

»In der Tat. Eine geschätzte Kollegin von mir. Sie heißt Hildegard Kaltbrunn.«

VIERUNDVIERZIG

Steffie steuerte den Dienstwagen durch den dichten Verkehr. Trojan saß neben ihr und telefonierte. Etwa zehn Minuten später hatte er die Adresse von Hildegard Kaltbrunn ermittelt.

»Sie lebt in Frohnau.«

Steffie warf ihm einen Seitenblick zu.

»Wo genau?

»Am Eichenhain 97. Sie ist dreiundsechzig Jahre alt.«

»Wir sollten mit ihr sprechen.«

»Hmm. Landsberg hat mir gerade den Auszug aus dem Melderegister aufs Handy geschickt.« Trojan blickte nachdenklich aufs Display.

»Was ist?«, fragte Steffie nach einer Pause.

»Vor einigen Jahren war ein Pflegekind bei ihr gemeldet. Sein Name ist Jonas Claasen. Den sollten wir auch mal überprüfen.«

»Wo wohnt er?«

»Zuletzt war er im Bezirk Prenzlauer Berg gemeldet.«

»Wie alt?«

»Er ist dreißig. Der gleiche Jahrgang wie Lydia Meran.«

»Fahren wir erst zu dieser Frau Kaltbrunn. Das ist näher.«

»Okay.«

In diesem Moment erhielt Trojan eine SMS. Sie war von seiner Tochter Emily.

Paps, wo bleibst du? Wir warten auf dich.

Er spürte, wie sich seine Brust zusammenkrampfte. »Oh nein.«

»Was ist?«

»Die Abiturverleihung meiner Tochter. Die hab ich in der Aufregung völlig vergessen.«

»Wann ist sie?«

»Heute!«

»Um wie viel Uhr?«

»In zehn Minuten fängt sie an.«

»Emily geht in Charlottenburg zur Schule, oder?«

»Ja.«

»Das ist weit von hier.«

»Mist!«

»Du musst unbedingt hin.«

Trojan griff sich an die Schläfen. »Wir sind kurz vor der Lösung des Falls. Ich kann unmöglich …«

»Aber du liebst Emily.«

»Natürlich liebe ich sie.«

»Nils, du bist ihr Vater. Sie wird es dir schwer übelnehmen, wenn du bei ihrer Abiverleihung nicht dabei bist. Und du würdest es später bitter bereuen.«

»Ich kann dich doch nicht im Stich lassen.«

»Es ist nur eine Routinebefragung. Ich übernehme das allein.«

»Wirklich?«

»Na klar.«

Sie bremste ab und fuhr an den Bordstein heran. Sie waren irgendwo zwischen Lübars und Hermsdorf.

»Ruf dir ein Taxi.«

Er zögerte.

»Nun mach schon. Das ist ein großer Tag für deine Tochter.«

»Okay. Halt mich auf dem Laufenden.«

»In Ordnung.«

Trojan stieg aus und warf die Beifahrertür zu. Über die App auf seinem Handy orderte er ein Taxi.

Steffie fuhr im Dienstwagen davon.

Nach einiger Zeit hatte sie die Bezirksgrenze von Frohnau erreicht. Kurz darauf war sie in der Olwenstraße und kam an Lydia Merans Wohnung vorbei.

Sie fuhr weiter. Die Straße zog sich dahin. Nach einer Strecke von ungefähr einem Kilometer, vorbei an etlichen Einfamilienhäusern, bog Stefanie rechts ab.

Nun war sie Am Eichenhain.

Je weiter sie kam, desto schmaler wurde die Straße. Bald war sie nur noch ein gepflasterter Weg. Auf der einen Seite Grundstücke mit großen Gärten und altem Baumbestand, auf der anderen hohe Kiefern, Tannen und Eichen, dahinter waren Felder zu erkennen.

Steffie wusste, dass sich dort früher die Berliner Mauer befunden hatte. Sie war nun direkt an der Grenze zu Brandenburg:

Das Haus Nummer 97 lag versteckt hinter hohen Hecken. Stefanie hielt an und verließ den Wagen.

Es war still hier draußen. Nur die Amseln sangen.

Kein Namensschild am Gartentor, nicht einmal ein Briefkasten. Bloß ein messingfarbener Klingelknopf.

Sie betätigte ihn.

Nichts rührte sich.

Sie griff über das niedrige Tor, entriegelte es und betrat

den Garten. Er war verwildert, der Weg mit Unkraut übersät.

Auf einer Rasenfläche wucherte der Giersch. Ein paar Kirschbäume ohne Blätter, das verkrüppelte Geäst von Flechten überwachsen. Ein modriger Teich, in dessen Mitte ein Erdhügel aufragte. Darauf lag eine umgestürzte Engelsfigur ohne Kopf.

Sie trat näher, blinzelte. Neben dem Engel machte sie ein einziges Schneckenhaus aus. Es war leer, lag mit der Öffnung nach oben.

Zufall oder nicht?, fragte sie sich.

Sie hob die Schultern. Schnecken gab es doch überall in diesem verregneten Sommer.

Entschlossen wandte sie sich dem zweistöckigen Haus zu. Das Spitzdach war bemoost, der Anstrich an der Fassade zum Teil abgeblättert. Das Erkerfenster in der oberen Etage war halb blind vor Staub. Vor den Fenstern im Untergeschoss hingen dunkle Vorhänge.

Drei abgetretene Treppenstufen führten zum Eingang hinauf. Wo offenbar ehemals die Klingelanlage befestigt gewesen war, hingen bloß zwei Kupferdrähte aus dem Mauerwerk.

Stefanie klopfte an die Tür.

Stille.

Gleich darauf versuchte sie es ein zweites Mal.

Nichts.

Doch gerade als sie sich der Hinterseite des Hauses zuwenden wollte, vernahm sie aus dem Innern plötzlich Schritte.

Ein Schlüssel wurde zweimal herumgedreht, und schließlich öffnete sich die Tür.

Eine ältere Dame beäugte sie. Sie war schlank, erstaunlich langbeinig. Ihr Gesicht war stark geschminkt, das Haar angegraut und mit einem Tuch hochgebunden. Sie trug ein bunt gemustertes Hauskleid, dazu fleischfarbene Nylons und braune Ballerinas.

»Stefanie Dachs, Kriminalpolizei. Sind Sie Hildegard Kaltbrunn?«

»Ja, die bin ich.«

Steffie zückte ihren Dienstausweis. »Kann ich einen Moment hereinkommen?«

Ein prüfender Blick, schon ließ die ältere Dame sie herein. »Nur zu.«

Der Flur war leer bis auf eine einzige Kommode. Es roch entfernt nach Schimmel. Die Tapete an der Wand war vergilbt. Frau Kaltbrunn öffnete eine weitere Tür. »Nach Ihnen.« Ihr Lächeln war freundlich.

Der Raum war spärlich eingerichtet. Ein Sofa, zwei Sessel, ein kleiner Tisch. Keine Bilder an den Wänden. Eine Glastür zur Gartenterrasse.

»Nehmen Sie doch Platz.«

Zögerlich setzte sich Steffie auf den Rand der Couch. Der rostfarbene Bezug war zum Teil verschlissen. Sie musterte die Frau.

Diese reagierte mit einer entschuldigenden Geste. »Hier ist alles ein wenig verlottert, nicht wahr?«

»Kein Problem.«

»Ich hab nur noch selten Gäste.«

»Unterrichten Sie nicht mehr? Sie sind doch Klavierlehrerin, oder?«

»War ich mal. Es ist zu anstrengend für mich.« Pause. »Darf ich Ihnen etwas anbieten?«

»Nein, danke.«

»Ich habe gerade Kaffee aufgesetzt.«

»Nur keine Umstände.«

»Ich hole trotzdem welchen. Einen Moment bitte.«

Sie verschwand im Flur. Nach einer Weile vernahm Steffie gedämpftes Geschirrklappern, offenbar aus der Küche.

Bald darauf kam die Frau zurück. Sie trug ein Tablett mit einer Kanne, zwei Tassen und einer Schale Gebäck.

»Wirklich, nicht nötig. Trotzdem vielen Dank«, sagte Steff.

»Gern geschehen.«

Hildegard Kaltbrunn stellte das Tablett ab und deckte den Couchtisch. Sie schenkte ihr von dem Kaffee ein und schob ihr die Schale mit den Keksen hin. Daraufhin setzte sie sich in einen der beiden Sessel.

»Wie kann ich behilflich sein?«

»Erinnern Sie sich an eine Lydia Meran?«

Ein zerstreuter Blick. Keine Antwort.

»Sie hat bei Ihnen Klavierunterricht genommen.«

»Wann soll das gewesen sein?«

»Vor ungefähr fünfzehn Jahren.«

Frau Kaltbrunn faltete die Hände und öffnete sie wieder. Auf einmal neigte sie den Kopf zur Seite, als lauschte sie einer inneren Stimme. »Ja, ich entsinne mich. Lydia. Nettes Mädchen. Sie war nicht lange bei mir. Ich war ihr wohl zu streng. Sie war recht begabt, aber nicht sehr fleißig. Weshalb fragen Sie nach ihr?«

»Sie wird seit gestern Morgen vermisst. Alle Anzeichen deuten darauf hin, dass sie gekidnappt wurde.«

»Das ist furchtbar.«

»Ja.«

»Wie kann ich Ihnen weiterhelfen?«

»Wir brauchen Informationen über Lydia. Mit wem hatte sie Kontakt? Gibt es jemanden aus ihrer Vergangenheit, der sich möglicherweise stark zu ihr hingezogen fühlt? Ihre Entführung könnte mit ihrem Klavierspiel zu tun haben.«

»Ich muss nachdenken.«

»Tun Sie das bitte.«

Schweigen.

Steffie nahm einen Schluck von dem Kaffee. Er schmeckte bitter. Sie überlegte, ob sie um etwas Milch bitten sollte, ließ es aber bleiben. Die Kekse rührte sie nicht an.

Schließlich fragte Frau Kaltbrunn. »Der Täter liebt es, wenn sie Klavier spielt?«

»Es ist nur eine Vermutung.«

»Aber wie kommen Sie darauf?«

»Aus ermittlungstechnischen Gründen darf ich Ihnen das nicht verraten.«

»Verstehe.«

»Nur so viel: Eventuell ist die Musik von Beethoven von großer Bedeutung für den Täter. Speziell die Mondscheinsonate.«

Die ältere Dame lehnte sich zurück und faltete erneut ihre Hände. Sie waren selbst für eine Frau von ihrer Statur verblüffend groß.

Nach einer Weile fragte sie nach: »Die Mondscheinsonate?«

»Ja.«

»Das ist sonderbar.«

Steffie musterte sie. »Haben Sie eigentlich noch Kontakt zu Ihrem Pflegesohn?«

Ihr Gegenüber hob die Augenbrauen. »Wie kommen Sie darauf?«

»Jonas Claasen. Er war doch früher bei Ihnen gemeldet. Er ist hier aufgewachsen, nicht wahr?«

»Jonas, ja. Wir telefonieren gelegentlich.«

»Erzählen Sie mir von ihm.«

Sie lächelte. »Ein großartiger Junge. Und ein überragender Beethoven-Interpret.«

»Tatsächlich?«

»Jonas spielt wie ein junger Gott.«

»Wo ist er jetzt? Wohnt er noch immer in Prenzlauer Berg?«

Frau Kaltbrunn blickte sie regungslos an. Auf einmal fragte sie: »Wie war gleich Ihr Name?«

»Stefanie Dachs.«

»Fünfte Mordkommission?«

»Ja.«

»Dann sind Sie also eine Kollegin von Dennis Holbrecht?«

Stille.

Stefanie schluckte. »Woher wissen Sie das?«

Keine Antwort.

Dennis' Nachname war in der Presse nicht erwähnt worden.

Die Hände, durchfuhr es sie. Etwas stimmt hier nicht. Ihre Stimme ist eigenartig. Die Falten in ihrem Gesicht sind geschminkt.

Abrupt wollte sie aufstehen, doch es gelang ihr nicht.

Ihr Blick verschwamm.

Der Kaffee, dachte sie, ich hätte ihn nicht trinken sollen.

Benommen nahm sie wahr, wie sich ihr Gegenüber eine Perücke vom Kopf riss und schallend lachte.

Dann verlor sie das Bewusstsein.

FÜNFUNDVIERZIG

Trojan stürmte durch das Schulgebäude. Der Festakt hatte bereits begonnen. Er näherte sich der Aula und vernahm eine über Mikrofon verstärkte Stimme.

Möglichst lautlos öffnete er die Tür und glitt hinein. Der Saal war bis auf den letzten Platz besetzt. Auf der Bühne stand der Direktor und hielt eine Rede. Trojan verschnaufte und verharrte in der Nähe der Tür.

Die Schüler hatten sich in den vorderen Reihen versammelt. Er suchte nach seiner Tochter, sah sie nicht. Dass er es nicht rechtzeitig geschafft hatte, würde sie ihm wohl nie verzeihen.

Da erkannte er seine Ex-Frau Friederike. Sie saß dicht neben einem glatzköpfigen Mann, wirkte sehr vertraut mit ihm. Nils kannte den Kerl nicht. Ein neuer Liebhaber? Wie lange war sie schon mit ihm zusammen? Warum nahm sie ihn ausgerechnet zu dieser Feier mit? Könnte das nicht Emilys Gefühle verletzen? Schließlich war *er* doch der Vater.

Nils atmete durch.

Nach einer Weile wünschte der Direktor den Schülerinnen und Schülern des Abschlussjahrgangs alles Gute für ihre Zukunft. Applaus.

Es folgte eine Rede der Schülervertreterin. Launig und anspielungsreich. Etliche Seitenhiebe auf die Lehrerschaft, in feine Ironie verpackt. Es gab viel Gelächter.

Trojan bekam das alles nur wie hinter einem Schleier mit. Immer wieder zog er verstohlen sein Handy hervor und checkte das Display.

Noch keine Nachricht von Steffie.

Er versuchte, sich auf die Veranstaltung zu konzentrieren, schnappte Wortfetzen auf. In seinen Ohren rauschte das Blut.

Endlich machte er den blonden Haarschopf seiner Tochter aus. Er wollte sich bemerkbar machen, ihr signalisieren, dass sie auf ihn zählen konnte.

Doch sie wandte nicht den Kopf.

Nun war auch die Rede der Schülerin beendet. Starker Applaus.

Unruhe im Saal. Der Direktor erschien erneut vorm Mikrofon. Nun kam es zur feierlichen Zeugnisübergabe.

Die Absolventen wurden einzeln in alphabetischer Reihenfolge aufgerufen.

Nils war ergriffen, als einige Zeit später der Name seiner Tochter durch die Lautsprecheranlage erschallte.

»Emily Trojan!«

Jubel und Applaus.

Sie erhob sich, ging auf die Bühne zu und stieg die Stufen hinauf.

Nils blinzelte eine Träne der Rührung weg.

Wieder einmal war er von ihrer Schönheit und ihrer sympathischen Ausstrahlung beeindruckt. Sie trug ein dunkles, schulterfreies Etuikleid mit Spitzenbesatz. Ihre blonden Locken, hell im Scheinwerferlicht. Sie lächelte, und ihre Augen strahlten. Beinahe schwebend schritt sie auf das Pult zu, nahm ihr Zeugnis in Empfang und schüttelte dem Schulleiter die Hand.

Bevor sie abging, machte sie eine triumphierende Geste

hinunter in den Saal, erst in Richtung ihrer Mitschüler, dann zu ihrer Mutter.

Trojan hob beide Arme, winkte.

Hatte sie ihn bemerkt? Wohl eher nicht.

Ungeduldig wartete er ab, bis der letzte Schüler aufgerufen wurde. Es folgte eine musikalische Darbietung des Schulorchesters, und dann war die Zeremonie beendet.

Stühlerücken, aufgeregtes Stimmengewirr. Trojan arbeitete sich durch die Menschenmenge nach vorn.

Endlich war er bei ihr.

Sie fiel gerade ihrer Mutter um den Hals, danach auch dem Mann, den Trojan nicht kannte.

»Emily.«

Ihrem Gesichtsausdruck war eine Mischung aus Erleichterung und Missbilligung abzulesen. »Paps.«

»Es tut mir so leid, dass ich mich verspätet habe. Aber ich habe noch alles mitbekommen.« Er umarmte sie. »Herzlichen Glückwunsch, Emily. Nun hast du es geschafft. Du bist erwachsen und frei.«

»Ja.« Sie blickte ihn stirnrunzelnd an. »Ich dachte, du hättest mich im Stich gelassen.«

»Das würde ich nicht tun. Niemals.«

Friederike räusperte sich. »Besonders festlich gekleidet bist du ja nicht.«

Trojan sah an sich herab. Sein T-Shirt war verschwitzt, die Jeans angeschmutzt. Unter der Lederjacke trug er das Holster mit der Sig Sauer. »Sorry, ich bin mitten im Einsatz.«

»Das bist du ja immer«, murmelte seine Ex-Frau. Sie wandte sich an ihren Begleiter. »Lorenzo, das ist übrigens Nils.«

Trojan nickte ihm wortlos zu.

Friederike hatte einen Tisch in einem Restaurant in der Nähe reserviert. Sie saßen zu viert auf der Gartenterrasse. Emily plauderte in einem fort.

Sie erzählte Anekdoten von den Prüfungen und aus ihrer gesamten Schulzeit. Noch schien sie nicht recht fassen zu können, dass all das nun der Vergangenheit angehörte.

Der Stolz über ihre gute Abschlussnote war ihr anzumerken, und Trojan freute sich für sie.

»Das hast du großartig gemacht, Emily. Wirklich toll!«

»Wo warst du denn nun eigentlich?«

»Ach, wir sind, wir haben gerade …« Er hatte sein Handy auf Vibrationsalarm gestellt. In diesem Augenblick kam ein Anruf herein. »Entschuldigt mich bitte«, sagte er in die Runde, »ich muss rangehen.«

Er stand auf, trat ein wenig abseits und tippte auf das grüne Symbol. Es war Landsberg. Er hatte viele Fragen an ihn. Trojan versuchte, ihm möglichst knapp den Stand seiner Ermittlungen zu schildern, und doch dauerte das Gespräch lange.

Danach rief er Steffie an. Zu seiner Verwunderung meldete sich gleich die Ansage auf ihrer Mailbox.

Merkwürdig, dachte er. Warum hat sie ihr Handy ausgeschaltet? Im Einsatz muss sie doch erreichbar sein.

Ihn beschlich ein mulmiges Gefühl.

Als er an den Tisch zurückkam, waren die anderen mit dem Essen bereits fertig.

Der Glatzköpfige mit dem Namen Lorenzo verlor sich gestenreich in einer ausführlichen Schilderung einer Kunstausstellung, die er jüngst kuratiert hatte. Nur Friederike hörte ihm andächtig zu.

Trojan starrte derweil auf seinen Teller. Er brachte keinen Bissen hinunter.

»Papa?«

Er war so tief in Gedanken, dass er zusammenzuckte.

»Ja, Emily?«

»Bist du überhaupt bei uns?«

»Entschuldige, es ist nur …«

»Du musst arbeiten.« Sie klang enttäuscht.

»Nein, das ist ein bedeutender Tag in deinem Leben.«

»Du jagst wieder einen Serienkiller?«

»Hmm.« Er überlegte, ob er ihr von Dennis erzählten sollte. Dass er einen Kollegen verloren hatte. Und dass er nun in Sorge um Stefanie war. Aber er wollte ihr die Stimmung nicht verderben.

»Du solltest ihn dir schnappen«, sagte sie.

Er holte Luft.

»Ich hoffe, du schaffst es wenigstens zum Abiball.«

»Natürlich.«

»Dann geh. Ich bin auch nicht mehr traurig. Ich kenne dich doch, Paps.«

Er schaute sie an.

»Na los.«

Er küsste seine Tochter zum Abschied auf die Stirn, stand auf, nickte Friederike und Lorenzo zu und eilte davon.

SECHSUNDVIERZIG

Er rannte zur nächsten Hauptstraße. Ihn drängte der Impuls, sich sofort einen Streifenwagen heranzurufen, um nach Frohnau zu fahren.

Plötzlich aber blieb er stehen. War das nicht eine Überreaktion? Stefanie könnte aus irgendeinem plausiblen Grund ihr Handy vorübergehend ausgeschaltet haben.

Er war ja völlig durcheinander. Sollte er nicht lieber ins Restaurant zurückkehren, seiner Tochter zuliebe? Schließlich wurde ihr nur einmal im Leben das Abitur verliehen.

Trojan schwitzte. Sein Herz hämmerte. Er spürte eine Panikattacke nahen.

Ich kann nicht mehr, durchfuhr es ihn. Mir wird alles zu viel.

Er schloss die Augen. Einatmen, ausatmen, befahl er sich. Nur auf den Atem achten. Die Attacke ist gleich vorüber. Du bist in Sicherheit. Dir kann nichts passieren. Du brauchst lediglich eine kleine Pause. Atmen. Nichts weiter als atmen, sprach er in Gedanken zu sich selbst.

Er sank zu Boden. Passanten umringten ihn. Er hörte schwach ihre Stimmen. Jemand wollte einen Notarzt rufen.

»Nein«, hörte er sich sagen, »mit mir ist alles okay.«

Jemand half ihm auf.

Er bedankte sich. Seine Beine fühlten sich wie Gummi an. Es war ihm unangenehm, dass er für Aufsehen sorgte.

Atmen, atmen, befahl er sich erneut.

Allmählich war er halbwegs bei Kräften.

Vielleicht ein Warnsignal, dachte er. Steffie. Irgendwas stimmt nicht.

»Sind Sie sicher, dass Sie keinen Arzt brauchen?«, fragte ihn eine Frau.

Es war ihm peinlich. »Mir geht es gut.«

Er straffte sich. Durchhalten. Jetzt nur nicht schlappmachen. Er war doch Polizist. Ein erfahrener Mordermittler. Diese Blöße wollte er sich nicht geben. Schon gar nicht in der Öffentlichkeit.

Endlich entfernten sich die Passanten. Trojan holte sein Handy hervor und wählte Stefanies Nummer.

Diesmal schaltete sich nicht prompt die Mailbox ein. Er lauschte auf das Freizeichen.

Schließlich wurde abgehoben.

»Ja?«

Es war ihre Stimme.

»Steffie?«

»Hmm.«

Er stieß die Luft aus seiner Lunge. »Alles in Ordnung bei dir?«

»Ja. Warum fragst du?«

Auf einmal zitterte seine Hand. »Ich bin… ich bin ja so erleichtert.«

»Wieso? Was ist los, Nils?« Ihr Tonfall war schleppend, als sei sie soeben aus einem tiefen Schlaf erwacht.

»Entschuldige, ich war… ich war für einen Moment völlig… panisch, weil ich dachte, dir wäre etwas zugestoßen.«

Schweigen am anderen Ende.

»Bist du noch dran?«, fragte er.

»Ja.«

»Was hat die Befragung bei Hildegard Kaltbrunn ergeben?«

»Leider nicht viel. Sie hat nur blasse Erinnerungen an Lydia Meran. An diesem Punkt der Ermittlungen kommen wir nicht weiter.«

»Dann brauchen wir einen neuen Ansatz. Was ist mit dem Pflegesohn?«

»Den hab ich bereits gecheckt.«

»Und?«

»Er war zu den Tatzeiten überhaupt nicht in Berlin. Er hat ein wasserfestes Alibi.«

»Verdammt. Uns läuft die Zeit davon.«

»Am besten fährst du zurück ins Kommissariat und gehst noch mal alles durch.«

»Und du? Was wirst du derweil in der Sache unternehmen?«

Pause.

»Hörst du mich?«

»Ja.« Er vernahm ihre Atemgeräusche, stoßweise, unruhig. Auch sie schien außerordentlich gestresst zu sein. Kein Wunder, dachte er. Der Schlafmangel, dieser aufreibende Fall, dazu der Schock wegen Dennis.

Dennoch wollte er sich vergewissern. »Stefanie. Ist bei dir wirklich alles so weit in Ordnung?«

»Schon gut, Nils. Ich hab nur nachgedacht. Oliver Pratt. Wir haben ihn zu schnell von der Liste der Verdächtigen gestrichen.«

»Ach ja?«

»Richte den Fokus mehr auf ihn. Eine einzige Zeugenaussage, die ihn entlastet, ist zu wenig.«

»Aber wir haben doch …«

Sie fiel ihm ins Wort. »Am besten treffen wir uns im Kommissariat. Ich bin in etwa einer Stunde dort. Zurzeit stecke ich im Stau, es könnte also auch länger dauern.«

»Okay.«

»Ich liebe dich.«

Sie legte auf.

Trojan war perplex. Die letzten drei Worte. Warum hatte sie die ausgesprochen? Ausgerechnet jetzt?

Sie wollten ihre Beziehung doch locker angehen. Woher dieser Überschwang? Und dabei klang sie so ernst.

Er orderte per Telefon einen Streifenwagen, der ihn zurück ins Kommissariat brachte. Er war bereits im Gebäude in der Karthagostraße, als er plötzlich innehielt.

Ich liebe dich.

Und wenn das nun ein Code war?

Er wählte erneut ihre Nummer. Freizeichen. Danach die Mailbox.

Trojan rannte die Treppe hinunter, eilte in den Hof, sprang in einen Dienstwagen und fuhr in Richtung Frohnau.

SIEBENUNDVIERZIG

Es war bereits später Nachmittag, als er Am Eichenhain entlangfuhr. Eine Gewitterfront war aufgezogen. Es goss in Strömen. Die Scheibenwischer liefen mit den kürzesten Intervallen, die Kegel der Scheinwerfer glitten über das regennasse Pflaster.

Trojan hielt vor dem Haus Nummer 97 und schaltete den Motor und das Licht aus.

Stefanies Dienstwagen war nicht zu sehen.

Er stieg aus und trat an das Tor. Er drückte nicht auf den Klingelknopf, sondern entriegelte es sogleich und betrat den Garten.

Pfützen hatten sich auf dem Weg gebildet. Ein Blitz zuckte am Himmel. Es donnerte.

Trojan passierte eine Gruppe von verknöcherten Kirschbäumen, kam an einem Teich vorbei und bemerkte eine umgestürzte Engelsfigur ohne Kopf.

Schließlich stand er vor dem zweistöckigen Haus. Sein Blick wanderte an der abgeblätterten Fassade entlang. Keine Beleuchtung im Obergeschoss. Auch die untere Etage war finster, dunkle Vorhänge vor den Fenstern.

Er stieg die drei Stufen zum Eingang hinauf, registrierte die fehlende Klingelanlage und lauschte an der Tür.

Nichts.

Er ging zur Rückseite des Hauses.

Die Terrasse war baufällig. Lose Steinplatten, in den Ritzen wucherte das Unkraut. Er trat dicht an eine verglaste Tür heran, schirmte die Augen mit den Händen ab.

Er sah einen mit weißem Porzellan gedeckten Couchtisch, erkannte eine Schale mit Keksen darauf.

Offenbar war kürzlich jemand hier gewesen.

Mit dem Kolben seiner Waffe schlug er ein Loch in die Scheibe. Vorsichtig fuhr er mit der Hand hindurch, tastete nach dem Riegel und öffnete die Terrassentür.

Die Waffe im Anschlag trat er ein. Er durchquerte den Raum, klinkte leise die Tür auf und glitt in den Flur.

Er schob sich lautlos an der Wand entlang.

An der nächsten Tür hielt er inne, dann öffnete er sie und schnellte hinein.

Ein großer Esstisch. Zwei Stühle. Ansonsten war der Raum leer.

Er checkte das nächste Zimmer. Ein Bechstein-Flügel, davor ein Klavierhocker, daneben ein Sessel. Stockflecken an der Tapete.

Sein Puls beschleunigte sich, als er näher an den Flügel herantrat. Einem inneren Impuls folgend, öffnete er den Deckel.

Sein Blick wanderte über die Saiten im Innern. Doch ihm fiel nichts Ungewöhnliches auf.

Leise schloss er den Deckel wieder.

Vielleicht war ja alles in bester Ordnung. Die Besitzerin hielt ihr Haus nicht gerade in Schuss, hatte anscheinend etliche ihrer Möbel veräußert, aber das war noch längst kein Verbrechen. War er etwa voreilig hier eingedrungen?

Er dachte über sein Telefonat mit Steffie nach.

»Was hat die Befragung bei Hildegard Kaltbrunn ergeben?«

»Leider nicht viel. Sie hat nur blasse Erinnerungen an Lydia Meran. An diesem Punkt der Ermittlungen kommen wir nicht weiter.«

»Dann brauchen wir einen neuen Ansatz.«

»Am besten fährst du zurück ins Kommissariat und gehst noch mal alles durch.«

Neigte er womöglich zur Paranoia?

Er beschloss, zunächst die anderen Räume zu inspizieren. Danach wollte er erneut versuchen, Stefanie zu erreichen. Sollte sie dann noch immer nicht ans Telefon gehen, würde er bei den Kollegen Alarm schlagen.

Im Erdgeschoss befand sich ein weiß gefliestes Bad mit vergittertem Fenster, hinter der nächsten Tür tat sich eine geräumige Küche auf.

Zurück im Flur, verharrte er einen Moment an der Treppe zur oberen Etage.

Draußen donnerte es.

Sein Herz pochte.

In seinen Fingern kribbelte es.

Nein, er litt nicht unter Verfolgungswahn. Er konnte förmlich spüren, dass hier irgendetwas nicht stimmte.

Die Sig Sauer im Anschlag, stieg er die Treppe hinauf. Die Holzstufen knarrten.

Oben angelangt, durchschritt er die Diele. Weitere Türen, allesamt geschlossen.

Er klinkte die erste auf. Es war das Erkerzimmer. Draußen zuckte ein Blitz auf und erhellte das Bett an der einen Wand, einen umgeworfenen Stuhl vor der anderen.

Keine weiteren Möbel, nur ein großer Karton.

Trojan knipste seine Maglite an, öffnete ihn und leuchtete hinein. Altes Spielzeug, Matchboxautos, ein zerschlissener Teddybär. Jugendbücher. Buntstifte. Einige zerfledderte Schulhefte.

Er ging zurück in den Flur. Die nächste Tür befand sich schräg gegenüber.

Trojan öffnete sie und glitt mit erhobener Waffe hinein. Ein zweites Badezimmer. Ein geschlossener Duschvorhang. Er riss ihn auf.

Nichts.

Er wandte sich der dritten Tür zu.

Trojan horchte gespannt. Draußen rauschte der Regen.

Plötzlich zögerte er.

War er vielleicht in eine Falle getappt?

Abermals versuchte er, das Gespräch mit Stefanie zu rekonstruieren.

»Oliver Pratt. Wir haben ihn zu schnell von der Liste der Verdächtigen gestrichen.«

»Ach ja?«

»Richte den Fokus mehr auf ihn. Eine einzige Zeugenaussage, die ihn entlastet, ist zu wenig.«

Pratt war unschuldig, dessen war er sich mittlerweile ziemlich sicher. Stefanie könnte tatsächlich in Gefahr sein, ihre Worte vom Täter erzwungen.

Dasselbe abgründige Spiel wie mit Lydia Meran.

Diese Tür noch, dachte er. Dann fordere ich Verstärkung an.

Er klinkte sie auf.

Der Strahl seiner Maglite huschte durch das Zimmer. Ein Bett am Fenster, gegenüber ein altmodischer Schrank. Er trat vorsichtig ein. Der Parkettboden knarrte. Er ging auf den Schrank zu und öffnete ihn.

Die Tür gab einen unheimlich quietschenden Laut von sich.

Trojan durchsuchte den Inhalt.

Kleider, Röcke, Blusen, Mäntel, Hüte. Augenscheinlich die Sachen einer älteren Frau.

Er blickte sich um. Offenbar befand er sich im Schlafzimmer von Hildegard Kaltbrunn.

Wo aber war die Frau?

Er trat auf das Bett zu. Flecken auf der Decke. Eingetrocknet. Rostfarben. War das Blut?

Trojan riss die Decke weg.

Er keuchte.

Es wimmelte auf dem Bett. Das Laken war übersät von Schneckenleibern. Er erkannte die welken Lilienblüten, von denen sie fraßen.

Und da war noch etwas.

Sie krochen darüber hinweg

Beherzt griff er in das Gewusel hinein und zog es heraus.

Es war ein Foto. Trojan starrte es an.

Es zeigte eine ältere Frau mit angegrautem Haar. Sie lag auf der Seite, als würde sie schlafen. Doch das täuschte nur.

Er erkannte die Würgemale an ihrem Hals.

Er besah sich die Stelle an ihrem Kopf, wo das Haar hochgeschoben war.

Das linke Ohr fehlte. Fassungslos schaute er auf das klaffende Loch.

Nils drehte das Foto um. Auf der Rückseite war eine Botschaft vermerkt, mit Filzstift hingekritzelt.

Kommissar Trojan,
willkommen in meinem Haus. Sieht Mutti nicht hübsch aus?
Der Schneckenmann

Jonas Claasen, dachte er. Der Pflegesohn. Er warf das Bild aufs Bett und zückte sein Handy. Er wollte den Chef anrufen, das SEK alarmieren.

Doch in diesem Augenblick vibrierte das Smartphone in seiner Hand.

Der Name »Stefanie« erschien auf dem Display.

Er hob ab.

»Nils?«

»Steff, wo bist du?«

»Du hättest nicht herkommen sollen.«

»Wo? Bist? Du?«

»Er sagt, ich bin tot, wenn du Verstärkung holst.«

»Gib ihn mir.«

Sie atmete schwer.

»Ich will mit dem Scheißkerl sprechen.«

»Nicht, Nils. Du machst es nur noch schlimmer.«

»Was will er?«

»Du sollst in der Leitung bleiben. So will er verhindern, dass du Landsberg anrufst.«

»Er hat Dennis umgebracht. Dich wird er nicht töten. Ich schwöre dir, ich hole dich da raus. Er hat das Spiel in diesem Moment verloren.«

»Er hört mit.«

»Das ist gut. Er *soll* mich hören.«

Verdammt, dachte er. Ich hätte sofort das SEK informieren sollen. Aber es war doch nur eine Routinebefragung gewesen. Und Stefanie hatte ihre erzwungene Rolle so überzeugend gespielt, dass er kaum Verdacht geschöpft hätte.

Wenn sie ihm nicht gesagt hätte, dass sie ihn liebt.

Ein SEK-Einsatz nur wegen der Liebeserklärung einer Kollegin? Der Chef hätte ihn für verrückt gehalten.

Nein, er hatte richtig gehandelt. Gut, dass er überhaupt hierhergefahren war. Immerhin war sie noch am Leben.

Und nun hatte er eine geringe Chance. Die musste er nutzen. Nur wie?

Er achtete auf seine Atemzüge, um ruhiger zu werden.

Dann fragte er gedämpft: »Was will er?«

»Er sagt, er hat eine Überraschung für dich.«

»Was soll das heißen?«

Pause. Danach murmelte sie kaum hörbar: »Sieh auf dem Dachboden nach.«

ACHTUNDVIERZIG

Das Handy am Ohr, verließ Trojan das Zimmer. Er irrte durch die Diele.

»Wo geht es zum Dachboden?«

Ganz entfernt vernahm er durchs Telefon eine andere Stimme. Claasen schien Stefanie im Hintergrund Anweisungen zu geben.

»In der Flurdecke ist eine Klappe. Du musst sie aufziehen«, sagte sie schließlich.

Trojan schritt den Flur ab, bis er die Stelle gefunden hatte.

»Frag ihn, wie ich sie aufkriegen soll. Ich komme da oben nicht ran.«

Pause. Er lauschte gebannt.

»Im Besenschrank befindet sich ein Stock mit einem Haken.«

»Wo ist dieser verdammte Schrank?«

»Am Ende des Flurs. Eine Tapetentür.«

Er fand sie, drehte am Knauf, öffnete sie. Es polterte, und Trojan zuckte zusammen.

Ihm fielen allerlei Haushaltsutensilien entgegen, ein Putzeimer, ein Bügeleisen, Plastikflaschen, eine Kehrschaufel.

Und da war der Stock. Er schob seine Waffe ins Holster und nahm ihn sich.

Er ging zurück. In der Linken hielt er das Handy und die Taschenlampe, während er mit der Rechten den Stock mit dem Haken zum Griff an der Deckenluke führte. Mit einem Ruck öffnete er sie.

Sie schwang nach unten auf.

An der Rückseite der Luke war eine zusammengeklappte Leiter befestigt.

Trojan warf den Stock auf den Boden und zog sie zu sich heran, sodass sie sich vor ihm aufbaute. Er zückte seine Sig Sauer und stieg langsam hinauf.

Oben angelangt, kniff er die Augen zusammen. Es war stockfinster um ihn herum. Er ließ den Strahl der Maglite umherwandern. Die Dachfenster waren mit Alufolie abgeklebt, sodass kein Licht von außen hereindrang.

Ein weißer Vorhang war quer über den Speicher gespannt, eine Vorrichtung aus einem Draht, Klammern, Haken und Ösen.

Der Stoff wirkte fein und edel. Seide, dachte er.

»Nils?«

»Ja?«

»Wo bist du?«

»Unterm Dach. Was jetzt?«

Gemurmel im Hintergrund.

»Siehst du den Vorhang?«

»Ja.«

»Er will, dass du ihn aufziehst.«

»Sag ihm, dass ich genug von seinen Spielchen hab.«

»Bitte! Tu es.« Ihre Stimme klang gepresst.

Schritt für Schritt näherte er sich dem Vorhang. Die Waffe schussbereit, riss er ihn auf.

Der Lichtkegel seiner Taschenlampe erfasste einen Tisch. Darauf stand ein Laptop. Er war mit einem Kopfhörer und zwei großen Lautsprechern verbunden.

Weiter hinten befand sich noch ein Vorhang.

»Und nun?«

»Die Kopfhörer sind nur für ihn bestimmt.«

»Warum?«

»Damit er besser hören kann. Für dich sind die Lautsprecher. Zieh den Stöpsel der Kopfhörer heraus und drücke auf ›Enter‹.«

Trojan tat es. Auf dem Bildschirm des Laptops erschien ein Audioprogramm.

»Nochmals ›Enter‹ betätigen«, murmelte Steff am Telefon.

Trojan gab den entsprechenden Befehl auf dem Rechner ein, und sogleich drang Klaviermusik aus den Lautsprechern. Tonfetzen. Disharmonien.

Dann vernahm er eine Stimme. Er erkannte sie wieder. Das war Nora Sand. Er hatte sich ja einige Aufnahmen ihrer Sendungen angehört. Diese hier war anders. Ihre Stimme war voller Todesangst.

Kommst du in den Schneckenwald, sind deine Füße nackt. Das Hemd klebt an deiner Haut. Dein Atem fliegt. Du rennst. Bist du auch schnell genug? Du darfst dich nicht umdrehen. Du musst schneller laufen. Der Erdboden ist feucht und kalt.

Die Stimme brach ab. Wieder Klaviermusik. Teile aus der Mondscheinsonate. Verzerrt. Disharmonisch. Als würde sich der Pianist ständig verspielen.

Danach war erneut die Radiosprecherin zu hören. Atemlos, völlig verängstigt.

Finsternis umgibt dich. Du tauchst ins Dickicht ein. Tiefer dringst du in den Wald, tiefer und tiefer, auch wenn deine

Glieder schmerzen. Schau dich nicht um, denn am Moos der alten Bäume gleiten sie entlang. Ihre Leiber sind dick, und sie kriechen in Spuren aus Schleim.

Weitere Disharmonien. Danach war eine andere weibliche Stimme zu vernehmen. Rau, brüchig vor Angst. Trojan ahnte, dass dies Annemarie Klar war.

Sei flink! Gib acht! Haken musst du schlagen wie ein Hase. Man verfolgt dich, man wird dich nicht verschonen. Schon spürst du sie unter dir. Sie wimmeln am Boden. Bald wuseln sie an deinen Waden.

Daraufhin wurde der erste Satz der Mondscheinsonate fehlerfrei gespielt. Getragen. Voller Melancholie.

Und dann erklang die dritte Stimme, offenbar die von Lydia Meran. Angsterstickt.

Du strauchelst, hastest weiter. Du stolperst durch den dunklen Hain. Und wenn du stürzt, sind sie auf dir. Sie sind überall.

Der Wald gehört ihnen, und du bist mutterseelenallein. Niemand ist da, um dir zu helfen.

Es folgte eine Toncollage aus allen drei Stimmen. Im Hintergrund schien jemand wie im Wahn auf die Tastatur eines Konzertflügels einzuschlagen.

Nora raunte: *Niemand ist da, um dir zu helfen.*
Annemarie keuchte: *Nur die Schnecken sind bei dir.*
Lydia jammerte: *Sie verbergen dich, verwischen deine Spur.*

Trojan klickte auf »Stopp«.

Stille.

»Gib ihn mir«, sprach er ins Telefon.

Er lauschte angestrengt, bis sich Stefanie erneut meldete. »Du hast noch nicht alles gehört und gesehen.«

»Ich will mit ihm reden.«

»Du musst tun, was er von dir verlangt. Sonst tötet er mich.« Er hörte, wie sie Luft holte. »Öffne den nächsten Vorhang.«

Pause.

Die Waffe im Anschlag, trat Trojan an das zweite Seidentuch heran. Mit einem Ruck zog er es auf.

Er setzte einen Schritt vor, als ihn etwas im Gesicht berührte.

Ein erstickter Aufschrei.

Ihm fiel die Maglite aus der Hand.

Sie rollte über den Boden.

Er bückte sich, tastete nach ihr.

Er ergriff sie, erhob sich. Da fuhr ihm erneut etwas ins Gesicht. Er keuchte. Der Lichtstrahl irrte über den Dachboden.

Da! An einem Balken befestigt. Was war das?

»Nils! Bist du noch dran?« Steffies Stimme aus dem Telefon. »Du darfst die Verbindung nicht unterbrechen!«

»Ja. Ich höre dich.«

»Was siehst du?«

»Ich will es nicht aussprechen.«

»Aber *er* will es.«

Trojan atmete schwer.

Es war eine Art Mobile, das mit mehreren Schnüren am Dachbalken befestigt war.

»Nils?«

»Ich hab es gesehen. Sag ihm, dass ich es gesehen hab. Und sag ihm auch, dass er dafür in der Hölle schmoren wird.«

Erneute Stille.

Fassungslos starrte er die Objekte an, die vor ihm baumelten.

Vier menschliche Ohren. Offenbar mit Formaldehyd präpariert. In ein jedes war ein Loch gestoßen worden, durch das ein Bindfaden führte.

Vier, dachte er. Hildegard Kaltbrunn. Nora Sand. Annemarie Klar. Das vierte konnte nicht von Holbrecht sein. Das hatte er ja in dem Ruderboot gefunden.

War es von Lydia Meran?

»Er will, dass du den dritten Vorhang öffnest«, wisperte Stefanie.

Trojans Knie wurden weich.

Dann berührte er den feinen Stoff. Er zog ihn zur Seite.

Dahinter befand sich ein Holzpodest. Eine Art Bühne. Darauf lag Oliver Pratt. Geronnenes Blut auf seiner linken Gesichtshälfte.

Der Schauspieler war tot.

Ihm fehlte ein Ohr.

In den Jahren darauf versuchte er sich als Pianist bei Hochzeiten, gediegenen Partys und Firmenjubiläen. Es war immer dasselbe: Er sprach das Repertoire mit dem jeweiligen Gastgeber ab, kam, spielte die üblichen Stücke, kassierte seine Gage und ging wieder.

All die glücklichen Menschen sah er an sich vorbeiziehen. Sie waren gut gekleidet und amüsierten sich, während er für die akustische Untermalung zuständig war. Er spielte weiter nach Gefühl. Zudem waren seine Hörgeräte gut eingestellt. Und wenn er sich doch einmal verspielte, waren sie zu betrunken, um es zu bemerken.

Sein Arzt machte ihm wenig Hoffnung. Eines Tages wäre er vollständig taub.

Otosklerose war der Name seiner Krankheit.

Er sprach mit niemandem darüber. Nicht einmal die Frau, mit der ein paar Monate zusammen war, wusste davon. Er konnte zwar nicht die Hörgeräte vor ihr verbergen, suggerierte ihr aber, dass sein Handicap völlig harmlos sei. Damit gab sie sich zufrieden.

Irgendwann trennten sie sich einvernehmlich. Seine düsteren Stimmungen wurden ihr zu viel. Ihm war es nur recht. Er war nicht einmal wütend auf sie.

Letztlich war er gerne allein. So konnte er sich besser seinen geheimen Fantasien hingeben. Sie hatten mit Schnecken und Seide zu tun.

Wegen seiner Schlaflosigkeit verschrieb ihm sein Arzt vorübergehend Medikamente. Schließlich entdeckte er das Darknet. Dort konnte man gewisse Substanzen viel leichter beziehen.

Manchmal nahm er Midazolam. Das haute ihn weg, und er konnte alles vergessen. Fortan tauchte das Betäubungsmittel in seinen Fantasien auf. Und auch das verschaffte ihm Erleichterung.

Schließlich bekam er einen Job in einer Hotelbar. Er spielte Klassik, sollte aber auch Jazznummern bringen. Es war ihm egal, wenn nur die Gage stimmte.

Gelegentlich träumte er von einer Rückkehr auf die große Bühne. Es waren schmerzhafte Träume, denn die Aussicht, sie zu verwirklichen, war gering.

Doch eines Abends ergab sich unverhofft eine Chance. Es war weit nach Mitternacht, er spielte gerade »In A Sentimental Mood« von Duke Ellington. Als er das Stück beendet hatte, begann er den ersten Satz der Mondscheinsonate, auch wenn das ein ungewöhnlicher Stilmix war. Danach hatte er Pause. Er setzte sich an die Bar und trank einen Whisky.

Neben ihm saß ein Mann in den Vierzigern. Blondes Haar, dunkel gekleidet, klare Augen, eine charismatische Erscheinung.

Sie kamen ins Gespräch, unterhielten sich über klassische Musik. Der Mann stellte sich als Oliver Pratt vor. Er war Schauspieler. Er sagte ihm, dass er früher selbst mit einer Karriere als Pianist geliebäugelt und jahrelang Unterricht genommen hatte.

Er gab ihm seine Karte. »Ich bin auf der Suche nach einem Klavierspieler für ein modernes Theaterstück. Es wird meine erste Regiearbeit. Rufen Sie mich doch mal an.«

Es war ein Dreipersonenstück. Es ging um einen Komponisten, der an einem aufwendigen klassischen Musikstück arbeitete und dabei allmählich den Verstand verlor. Und es handelte von der schwierigen Beziehung zu seiner Frau. Die dritte Figur war eine stumme Rolle. Ein Pianist, der Teile aus dem Werk spielen sollte. Pratts Regieidee war, dass dieser gewissermaßen das Unbewusste des Künstlers abbildete und ein Teil seiner zersplitterten Seele war. Darum sollte der Pianist dem Darsteller des Komponisten recht ähnlich sehen.

Der junge Mann hatte diese Ähnlichkeit, und sein Vorspiel überzeugte. Er bekam die Rolle.

Er konnte sein Glück kaum fassen.

Der Autor des Stücks, der auch Musiker war, hatte die modernen Kompositionen selbst beigesteuert. Der junge Mann las die Partitur und studierte sie ein.

Kurze Zeit später begannen die Proben.

Die Schauspieler waren eher distanziert zu ihm. Doch mit Pratt verstand er sich gut. An einem Abend saßen sie zusammen in der Kantine, redeten und lachten. Der junge Mann trug das Haar so, dass Pratt seine Hörgeräte nicht sehen konnte.

Er las das Stück immer wieder von vorn bis hinten durch, sodass er auch die Passagen der beiden Schauspieler bald auswendig kannte. Er prägte sich die Stichworte, auf die seine Einsätze folgten, genau ein.

Nächtelang saß er in seiner kleinen, schallisolierten Zweizimmerwohnung am Klavier und übte. Er wollte die Partitur nicht nur beherrschen, sie sollte ihm in Fleisch und Blut übergehen.

In einer Nacht nahm er die Hörgeräte heraus und versuchte, dennoch weiterzuspielen. Er zeichnete das Ergebnis auf, setzte die Prothesen wieder ein und spielte die Aufnahme ab. Er probierte es erneut. Er experimentierte mit verschiedenen mentalen Techniken, um für den Ernstfall gerüstet zu sein.

Was wäre, wenn die Hörgeräte während einer Vorstellung ausfielen? Was, wenn er einen weiteren Krankheitsschub erlitt?

Er musste auf alles vorbereitet sein.

Um sich von seinen Sorgen abzulenken, studierte er daheim vorm Spiegel die Gesten des Darstellers ein, der den Komponisten spielte. Er malte sich aus, wie es wäre, beide Rollen zu spielen, den Mann am Piano und ihn.

Je länger er sich diese Fantasie ausschmückte, desto vergnügter wurde er. Plötzlich begriff er, dass er auch als Schauspieler Talent hatte. Er beschloss, gleich am nächsten Morgen dem Regisseur einen entsprechenden Vorschlag zu machen. Schließlich war er es doch, der das Klavierspielen perfekt beherrschte. Nur mit ihm würde das Stück zu einem Erfolg werden.

Bei der Probe aber wirkte Pratt zerstreut, und darum hielt er sich zurück. Zu allem Überfluss erschien der Autor des Stücks auf der Bühne und mischte sich auf unangenehme Weise ein.

In der Mittagspause konnte der junge Mann seinem Regisseur zumindest ein paar Vorschläge machen, wie

Text und Musikeinsätze harmonischer aufeinander abgestimmt werden könnten. Pratt versprach ihm, darüber nachzudenken.

Der junge Mann fand ihn sympathisch. Einmal war er drauf und dran, ihm von seinen Hörproblemen zu erzählen. Doch im letzten Moment entschied er sich dagegen. Schließlich wollte er sich nicht selbst schaden.

Niemand sollte von seinem schleichenden Gehörverlust erfahren. Es war ein Geheimnis, das er tief in seinem Innern verborgen hielt.

Eines Abends beobachtete er, wie Pratt nach der Probe das Theater verließ und auf einen Mann zusteuerte, der an einer Straßenecke auf ihn wartete.

Sie umarmten sich auf eine Art, die ihm sonderbar vorkam. Er folgte den beiden. Sie wirkten sehr vertraut miteinander. Schließlich stiegen sie gemeinsam in einen Wagen und fuhren davon

Kurz bevor das Auto aus seinem Blickfeld verschwand, sah er, wie Pratt dem anderen mit einer zärtlichen Geste durchs Haar strich.

Pratt war recht diskret, was sein Privatleben anbetraf. Doch schon bald fand der junge Mann heraus, wer derjenige war, der ihn zuweilen vom Theater abholte. Dieser Dunkelhaarige um die vierzig mit schmalem Gesicht und athletischem Gang wohnte in der Bamberger Straße in Wilmersdorf.

Oliver Pratt verbrachte gelegentlich die Nacht bei ihm. Der Name »Holbrecht« stand an der Wohnungstür.

Ein paarmal folgte der junge Mann dem Liebhaber seines Regisseurs mit dem Auto. Dieser arbeitete offenbar in der Karthagostraße in Tiergarten. Regelmäßig verschwand er in einem Gebäude, in dem das Landeskriminalamt ansässig war.

Die Premiere rückte näher, und seine Nervosität wuchs.

Nachts hörte er diese Sendung mit Nora Sand. *Schlaflos mit Nora.* Er setzte sich Kopfhörer auf und fuhr den Lautstärkepegel hoch. Wenn er Noras Stimme so nah an seinen Ohren hatte, wurde er ruhiger.

Er blätterte in seinem Manuskript. Er hatte eine Geschichte über den Schneckenwald verfasst. Es war eine Art Horrormärchen, so wie es auch seine Mutter vielleicht einmal aufgeschrieben hätte.

Er beschloss, die Manuskriptseiten zu einem kleinen Büchlein zu binden und den Einband in weiße Seide einzuschlagen.

Vielleicht könnte ihm jemand daraus vorlesen.

Noras Stimme wiegte ihn in den Schlaf.

Die nächste Probe war für zehn Uhr morgens angesetzt. Er war bereits um neun da. Er setzte sich an den Flügel und spielte.

Pratt kam um halb zehn. Er blickte ihn überrascht an. »Hast du meinen Anruf nicht abgehört?«

»Welchen Anruf?«

»Ich hab dir auf die Mailbox gesprochen.«

Der junge Mann hatte sein Handy noch nicht eingeschaltet.

»Was ist denn los?«, fragte er.

Pratt räusperte sich. »Das ist mir sehr unangenehm, aber… Pass auf, es funktioniert nicht.«

»Was funktioniert nicht?«

Pratt trat näher.

»Ich kann nicht mit dir arbeiten. Du verpasst die Einsätze. Und dein Klavierspiel ist schlampig. Mag ja sein, dass du in einer Bar klimpern kannst. Aber hier am Theater gelten andere Maßstäbe. Darum muss ich dich jetzt bitten zu gehen.«

Er rührte sich nicht. Er brachte kein Wort hervor.

»Du bist umbesetzt. Ich selbst übernehme die Rolle.«

Nacht für Nacht stellte er sich vor, wie er Pratt ein Ohr abschnitt. Er würde das linke nehmen. Denn links war die Herzseite.

Er folgte ihm. Er wusste, wo er wohnte.

Noch hatte er Skrupel. Doch eines Nachts war er wild entschlossen, es zu tun. Oliver Pratt kam aus einer Bar in Kreuzberg. Er war allein. Der junge Mann heftete sich an seine Fersen. Es war in der Nähe vom Planufer. Offenbar befand sich Oliver auf dem Heimweg. Eine dunkle Seitenstraße. Keine Zeugen. Die Gelegenheit war günstig.

Plötzlich drehte sich Pratt zu ihm um.

»Was soll das? Spionierst du mir nach?«

Der junge Mann umklammerte den Griff des Messers, versteckt in seiner Manteltasche.

»Willst du mir drohen?«

Pratt wirkte so kühl und selbstbeherrscht. Das irritierte ihn. Er musste es besser planen. Er brauchte mehr Zeit. Er wollte bereits aufgeben. Doch dann zog er blitzschnell das Messer hervor und zielte auf sein Ohr.

Pratt aber duckte sich rechtzeitig weg.

Der junge Mann wandte sich wortlos um und rannte davon.

Sie hatten seine Adresse. Tags darauf stand Pratts Freund vor seiner Wohnungstür. Es war dieser Kriminalbeamte, Dennis Holbrecht.

Er sagte: »Nur weil Oliver so ein anständiger Mensch ist, hat er noch keine Anzeige wegen versuchter Körperverletzung erstattet. Doch ich warne Sie: Wenn Sie noch einmal in seine Nähe kommen, sind Sie dran. Haben Sie mich verstanden?«

Der junge Mann nickte. Er tat unterwürfig. »Richten Sie ihm bitte meine Entschuldigung aus. Es tut mir außerordentlich leid.«

Holbrecht nahm ihn fest in den Blick. »Sie sollten sich Hilfe suchen.«

»Wie meinen Sie das?«

»Irgendetwas stimmt mit Ihnen nicht.«

Wie er sich vor ihm aufgeplustert, ihn von oben herab behandelte hatte. Was bildete sich dieser Kerl bloß ein? Ein Mordermittler. Einer, der es mit den furchtbarsten Verbrechen zu tun hatte. Was wäre denn, wenn er selbst einmal zum Opfer wurde? Fortan malte er sich für Holbrecht verschiedene Szenarien aus. Für ihn wollte er eine besondere Überraschung einplanen.

Er hörte Noras Sendung. Er streifte durch die Bars. Manchmal nahm er absichtlich seine Hörgeräte heraus, nur um auf den Ernstfall vorbereitet zu sein. Er sah den Menschen dabei zu, wie sie lachten. Er achtete auf ihre Lippenbewegungen, ihre Gesten.

Er suchte Orte auf, an denen sie sich vergnügten. Er war bevorzugt dort, wo es laut zuging. Beim Karaoke zum Beispiel übertrafen sie sich gegenseitig mit ihren Darbietungen. Aber es gab auch Menschen, die eher zurückhaltend waren. Sie entwickelten auf der Bühne ihre ganz eigene Magie. Zum Beispiel diese Frau, die perfekt Adele imitieren konnte.

Wenn sie das Lied von ihrer vergangenen Liebe sang, umgab sie eine strahlende Aura, die ihn noch in seinen Träumen beschäftigte.

Er ging oft spazieren. Er hatte viel Zeit. Die Jobs blieben aus, die Tage wurden länger. Es zog ihn in den Bezirk am Stadtrand, wo er einen Teil seiner Kindheit und Jugend verbracht hatte.

Er erfreute sich am Grün im Tegeler Forst, und wenn er hoch konzentriert war, konnte er sogar schwach, kaum wahrnehmbar den Gesang der Amseln hören.

Abends, wenn endlich Frieden eintrat.

Und schließlich kam er an dem Garten vorbei, vor dem er schon als Junge gestanden hatte.

Am offenen Fenster spielte eine junge Frau Klavier.

Es war die Mondscheinsonate.

Und er erinnerte sich. Er war vierzehn. Er saß allein im Musikzimmer. Er spielte das Adagio sostenuto.

Kaum hatte er es beendet, fing er von vorn an. Er wollte nicht mehr aufhören.

Diese Musik war wie ein Zuhause für ihn.

Plötzlich spürte er, dass ihn jemand beobachtete. Er brach ab.

»Spiel weiter.«

Eine Schülerin von Frau Kaltbrunn stand in der Tür. Sie war ungefähr in seinem Alter. Ein schmales Gesicht, das brünette Haar zu einem Zopf geflochten. Geschwungene Lippen, ein mildes Lächeln.

»Ich kann nicht«, murmelte er.

»Warum nicht?«

»Weil du mich ansiehst.«

»Versuch es trotzdem.«

Sie setzte sich auf das grüne Sofa mit den hohen Seitenlehnen, das vor einem der Regale mit den Partituren stand, und er begann.

Eine einzige Träne lief über seine Wange. Er war zurück im Schneckenwald, doch seine Mutter begleitete ihn. Sie bot ihm Schutz.

Die Augen des Mädchens ruhten auf ihm.

Als der letzte Ton verklungen war, trafen sich ihre Blicke.

»An wen denkst du?«, fragte sie.

»An niemanden.«

»Doch. Die Musik löst etwas in dir aus.«

»Blödsinn.«

»Sei ehrlich.«

»An wen denkst *du* denn gerade?«, fragte er.

»An meine Mutter.«

Er horchte auf. »Wieso?«

»Sie ist tot. Viel zu früh gestorben.«

Er starrte sie an.

»Ich mag die Mondscheinsonate«, sagte sie. »Wenn ich sie höre oder spiele …« Sie holte tief Luft.

»… ist sie bei dir?«

»Ja.«

Er nickte ihr zu.

Die Musik war ihre Verbindung. Beethoven war ihre Verbindung. Dem Jungen war, als würde ein Lichtstrahl zwischen ihnen hin und her wandern, und das Mädchen erschien ihm mit einem Mal von unheimlicher Schönheit.

»Wie heißt du?«

»Lydia. Und du?«

»Jonas.«

»Willst du mal Konzertpianist werden?«, fragte sie.

»Weiß nicht. Du?«

Sie zuckte mit den Schultern. »Mein Vater sagt, ich hätte das Talent dazu. Aber ich bin mir nicht sicher.«

»Zu viel Druck?«

»Ja.«

In diesem Moment platzte Frau Kaltbrunn herein und zerstörte den Zauber des Augenblicks.

Er hasste sie dafür.

Lydia wohnte in der Nähe. Sie kam mit dem Fahrrad zu ihren Klavierstunden. Einmal folgte er ihr heimlich, als sie nach Hause radelte. Er beobachtete sie, wie sie am Fenster der Erdgeschosswohnung mit ihrem Vater sprach.

Er wollte die magische Verbindung mit ihr überprüfen, aber er wusste nicht, wie.

Kurze Zeit später erschien sie nicht mehr zum Unterricht.

Möglichst beiläufig fragte er seine Pflegemutter nach ihr.

Frau Kaltbrunn hob verächtlich das Kinn. »Sie hat

sich für einen anderen Lehrer entschieden. Ich war ihr wohl zu streng. Doch in Wahrheit ist das Mädchen elendig faul. So wie du.«

Der Junge war enttäuscht.

Doch eine innere Stimme sagte ihm, dass er Lydia eines Tages wiedersehen würde.

NEUNUNDVIERZIG

Trojan wandte sich von dem Leichnam ab. Durch das Handy vernahm er Steffies Atemgeräusche.

Wo hatte sich Claasen mit ihr verschanzt? Es war denkbar, dass er sich in einiger Entfernung vom Haus mit ihr aufhielt. Er könnte sie überwältigt und in einen Wagen verfrachtet haben.

Allerdings schien er ihn auch zu beobachten. Gab es hier irgendwo eine Kamera?

Trojans Blicke wanderten umher.

In dem Laptop vielleicht?

Kurz entschlossen klappte er ihn zu.

Keine Reaktion am Telefon. Nur Steffies gepresster Atem.

Er ging zurück zur Leiter, dachte fieberhaft nach. Bezeichnend, dass ihn der Anruf genau in dem Moment erreicht hatte, als er die Schnecken und das Foto der Toten im Schlafzimmer gefunden hatte.

Dort könnte er demnach beobachtet worden sein. Auf dem Dachboden wohl eher nicht. Trojan entsann sich, dass Steffie einmal nachfragen musste, wo er sich gerade befand.

Ich muss im Schlafzimmer nachsehen, dachte er, ohne dass ich bemerkt werde.

»Nils?«

»Ja, ich bin noch dran.«

Er knipste seine Taschenlampe aus und steckte sie ein. Möglichst lautlos stieg er die Stufen hinab.

»Es ist vorbei. Er sagt, er wird mich nun töten. Er will, dass du den Schuss hörst. Nah an deinem Ohr. Den Schuss aus Holbrechts Waffe.«

»Gib ihn mir.«

»Nein. Nils. Er lässt nicht mit sich reden.«

Trojan war wieder im Flur. Er näherte sich dem Schlafzimmer und glitt durch den Türspalt. Er drückte sich dicht an die Wand.

In diesem Augenblick fragte Steffie: »Wo bist du?«

Sie hatten ihn also nicht gesehen. Noch nicht.

Das Fenster, dachte er. Das Bett stand davor. Als er das Foto der Ermordeten in der Hand hielt, könnte Claasen Blickkontakt zu ihm gehabt haben.

Ja, das wäre die Lösung. Er musste sich unbemerkt zum Fenster schleichen.

An die Wand gepresst, arbeitete er sich Schritt für Schritt vor.

»Ich bin auf dem Dachboden. Ich stehe direkt vor dem Leichnam von Oliver Pratt.«

»Nils, es tut mir so leid. Wir haben es vermasselt.«

»Bleib ganz ruhig.«

Er erreichte die Zimmerecke, außerhalb der Sichtweite schob er sich Zentimeter um Zentimeter zum Fenster vor.

Er musste den Killer ablenken. Steffie hatte ja gesagt, dass er mithörte. Offenbar war der Lautsprecher des Handys eingeschaltet.

Also sprach er ihn direkt an. »Was haben Sie eigentlich vor? Wie soll dieses Spiel enden?«

Keine Antwort. Nur Steffies Atem.

»Wozu meine Kollegin töten? Sie wollen doch mich. *Mir* haben Sie die Nachricht auf dem Foto hinterlassen. Was hat Hildegard Kaltbrunn Ihnen angetan? Woher dieser Hass?«

Keine Reaktion.

Nun war er direkt neben dem Fenster. Er ließ sich auf die Knie herab, duckte sich.

Steffie meldete sich gedämpft durchs Telefon: »Er lacht. Er sagt, wenn du ... das Ende ... wenn du meinen Tod unbedingt hinauszögern willst, sollst du dir noch einmal die Stimmen seiner Opfer anhören. Und seine Musik. Klick die Aufnahme auf dem Laptop an.«

»Also gut«, murmelte Trojan, während er unter dem Fenster kauerte. »Wenn das sein Wunsch ist.«

Stille.

Millimeterweise hob er den Kopf und spähte schließlich über das Fensterbrett hinaus.

Der Abend war hereingebrochen. Der Himmel war gewitterschwarz. Nur wenn ein Blitz aufzuckte, konnte Trojan schemenhaft den Garten ausmachen.

»Tu es«, wisperte sie durchs Handy. »Stell die Aufnahme an.«

Angestrengt versuchte er, irgendetwas da draußen zu erkennen.

Nichts.

»Nils?«

»Es gibt hier ein Problem mit dem Rechner. Ich drücke die Taste, aber der Ton springt nicht an.«

Erneut vernahm er ihre Atemgeräusche. Und plötzlich hörte er den Mörder im Hintergrund.

»Wenn er lügt, drück ich ab.«

Ein Klicken. Die Mechanik der Waffe. Durchgeladen.

Trojan sah es vor seinem inneren Auge: die Sig Sauer auf Steffie gerichtet.

Holbrechts Pistole.

Was sollte er nur tun?

Ihre Stimme war brüchig: »Wenn du nicht gehorchst, ist es aus.«

Verzweifelt starrte Trojan in die Finsternis hinaus.

Wo waren die beiden? Sollte er sich geirrt haben? Befanden sie sich überhaupt in der Nähe?

»Das Programm ist abgestürzt«, raunte er ins Telefon. »Es tut mir leid, ich versuche es ja, aber der Bildschirm ist eingefroren.«

Da bemerkte er einen schwachen Lichtschein in einiger Entfernung. Es blitzte, donnerte. Trojan erkannte einen Geräteschuppen. Noch ein Blitz. Undeutlich machte er eine Tür und ein Fenster aus.

War dahinter jemand?

Er war sich nicht sicher. Aber er hatte nur diese eine Chance.

»Einen Moment«, sprach er ins Handy. »Ich öffne den Taskmanager. Ich versuche es mit einem Neustart.«

Nun musste es sehr schnell gehen. Er duckte sich weg, kroch über die Dielen. Als er sich außer Sichtweite glaubte, schob er sich wieder an der Wand entlang.

»Ja, so könnte es funktionieren.«

Er erreichte die Tür. Schon war er im Flur. Pausenlos sprach er ins Handy.

»Das Programm startet tatsächlich neu.«

Er war an der Treppe, kletterte hinauf.

»Keine Tricks«, hörte er Claasen im Hintergrund murmeln.

»Der Bildschirm reagiert nun wieder«, sagte Trojan.

Er stieg auf den Dachboden, eilte zum Laptop.

»Okay, es ist so weit. Ich höre mir die Aufnahme von vorne an.«

Er klappte ihn auf, klickte auf »Play« und fuhr die Lautstärke hoch. Er legte das Handy neben dem Laptop ab. Dann rannte er los.

Während die Stimmen und die Klaviermusik durch die Lautsprecher erschallten, stürmte er die Leiter hinunter.

Unten angelangt, eilte er durch den Flur. Die Waffe in der Hand, stieg er die Treppe hinab ins Erdgeschoss. Schon war er an der Vordertür.

Im Schutz der Dunkelheit glitt er hinaus.

Geduckt lief er zur Rückseite des Hauses. Hier nahm er Deckung hinter einem Strauch.

Der Schuppen befand sich am anderen Ende des Gartens.

Trojan hielt kurz inne und checkte die Entfernung.

Er wartete den nächsten Blitz ab. Rechts von ihm ragten einige Heckenpflanzen auf, dahinter war ein Zaun. Er preschte los, suchte Schutz hinter den Hecken.

Als er sich dem Schuppen bis auf etwa zehn Meter genähert hatte, verharrte er erneut.

Eine Holztür. Das Fenster daneben war dunkel.

Auch als der nächste Blitz aufzuckte, war er sich nicht sicher, ob jemand dahinter auf ihn lauerte.

Trojan wusste nur, sobald er sich vorwagte, hätte er keinen Sichtschutz mehr.

Gespannt wartete er ab.

Dann stürmte er los.

FÜNFZIG

Er warf sich gegen die Tür. Es krachte. Er musste noch einmal Anlauf nehmen. Dann flog er mit der Tür nach innen in den Schuppen.

Er sprang auf, richtete die Waffe ins Halbdunkel.

Hier war niemand.

Trojan hörte seinen eigenen Herzschlag.

»Steffie?«, fragte er leise.

Plötzlich vernahm er gedämpfte Stimmen.

Kommst du in den Schneckenwald, sind deine Füße nackt.

Schau dich nicht um, denn am Moos der alten Bäume gleiten sie entlang.

Sie wimmeln auf dem Boden. Bald wuseln sie an deinen Waden.

Der Wald gehört ihnen, und du bist mutterseelenallein.

Allmählich begriff er. Irgendwo musste Stefanies Handy sein. Der Lautsprecher war eingeschaltet.

Es war die unheimliche Soundinstallation vom Dachboden, die über das Telefon übertragen wurde.

Schließlich machte er einen schwachen Lichtschein aus. Er kam von unten.

Da! In der Nähe des Fensters.

Als der nächste Blitz die Szenerie erhellte, sah er die offen stehende Bodenluke.

Trojan setzte einen Schritt vor, die Waffe mit beiden Händen umklammert. Er wagte sich noch einen Schritt vor.

Die verzerrten Klänge der Mondscheinsonate drangen von unten zu ihm herauf.

Ein dritter Schritt. Ein vierter.

Dann war er am Rand der Luke.

Ein weiterer Blitz zuckte draußen vorm Fenster auf, und sein Licht fiel bis zu dem Kellerraum hinab. Dort unten saß Steffie, gefesselt auf einem Lehnstuhl. Trojan wandte kurz den Kopf. Von ihrer Position aus schien sie durch das Fenster des Schuppens direkt zum Obergeschoss des Hauses hinaufschauen zu können.

Hinter dem Lehnstuhl kniete jemand.

Trojan zückte mit links seine Maglite und schaltete sie ein. Er stützte die Rechte, die die Waffe hielt, auf dem linken Unterarm ab.

Er richtete den Lichtstrahl auf den Mann hinter Steffie. Dieser hielt in der einen Hand das Telefon mit dem leuchtenden Display und in der anderen eine Pistole, offenbar die von Holbrecht. Der Lauf war an Stefanies Schläfe gepresst.

»Kommissar Trojan«, sagte er. »Da sind Sie ja. Wollten Sie mich austricksen?«

»Lassen Sie die Waffe fallen.«

»Nein. Ich drücke jetzt ab.«

»Tun Sie es nicht.«

Eine Strickleiter führte in den Raum hinab. Er war etwa fünf mal drei Meter groß. Auf dem Boden lag Stefanies Waffenholster, ihre Sig Sauer darin.

Trojan erkannte noch eine weitere Person dort unten. Sie lag gefesselt vor einer weiß getünchten Wand.

Ihre Augen waren weit aufgerissen.

Sie starrte zu ihm herauf. Es war Lydia Meran. Sie war am Leben, allem Anschein nach unverletzt.

Trojan nickte ihr kaum merklich zu. Dann sagte er zu dem Mann: »Jonas Claasen. Geben Sie auf.«

Zur Antwort erhielt er nur ein verächtliches Lächeln.

Trojan musste ihn zum Reden bringen. So könnte er Zeit gewinnen.

»Was haben Sie mit dem Leichnam Ihrer Pflegemutter gemacht, Claasen?«

Seine Mundwinkel zuckten. »Ich hab sie unter den Kirschbäumen vergraben. Und das schon vor einem halben Jahr. Den Nachbarn ist nichts aufgefallen. Wenn mal einer von ihnen an die Tür kam, habe ich kurzerhand Hildegards Rolle gespielt. Ich trug ihre Kleidung und eine Perücke. Ich war wohl ziemlich überzeugend. Ich denke, Ihre Kollegin kann das bestätigen.«

Stefanie gab einen erstickten Laut von sich.

Pause.

»Was hat Ihnen Hildegard Kaltbrunn angetan?«

Keine Antwort.

»Was hat es mit den Schnecken auf sich?«

Claasen bewegte leicht den Kopf. »Hildegard hat sie verbrannt. Meine Sammlung. Sie hat sie vernichtet.«

Trojan wartete ab. Erneutes Schweigen.

»Erklären Sie mir das genauer.«

»Nein. Ich drücke jetzt ab.«

»Warum ist die Mondscheinsonate auf der Aufnahme zu hören? Welche Bedeutung hat sie für Sie?«

»Verstehen Sie denn etwas von Musik?«, fragte Claasen zurück.

»Nicht allzu viel.«

»Mein Bild war auf Plakatwänden.«

»Tatsächlich?«

Schweigen.

»Ihr Name sagt mir nichts.«

»Nie von mir gehört?«

»Nein.«

»Meine Konzerte, meine unsterblichen Darbietungen sind Ihnen unbekannt?«

»Tut mir leid.«

»Das ist empörend.«

Trojan suchte Steffies Blick. Todesangst in ihren Augen. Er zielte direkt auf Claasens Stirn. Doch der kniete dicht hinter ihr. Seine linke Wange berührte beinahe ihre rechte.

Auf diese Art war ein finaler Rettungsschuss schier unmöglich. Zum einen bestand die Gefahr, dass Claasen zuerst abdrückte, zum anderen könnte Trojans Kugel Steffie töten.

»Was wollen Sie?«, fragte Nils.

»Sie sollen den Schuss hören. Er soll in Ihren Ohren knallen. Er soll Sie taub machen.«

»Taub? Wieso taub?«

Er musterte ihn. Ein rundes Gesicht. Schminkreste auf der Haut. Blitzende Augen, volle Lippen. Halblanges braunes Haar, das ihm weich über die Ohren fiel.

Das Stimmengewirr drang aus dem Handy. Dazu die Musik.

Plötzlich verstummte die Soundinstallation.

Und in diesem Augenblick ahnte Trojan, was mit Claasen nicht stimmte.

Dieser ließ das Telefon sinken, die Waffe aber nicht.

»Wie gut hören Sie mich?«, fragte Nils im Flüsterton.

Abermals schwieg Claasen.

Nils hob die Stimme. »Hören Sie mich?«

»Nur sehr schwach. Aber ich habe gelernt, von den Lippen abzulesen.«

»Tragen Sie Hörgeräte?«

»Ja. Doch die sind bald zwecklos.«

»Sie sind beinahe taub?«

»So ist es. Ich leide unter Otosklerose. Und diese Krankheit ist unheilbar.«

Stille.

»Konzerte«, sagte Trojan schließlich. »Ihr Bild auf Plakatwänden. Ich nehme an, Sie sind Pianist?«

Claasen nickte.

»Aber Sie können Ihren Beruf nicht mehr ausüben?«

»So ist es. Schon seit Langem nicht.«

»Das ist kein Grund, Menschen zu töten.«

Claasen lachte bitter. »Kommen Sie mir nicht mit Moral.«

»Was hat meine Kollegin damit zu tun?«

»Sie war im falschen Moment am falschen Ort. Sie hätten bei ihr sein sollen, um sie zu beschützen. Wo waren Sie denn, Kommissar?«

»Lassen Sie sie frei.«

»Sie bereuen, dass Sie sie allein ließen. Und nun ist alles zu spät.«

»Lassen Sie sie frei«, wiederholte er. »Und Lydia Meran auch. Ich lege ein gutes Wort beim Strafrichter für Sie ein. Hören Sie, Claasen …«

Seine Stimme war schneidend. »Ich höre gar nichts. Auf nichts und niemanden höre ich mehr. Ich war der beste Beethoven-Interpret aller Zeiten. Keiner hat seine Musik so gut verstanden wie ich. Sie bringt uns die Welt der Toten näher. Durch sie können wir Kontakt mit ihnen aufnehmen.«

»Warum Dennis Holbrecht?«

»Er hat mich gedemütigt.«

»Warum Oliver Pratt?«

»Das Schwein hat mich umbesetzt.«

»Annemarie Klar wegen ihres Gesangs? Nora Sand wegen ihrer Stimme? Was können all diese Menschen für Ihr Handicap?«

»Vergessen Sie Lydia nicht.« Er nickte zu ihr hin. »Sie haben sie ja auf der Aufnahme spielen gehört. Lydia und ich sind seelenverwandt.«

»Schluss jetzt. Lassen Sie die Waffe fallen und verschränken Sie die Hände hinterm Kopf.«

Claasen reagierte nicht.

»Na los!«

»Sie haben das Spiel verloren, Kommissar.«

»Waffe fallen lassen!«

»Damit müssen Sie sich abfinden.«

Trojan zielte weiterhin auf seine Stirn, den Finger am Abzug.

»Ihre Kollegin ist in wenigen Sekunden tot«, murmelte Claasen.

»Nein.«

»Wie können Sie sich so sicher sein?«

»Weil ich Sie zuerst erschieße.«

»Nur zu. Ich habe keine Angst.«

Trojan zögerte. Steffie war zu nah an ihm dran.

»Wissen Sie, Kommissar, ich habe der Nachwelt einen Gefallen getan. Ich habe schöne Stimmen konserviert. Und ich habe die Geschichte vom Schneckenwald aufgeschrieben. Das ist mein Werk für die Ewigkeit. Und darum ist es mir ganz egal, ob ich hier lebend herauskomme oder nicht.«

»Ich werde Ihre Aufnahme vernichten. Allein um das Andenken der Toten zu bewahren.«

»Es gibt Kopien davon. Und ich habe sie im Netz hochgeladen. Sie wird sich wie ein Lauffeuer verbreiten. Die Menschen lieben Schauermärchen. Besonders wenn sie real sind.«

Stille.

»Sie haben meine Geschichte doch angehört, Kommissar. Wie fanden Sie sie?«

»Sehr beeindruckend.«

»Nichts davon ist erfunden. Ich habe das alles so erlebt.«

»Und Ihre Opfer auch. Sie haben gelitten.«

»Aber natürlich haben sie das. Meine Mutter musste genauso leiden. Meine leibliche Mutter. Als Kind war ich gezwungen, das mit anzusehen.«

»Sie sind aber kein Kind mehr. Sie tragen die volle Verantwortung für Ihre Taten.«

»Mein Werk wird mich überleben. Der Schneckenwald ist mein Vermächtnis.«

»Möchten Sie die Wahrheit wissen?«

»Ich bitte darum.«

»Sie sind wahnsinnig.«

Er lachte. »Und wenn schon. Hören Sie diesen Schuss, Trojan. Er soll Ihre Ohren zerschmettern.«

Claasen stieß den Lauf der Waffe gegen Stefanies Schläfe.

»Moment!«, rief Nils.

»Was?«

»Bevor Sie es tun, möchte ich meiner Kollegin noch etwas sagen.«

»Ach ja? Was denn?«

Trojan sah Stefanie direkt in die Augen.

»Steff?«

Sie richtete den Blick zu ihm auf.

»Ich liebe dich auch.«

Und Trojan drückte ab.

EPILOG

Auf den verregneten Juni folgte ein Monat der Hitze. Die Stadt füllte sich mit Touristen, und die Einheimischen packten ihre Koffer und ergriffen die Flucht.

Auch Nils Trojan hatte Urlaub. Doch er war sich noch unschlüssig, wohin ihn sein Weg führen sollte. Er checkte ein paar Last-Minute-Angebote im Internet, allerdings war ihm bewusst, dass er vor seiner Abreise eine wichtige Entscheidung treffen musste. Und diese zögerte er immer wieder hinaus.

Denn letztlich war ihm nicht klar, ob er überhaupt einen Rückflug buchen sollte.

Darum blieb er zunächst daheim.

Obwohl es ihm endlich vergönnt war auszuschlafen, wurde er stets um sechs Uhr morgens wach. Er nahm ein kleines Frühstück zu sich, dann schwang er sich auf sein Fahrrad, fuhr am Landwehrkanal entlang, erreichte die Spree und durchquerte den Plänterwald.

Manchmal radelte er bis nach Köpenick, aß dort zu Mittag und kehrte dann um.

Abends saß er lange auf seinem Balkon, trank Bier und blickte geistesabwesend ins Laub der Linden. Seine Gedanken drehten sich um die Ermittlungen, die zwar abgeschlossen waren, aber dennoch wieder und wieder in ihm nachhallten.

Er dachte an die Beerdigung von Holbrecht. Er hatte eine Ansprache gehalten. Tagelang hatte er an seinen Worten gefeilt, sich Notizen gemacht, sie wieder durchgestrichen. Schließlich hatte er sich von seinem Manuskript verabschiedet und improvisiert. Doch daran, was er an jenem Junimorgen vor dem geschmückten Sarg seines Kollegen eigentlich gesagt hatte, erinnerte er sich nicht mehr. Er wusste nur, dass seine Stimme nicht gebrochen war. Keine Tränen während der Rede, wie er zuvor befürchtet hatte.

Die gesamte Zeremonie über blieb er gefasst.

Der Abiball seiner Tochter war nur zwei Abende später. Er fand im Gebäude des alten Postbahnhofs in Friedrichshain statt.

Für zwei Stunden durften die Eltern dabei sein, danach wollten die jungen Leute alleine feiern. Friederike war diesmal so taktvoll, Lorenzo zu Hause zu lassen.

Trojan tanzte mit Emily, die ein raffiniertes Abendkleid trug, fließend, leicht schimmernd, marineblau, mit Spaghettiträgern und einem langen Gehschlitz.

Er strahlte sie an. »Du siehst hinreißend aus.«

»Danke, Paps.«

»Wirklich. Du bist die Schönste im ganzen Saal.«

Sie knuffte seine Schulter. »Schmeichler.«

»Ich meine es ernst.«

Sie lächelte.

»Treib es bitte nicht zu wild heute Nacht. Wann wirst du zu Hause sein?«

»Nicht vor morgen früh.«

»Fährst du zu deiner Mutter, oder kommst du zu mir?«

»Hast du denn frei?«

»Ja.«

»Dann zu dir.«

»Super.«

Die Band spielte einen Foxtrott. Seine Tochter schmiegte sich verschmitzt lächelnd an ihn und war so ausgelassen, dass auch Trojan seine Traurigkeit vergaß.

Dann aber sagte sie: »Ich hab dich am Tisch beobachtet. Du sahst sehr bedrückt aus.«

»Nicht doch, Emily. Heute wird gefeiert.«

»Reden hilft.«

Er aber schwieg.

»Ich hab im Netz darüber gelesen«, sagte sie. »*Dennis H. Fünfte Mordkommission.* Ein Kollege von dir?«

»Ja.«

»Ermordet?«

»So ist es.«

»Verdammt, Paps. Das ist furchtbar.«

»Lass dir davon den Abend nicht verderben.«

»Hast du ihn gut gekannt?«

»Wir hatten täglich miteinander zu tun. Aber ich wusste so wenig über ihn.«

Er gab sich innerlich einen Ruck und setzte eine fröhliche Miene auf. »Erzähl mir mehr von deinen Plänen. Du willst also nach Kanada.«

»Ja. Für ein Jahr.«

»Und was wirst du dort machen?«

»Auf Farmen arbeiten. Die Menschen kennenlernen. Und durchs Land reisen.«

»Das klingt wundervoll.«

»Ich freue mich riesig darauf.«

»Aber was wirst du danach tun?«

»Ich weiß es noch nicht.«

»Was möchtest du studieren?«

»Ich hab ein paar Ideen. Keine davon ist ausgereift. Ich brauche Zeit.«

»Klar. Und wann geht es nach Kanada?«

»Ich fliege in drei Wochen nach Vancouver.«

»Das …«, er schluckte, »… das ist ja schon ganz bald.«

Sie nickte.

»Du wirst mir entsetzlich fehlen«, murmelte er.

»Du mir auch.« Sie war nur für einen Moment ernst. Dann warf sie lachend ihr Haar zurück. »Wir skypen einmal in der Woche, okay?«

»Okay.«

Es versetzte ihm einen Stich. Er wollte nicht, dass dieser Tanz jemals endete. Doch dann wechselte die Musik, und Emily drängte es zu ihren Freunden.

Er wusste ja, dass Eltern ihre Kinder loslassen mussten. Und so saß er noch eine Zeit lang neben seiner Ex-Frau, bis der Teil des Abends begann, an dem die älteren Erwachsenen unerwünscht waren.

Trojan verließ mit Friederike den Saal, wünschte der Mutter seiner Tochter eine gute Nacht, winkte sich ein Taxi heran und fuhr allein nach Hause.

Es war an einem Dienstagmorgen im Juli. Seine innere Unruhe war so groß, dass nicht einmal Fahrradfahren half.

Er zog seine Funktionskleidung und Laufschuhe an, eilte die Treppen hinunter und joggte los.

Er rannte von der Forsterstraße zum Kanal, dann durch den Park, über die Lohmühleninsel, vorbei am alten Wachturm, er überquerte die Puschkinallee und nahm den Weg an der Spree entlang. Als er die Elsenbrücke hinter sich gelassen hatte und im Laufschritt an der Dampferanlegestelle in Treptow vorbeirannte, musste er plötzlich an Lydia Meran denken. Er hatte kürzlich mit ihr telefoniert und sich nach ihrem Befinden erkundigt.

Ihr ging es den Umständen entsprechend gut.

Trojan war unendlich froh darüber, dass es ihm gelungen war, sie aus den Händen von Jonas Claasen zu befreien.

Vor der Liebesinsel drehte er um und joggte zurück.

Völlig ausgepumpt kam er nach Hause. Er duschte, zog sich um. Dann setzte er sich an den Schreibtisch.

Er fuhr seinen Laptop hoch und verfasste einen kurzen Brief. Er druckte ihn aus und steckte ihn in ein Kuvert.

Er ließ ihn auf dem Tisch liegen.

Ratlos wanderte er in seiner Wohnung auf und ab. Er trat auf den Balkon hinaus und ließ sich in seinen Liegestuhl fallen.

Er stand wieder auf, öffnete das Kuvert, las den Brief ein paarmal durch, tat ihn zurück.

War es richtig, was er vorhatte?

Nach dem Mittagessen hielt er es nicht mehr aus. Er verstaute den Brief in seiner Hosentasche und verließ die Wohnung.

Er fuhr mit dem Rad nach Friedrichshain, wo Stefanie wohnte.

Sie öffnete ihm die Tür.

»Nils.«

»Hallo.«

»Du hast dich rargemacht.«

»Tut mir leid.«

»Hättest ja mal anrufen können.«

»Ich war … ich bin … durcheinander.«

»Das bin ich auch. Ist doch kein Wunder, oder? Nach allem, was vorgefallen ist?«

»Nein.«

»Komm rein.«

Sie hatte eine hübsche Dreizimmerwohnung. Viele Möbel vom Trödel. Abgeschliffene Dielen, ein paar bunte Teppiche, ein ausladendes weißes Ledersofa, eine gebogene Lampe mit orangefarbenem Schirm. Eine beträchtliche Sammlung alter Schallplatten, vorwiegend aus den Neunzigern. Steffie liebte Brit-Pop. Oasis, Blur, Radiohead.

»Möchtest du einen Eistee?

»Gerne.«

Während sie in der Küche war, betrat er den Balkon. Er führte zu einem begrünten Hof hinaus. Stefanie hatte ihn so dicht bepflanzt, dass er einem kleinen Dschungel glich. Ein rankender Knöterich, mehrere Engelstrompeten, Bambus, Oleander und etliches Grünzeug, von dem er nicht einmal den Namen wusste.

Er nahm auf einem der beiden Korbstühle Platz. Nach einer Weile kam sie zu ihm, stellte eine Karaffe mit Eistee und zwei Gläser auf den Tisch und setzte sich ihm gegenüber.

Sie trug Shorts und ein ausgewaschenes T-Shirt. Ihre Haut war gebräunt. Nur die leichten Schatten unter ihren Augen ließen erahnen, dass sie in letzter Zeit schlecht schlief. Ihr blondes Haar war wieder zu einem Pferdeschwanz zurückgebunden.

»Denkst du oft daran?«, fragte er leise.

»Eigentlich ständig.«

»Meinst du, es hört irgendwann auf?«

»Ich hoffe doch. Wie ist es bei dir?«

»Ich weiß nicht, ob man es als Denken bezeichnen kann. Es sind Bilder. Sie flackern auf, sie kommen, sie gehen. Ich sehe Claasen vor mir, dann dich, dein angstverzerrtes Gesicht. Plötzlich stehe ich wieder bei ihm auf dem Dachboden und muss mir seine Überraschung ansehen. Am schlimmsten ist es, wenn ich wieder in dieser zerfallenen Kirche bin. Wir beide sind in dem Turm und …«

Er brach ab.

Sie ließ den Atem ausströmen. »Claasen ist tot. Er wird nie wieder einem Menschen etwas zuleide tun.«

»Ja.«

»Wie kommst du damit klar, dass du ihn erschossen hast?«

»Er war ein Schwerverbrecher. Trotz allem aber auch ein Mensch. Ich habe einen Menschen getötet, damit muss ich fertigwerden.«

»Willst du dir Hilfe suchen?«

»Nein.«

»Warum nicht?

»Das mit der Hilfe habe ich hinter mir.« Für einen Moment musste er an Jana Michels, seine Ex-Therapeutin denken. »Und du?«

Sie schwieg.

»Ich meine, es hätte auch anders ausgehen können. Die Kugel hätte …«

Sie fiel ihm ins Wort. »Sprich es nicht aus. Lass es, Nils. Du darfst es nicht an dich heranlassen. Dir blieb keine andere Wahl, sonst hätte er … Mein Gott, ich bin …«

»Was?«

Für ein paar Sekunden wirkte sie wie weggetreten. Dann straffte sie die Schultern. »Ich bin froh. Ich freue mich über jeden Augenblick auf dieser Welt. Das Leben ist so kostbar. Es ist ein Geschenk.«

»Das ist es, ja.« Er versuchte zu lächeln. »Du nimmst die Dinge erstaunlich leicht. Das bewundere ich an dir.«

»Ich tu mein Bestes.«

Sie blickten sich an.

»Als ich mit dir telefoniert habe«, murmelte er. »Am letzten Tag der Ermittlungen. Als du schon in seiner Gewalt warst, aber so tun solltest, als sei alles in bester Ordnung …«

»Ja?«

»Die drei Worte, die du … nun ja, die mich veranlasst haben, zurück nach Frohnau zu fahren … und in das Haus einzudringen …«

»Die drei Worte, die mir das Leben gerettet haben?«

»Ja. Es war ein Code, oder?«

Abermals schwieg sie für eine Weile. Ihr Gesichtsausdruck war schwer zu deuten. »Was meinst du damit?«

»Ich sollte misstrauisch werden. Ohne dass Claasen etwas merkt. Das war doch der Zweck. Hab ich recht?«

»Ganz genau.« Der Hauch eines Lächelns spielte um ihre Lippen. »Und wie war es bei dir? Als du sagtest: ›Ich liebe dich auch‹? Das war auch nur ein Code, oder?«

»Klar. Du hast mich sofort verstanden. Du hast deinen Kopf ein Stück zur Seite geneigt. So konnte ich besser zielen. Es war eine Sache von Millimetern.«

»Und du hast getroffen. Zum Glück nicht mich, sondern ihn.« Sie wurde ernst. »Du bist ein verdammt guter Schütze. Ohne dich wäre ich nicht mehr hier. Ihr hättet mich zusammen mit Holbrecht beerdigen müssen.«

»Ein Code also.«

»Was denn sonst?«

Er versuchte, in ihren Augen zu lesen.

»Das ist der endgültige Beweis«, sagte sie, »wie gut du und ich als Team zusammenarbeiten. Das müsste auch Landsberg überzeugt haben. Ich finde, er sollte für uns eine Ausnahme machen und über die strengen Vorschriften hinwegsehen.«

Plötzlich lächelten sie beide. So war Steffie. Sie nahm alles, auch ihre Beziehung, unkompliziert. Und das tat ihm gut.

»Noch etwas Eistee?«, fragte sie.

»Danke, ja.«

Sie goss ihm ein. Er nippte an seinem Glas. Dann zog er das Kuvert aus der Hosentasche.

Er legte es auf den Tisch. »Lies das mal bitte.«

Auf ihrer Stirn bildete sich eine Falte. »Was ist das?«

»Lies es einfach.«

Sie zog das Papier aus dem Umschlag und überflog die Zeilen. Danach starrte sie ihn an. »Das ist nicht dein Ernst.«

»Doch.«

»Du willst kündigen?«

»Ja.«

»Du schmeißt alles hin?«

»Die Entscheidung fiel mir nicht leicht.«

»Du schreibst Landsberg diesen Brief und … aus und vorbei?«

Er nickte.

»Aber Nils, das geht doch nicht, du kannst uns doch nicht … im Stich lassen. Ausgerechnet jetzt, da Holbrecht tot ist. Das Team muss sich erneuern, wir brauchen einen neuen Ermittler oder eine neue Ermittlerin. Und du bist … bist du dir absolut sicher?«

»Ich weiß nicht … zumindest bin ich zu dem Schluss gekommen, dass … sich dringend etwas ändern muss.«

»Hast du dir das wirklich gut überlegt?«

»Seit Wochen grüble ich darüber nach.« Er holte Luft. »Um ehrlich zu sein, bin ich hin- und hergerissen. Ich liebe meine Arbeit. Aber ich bin auch am Ende meiner Kräfte.«

»Dann triff jetzt keine Entscheidung. Warte ab. Du stehst noch unter Schock.«

»Aber ich wollte … schon längst … schon vor diesem Fall wollte ich mir eine Auszeit nehmen, und Landsberg hat die Sache einfach abgeschmettert.«

»Was willst du denn machen, wenn du nicht mehr Polizist bist?«

»Reisen. Die Welt entdecken. Einfach eine Zeit lang weg sein von allem.«

»Und danach?«

Er schaute sie an. »Keine Ahnung.«

»Was wird aus uns?«

Ihre Augen schimmerten.

»Deshalb bin ich hier. Ich brauche deinen Rat.«

Erneut schwiegen sie. Ein Windstoß fuhr in die Kastanie im Hof. Das Laub raschelte.

»Es war nicht nur ein Code«, murmelte sie. »Und das weißt du genauso so gut wie ich.«

Sie zerriss den Brief in kleine Fetzen. »Das hier braucht Zeit. *Wir* brauchen Zeit. Triff bitte keine voreiligen Entschlüsse.«

Sie warf die Papierschnipsel über die Balkonbrüstung.

»Versprichst du mir das, Nils?«

Er sah sie an.

Nach einer langen Pause sagte er: »Versprochen.«